KB093515

With warm
greetings

Peter Høeg

수잔 이펙트

H
현대문학

일러두기

이 책은 Carl Hanser Verlag에서 2015년에 출간한 독일어판 『Der Susan Effekt』를 원본으로 삼아 중역하였습니다.

차례

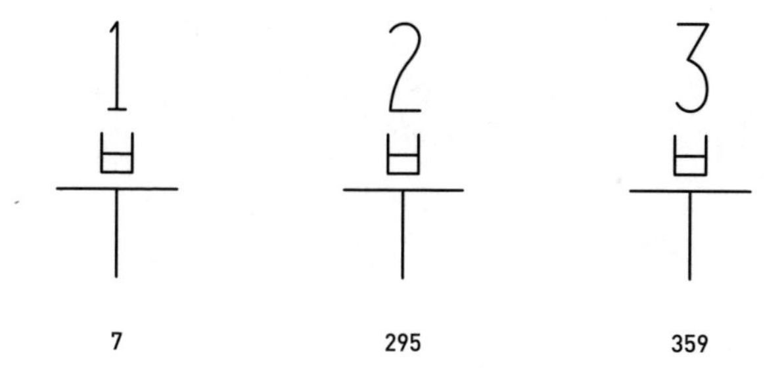

1부

01

발뷔에 위치한 칼스버그 재단의 명예 저택은 850제곱미터, 전 면적에 걸쳐 지하층이 깔렸고 전용 녹지가 딸렸으며 집세는 평생 무료다. 이 집에 관심 있는 사람은 노벨 물리학상을 타고 볼 일이다. 안드레아 핑크의 경우가 그랬다. 그녀는 1960년대 언제쯤엔가 아직 젊은 나이로 닐스 보어의 뒤를 이어 이 집에 들어왔고 그 뒤로 어느덧 50년이 흘렀다.

그리고 이제 그 집에서 떠날 채비를 하고 있다. 죽음이 임박한 것이다.

죽음을 맞는 사람들의 자세는 대개 저항이다. 나만 해도 저리 가라고 악다구니를 쓰며 발버둥 칠 것이다. 그러나 그녀는 달랐다. 안드레아 핑크는 마치 고별 공연을 마친 디바처럼 우아하게 삶에서 퇴장하고 있었다.

그녀는 자선 행사라도 벌이듯 모든 재산을 기부했다. 지금 내가 들어선 이 홀도 병원 침대 하나만 덜렁 놓였을 뿐 텅 비어 있다. 한때 미술품으로 가득했던 벽도 크림색 맨살을 드러낸 채 휑한 모습이다.

하다못해 앉을 의자 하나도 없어 침대 옆으로 다가간 나는 목발에 의지하고 섰다.

그녀는 시야가 좁아졌는지 내가 가까이 다가가자 그제야 나를 알아보았다.

"수잔, 애들을 다시 찾기 위해 뭘 할거니?"

"뭐든지요."

"그럴 기회가 있을 거야."

그녀는 이불 위에 차분히 놓여 있던 손을 내밀었고 나는 그 손을 잡았다. 사람과 얘기할 때 그녀는 항상 상대를 만지며 말을 하곤 했다.

"말랐네."

그녀의 걱정 어린 마음이 맞잡은 손을 통해 고스란히 전해졌다. 언젠가 보어는 그녀를 일컬어 유명해지고도 부패하지 않은 유일한 사람이라고 했었다.

"이질이래요. 치료 중이에요."

그때 다리 뒤로 뭔가가 쑥 디밀어졌다. 마술처럼 의자가 나타났다. 마술사는 내 주위를 빙 돌아 숨듯이 침대 뒤에 가 섰다.

자그마한 체구에 반듯하게 차려 입은 남자.

최고의 재단사와 최강의 국가 기구를 가졌다고 자부하는 이 남자의 이름은 토르킬 하인, 듣기로는 법무부 장관을 지냈다고 한다. 나와는 이번이 두 번째 만남이다.

그를 처음 만난 건 2주 전 미얀마 국경 근처 마니푸르에 위치한 툴라 감옥 면회실에서였다. 면회실이래야 이름이 면회실이지 둥근 천장에 창문 하나 없는, 지하 감옥 같은 콘크리트 건물이었다.

그와 마주 앉았을 때 맨 처음 든 생각은 그가 열역학 공리의 두 번째 법칙을 무색하게 만든다는 것이었다. 온 국민이, 아니 그 나라에 있는 모든 것이, 심지어 시멘트까지도 땀을 흘리는 그곳에서 그는 흰색 드레스셔츠에 넥타이, 정장 재킷을 입은 모습으로 서늘한 정갈함을 내뿜었다.

"덴마크 대사관에서 나왔습니다."

대사관은 무슨! 그의 피부는 뽀얗고 매끄러웠다. 이제 막 덴마크에서 날아온 게 틀림없었다.

"우리 애들은 어디 있죠?"

"아드님은 골동품 밀수 혐의로 네팔 국경 근처 알모에다에 구류 중이고 따님은 콜카타 칼리 사원의 승려와 도주 중인 걸로 알고 있습니다."

우리는 서로의 얼굴을 빤히 쳐다보았다. 쌍둥이는 이제 겨우 열일곱이다.

"부군께서는……"

"그 사람 얘기는 듣고 싶지 않아요."

그는 뭔가를 탁자 위에 올려놓았다. 시력이 떨어진 나는 그게 뭔지 바로 알아보지 못했다. 서서히 《타임 매거진》이라는 글씨가 눈에 들어왔다.

겉표지에는 네 사람이 찍힌 사진이 실려 있었다. 한 남자가 그랜드피아노 앞에 앉아 있고 아이 둘이 바이올린을 하나씩 들고 피아노에 기대 서 있다. 그 옆에는 남자의 어깨에 손을 올린 여자도 보인다. 못된 인간들, 학사모에 학위복까지 입혀서 사진을 찍게 하다니!

아이들은 금발 고수머리에 푸른 눈을 가졌다. 마음만 먹으면 그 누구의 마음이라도 단번에 살 듯 귀티가 줄줄 흐르는 외모에 언제라도 해외 유명 음악원에서 최고 장학생으로 모셔갈 것 같은 아이들이다. 피아노 앞의 남자는 우수에 젖은 깊은 눈동자를 가졌다. 하지만 입가에 띤 고상한 미소는 그 우수가 결코 자존감의 결핍에서 기인한 것이 아니라는 것을 말해준다.

사진 밑에는 영어로 '위대한 덴마크 가정'이라고 쓰여 있다.

바이올린을 든 아이들은 내 아이들이다. 학사모를 쓴 여자는 나, 피아노 앞에 앉은 남자는 라반 스벤센, 내 남편이다. 우리 가족. 나는 그 모습을 눈에 담으려는 듯 지그시 바라보았다.

"부군은 마하라자•의 딸과 함께 고아••로 가셨습니다. 열여덟 살이라고 하더군요. 남인도 마피아가 그 뒤를 쫓고 있습니다. 여긴 어떻습니까? 지낼 만하십니까?"

"완벽해요. 여자 서른 명이 15제곱미터에 우글거리죠. 방구석에 붙은 재래식 화장실 하나, 빗물 한 양동이, 쌀밥 한 그릇이 다예요. 매일 밤 면도날을 들고 싸우는데도 3주 동안 변호사는 코빼기도 못 봤어요. 지난주에는 피오줌을 쌌고요."

"약을 넣어드리겠습니다. 따님도 신속히 찾아내 보호하도록 하

• 인도 번왕국 군주의 호칭.
•• 인도 서부 연안에 위치한 주.

고 아드님의 석방에도 힘쓰겠습니다. 부군도 마피아가 찾아내기 전에 찾아낼 생각입니다. 그래서 일주일 뒤에는 모두 덴마크에서 볼 수 있도록 하죠."

그는 불경의 기적을 이루려 하고 있었다. 그건 혼란 그 자체인 인도의 법 절차를 이겨내고 국제 인도 조약을 피해가겠다는 뜻이었다. 인간의 홍수 속으로 사라진 사람을 찾아내겠다는 말이었다. 수많은 의문 속에서 내게 떠오른 단 하나의 질문은 그가 그것을 할 수 있느냐가 아니라 '왜 그것을 하려 하는가'였다.

점점 그 수가 줄고 있기는 하지만 한 번도 감옥에 갇혀본 적이 없는 덴마크 국민들은 감옥을 후회와 자성에서 오는 우울이 깃든 조용한 장소쯤으로 안다. 그러나 그건 큰 착각이다. 감옥이란 먹이 주는 시간의 야생동물 우리처럼 소란스러운 곳이다. 단지 면회실 벽이 두껍기 때문에 고주파 진동이 차단되는 것뿐이다. 면회실에서는 그 소란이 소음이라기보다는 울림에 가깝게 들렸다.

이 상대적 고요 속에서 그는 이제 일어나 나가면 되는 거였다. 그러나 그는 그렇게 하지 않았다. 뭔가가 그를 붙잡았고 그것의 정체는 그도 알지 못했다.

"살인 미수로 고발당하셨던데, 경찰 조서에 의하면 상대가 190센티미터가 넘는 거구에 운동선수처럼 우람한 체격이었는데 맨손으로 때려죽이려 했다더군요. 어떻게 된 겁니까?"

그가 그렇게 놀라는 것도 무리는 아니었다. 사실 나 자신도 놀랐으니까. 최근 빠진 살이 다시 붙는다 해도 내 체중은 55킬로그램이 될까 말까다.

확실하게 달라진 점이 눈에 띄었다. 그는 이제 더 이상 호기심을 숨기지 못했다.

"카지노 측의 경찰 진술에 따르면 칩을 사면서 그 남자의 장기를 주겠다고 했다면서요?"

"그건 농담이었어요."

"카지노 측에선 농담으로 받아들이지 않은 것 같던데요. 그 남자도 마찬가지고요."

순간 그는 자신이 자제심을 잃었다는 사실을 깨달은 듯했다. 자신도 모르던 약점을 발견한 자의 당혹감이 얼굴에 스쳤다. 그는 자리에서 일어섰다.

그 당혹감은 2주가 지난 지금, 이곳 칼스버그 명예 저택에서도 완전히 가시지 않은 듯했다. 그는 같은 실수를 두 번 반복하지 않겠다는 듯 나와 충분한 거리를 두고 침대 뒤로 가서 섰다.

그의 손에는 서류철 하나와 지난번 감옥에서 본 것과 똑같은《타임 매거진》이 들려 있었다.

안드레아 핑크의 병상 뒤 통유리 너머에는 멀리 낯선 대륙에서 가져온 나무와 관목들이 10센티미터나 쌓인 폭신폭신한 눈 속에서 이 계절에 덴마크에서 대체 뭣하고 있는지 모르겠다는 표정을 짓고 있었다. 그건 바라보는 사람도 마찬가지였다. 마당에서 아이들 소리가 났다. 그녀의 얼굴이 밝아졌다. 결승점이 코앞이라 손주들을 부른 것 같았다.

순간 나는 쌍둥이의 존재를 지척에서 느꼈다. 그건 물리적으로 측정 가능한 자극에 대한 반응이 아니라 비이성적 육감 같은 것이었다. 나는 절뚝거리며 홀을 가로질러 여닫이문을 활짝 열었다.

맨 먼저 시야에 들어온 것은 티트와 하랄, 쌍둥이 남매였다. 하지만 내 시선이 머문 곳은 피아노 앞에 앉은 남자, 내 남편이자 아이들의 아버지, 라반 스벤센이었다.

이름을 왜 라반으로 지었는지에 대해서는 그동안 여러 가지 설이 있었다. 그중에는 믿을 만한 것도 있었다. 그의 어머니는 태어날 때부터 바로크 천사와 너무 닮은 아들이 걱정됐다고 한다. 아마도 인생을 편하게 살려면 개똥이류의 이름이라도 붙여줘야 한다는 모성적 본능이 작용했던 게 아닌가 싶다.

지금도 그는 천사처럼 생겼다. 하지만 어느새 마흔여섯 살 아저씨가 됐고 인도 마피아들에게 쫓기는 신세다.

마음고생한 흔적이 얼굴에 드러나 나는 속으로 고소했다. 하지만 고생을 덜한 것 같아 조금 아쉽기도 했다.

내가 그를 먼저 쳐다본 것은 버릇이 된 약속 때문이다. 쌍둥이가 태어나기 전부터 우리는 아이들이 태어나면 우리 관계가 뒷전으로 밀릴 거란 걸 알았다. 그래서 몇 가지 규칙을 만들었는데 가정이 와해되고 있는 지금도 그 규칙은 유효했다. 그 첫 번째 규칙은 우리가 얼굴을 마주하게 될 때 그 자리에 아이들이 있어도 먼저 어른들끼리 생사 확인을 하자는 것이었다.

고릿적 얘기지만 입맞춤과 포옹으로 생사 확인을 대신하던 때도 있었다. 그러나 지금은 죽을 때까지 다 삭이지 못할 원망과 책망을 담은 심각한 눈빛을 교환하는 데서 그친다.

쌍둥이들은 그랜드피아노에 기대 서 있었다. 바이올린은 들지 않았다. 그런데《타임 매거진》표지 사진과 비교했을 때, 사라진 것은 바이올린뿐만이 아니었다. 아는 사람은 알겠지만 아이의 순수함이 사라졌다.

아이들이 내게 달려왔고 나도 아이들에게 달려갔다. 우리는 방 한가운데서 얼싸안았다. 다시 하나가 됐지만 이 재결합은 표면적인 것일 뿐이었다. 실상 나는 이미 오래전에 아이들을 잃었다. 어쩌면 아이들이 태어날 때부터였는지도 모르겠다. 쌍둥이의 출산은 힘들었다. 의사는 진통제를 주겠다고 했다. 내가 뭐라고 했는지 모르겠지만 48시간 뒤 다시 나타난 의사는 얼굴이 창백해져 있었다. 하지만 나는 출산 과정을 단 한 순간도 놓치고 싶지 않았다.

아이들에게 젖을 물리자 임신 기간 내내 아이들과 나를 둘러쌌던 보호막이 터졌다. 아이들은 태어나는 순간부터 부모로부터 멀어지기 시작한다. 입은 젖꼭지를 향하지만 신경체계 깊은 곳에서는 이미 부모로부터 독립할 준비를 하고 있다.

그럼에도 나는 엄청난 안도감을 느꼈다. 동시에 불안이 엄습했다. 대부분의 자연법칙은 역학적 균형 상태로 표현할 수 있다. 아이가 하나 생기면 아이에 대한 사랑과 아이를 잃을지도 모른다는 불안감, 이 두 가지가 똑같은 무게로 주어진다. 쌍둥이일 경우에는 모두 두 배다. 등호를 사이에 두고 사랑과 불안 모두 두 배씩 증가한다.

억눌렸던 피로와 긴장감이 무너지면서 방 전체가 어지러이 흔들렸다. 아이들이 나를 부축해 의자에 앉혔다.

문가에 서 있는 토르킬 하인이 보였다. 그의 손에는 회색 서류철과《타임 매거진》이 들려 있었다.

“여러분은 많은 사람들에게 하나의 상징입니다. 예술가, 여류 과학자, 유네스코 문화 홍보 대사, 유럽연합 역사상 가장 큰 지원을 받는 유럽 외 교육 프로젝트의 공동 책임자. 저는 이 상징이 유지되어야 한다고 봅니다. 인도 경찰은 어떻게든 달랠 수 있을 겁니다. 덴마크 내에서의 재판도 피해갈 수 있고요. 여러분이 건드린 동양의 악마도 여기까지 쫓아오지 못하게 해야겠죠. 이 모든 걸 처리하려면 몇 주 정도 걸릴 겁니다. 댁에 이미 히터를 틀어놨습니다. 냉장고도 채워놨고요. 참 멋진 집이더군요. 여러분을 그 집으로 데려다줄 차량이 밖에 준비돼 있습니다.”

라반과 쌍둥이는 감사의 눈길로 그를 쳐다보았다. 그를 착한 요정쯤으로 생각하는 것 같았다.

하지만 그건 큰 착각이다. 아마 그들이 받은 사회화 과정 때문에 그렇게밖에 생각지 못하는 것이리라. 라반은 요람에서 무덤까지 사랑과 환호와 든든한 후원을 받기 위해 태어난 사람 같았다. 쌍둥이들도 딱히 다르지 않았다. 세상에 태어나 열일곱 살이 될 때까지 분칠한 보송보송한 엉덩이에 때찌때찌 하는 것 말고는 거친 운명이라고는 겪어보지 않았으니까. 아이들은 전혀 의심하지 않았다. 그들에게 삶이란 원하는 것을 마음대로 고를 수 있는 선물 가게 같은 것이었다. 하긴 그 나이 먹고도 아직 천진난만한 라반도 있지 않은가.

집에서 살림하고 가계부 쓰는 일은 언제나 내 차지였다. 내가 계산에 밝아서이기도 하지만 세상 사는 데 실제로 돈이 얼마나 드는지 아는 사람이 넷 중 나뿐이기 때문이다.

이윽고 현실이 그 모습을 드러내기 시작했다.

"그 대신 간단한 부탁이 있습니다, 수잔. 누군가에게 뭘 좀 물어봐줬으면 합니다."

그는 회색 서류철을 피아노 위에 올려놓았다.

방 안에 침묵이 흘렀다. 그랜드피아노 주변에 간섭현상으로 생기는 휘이잉 하는 소리만 귀신 소리처럼 공기를 울렸다. 이제야 쌍둥이도 무슨 일이 일어나는지 깨닫는 것 같았다.

토르킬 하인은 시종일관 침착한 태도였다. 윽박지르지도 협박하지도 않았다. 그저 말없이 우리가 현실을 받아들일 때까지 기다렸다.

"그 안에 연락할 번호가 들어 있습니다. 좋은 소식 기다리겠습니다."

그리고 문이 닫혔다. 그가 사라지고 나자 반대쪽 문이 열렸다. 유리문이 달린 로비 너머로 밖에서 우리를 기다리는 자동차가 보였다. 스벤센 가족의 칼스버그 명예 저택 알현이 끝났다는 뜻이었다.

02

나는 부엌에서 토마토와 허브가 들어간 크림을 만들었다.

우리 집에서는 소형 산업용 가스레인지를 사용한다. 내가 직접 29밀리바까지 압력을 높였다. 최고 허용치보다 30퍼센트 높은 압력이다. 무릇 부엌에는 불이 활활 타올라야 하는 법.

인덕션은 내 부엌에 발을 들일 수 없다. 자신의 방정식이 이런 데 쓰일지 알았다면 맥스웰도 그 이론을 발표하지 않았을 텐데. 부엌에는 자기장이 아니라 활활 타는 불이 있어야 한다. 나는 탄화수소가 흘러들어 만들어내는 푸른 불꽃이 좋다. 그리고 지금처럼 장작을 때는 피자 오븐에 물방울이 떨어지며 내는 치직치직 소리가 좋다.

쌍둥이들은 소파에, 라반은 피아노 앞에 앉아 있다. 45분 전 집 문턱을 들어섰지만 아직 아무도 입을 열지 않았다.

이 집은 우리의 꿈이었다. 이제는 꺼져버린 꿈.

라반의 머릿속에 떠오른 것을 내가 실현시켰다. 그게 우리가 분업하는 방식이다. 이 집은 바닥 면적 300제곱미터를 회칠한 흰색 벽으로 나누고 둥근 아연판 지붕을 얹어 만들었다. 지붕 밑부분은 목재로 되어서 제1차 세계대전 때 사용하던 격납고를 연상시킨다. 집 전체가 날아오를 것 같은 건 반사경을 많이 사용했기 때문이다. 천장에서 바닥까지 닿는 반사경 밖으로는 정글 같은 풍경이 펼쳐진다.

집을 지을 때 우리의 결혼 생활과 똑같이 500년 정도는 거뜬히 버텨낼 건축자재를 골랐다. 바닥은 두꺼운 참나무판으로 깔았다. 내가 판을 똑바로 잡아주면 라반이 드릴로 나사를 박았다. 튼튼한 것도 중요하지만 공간성도 놓치지 않았다. 그래서 적정 온습도를 유지하면서도 열대우림 속 나무 꼭대기에 떠 있는 것 같은 느낌으로 건물을 지었다.

물론 우리 집은 나무 꼭대기가 아니라 샤를로텐룬 지구 에빅헤로에 있다. 길이 막히지 않으면 코펜하겐 시내까지 15분 거리다.

아직 학회에 소개할 기회는 없었지만 집에도 생명이 있다는 건 엄연한 연구 방법론적 공리다. 언젠가 기회가 되면 이 문제를 꼭 다룰 생각이다.

우리 집은 숨 쉬고 있다. 겨우 숨만 쉬는 지경이다. 우리가 떠나 있던 시간은 잘해봐야 6개월 정도인데 그것만으로도 집은 폐가 같은 분위기를 마구 풍긴다. 아마도 우리가 품고 온 다른 기운 때문이리라. 어떤 건축자재도 오래 견뎌내지 못할 음습한 기운.

어떤 이들은 원만한 가정은 타협으로 만드는 거라고 한다. 하지만 그건 사실이 아니다. 사랑은 타협이 아니다. 원만한 가정이 되려면 선문답의 답을 알아야 한다. 더 정확히 말하면 그것을 풀어야 한다.

난 우리 가족이 그 답을 영원히 풀었다고 생각했다.

하지만 세상에 영원한 것은 없다는 사실을 알았어야 했다. 자연법칙은 언제나 한시적이다. 물리학이 드디어 하나의 세계관에 정착했다고 생각하는 순간 그 세계관은 해체되고 다른 더 큰 패러다임의 특수한 경우로 전락해버린다. 안드레아 핑크와 만난 지 얼마 안 됐을 때 그녀가 내게 해준 말이 있다. 존 벨이 애머스트 대학 세미나에서 한 말인데, 양자물리학은 이미 자체 내에 자신의 몰락을 잉태하고 있다는 것이다.

그렇게 생각하면 스벤센 가족이 보낸 좋은 날들도 더 큰 차원의 혼돈 속에 잠시 나타났다 사라진 한시적 조화로 볼 수 있을 것이다.

우린 노력했다. 그래서 태생부터 독불장군에 극도의 개인주의자인 네 명이 과연 한 지붕 아래서 살 수 있을 것인가, 라는 수수께끼도 풀었던 것이다.

하나의 커다란 공간을 이루는 부엌 겸 거실을 꾸밀 때에도 흰 벽, 그랜드피아노, 가구, 유일한 액자는 안드레아 핑크의 사진으로 하는 데에 모두 군소리 없이 동의했다.

"이렇게 다시 모여서 다행이에요."

티트가 침묵을 깨고 말했다.

이런 경우 보통은 뭔가 위로와 힘이 되는 말이 뒤따를 거라고 기대한다. 하지만 우리는 전혀 그렇지 않았다. 티트의 별명은 유치원 때부터 '반전 티트'였다. 다정한 말로 시작하지만 그 뒤에 오는 말은 신랄하기 짝이 없다. 지금처럼 말이다.

"여자 경찰이 데리러 왔더라고요. 비행기에서도 내내 옆에 앉아 있었어요. 그 아줌마 말이 하랄은 80년, 엄마는 25년 형을 받을 거래요. 그 남자가 유명한 볼리우드 스타라서 그렇대요. 제 생각엔 우리 모두 스스로를 돌아봐야 할 것 같아요. 이제까지 우리가 어떤 가족이었는지가 아니라 우리가 모르는 사이 어떤 가족이 돼버렸는지 말이에요. 전 엄마가 그렇게 젊은 남자를 좋아하는지 몰랐어요."

"스물여섯 살이었어."

"아들뻘이잖아요."

나는 아무 대꾸도 하지 못했다. 생물학적으로는 그 말이 맞으니까.

"아빤 어린 여자를 밝히고, 하랄은 일확천금을 꿈꾸고, 난……"

우리는 모두 숨을 죽이고 다음 말을 기다렸다.

"난 바닷가에 있는 집을 갖고 싶었어요. 그리고 말 여섯 마리, 청소해주는 하인들도."

우리는 안도의 한숨을 내쉬었다. 훌륭하지 않은가, 열일곱 살짜리 여자아이들 중에 자신의 내면을 그렇게 겁 없이 직시하는 아이가 몇이나 되겠는가?

나는 그릇 속의 반죽을 들어 올렸다. 정밀 저울로 밀가루를 십만분의 일까지 정확하게 계량해 만든 반죽이다. 이 분야에서 나를 따라올 주부는 없을 것이다. 밀가루에 물과 역학 작용이 더해져 탱탱한 펩타이드 사슬이 만들어졌다.

조리대는 돌을 부숴 다시 접착제로 붙여 만든 코리안 재질이다. 대리석, 플라스틱, 도자기를 융합한 것. 선문답, 답을 낼 수 없는 숙제, 물리학적 역설의 답이라 할 수 있는 재질이다.

둥글게 잘 마무리된 조리대 가장자리에 걸쳐놓으니 반죽이 종이처럼 얇게 늘어진다. 나와 같은 실험물리학자들은 공식을 눈으로 보는 것이 아니라 손끝으로 느낀다.

"그런데 엄마, 무슨 게임했어요?"

나는 대답하지 않았다.

대답은 세 사람이 바라보는 곳에 이미 나와 있었다. 안드레아 핑크의 사진 속에.

03

안드레아 핑크와 처음 만난 건 25년 전이었다.

H. C. 외르스테드 연구소의 대강당에서였다. 그녀는 덴마크에 머무는 일이 드물었고 덴마크에서 강의를 하는 일은 더더욱 드물었다. 원래 800명이 정원인 강당에 2,000명이 몰려들었다. 자리가 없어 복도에까지 사람이 미어터졌다.

강의는 리만 기하학에 관한 것이었다. 강의를 마친 그녀는 재빨리 퇴장했다. 마치 바람처럼 사라졌다. 나중에 들으니 사람들이 벌떼처럼 몰려와 편지를 쥐여주거나 손을 잡거나 코트 자락에 입을 맞추거나 기념품으로 단추를 뜯어내는 게 싫어서였다고 한다.

그녀는 사라졌지만 아무도 자리에서 일어날 생각을 하지 않았다. 다들 집에 가고 싶지 않은 것 같았다.

그러나 45분이 지나자 모두 떠나고 남은 사람은 나뿐이었다. 나 혼자 그 큰 강당에 덩그러니 앉아 있었다. 그때 홀연히 그녀가 다시 칠판 앞에 나타났다.

그 강당은 음향 효과가 좋아서 멀리 떨어진 자리에서도 속삭이는 소리가 다 들릴 정도였다. 그녀가 나지막한 소리로 말했다. 나는 맨 뒷줄에 앉아 있었지만 그녀의 목소리가 분명하고 또렷하게 들렸다.

"나한테 편지 쓴 학생 맞죠? 편지 잘 읽었어요. 논문도 흥미로웠고요. 그런데 미안하지만 난 제자를 받지 않아요."

그녀가 청중석으로 올라왔다.

"언젠가 자연법칙이 주는 확실성만큼 행복감을 주는 것은 없다고 썼죠? 그 말이 참 인상적이었어요. 열아홉 살 여학생의 입에서 그런 말이 나오다니! 혹시 정신이 좀 이상한 거 아닌가 생각했다니까요."

"실제로 보시니 어떤데요?"

그녀는 내게 가까이 다가왔다. 그리고 마치 다른 사람 얘기라는 듯 말했다.

"그 학생은 세상을 몸으로 느낄 줄 알아요. 흥미로운 일이죠. 깊이 있는 견해는 절대 두뇌에서만 나오지 않거든요. 수학과 물리학에도 감각이 있고 아주 예쁜 아가씨예요. 그런데 뭐가 문제인 걸까요?"

"남자요."

나는 그녀에게 보낸 편지에서 한 번도 문제가 있다고 쓴 적이 없었다.

"남자가 왜요?"

"남자들을 보면 꽉 깨물어주고 싶어요. 마치 사과처럼요. 제겐 그냥 지나치는 게 너무 힘들어요. 나중엔 항상 엉망이 되고 말죠."

그녀는 내 앞자리에 앉았다.

"앞으로 뭘 하고 싶어요?"

"물리학의 세계에 입문하고 싶어요. 대학은 유치원이나 다름없어요. 대기실 같은 거죠. 전 대기실에만 앉아 있기 싫어요. 안으로 들어가고 싶어요. 선생님이 서 계신 그 세계로 말이에요. 선생님이 쓰신 논문을 처음 읽었을 때 그 느낌을 받았어요. 열세 살 때 주기율표를 처음 봤는데 보는 순간 바로 이해했어요. 그건 제 인생에서 가장 행복한 순간이었어요. 세상의 혼돈 속에는 균형을 맞춰주는 자연법칙이 존재한다는 걸 알았죠. 전 물리학을 바깥에서 이해하고 싶지 않아요. 선생님은 제가 안으로 들어가도록 도와주실 수 있잖아요."

그녀는 내 팔에 손을 얹었다. 나중에 알게 됐지만 그런 식의 신체 접촉은 그녀에게 반드시 필요한 것이었다. 그 손길은 다정하면서도 뭔가를 감지하는 듯했다. 손가락의 모든 신경이 나를 향해 있었다.

"편지에서 그룹 이론에 관심이 많다고 했죠? 직접 체험했다고 했는데, 어떤 생각을 가지고 있나요?"

"전 사람들을 솔직해지게 만들 수 있어요."

"그게 무슨 뜻이죠?"

"버스 정류장에 2분 정도 서 있으니까 앞줄에 있던 남자가 병든 부인에 대해 얘기했어요. 버스 안에서는 옆자리 아줌마가 자기 개를 얼마나 사랑하는지 말했고요. 버스에서 내릴 때는 같이 내린 남자아이들이 팀에서 1군에 못 들어 속상하다고 털어놨고 좋아하는 여자 친구에 대해서도 말했어요."

그녀는 내 셔츠 소매의 단추를 풀더니 소맷단을 걷고 팔 안쪽의

흉터를 만졌다.

"난 항상 딸이 하나 있었으면 했어."

순간 그녀는 자리에 전혀 어울리지 않는 말을 한 자신에게 놀라 멈칫했다. 내 대꾸도 상황에 안 어울리기는 마찬가지였다.

"저도 항상 엄마가 있었으면 했죠."

그런 상황을 처음 겪은 사람들은 무척 당황하곤 했다. 그러나 그녀는 달랐다. 놀라긴 했지만 그 정도가 약했고 그 이면에는 엄청난 호기심이 숨겨져 있었다.

"방금 그 말을 한 건 내가 아니었어. 소매를 걷어 올린 것도 내 의지가 아니고. 내 안에 있는 다른 것, 내가 모르는 어떤 것이었어."

우리는 서로를 빤히 쳐다보았다. 그녀는 자신의 내면에 대고 천천히 말했다. 자신의 시스템을 스캔하고 있었다.

"누가 이걸 보고 평범한 대화라고 하겠어? 그걸 부르는 이름이 있니?"

"제가 자란 곳에서는 수잔 이펙트, 수잔 효과라고 불렀어요."

그녀는 내 소매를 내리고 다시 단추를 채워주었다.

"이 연구는 평범한 연구가 아니야. 출간물도 없을 거고, 연구 성과는 모두 기밀로 취급될 거야. 월급은 특수 활동비에서 나갈 거고. 경력을 쌓는 데는 별 도움이 안 돼."

"전 상처가 좀 많아요. 아마 착한 학생은 못 될 거예요."

내 말에 그녀는 목청껏 크게 웃었다. 주변의 모든 사람을, 아니 모든 것을 행복하게 만드는 웃음이었다. 심지어 빈 강당까지도.

그녀는 자리에서 일어섰다.

"다음 주에 날 찾아와. 그런데 난 아들이 셋이거든. 그 애들은 안 건드리는 거다."

우리는 서로의 눈을 쳐다보았다. 정직한 눈으로 깊이 들여다보면 미래가 보이는 법. 그때 우리는 이미 알았다. 그로부터 6개월 후 내가 그녀의 세 아들 모두와, 그리고 그로부터 다시 1년 후 그녀의 남편과도 잠자리에 들 거라는 걸.

그리고 내가 그녀에게 힘을 발휘해 그녀와 가까워지는 데 방해되는 모든 것을 없애버릴 거라는 걸.

"수잔, 잘 생각해서 결정하렴. 돌아갈 길을 없애버리는 섣부른 짓은 하지 마."

나는 아무 대답도 하지 않았다. 생각하고 말 것도 없었다. 돌아갈 길 같은 건 없었다. 길이 없어져서가 아니라 그 길이 이미 모든 의미를 상실했기 때문이었다.

04

임신하기 5년 전부터 이미 모든 것을 아는 여자들도 있다. 딸 둘과 아들 하나를 낳아 셋 다 국제학교에 보내고 그들은 여러 나라 말을 하고 2027년 '올해의 얼굴'이 되고 법대에 들어간 뒤 윤리위원회의 임원이 되는 것이다.

내가 알았던 건 아이를 낳아 그들에게 먹일 음식을 만들게 되리라는 것뿐이었다.

지금도 나는 아이들에게 음식을 만들어 먹이는 중이다.

우리는 말없이 식사를 했다. 어쩌면 이게 우리 가족이 함께하는 마지막 식사가 될지도 모른다. 하지만 그렇다고 밥그릇에 코만 빠뜨리고 앉아 있을 수는 없지 않은가?

나는 아이들에게 함께 식탁에 앉아서 식사를 해야 한다고 강요하지 않았다. 쌍둥이가 어렸을 때, 밥 먹는 것이 그저 배 채우는 일이었을 때는 되도록 기다려주고 저희들이 하고 싶은 대로 놔두었다. 아이들은 식탁과 놀잇감 사이를 왔다 갔다 하며 식사를 했고, 이 식사는 놀이가 중단되지 않도록 주로 공중에서 이루어졌다. 아이들이 지금처럼 식탁에 앉아 처음으로 먹는 데 집중한 것은 한 열 살쯤 되어서였을 것이다.

샐러드에서는 약간의 알싸함이, 소스에서는 새콤함이 느껴진다. 빵이라고 부르기 힘들 정도로 얇은 피자 반죽은 녹아내린 치즈에서 나는 목장 냄새와 오븐의 열기를 품은 토마토의 새콤달콤함, 올리브의 쌉쌀하고 고소한 맛 속에서 이탈리아산 밀의 구수함과 공기를 머금은 듯한 바삭함으로 남았다.

남세스런 얘기지만 아이들에게 음식을 만들어줄 때면 자궁이 약간 수축하는 것을 느낀다. 아이들에게 젖을 물릴 때도 그랬다. 이건 마치 식사 준비를 통해 아직도 수유를 하는 것 같다. 쌍둥이뿐 아니라 개기일식 같은 이 남자 라반 스벤센에게도 말이다.

뭐랄까, 이것은 태고의 느낌이다. 포유류가 제 새끼에게 젖을 물리고 먹이를 입에 넣어준 그 숱한 나날들, 진화가 진행된 수백만 년 동안 끊임없이 존재해온 느낌이다.

우리는 곧 가족이 아니게 될 것이다. 하지만 지금 이 순간 한곳에 모여 앉았고, 아무리 상황이 안 좋아도 밥은 먹어야 한다.

식사를 마친 라반은 냅킨으로 손을 꼼꼼히 닦았다. 우리 집에서는 피자를 손으로 먹는다. 혀뿐 아니라 손으로도 맛을 느낀다고 생각하기 때문이다. 손을 다 닦은 그는 식탁 위에 회색 서류철을 올려놓고 펼쳤다.

맨 위에 흑백사진 한 장이 놓여 있었다. 육십 대 초반으로 보이는 여자의 사진이다. 숱 많은 은회색 머리는 윤이 나고 스칸디나비아 특유의 얼굴은 발할라•에서 도착한 북구의 여신처럼 아름답다.

단 옷과 장신구가 어울리지 않는다. 목에 큼지막한 진주 목걸이를 걸었는데 사진 밖으로도 빛이 흘러넘친다. 아마도 '인조'라는 말이 도달하지 못할 깊은 바다, 큰 조개 속에서만 자란 진주이리라. 무게감이 느껴지는 짙은 색 스웨터에서도 캐시미어에서만 볼 수 있는 은은한 광택이 흐른다.

사진 밑에는 A4 크기의 서류 봉투가 있었다. 라반이 봉투를 건넸다. 나는 칼을 가져와 봉투를 열고 종이에 적힌 내용을 나지막한 소리로 읽었다.

> 마그레테 스플리드. 1942년생. 역사학 박사. 1964년 국방 아카데미에서 군역사학 강의. 1970년 나사(NASA) 자문위원으로 위촉. 1968년부터 1971년까지 미국 체류. 예일대, 코넬대, 미 국방대학교, 미시건 미 공군 분쟁연구소 준회원, 1971년부터 국방 아카데미 제2캠퍼스 및 군사 전략적 예측 및 전술 분과 교수로 재직. 2012년 퇴임 후 고정 자문위원으로 활동 중.

그 밑에는 전보처럼 짤막한 문구가 대문자로 쓰여 있었다.

의회 미래위원회의 마지막 보고서 두 건?

위원회 명단?

이게 전부다.

나는 노트북을 펴고 인터넷에서 '마그레테 스플리드'라는 이름

• 북유럽 신화에 등장하는 궁전으로 천국, 이상향의 의미를 가짐.

을 검색했다. 그녀가 발표한 논문 목록이 길게 이어졌고 그녀의 50세, 60세, 70세 생일을 다룬 신문 단신 네 개가 나왔다. 사진을 보니 현재 75세라는데 나이보다 15년은 젊어 보였다.

티트와 하랄은 내 뒤로 와서 모니터를 들여다보았다. 하지만 라반은 자기 자리에 그대로 앉아 있었다. 컴퓨터를 쓰레기 정도로 취급하는 그는 컴퓨터를 만지려고도 보려고도 하지 않았다. 특히 컴퓨터로 뭘 듣는다는 건 그의 섬세한 청각이 절대 허용하지 않았다.

'의회 미래위원회'로 검색하니 결과가 전혀 안 나왔다.

나는 전화기를 식탁에 올려놓았다. 아마 덴마크에 몇 안 남은 유선 전화기일 것이다. 나는 국방부 홈페이지에 나와 있는 번호로 전화를 걸고 전화기 스피커를 켰다.

"네, 국방 아카데미입니다."

전화를 받은 여자는 여느 시답잖은 데스크 아가씨가 아니라 여군 하사관이었다.

"마그레테 스플리드 씨와 통화하고 싶은데요."

"죄송하지만 안 됩니다. 남기실 말씀 있으면 전해드리겠습니다."

"전 실험물리학 연구소의 수잔 스벤센이라고 합니다. 스플리드 씨 내선번호 좀 알려주세요."

"죄송하지만 알려드릴 수 없습니다."

"그럼 알려줄 수 있는 게 뭐예요?"

"아카데미 이메일 주소는 알려드릴 수 있습니다."

"너무 고마워서 눈물이 다 나네요."

내가 이 전화기를 버리지 않는 이유이자 유선 전화기의 가장 큰 장점은 수화기를 탁 소리 나게 내려놓을 수 있다는 것이다. 바로 지금 같은 경우 크게 쓸모가 있다.

라반은 서류 봉투를 흔들어보며 귀를 기울였다. 그렇게 귀를 기울이는 것이 그가 인생을 사는 방식이다. 봉투 안에서 바스락거리는 소리가 나자 그는 봉투를 거꾸로 들고 탈탈 털었다. 작은 사진 한 장이 나왔다.

즉석 사진이었다. 컬러사진인데 한 50년은 된 것 같았다. 사진 위에 채색을 한 것 같은 초창기 사진인 데다 세월이 흐르면서 색이 다 바랬다.

하지만 사진 속의 장면은 무척 생생했다. 젊은 여자 둘이 콩엔스뉘토우의 '아 포르타스' 카페 테라스에 앉아 로제 샴페인 한 병을 나눠 마시는 모습인데, 카메라가 그 미모를 다 포착하지는 못했지만 그녀들에게 반한 남자들이 사진 테두리 밖에서부터 줄을 서기 시작해 그 줄이 멀리 떨어진 릴레콩엔스 가까지 이르리란 걸 짐작할 수 있었다.

둘 중 한 명은 마그레테 스플리드였다. 지금처럼 진지하고 단호한 인상은 없지만 미모는 여전했다. 그것도 이십 대 초반이니 그 아름다움은 이루 말할 수 없었다. 다른 한 명은 모르는 얼굴인데 그 얼굴을 보고 있자니 어딘지 모르게 석연치 않은 느낌이 들었다.

가족들을 보니 사진 속 여자를 알아보는 듯했다. 그들은 내가 그 여자를 알아보지 못한다는 사실에 더 놀란 눈치였다. 하랄이 답답하다는 듯 말했다.

"할머니잖아요. 되게 예쁘신대요!"

나는 식탁을 치우는 중이었다. 라반이 불쑥 말했다.

"나랑 같이 다녔던 아가씨 말이야, 락스미르…… 사실은 내 제자였어. 음악원 학생."

티트가 씩 웃었다. 상대의 이마를 관통하고 뒤에 있는 벽에 가 박히는 총탄 같은 미소였다.

"아빠, 그 말은 그 관계가 원래는 음악적인 거다 뭐 그런 얘기예요?"

라반은 아무 말 없이 앉아 있다가 등을 구부린 자세로 일어섰다. 온 세상이 그의 발밑에 엎드리는 걸 당연하게 여기는 사람에게는 매우 이례적인 일이었다.

"그런데 엄마, 하인이 왜 정보를 더 주지 않았을까요?"

하랄이 물었다. 확실한 것을 좋아하는 하랄은 정보를 찔끔찔끔 흘리는 것을 질색했다.

나는 하인의 모습을 떠올렸다. 감옥에서, 명예 저택에서, 더 이상 감추지 못했던 그 호기심을.

"우릴 시험하는 거지. 아니, 날 시험하는 거야. 그 사람 수잔 효과를 믿지 않았어."

05

라반을 처음 봤을 때 그는 12킬로그램이나 되는 감자더미 뒤에서 얼굴만 쏙 내밀고 있었다. 안드레아 핑크가 막 땅에서 캐온 감자를 깎으라고 무더기로 부어주고 간 것이었다.

당시 나는 스무 살이었고 안드레아 핑크를 안 지 1년 반쯤 됐을 때였다. 그때만 해도 사람들이 그 집에 자유롭게 드나들었고 손님 초대도 잦았다.

하지만 명예 저택의 저녁 식사에 초대받는다는 것은 모피코트를 받아주는 하인이 있고 잘 차려진 식탁에 앉아 풀 먹인 다마스쿠스 냅킨을 무릎 위에 깔고 코스별로 나오는 음식을 우아하게 입 속에 떠 넣는 걸 의미하지 않았다.

안드레아 핑크는 손님들에게 4시 반까지 오라고 했다. 그리고 현관에서부터 앞치마를 안기며 지하의 부엌으로 등을 떠밀었다. 그곳에는 흙투성이 대파가 한 수레나 쌓여 있거나 핏물 속에 송아지 고기가 잔뜩 담겨 있거나 갓 수확한 감자가 산처럼 쌓여 있었다. 라반도 그렇게 초대돼 감자를 깎고 있었던 것이다.

그를 처음 본 순간의 느낌은 말로 표현하기 힘들었다.

단 한 번도 만난 적이 없는데 다시 만난 것 같은 느낌이랄까?

가끔은 그런 일이 일어난다. 다시 만나기 위해 꼭 전에 만난 적이 있어야 하는 건 아니다. 그때 우리처럼 말이다. 원인 모를 친밀감이 들었고 나는 그 기이한 친밀감의 피해자가 된 것 같아 불안감을 떨칠 수 없었다.

나는 홱 뒤돌아 나가려고 했다. 하지만 뒤에 안드레아 핑크가 버티고 서 있었다. 그녀는 내게 감자 칼을 쥐여주고 라반 맞은편 탁자로 떠밀었다. 꼼짝없이 갇힌 것이다.

감자는 작고 울퉁불퉁했으며 껍질이 두꺼웠다. 도려내야 할 검은 싹들이 걱정스러운 시선으로 나를 쳐다보는 것 같았다. 우리는 마주 보고 서서 찬물 때문에 발갛게 얼어붙은 손으로 말없이 감자를 깎았다.

조금 있으니 열일곱 살쯤 되어 보이는 소녀가 들어왔다. 가정부인지 유니폼을 입고 있었다. 안드레아 핑크에 대해 오해할 수도 있는데, 손님들에게 음식 준비를 시킨다고 해서 인색하다고 생각해서는 안 된다. 실험실에서든 집에서든 그녀 주위에는 항상 허드렛일 해주는 사람이 넘쳤다.

라반이 그 소녀에게로 고개를 돌리자 그녀가 불쑥 말했다.

"우리 엄마는 제가 아홉 살 때 자살했어요. 지금은 그 생각을 많이 하지 않지만 왠지 그 얘기를 해야 할 것 같아서요. 언니, 오빠는 믿음이 가요."

라반은 그녀를 빤히 바라볼 뿐이었다. 곁눈질로 흘깃 보니 다른 손님 몇 명이 부엌으로 들어오고 있었다. 나는 무슨 일이 벌어질지 짐작했지만 일은 생각보다 빨리 진행됐다.

나이 지긋한 부인이 라반 앞으로 오더니 얼굴을 쓱 들이밀며 말했다.

"실례지만 내 얘기 좀 들어봐요. 내가 최근에 추간판 상해 진단을 받았어요. 5번이 문제래네. 이러다 휠체어 신세 지는 거 아닌지 몰라 너무 겁이 나요."

라반은 나보다 두세 살 정도 많아 보였고 사람들의 관심을 받는 데에 익숙한 듯했다. 물론 지금 받는 관심은 완전히 다른 것이었지만.

"통증이 다리로도 퍼집니까?"

언제 들어왔는지 두뇌 연구자이기도 한 의사가 다가와 물었다. 몇 번 본 적이 있는 사람이었다.

"내가 딱 그 짝이라니까요. 남자는 남자 아니겠습니까? 아내가 아무리 말려도 전기톱 가지고 땔감 하러 다니고 그랬습니다. 그러다 보니 신경이 손상돼서 병원도 그만두고 교수직도 내놓아야 했다니까요."

그는 무릎 아래로 덜렁거리는 다리를 보라며 다리 저는 모습을 보여주었다.

"정말 그런 말 들으면 끔찍해요. 전 죽는 게 너무 무섭거든요. 예전부터 그랬어요."

대파를 다듬던 젊은 여자도 이 솔직함의 물결에 휩쓸린 듯 다가왔다.

라반은 마치 물에 빠져 허우적거리는 사람 같았다. 나는 라반의 팔을 잡고 사람들에게 등을 보이지 않은 채 천천히 부엌을 빠져나왔다.

가다 보니 조리실이 나왔다. 나는 그를 조리실로 집어넣고 얼른 문을 닫았다. 그는 어안이 벙벙해서 나를 쳐다보았다.

"뭐야? 방금 그거 뭐였어?"

나는 어떻게 된 일인지 차근차근 설명하고 싶었다. 내가 자연과학을 좋아하는 이유이기도 한 그 입증 가능성을 통해 그를 진실로 이끌고 싶었다. 그러나 그럴 시간이 없었다.

"보통 한 공간에 사람들이 모이면 솔직한 사람이 잘해야 한 명 정도 있는 법인데 아까 그 경우에는 다들 솔직했던 거야."

"왜?"

"내 주변에서 항상 일어나는 일이야. 어렸을 때부터 그랬어. 그냥 타고난 거야. 일종의 저주 같은 거지."

그때 문이 열리고 접시를 가득 든 남자가 들어오다가 우리를 보고 멈췄다.

"득남했습니다. 어제 새벽 6시 15분에요. 3.8킬로그램이래요. 계속 아이 생각만 나네요. 애 엄마랑 난……"

우리는 문을 향해 뒷걸음질 쳤다.

"절대 등을 보이면 안 돼. 그럼 막 쫓아오거든."

복도 끝까지 간 우리는 1층으로 올라가는 비상계단으로 나간 뒤 문을 닫았다. 라반은 이제 살았다는 듯 안도의 한숨을 쉬었지만 나는 잠시 쉴 틈을 얻었을 뿐임을 알았다.

그러나 우리 둘 다 너무 낙관적이었다. 비상계단을 올라가던 우리는 거대한 실크드레스에 가로막혔다. 중국 고관대작의 코트처럼 무겁고 풍성한 드레스였다.

그 속에 휩싸인 사람은 노벨 화학상 수상자로, 브뢴스테드•의 정식 후계자라고 칭송받은 명망 있는 부인이었다. 그녀의 얼굴은 눈물로 얼룩져 있었다. 우리가 지나쳐 가려 하자 그녀가 라반의 손목을 잡았다.

그녀는 완력이 있었는지 손목을 잡힌 라반은 마치 문에 부딪치기라도 한 듯 멈춰 섰다.

"내가 왜 우는지 알고 싶죠? 남편 몰래 몇 년째 바람을 피우고 있기 때문이에요."

라반은 내가 무슨 상관이냐는 듯한 표정으로 그녀를 쳐다보았다. 이마에서는 식은땀이 흘렀다. 겁을 먹은 듯했다.

우리는 둘 다 그 부인이 얼마나 괴로워하는지 알 수 있었다. 현실이란 그래서 문제인 거다. 인간은 견고한 화학적 화합물이 아니라 액체의 불안정한 혼합일 뿐이고 그 혼합액에서 큰 비율을 차지하는 것은 바로 고통인 것이다.

나는 잠시 그녀의 일에 개입하기로 했다.

"선택하셔야 해요. 이혼하든가 남편에게 모든 걸 털어놓든가 둘 중 하나예요. 열다섯 살 이후로 남자들을 연구하고 있는 사람의 말이니까 믿으셔도 돼요."

• 요하네스 니콜라우스 브뢴스테드. 새로운 산, 염기 이론을 발표한 덴마크 화학자.

나는 말하면서 그녀의 손목을 잡았다. 그리고 힘이 가장 적게 들어간 손가락 쪽으로 라반의 팔을 밀어서 빼냈다.

"열다섯 살이라면 작년부터겠는데?"

그녀의 복수는 예리했다. 노벨 화학상 수상자를 고르는 기준은 생각보다 까다로운 모양이다. 어쨌든 내 말이 그녀에게 파장을 불러일으킨 것만은 틀림없었다. 그녀 내면에서 어떤 변화가 일어나고 있었다.

우리는 그녀에게서 벗어나 계단을 올라갔다.

"어떻게 한 거야?"

"내 입장에선 이게 살아남기 위한 최선의 방법이야. 좋은 조언을 해주면서 빠져나오는 것."

식사와 후식 사이에 나는 라반이 작곡가라는 걸 알았다. 그는 숨죽이고 지켜보는 청중 앞에서 직접 작곡한 피아노 소나타를 연주하고 직접 만든 노래 두 곡을 부른 뒤 내려왔다. 박수갈채가 터졌다.

무대에서 내려온 그는 내 앞자리로 와 앉았다.

"어때? 괜찮았어?"

보통 예술가나 연구자들은 무대에서 내려오자마자 칭찬을 구할 만큼 숫기 있는 족속들이 아니다. 나중에 확실해졌지만 그때 이미 싹수가 보였다. 그는 책상에 앉아 머리를 굴리는 유형이 아니었고 성공하려면 한 우물만 파야 한다는 것을 경험으로 알고 있었다.

"그냥 흘러간 가요 같은데?"

"널 위해서 연주한 거야."

"몰라, 내가 듣기엔 그냥 악기 두드리는 소리였어."

나는 그렇게 말하고 일어섰다.

그는 동에 번쩍 서에 번쩍 하며 내 주변을 맴돌았다.

"물어볼 게 있어. 남자 친구 있니?"

그는 말을 내뱉자마자 그런 걸 물어봤다는 사실에 머쓱한 표정이 되었다.

어느 순간 우리는 많은 사람들에게 둘러싸였다. 한 노 신사가 라반의 팔에 손을 얹으며 다가섰다.

"내가 상담해준 사람은 3,500명이 넘는다네. 평생 그 일을 했지. 지금은 일흔세 살이야. 내 경험으로는……"

라반은 흠칫 놀라며 내 팔을 움켜쥐었다.

"네가 말한 그 수잔 효과야!"

나는 그의 손을 뿌리치고 응접 홀로 나갔다. 그도 따라 나왔다.

"왜? 가려고?"

"집에 애가 셋이나 있어. 막내는 아직 수유 중이고. 애 아빠한테 10시까지 간다고 했어."

안드레아 핑크가 거실로 들어가는 문 앞에 서 있었다. 라반이 밖으로 나가는 문을 가로막았다.

"내가 집까지 바래다줘도 되겠니? 네 남편에게 인사도 하고 막내한테 내가 직접 작곡한 자장가도 불러줄게."

나는 고개를 저었다.

그가 옆으로 비켜섰고 다음 순간 나는 어둠 속에 서 있었다.

봄이었지만 어두웠고 공기는 습했다. 나는 그 어둠이 좋았다. 나는 저택 입구를 지나 거리로 나섰다. 밤길을 걷고 있노라니 정말 큰 위험에서 빠져나왔다는 안도감이 들었다.

06

당시 안드레아 핑크는 거의 실험실에 틀어박혀 살다시피 했다.

그녀의 연구실과 '태도 실험실'이라 불리는 방들이 차지하는 공간은 뇌레브로 대학 캠퍼스에 있는 실험물리학 연구소 건물 꼭대기 층의 절반이 넘었다.

그녀는 명예 저택에도 실험실을 여러 개 만들었다. 방마다 심박계가 널렸고 휴대용 뇌파 측정기가 쌓였으며 미닫이 칠판이 설치되었다. 그 옆에는 수집품을 담아두는 접시와 칠판보다도 큰 호수의 빌헬름 룬스트룀• 작품이 걸려 있곤 했다.

내가 열흘 뒤 라반을 다시 만난 곳도 그 그림들 앞에서였다. 라반은 안드레아 옆에 앉아 있었다. 안드레아는 내게 그가 온다고 귀띔해주지 않았다. 그날은 매주 있는 상담 날이었다.

당시는 우리 관계에 있어 기념비적인 시기였다. 나와 그녀의 가족 사이에 일어난 일로 인해 무척 심각하고 어두운 상황이었다. 처

• 프랑스 입체파 화풍을 덴마크에 소개한 코펜하겐 출신의 화가.

음에는 세 아들과 차례로, 그다음엔 그녀의 남편과 엮인 지 얼마 안 된 때여서 서로 어떻게 대해야 할지 몰랐다.

그녀는 언제나처럼 바로 본론으로 들어갔다.

"수잔은 사람들이 솔직해지도록 만들어. 이유는 아직 모르지만 지금까지 3년 반째 실험해온 결과야."

이번에는 나를 향해 말했다.

"라반도 비슷한 효과를 낸단다. 조금 다르긴 하지만 얼추 비슷해. 내 이론에 따르면 너희 둘이 한 공간에 있을 때 그 효과가 증폭돼. 그래서 일부러 둘을 만나게 한 거야. 물론 통제하의 체계적인 관찰은 불가능하지만 내가 부엌과 식당에서 너희 둘을 지켜본 결과 내 생각이 맞았어. 확실해."

"수잔을 어떻게 실험했는데요?"

라반이 물었다. 그는 의자 끝에 걸터앉아 있었고 나는 서 있었다.

"경찰 신문을 대신했어. 잘 풀리지 않는 사건, 조직범죄, 경찰이 이미 포기한 사건들이었어. 우리가 찾은 방법 중엔 그게 최선이었단다. 범행을 실토하는 데엔 객관화된 저항이 있다는 게 우리 생각이었어. 수잔은 9개월 동안 열일곱 명을 신문했어. 모두 12시간에서 68시간까지 신문을 받았지만 아무것도 털어놓지 않은 사람들이었어. 우리가 신문했을 때는 열일곱 명 중 열두 명이 두 시간 내에 털어놓기 시작했고, 서너 명이 여섯 시간 뒤에 실토했어."

그녀는 숫자를 손가락으로 꼽으며 말했다.

"마지막 한 명은요?"

"미쳐버렸어."

그는 생각에 잠겨 앞만 바라보았다. 그때 나는 그가 얼마나 엄격한 사람인지 처음 알았다.

"윤리적인 측면은 어떻게 되는 거죠? 범죄자들을 신문하면서 물리학적 실험을 해도 되나요?"

안드레아 핑크는 그의 시선을 피했다.

"지원금이 어디서 공짜로 나오는 건 아니야. 법무부와 국방부에서 신문 기술 개발에 투자하고 우린 관련 현상을 연구하는 거야."

라반은 아무 대꾸도 하지 않았다.

"이건 인간적인 거야. 그 효과도 그렇고. 비인간적인 방법도 많단다."

라반은 여전히 아무 말이 없었고 안드레아는 답답한 듯 자리에서 일어섰다.

"그래, 물리학의 문제는 항상 이거야. 언제나 이런 방식으로 지원을 받았지. 그게 바로 페르미•가 남긴 유명한 말이야. 원자폭탄에 대해 이래저래 말이 많지만 어찌 됐든 그것도 다 위대한 물리학적 성과임에는 틀림없다는 거."

두 사람은 나를 쳐다보았다. 내가 말할 차례였다.

"선생님은 우릴 실험 대상으로 삼았어요. 우리가 아무것도 모르는 상태에서요."

"내가 첫날부터 경고했지?"

나는 나가려고 발길을 돌렸다. 라반이 얼른 달려와 내 앞을 가로

• 엔리코 페르미. 이탈리아 출신의 물리학자. 제2차 세계대전 당시 미국에 망명해 핵무기 제조 프로젝트에 참여함.

막았다.

"나랑 같이 가자."

"남편이 밖에서 기다려."

"내가 다 알아봤어. 남편도 아이들도 없잖아."

"라반, 우리가 만나는 건 이게 마지막이야. 지금은 좀 힘들겠지만 나중엔 여기서 끝난 걸 다행으로 여기게 될 거야. 이건 아주, 아주 확실해."

그는 옆으로 비켜섰지만 내게서 시선을 떼지 않았다.

"어휴, 너 그 효과 말고도 할 줄 아는 게 많구나?"

나는 문을 닫고 나가 빠른 걸음으로 대문을 나섰다. 입맛이 쓰지 않았다. 난 꼭 해야 할 말을 분명하게 했고 그로써 경계선을 그었다. 그 선을 넘어오려는 사람들이 과연 선을 넘어도 될 것인가 두 번 생각하게 만드는 경계선을.

07

오전 10시 45분. 나는 하랄과 함께 적어도 150제곱미터는 돼 보이는 커다란 방에 들어섰다. 바닥까지 닿는 볼록한 창문을 통해 햇빛이 쏟아져 들어왔다.

나는 걸음을 멈추고 목발에 의지했다. 열 살에서 열세 살 정도 된 아이들 서른 명이 한쪽 벽에 설치된 바를 잡고 서 있었다. 남자아이들은 검은색 타이츠에 흰색 티셔츠를 입었고 여자아이들은 회색 레깅스에 발레복 차림이었다. 젊은 남자가 벽 앞에 놓인 피아노를 치고 있었다.

아이들도 피아노 치는 남자도 우리가 들어오는 걸 눈치채지 못했다. 그들의 관심은 온통 창문 앞에 서 있는 한 여자에게 집중돼 있었다.

그녀는 잔잔한 피아노 연주에 맞춰 아이들에게 클래식 발레의 바 트레이닝을 시키고 있었다. 낮지만 호소력 있는 목소리로 말하며 직접 춤을 추었다.

올해 예순여섯 살인 그녀는 지난 66년 동안 몸을 어지간히 혹사

시켰다. 내 말은 일반적으로 생각하는 신체적인 의미의 춤을 춘 게 아니라는 뜻이다.

사실 그녀가 일반적이었던 적은 한 번도 없었다. 그리고 엄밀히 따지면 춤이란 신체적인 것이 아니다. 춤은 신체적인 것 너머의 깊은 곳에서 나온다. 그녀의 경우 몸이 노쇠해져도 그 깊은 곳에서는 춤이 그칠 줄 모르고 쏟아져 나오는 것 같았다.

나는 그녀가 춤추는 모습을 수도 없이 봐왔다. 하랄도 마찬가지다. 그런데도 매번 존경과 감탄이 담긴 표정으로 홀린 듯 바라보게 된다.

창밖으로 콩엔스뉘토우 광장이 보였다. 우리가 찾아간 곳은 왕립발레단 아동반 연습실이었다. 그녀는 짧은 동작으로 연습이 끝났음을 알렸고 연주자와 아이들은 박수를 쳤다. 그들은 마지막으로 그녀에게 존경의 눈길을 보낸 다음 연습실을 나갔다.

땀 냄새와 향수 냄새 사이에 향기로운 사과향이 섞여 있었다. 마지막 사람이 나가고 문이 닫히자 그녀는 사과주를 꺼내왔다. 좋은 필리파, 퓐 섬•에서 수확해 착즙, 발효를 거쳐 맑디맑은 40도짜리 화주로 증류한 것이다. 그녀는 우리를 향해 잔을 높이 든 후 들이켰다. 그리고 구름 위를 걷듯 우리에게 다가와 우리 둘을 동시에 껴안았다.

그녀는 키가 나보다 머리통 하나만큼 더 컸다. 그녀의 몸은 반질반질한 나무토막을 연상시켰다. 지방 한 점 없는 그녀의 맨몸을 볼

• 덴마크에서 두 번째로 큰 섬.

때면 항상 근육과 근막이 그려진 해부도를 보는 것 같아 으스스한 느낌이 들곤 했다.

나는 그녀의 얼굴을 손으로 끌어다 이마를 마주 댔다.

"오랜만이에요, 엄마."

그녀는 내 손에서 머리를 빼내더니 다시 잔을 들었다.

"건배! 우리 딸, 그리고 귀여운 우리 강아지."

어머니는 작은 탈의실을 쓰는 왕립 발레단의 다른 강사들과 달리 전용 사무실을 사용했다. 전망도 좋아서 창밖으로 광장의 커다란 나무가 내려다보였고 발레단장과 발레 안무가의 방보다 작지도 않았다.

그녀가 이렇게 특혜를 누리는 데는 두 가지 이유가 있다. 첫 번째는 진정한 자연과학과 마찬가지로 클래식 발레 또한 장인을 통해 전수된다는 것이다. 왕립 발레단에는 훌륭한 발레 강사들이 많지만 전통의 정수를 전달할 만큼 예술적 능력과 천재적인 기억력을 가진 사람은 몇 되지 않았다. 위대한 무용의 전통은 오귀스트 부르농빌• 에서 20세기의 위대한 무용가들을 거쳐, 다시 라네르, 브레노, 에릭 브룬을 거쳐 어머니에게로 연결된다.

이것이 어머니가 전용 사무실을 갖게 된 첫 번째 이유라면 두 번째 이유는 어머니의 성정과 관계가 있다. 아무리 사뿐사뿐 걷고 일반인과 달리 중력가속도의 영향에서 벗어나 에테르 속에 떠 있는

• 덴마크의 낭만 발레 안무가.

듯 보여도 의자에서 일어서거나 택시에 탈 때 보면 어머니에게는 상당히 터프한 구석이 있다. 딱 봐도 잘못 건드렸다간 뼈도 못 추릴 것 같은 면모가 숨어 있는 것이다.

"마그레테 스플리드가 누구예요?"

이것이 1년 만에 만난 딸의 첫마디였다. 어머니가 무슨 말을 기대했는지는 모르지만 아마도 이 말은 아니었으리라.

"처음 듣는 이름인데?"

나는 그녀에게 사진을 내밀었다. 그녀는 책상에 앉아 안경을 끼고 사진을 천천히 들여다보더니 다시 내려놓았다.

"미안하지만 한 번도 본 적 없는 여자야. 우연히 만난 사람이겠지. 너도 알잖니, 일하다 보면 사람들을 얼마나 많이 만나는지."

그녀는 내 눈을 응시하다가 시선을 하랄에게 옮겼다. 그리고 좁고 긴 잔을 들어 음미하듯 천천히 술을 마셨다.

그녀는 언제나 알코올 중독이었다. 아니, 더 정확히 말하면 항상 무언가에 중독돼 있었다. 알코올 중독은 마흔여섯 살 때 춤을 그만둔 후 찾아왔다. 그전에는 약물, 남자, 그리고 관객에 중독돼 있었다.

춤에 대한 관계도 알고 보면 일종의 중독이다.

"인도에서 운이 좀 나빴어요. 그것 때문에 돌아온 거고요. 지금 고소당한 상태인데 징역형이 나올 거래요. 25년."

"모범수가 되면 일찍 나올 수 있을 거야. 맛있는 거 많이 보내줄게."

중독자들은 대개 어느 정도 시간이 지나면 양심의 가책 때문에 무너지는 때가 온다고들 한다. 그동안 쌓인 윤리적 자책이 제 무게를 못 이기고 쓰러지는 것이다. 그런데 어머니는 그렇지 않았다.

어떤 사람들은 어머니에게 무너질 양심이 없다고 말하기도 했다.

"재판이 시작되면 떠들썩할 거예요. 언론에서도 엄마 이름을 들먹일 거고요. 그럼 극장에서의 위상에도 영향을 끼치겠죠?"

어머니는 잔을 내려놓았다.

"네가 내 밥줄을 끊겠다는 거니?"

나는 어머니에게 가서 양손으로 책상을 짚으며 그녀를 내려다보았다.

"난 티트와 하랄의 엄마예요. 무슨 짓을 해서든 아이들을 안전하게 지킬 거예요."

어머니는 다시 잔을 들었다. 이번에는 음미하는 것이 아니라 약을 먹듯 서둘러 입 안에 털어 넣었다.

"딸, 어쩌다가 고소당한 거니?"

"살인 미수요. 누군가를 때려죽이려다 실패했어요."

"누군데?"

"애인."

"왜? 애인이 네 맘에 안 드는 짓을 했니?"

"헤어지자고 했더니 강간하려고 했어요."

창문이 굉장히 두껍게 제작됐는지 광장의 소음이 전혀 들리지 않았다.

"네 교육을 어디서부터 어떻게 잘못한 건지 모르겠구나. 그런 놈은 때려죽였어야지."

나는 책상에 걸터앉았다.

"나이가 드니 마음이 약해지나 봐요."

우리는 서로를 쳐다보았다. 어머니가 키득키득 웃었다. 나도 따라 킥킥거렸다. 됐다. 이제 모녀 사이에 연결 고리가 만들어졌다. 서로를 이렇게 잘 이해하다니 정말 대단한 모녀가 아닌가!

사무실 벽은 질서 정연하게 나열된 사진 액자들로 도배돼 있다시피 했다. 하랄 라네르, 에릭 브룬, 누레예프, 바리시니코프, 수잔 패럴, 페터 마르틴스, 페터 샤우푸스, 마고 폰테인.• 모두 '존경하는 누구에게 어쩌고저쩌고……'라는 말과 함께 서명이 돼 있었다.

어머니는 자리에서 일어나 벽을 따라 천천히 걷다가 눈높이에 걸려 있는 한 사진 앞에 섰다.

그 사진은 다른 사진들보다 컸다. 남자와 여자가 말을 타고 달리는 모습이었다. 그들의 구릿빛 피부에서 생기가 넘쳤다. 한 40년은 된 듯한 흑백사진이었지만 바로 어제 찍은 듯한 느낌이었다. 숲 냄새가 바람에 실려오는 듯했고 그을린 피부에서는 햇볕 냄새가 날 것만 같았다.

그리고 돈. 그 사진에서는 무엇보다도 돈 냄새가 났다.

우리 부모님의 사진이었다. 아마 롤 근처 숲에 있는 별장에서 찍은 것이리라. 그것 말고도 별장이 몇 채 더 있었다.

어머니는 그 사진 앞에 서 있기를 좋아했다. 특히 내가 올 때는 더 그랬다. 트라우마라는 것이 원래 그렇다. 트라우마를 겪은 사람은 끊임없이 그 자리로 되돌아간다. 이제는 그 무엇도 돌이킬 수 없

• 덴마크, 러시아, 미국, 영국 등의 발레 무용가들.

다는 사실을 깨닫기 위해, 그리고 거기서 벗어나기 위해.

슬픈 운명이란 들어주는 사람이 있어야 더 실감나는 법이다. 특히 어머니의 경우는 더욱 그랬다. 어머니는 가능하기만 하다면 입장료를 받고 자신의 이야기를 팔 사람이다. 아마 화장실에서 볼일 보는 것까지 팔아먹을 것이다.

"마그레테 그 마귀 같은 할망구랑 무슨 볼일이 있는 거니?"

"뭘 물어봐야 해요. 그 사람이 대답해주면 소송을 중지시킬 수 있어요."

"뭐 대단한 건 못 알아낼 텐데? 조개처럼 입을 꾹 다물고 사는 인간이거든. 그러고 보니 안 본 지 20년도 넘었네. 그땐 호숫가에 살았었는데 이사 갔어. 주소를 아는 사람도 없고. 국방부에서 일했었는데 아마 지금도 거기 있을 거다. 무슨 일을 하는지는 절대 말 안 하더라고. 국가 기밀이었나 봐. 사무실은 스바네묄렌 부대에 있었어. 나도 우연히 알게 됐지. 거기 부대 병설 중고등학교가 있는데 필수과목으로 무용을 가르쳤거든. 교사들도 다 수준급이었지. 나도 거기서 몇 년간 기간제로 일했어. 보수도 괜찮았지. 그런데 어느 날 우연히 마그레테가 한 건물로 들어가는 걸 봤어. 그때 이후로 밖에서 몇 번 만났어. 리허설이 없을 때는 금요일에 만나서 시내에 놀러 가곤 했지."

"어떻게 해야 만날 수 있어요?"

어머니는 책상 서랍에서 그녀의 이니셜이 새겨진 고급 메모지와 만년필을 꺼내왔다. 촉이 넓어서 사진이나 팸플릿에 서명할 때 아주 날렵한 글씨체를 만들어주는 만년필이었다. 그녀는 메모지에 약도를 그리기 시작했다.

"구 군부대 자리로 가려면 이 전철 터널 위에 있는 다리를 건너야 해. 거긴 아무나 들어갈 수 없어. 고급 저택을 짓기 시작하면서부터 검문소도 생기고 차단기도 설치해놨어. 거긴 네가 알아서 통과해야 할 거야. 마그레테가 일하던 곳은 맨 끝 건물이야. 그 건물과 사무동 사이에는 중고등학교 소유인 구기 경기장과 작은 트랙이 있어."

그녀는 옆으로 긴 타원을 그렸다. 그리고 그 뒤에 직사각형을 그리고 직사각형의 왼쪽 윗부분에 X표를 했다.

"마그레테는 시간관념이 아주 철저했지. 일분일초도 안 틀리고 정확한 게 시계가 따로 없었어. 저승사자가 퇴근하기도 전에 일어나서 일을 시작하는 여자였어. 새벽 4시에 말이다. 그리고 11시엔 항상 여기 있었어. 그땐 그랬어. 크리스마스건 생일이건 하루도 빼놓지 않고 항상 똑같았어."

어머니는 내게 메모지를 내밀었다.

"너희들 걱정은 안 해도 되는 거지?"

자기 자식과 손자가 인생의 내리막길을 걸으면 아마 온 세상 어머니의 99퍼센트가 죄책감을 느낄 것이다. 그러나 우리 어머니는 그럴 사람이 아니었다.

그럼에도 불구하고 나는 그녀의 말투에서 일말의 근심을 감지했다. 그러나 곧 '그럴 리가' 하며 착각으로 치부했다.

나는 그녀의 머리를 감싸며 작별 인사를 했다. 그녀의 눈 속에는 언제나처럼 세기말적 예감과 종교적 황홀감이 서려 있었다.

그녀는 하랄을 바라보았다. 자기밖에 모르는 어머니가 '딴 사람도 아낄 줄 안다'고 말할 때 그 딴 사람은 다름 아닌 하랄을 의미했다. 그녀는 가끔 늑대가 빨간 모자를 보듯 하랄을 훔쳐보았다. 하랄이 두세 살 위이고 그녀의 손자가 아니라면 얼마나 좋을까 하는 눈빛으로 말이다.

"우리 강아지, 지난번에 봤을 때랑 많이 달라졌는데? 해가 바뀐 거 말고 말이야."

하랄은 그녀를 보고 씩 웃었다.

"할머니, 전 80년 살아야 한대요. 이건 마치 견진성사를 두 번 받는 기분이에요. 아실지 모르겠지만 성인식 독하게 치르는 기분?"

나는 뒷걸음으로 나가며 그녀에게 손키스를 날렸다. 그리고 문을 닫고 나왔다.

08

콩엔스뉘토우 광장에는 햇살이 눈부시게 쏟아졌다. 나는 시동을 걸지 않고 잠시 그대로 앉아 있었다.

부모에게 있어 차로 이동하는 시간은 아이와 차분히 대화할 수 있는 유일한 기회다. 일단 안전벨트를 매고 앉으면 이리저리 날뛰지 못하니 쌍둥이와도 인생 사는 이야기를 할 수 있었다.

그러나 그것도 잠시였다. 열 살이 되자 아이들은 대중교통을 선호했고 잠깐씩 가까운 곳에 태워다주거나 어쩌다 한 번씩 여행을 갈 때가 아니면 그런 여유를 누릴 수 없었다. 지금이 바로 그런 기회이고 내가 바로 시동을 걸지 않은 이유이기도 하다.

"엄마랑 할머니 관계는 어땠어요?"

하랄이 그런 질문을 한 것은 처음이었다. 그 누구도 내게 그런 질문을 한 적이 없었다. 나조차도 생각해본 적이 없었다.

나는 일단 시동을 걸었다. 그리고 불현듯 느껴지는 마음의 무게를 덜어볼 요량으로 차들의 행렬 속으로 끼어들었다.

차량이 통제된 반대편 차선에서는 수천 명의 시위대가 행진하고 있었다. 아마도 크리스티안스보르로 가는 길이리라. 꽉 막히기는 이쪽 차선도 마찬가지였다.

"할머니는 순회공연을 다녀서 얼굴도 자주 못 봤어."

하랄은 다음 말을 기다리는 듯 나를 빤히 쳐다보았다.

"한번은 학교 앞에서 할머니를 기다린 적이 있었어. 수업 끝나면 데리러 오겠다고 약속했거든. 우린 두 달 만에 보는 거였어. 그런데 할머니가 오지 않았어. 다른 아이들은 다 엄마가 와서 데려가는데 우리 엄마만 오지 않은 거야. 45분쯤 지나니까 오지 않겠구나 하는 생각이 들더라. 난 집까지 꽤 먼 길을 걸었어. 그때는 하우네 가에 있는 극장 관사에 살았거든. 걸어가는 동안 깨달았지. 아무리 그래도 난 엄마를 사랑하는구나, 하고 말이야."

정체가 풀리는지 차들이 서서히 움직이기 시작했다. 시위대의 팻말 여기저기에서 '우윳값'이라는 단어가 눈에 띄었다.

"우윳값이 어쨌다는 거야?"

하랄은 우리 집에서 유일하게 신문을 읽는 사람이다.

"우윳값이 에너지 가격에 맞춰 인상됐대요. 우리가 나가 있는 동안 백 퍼센트가 올랐대요."

우리는 고터 가에 있는 동* 에너지 연구소 앞을 지나 지리학과 건물, 미생물학과 건물, 파눔 연구소, 제국 병원, 제2대학 도서관, 뇌레 가에 있는 외르스테드 연구소, 자연사 박물관, 약트 로에 있는 분자물리학 센터를 지났다.

* DONG. 덴마크의 대표적 에너지 회사.

이것이 바로 내가 코펜하겐에서 방향을 잡는 방법이다. 내게 이 도시는 자연과학 관련 기관들이 흩어져 있는 거대한 모형과 같다. 이 모형을 머릿속에 넣어두면 절대 헤맬 일이 없다. 의회는 내게 아무런 의미가 없다. 문화나 언론도 마찬가지다. 우윳값이 다 뭐람? 하지만 어느 날 닐스 보어 연구소에 갔는데 문이 닫혔고 폐쇄된 상태라면 그건 내게 인류 종말이었다.

우리는 어느새 스바네묄렌 전철역을 지났다. 터널 위로 난 다리를 건너니 차단기가 가로막는 검문소가 나타났다. 검문소에서 제복을 입은 젊은 남자가 나왔다. 군복이 아니라 경비요원들이 입는 회색 옷이었다.

이 동네는 못 본 사이 많이 개발된 것 같았다. 못 보던 건물도 많아졌고 6층짜리 건물들이 하늘 높이 솟아 있었다. 우리 가족만 잘 나가는 게 아니었던 거다. 세상은 우주로 뚫고 나갈 기세로 발전하고 있었다.

공터에 곡물 저장고처럼 생긴 낮은 구조물이 보였다. 철갑을 두른 표면에서 반짝반짝 윤이 났다. 5년 뒤 완공되고 나면 세계에서 가장 큰 입자가속기가 될 코펜하겐 입자가속기의 출입구 여덟 개 중 하나였다. 세른•의 강입자가속기보다 10퍼센트 크고 40퍼센트 강력하다고 한다.

나는 코펜하겐 대학교의 교직원 신분증을 보여주었다. 그리고 방문 목적을 묻는 질문에 건물에 붙은 회사 이름 중 제일 먼저 눈에

• CERN. 유럽공동 원자핵연구소.

띄는 이름을 대며 내 명함을 건넸다.

"입자가속기 건으로 코비*에 용건이 있는데요. 일정 예약하고 왔어요."

그는 일지를 쓱 훑어보았다.

"성함이 없는데요."

예의 바르고 성실해 보이는 젊은이였다. 잘해봐야 하랄보다 다섯 살 정도나 많을까? 얼어붙은 시멘트 바닥 위에 서 있는 모습이 피겨 스케이트 선수처럼 아름다웠다. 읽다 만 책을 옆구리에 꼈는데 살짝 곁눈질로 보니 셰익스피어의 소네트다. 웬만한 사람들은 다 아는 이름일 테지만 내게는 낯설다.

"그 명함 가질래요? 댄스 파트너 필요할 때를 대비해서."

그는 얼굴을 붉혔다. 눈 밑에서부터 시작된 홍조는 뺨으로 퍼졌다가 넥타이 매듭 밑으로 사라졌다. 그 홍조가 몸의 어느 부분까지 퍼질지 해부학적인 여정에 관심 있는 여자가 많으리라.

차단기가 올라갔고 우리는 안으로 들어갔다.

하랄이 나를 보는 게 느껴졌다. 이제까지와는 전혀 다른 시선이었다. 어떤 종류의 시선인지는 안 봐도 알 수 있었다. 난생처음 엄마가 아닌 여자로서의 나를 보고 있었다.

"엄마, 저 사람 당황하잖아요. 불쾌한 표정이었어요."

"아냐, 겉으로만 그런 거야. 속으로는 좋아했어."

* COWI. 덴마크의 세계적 컨설팅 엔지니어링 기업.

09

어머니가 마그레테 스플리드의 사무실이라고 표시해준 건물은 대학이나 학교의 느낌이 전혀 나지 않는 평범한 건물이었다. 게다가 값싼 재료로 막 지어서 일단 짓고 나면 무너지거나 철거될 때까지 어쩔 수 없이 봐야만 하는, 보는 사람에 대한 배려가 전혀 없는 건물이었다.

하지만 주차장에는 돈을 아끼지 않았는지 학교 주차장이 축구장만 했다. 아마도 국방 아카데미 제2캠퍼스에는 손님이 많이 찾아오는 모양이었다.

그러나 그것도 말이 안 되는 게 우리가 타고 온 파사트 외에 주차장에 세워져 있는 거라곤 자전거 열두 대와 안전표지판 뒤에 서 있는 굴착기 한 대뿐이었다.

운동장을 지나갈 때 하랄이 내 팔을 살짝 꼬집었다.

그건 친밀감의 표시였다. 하랄은 신체 접촉을 그다지 좋아하지 않았고, 내게는 특히 애정 표현에 인색했다.

그런 하랄도 아홉 살이 되기 전까지는 엄마에게서 떨어질 줄 모르는 어리광쟁이였다. 영화를 보거나 책을 읽어줄 때면 항상 내 머리나 몸을 쓰다듬었다. 한번은 유치원으로 데리러 갔는데 같은 반 아이들에게 우리 엄마 볼이 얼마나 부드러운지 모두 한 번씩 만져봐야 한다고 고집을 부렸다. 나는 쭈그리고 앉아서 서른 명 남짓한 아이들이 조심스레 내 볼을 만지게 했다. 엄마의 몸을 대중에게 전파하는 데 성공한 하랄은 의기양양한 표정으로 그 모습을 지켜보았다.

아홉 살이 되자 그것도 끝이었다. 어느 날 아이에게 손을 내밀었는데 아이가 내게 와 안기지 않고 한 발짝 떨어진 채 서 있었다.

뭔가 변하고 있었다. 심리학자들은 이런저런 말을 갖다 붙이며 설명하려 들겠지만 아무리 그래도 잔인한 사실은 변하지 않는다. 아이는 언젠가는 부모 품을 떠난다는 사실. 그때쯤 되면 부모들은 부모 자식 간의 사랑이, 인간이나 짐승의 어미가 새끼들을 먹여 살리도록 다윈주의가 만들어낸 환상일 뿐이란 의심에 적잖은 증거를 얻게 된다.

나와 하랄 사이에 남은 애정 표현은 방금처럼 어쩌다 한 번씩 느닷없이 팔을 꼬집는 행동이다.

그 이유는 금세 알 수 있었다. 바로 굴착기였다.

세상의 모든 엄마들, 대부분의 아빠들에게 굴착기는 그저 다 같은 굴착기일 것이다. 그리고 굴착기가 파놓은 구덩이도 그냥 땅속에 난 구멍일 뿐 더 이상의 특이점은 찾지 못하리라.

우리 집은 다르다. 하랄은 일반 미니 굴착기와 방금 우리가 지나쳐온 기계, 멀리서 봐도 최대 도달 거리가 8미터에 이르는 볼보 35톤 굴착기라고 딱 구별할 줄 아는 엄마 밑에서 자랐다. 그건 곧 구덩이 속을 들여다보지 않아도 그 속에 미터당 25밀리미터의 최저 경사도로 유효기간 120년, 내경 90센티미터의 대형 하수관이 들어 있다는 뜻이다.

하랄은 그렇게 내게 무언의 칭찬을 보냈다. 가족이라고 해서 꼭 마음에 드는 건 아니겠지만 어쨌든 아이에게 처음 세상을 보여주고 사는 법을 가르쳐주는 사람은 어머니가 아니겠는가.

운동장 서쪽에는 철망으로 된 담이 있었고 철망 위에는 두 겹으로 된 가시철조망도 얹어져 있었다. 덴마크 국방 아카데미 운동장은 아무나 쓸 수 없다는 뜻인가?

하지만 그러기에는 운동장의 상태가 너무 좋았다. 잘 손질된 잔디밭이 펼쳐졌고 잔디는 영하의 날씨에도 초록색으로 빛났다.

철망에서 5미터쯤 떨어진 곳에 트랙이 그어진 원형 운동장이 있고 그 한가운데 마그레테 스플리드가 서 있었다.

사진에서 본 얼굴이었다. 하지만 몸을 보니 뜨악하지 않을 수 없었다. 그 몸은 내가 살면서 봐온 몸 중 가장 각진 몸이었다.

어깨는 직각이고 몸통도 거의 직육면체였지만 또 어딘지 모르게 여성적인 데가 있었다.

그녀는 트레이닝복 차림이었고 옆을 보고 서 있었기 때문에 우리를 보지 못했다. 그녀는 앞으로 몸을 기울이는가 싶더니 자신을 축으로 돌기 시작했다. 그제야 그녀의 손에 들린 것이 보였다. 원반이었다.

빙글빙글 도는 그녀의 움직임이 너무 빨라서 꼭 짐승이나 기계를 보는 것 같았다. 그녀는 축에서 한 치도 벗어나지 않아서 마치 움직이지 않는 회전축처럼 보였다.

무거운 원반이 검지 위로 미끄러지며 그녀의 손을 떠났다. 원반은 옆으로 회전하다가 낮은 포물선을 그리며 날아갔다.

원반은 그녀가 동작을 멈추고 우아하게 몸을 일으킬 때까지도 공중에 떠 있었다. 그녀는 손으로 햇빛을 가리고 포물선이 떨어지며 그리는 곡선을 감상했다.

그녀는 원반이 떨어진 곳까지 먼 길을 걸어갔다. 성큼성큼 걸어가는 탄력 있는 걸음걸이는 말이 걷는 모습을 연상케 했다. 원반을 줍던 그녀의 시선이 우리와 마주쳤다.

그녀는 천천히 철망 쪽으로 다가왔고 2미터쯤 떨어진 곳에서 멈췄다.

"코펜하겐 대학교 실험물리학과의 수잔 스벤센이라고 합니다. 두 가지 질문이 있는데 대답해주실 수 있나요?"

"뭔데요?"

"미래위원회의 마지막 두 모임은 어떻게 진행됐나요?"

그 말이 끝나기 무섭게 눈에 보이는 철창 뒤로 다른 철창이 쳐졌다. 그녀는 내면의 문과 창문을 모두 걸어 잠그고 문에 난 구멍으로 살짝 내다보는 사람처럼 나를 쳐다보더니 뒤돌아 걷기 시작했다.

"제가 지금 어려운 처지라서 그래요. 징역형이 내려질 건데 그 위원회 보고서를 찾으면 소송을 중지시킬 수 있어요."

뒤에서 하랄이 초조한 듯 발을 까딱거렸다. 매사에 고상한 접근법을 선호하는 그에게 이 상황이 마뜩찮은 것이리라. 아마 더 점잖고 세심한 일 처리를 기대했을 것이다.

"저 라나의 딸이에요. 라나 레빈센요."

그 말을 들은 그녀는 철창 앞으로 돌아와 나와 하랄의 얼굴을 찬찬히 뜯어보았다.

그리고 그녀의 눈에 알 수 없는 빛이 스쳤다. 문에 달린 편지 구멍마저 딸칵 하고 닫히는 것 같았다.

"미안하지만 도와줄 수가 없군요."

그녀는 그 말만 남기고 돌아섰다.

"여기 내 아들 하랄이에요, 이 아이도 감옥에 가야 한다고요."

등 뒤에 대고 소리쳐봤지만 그녀는 빠르게 사라져갔다.

"전화번호라도 좀 주세요! 전화로 다시 얘기하면 안 될까요? 다른 방법이 없어요!"

그녀는 운동장 끝에 죽 늘어선 낮은 검은색 가건물 안으로 들어가버렸다.

하랄은 말없이, 그러나 비난에 찬 눈길로 나를 쳐다보았다.

10

우리는 주차장으로 돌아갔다.

나는 굴착기가 있는 곳으로 가 구덩이 앞에 섰다. 아까는 비어 있던 운전석에 한 남자가 앉아 있었다.

언젠가 안드레아 핑크가 말하길 여자의 인생에 수리공 한 명쯤은 있게 마련이라고 했다.

내 생각은 전혀 다르다. 여자의 인생에 수리공은 최소 여섯 명쯤은 있어야 한다.

나는 수리공들이 일하는 모습을 보는 걸 좋아한다. 남자들이 시원시원하게 일을 해내는 모습은 좋은 구경거리다. 누군가 자신의 몸, 그 관절과 근육의 섬세한 움직임을 흐뭇하게 지켜보고 있다는 사실을 모른 채, 하지만 어렴풋이 느끼면서 전문적인 작업에 몰두해 있다면 말이다.

나는 지금 이런 상황에서도 굴착기 운전수와 시선을 맞추려 노력하고 있다. 아니, 지금 이런 상황이라서 더 그렇다. 남자를 음미할 때 상황은 중요치 않다. 특별히 포장되어야 한다거나 특별한 시간에만, 혹은 머리 가르마를 단정히 탄 상태여야 한다든가, 꼭 의리 있는 사람이어야 할 필요도 없다. 순전히 개인적 의견이지만 남자라면 언제든 꿀꺽할 수 있다. 언젠가 정신 병원에서 날 실어간다면 남자 간호사들이 수리공이나 정비사 같은 사람이기를 바랄 뿐이다.

남자는 내 쪽을 쳐다보지도 않았다.

더러는 뭐든지 징조로 받아들이는 사람들도 있다. 마치 세상이 점칠 때 쓰는 커피 잔 받침이라도 된다는 듯이 말이다. 나는 원래 그런 부류가 아니다. 그런데 이상하게 그의 무시하는 태도가 영 마음에 들지 않았다. 여기서 구시렁거린 건 콧대 높은 여자의 오만함이 아니었다. 이성적인 인간으로서 느끼는 상식적인 차원의 것이었다.

나는 굴착기로부터 3미터 정도 떨어져 있었다. 원래 이 거리면 효과가 꽤 있어야 한다.

솔직함이란 단계적 현상이다. 우리 모두의 삶이 그렇듯 강한 은폐의 단계에서부터 솔직함이 발현된 후 완전히 딴 세상이 된 환경에서 느끼는 무방비의 단계까지. 남녀 간에 생기는 긴장감은 그 사이 어딘가 꽤 높은 단계에 위치하고 있다.

그 긴장감은 내가 남자 근처에 잠시만 머물러도 표가 나곤 했다.

그렇다고 해서 그 남자가 35톤 볼보 굴착기에서 뛰어내려 헐레벌떡 달려와 진창에 무릎을 꿇으며 내게 청혼을 하리라 기대한 것은 아니다. 그저 고개를 돌려 나를 보고, 상당히 자유분방한 여자가 자신에게 눈길을 주고 있다는 사실, 우리 사이에 자명한 그 사실을 확인하기만 하면 되는 것이다.

그러나 그는 꼼짝도 하지 않았다. 나는 왠지 찝찝한 마음을 떨칠 수 없었다. 하랄과 나는 각자 생각에 잠긴 채 차를 세워둔 곳으로 갔다.

홀로 세워둔 차 양옆으로 어느새 덤프트럭과 승합차가 주차돼 있었다.

두 차 모두 비어 있었다.

주차 공간이 널렸는데 하필이면 우리 차 옆에 차를 세워놓고 어디론가 가버린 것이다.

우리는 차에 탔다.

그 순간 굴착기가 움직이기 시작했다.

실험물리학에서 구조와 반복은 밀접하게 연관된다. 첫 번째 만남에서는 절대 패턴을 이해할 수 없다. 한두 번 반복되다 보면 그 안에 뭔가 체계가 있다는 것을 알게 된다.

굴착기가 버킷을 올리고 움직이자 커피 잔 받침에 문양이 나타나기 시작했다. 뒤에는 담벼락, 양옆에는 주차된 차들…… 우리는 포위된 것이다.

"문 닫지 마."

내가 말했다. 하랄에게 명령을 내리는 건 아주 오랜만의 일이었다. 그리고 이 명령은 어떤 말대꾸도 허용하지 않았다. 하랄은 문을 열어둔 채 가만히 있었다.

"내가 '지금!'이라고 말하면 옆에 있는 차 밑으로 기어들어가. 그리고 차 밑에서 문을 닫아."

하랄은 어리벙벙한 표정이었다. 굴착기 운전석은 한참 위에 있어서 우리 차로부터 8미터 떨어져 있을 때 운전수는 우리 차의 앞 유리를 보지 못한다.

"지금!"

우리는 차 밖으로 미끄러지듯 굴렀다. 굴착기는 이미 많이 가까워져 있었다. 그 와중에도 나는 가방과 목발 챙기는 걸 잊지 않았다. 우리는 힘껏 차 문을 닫았다. 잘하면 우리가 차 안에 앉아 문을 닫은 것으로 보이리라.

굴착기가 내는 소음은 엄청났다. 모터 소리가 아니라 강철판으로 만들어진 바퀴 트랙에서 나는 소리였다. 육중한 굴착기가 움직이는 모습은 마치 슬로모션 같았다. 그러나 버킷의 유압장치는 진폭이 달랐다. 운전수가 우리 차 위로 버킷을 내리쳤다. 마치 도끼로 내려찍은 듯 차는 두 동강이 났다. 방금 전까지 우리가 앉았던 앞 유리 바로 위였다.

차체는 마치 햇볕에 내놓은 500킬로그램짜리 버터라도 되는 양 손쉽게 잘려나갔다.

굴착기는 차 위로 전진했고 담 앞에서 멈춰 선 뒤 다시 후진했다. 바퀴 트랙의 너비는 딱 1미터 정도였다. 파사트 자동차는 완전히 납작코가 됐다.

굴착기는 뒤로 더 후진한 뒤 정지했다. 시동이 꺼지고 운전수가 내렸다.

생명의 위협을 느낄 때 정신이 맑아진다고 했던가? 나는 정신을 바짝 차리고 운전수의 신발에 집중했다. 그리고 사실 승합차 밑에서는 신발 말고 다른 것은 제대로 보이지도 않았다.

여태까지 살면서 그런 신발은 한 번도 본 적이 없었다. 우아한 회색 가죽 구두인데 아주 새것이었고 모카신처럼 발에 착 달라붙었다.

그는 서둘러 그 자리를 떴다. 더욱 놀라운 것은 우리 차에 눈길 한번 주지 않았다는 것이다.

생각해보면 그럴 수도 있겠다 싶지만 그런 상황에서 차를 쳐다보지도 않고 그냥 가는 사람이 과연 몇이나 될까? 그는 막 운동장으로 들어온 자동차 뒷좌석에 올라탔다.

나는 하랄의 얼굴을 살폈다. 얼굴이 하얗게 질려 있었다.

자동차는 건물 사이로 사라졌다가 검문소 차단기 앞에서 다시 그 모습을 드러냈다. 차단기가 올라갔고 자동차는 전철역 위 다리를 건너 뤼방스 가로 들어섰다. 그리고 곧 자동차의 행렬 속으로 사라졌다.

우리는 차 밑에서 기어 나왔다. 하지만 일어서지 않고 차를 빙 돌아 기어가서 햇볕이 내리쬐는 담벼락에 기대앉았다.

나는 뭔가 말을 하려고 했지만 도저히 입이 떨어지지 않았다.

10미터쯤 떨어진 곳에서 누군가 우리를 쳐다보고 있었다. 마그레테 스플리드였다.

"일단 내 사무실로 가지."

11

그녀는 운동장 바로 앞에 있는 건물로 우리를 데려갔다. 정문이 아니라 건물 옆문으로 들어간 그녀는 비밀번호를 입력하고 지문인식기에 손가락을 갖다 댔다. 문이 열리자 비상계단이 나타났다. 언젠가는 몸이 떨리기 시작할 테지만 아직까지는 차분했다. 일종의 서바이벌 모드라고나 할까? 잡생각이 사라지고 감각은 깨었다. 테라초로 만들어진 계단이 눈에 들어왔다. 자갈, 화강암, 대리석, 석회 조각들을 섞어 만든 것이다. 우리는 3층으로 올라가 꽉 닫힌 문들을 지나 그녀의 사무실로 갔다.

방은 컸고 그 층의 구석을 전부 차지하고 있었다. 운동장에서 봤을 때 육상 트랙이 시작되는 곳이었다. 그녀는 빌트인 냉장고에서 생수를 가져와 우리에게 따라 주었다. 그리고 책장에서 투명한 플라스틱 통이 달린 실리콘 마스크를 꺼내 얼굴에 대고 분무 버튼을 누르며 천천히 숨을 들이마셨다.

"만성 기관지염이야. 연기에 질식한 적이 있거든. 어렸을 때."

그녀의 움직임에서 뚝뚝 끊기는 느낌이 들었다. 우리와 마찬가지로 그녀도 크게 놀란 것 같았다. 그녀는 멍한 표정으로 원반을 돌려 열더니 오목하게 패인 내부에서 납주머니를 꺼내 탁자에 내려놓았다. 정해진 무게보다 무거운 원반으로 훈련한다는 것을 바로 알 수 있었다. 역시 내가 받은 첫인상처럼 그녀는 자신의 한계를 뛰어넘으려 노력하는 사람이었다.

그녀는 하랄을 빤히 쳐다보았다. 나이가 몇인지, 현재 상태가 어떤지 살피는 것 같았다. 그리고 내게 전화기를 밀어주었다.

"경찰에 신고 안 해?"

"공식적으로는 덴마크를 떠난 상태거든요."

이윽고 몸이 떨리기 시작했다. 나는 가만히 있을 수가 없어 방을 돌아보았다. 거실처럼 넓은 그녀의 방은 고급스러운 인테리어에 온통 회색으로 꾸며져 있었다. 유일한 색깔은 벽에 걸린 사진이었다.

액자에는 가족사진이 들어 있지 않았다. 왠지 모르게 가족이 없을 거란 느낌도 들었다. 사진은 이른바 버섯구름으로 불리는 열분해 현상을 보여주고 있었다. 1961년 이후 지하로 잠적한 원자폭탄 실험이었다. 사진은 50개쯤 됐고 흑백과 컬러, 육지에서, 비행기에서, 배에서 찍은 것 등 다양했다. 각 사진마다 날짜, 장소, 폭탄의 효과가 티엔티•로 표시돼 있었다.

1952년 11월 1일, 에니웨톡, 10.4메가톤

1945년 8월 6일, 히로시마, 15킬로톤

• TNT. 트라이나이트로톨루엔. 폭발성의 화학물질로 폭발력의 기준으로 사용됨.

1954년 3월 1일, 비키니 환초, 15메가톤

1960년 12월 27일, 레간(알제리), 1.6킬로톤

1961년 9월 4일, 세미팔라틴스크, 150킬로톤

1962년 10월 6일, 존스턴 환초, 11.3킬로톤

"나사가 이 사진들을 발표하도록 만든 게 바로 나였지. 15년 전 일이야." 그녀가 말했다.

사진들은 하나같이 비인간적이면서도 저항하기 힘든 매력을 발했다.

사진 액자가 끝나는 곳에는 유리로 만든 작은 장식장에 그녀가 각종 대회에서 받은 트로피와 메달이 진열돼 있었다. 백 개는 족히 될 것 같았고 한가운데에는 올림픽 은메달도 있었다.

"내 덴마크 기록은 아직도 깨지지 않았어. 40년째 기록 보유자인 거지. 아나볼릭•만 안 나왔으면 1980년 모스크바 올림픽에서 금메달을 땄을 거야. 수잔나 닐손이랑 함께. 도핑 테스트를 9,000개도 넘게 했는데 그중 양성인 건 하나도 없었어. 과학은 오히려 진실을 가리곤 하지."

마지막 말은 나에게 하는 말 같았다.

"전 물리학 전공이에요. 도핑은 화학 쪽이고요."

그녀는 외향적인 인간이 아니었다. 평소라면 자신에 대해 그렇게 말하지 않았을 텐데 아까 받은 충격과 우리가 내는 효과 때문에 말

• 단백동화 스테로이드. 근육의 발달과 성장을 돕는 스테로이드 호르몬.

문이 트인 것 같았다. 나는 그 틈을 파고들어가보기로 했다.

"그런데 미래위원회가 뭐죠?"

"한때 존재했었지. 2015년에 해산했으니까."

"언제 생겼는데요?"

"1970년대 초반."

그녀는 마치 로봇이라도 되는 듯 짤막하게 대답했다.

"무슨 목적으로 생긴 거였나요?"

"정부 자문."

이제 다리가 떨리기 시작했다. 나는 떨림을 멈춰보려고 벽을 따라 걸었다.

"그런데 왜 기밀이 된 거예요?"

"정치적, 학문적 독립성을 보장하기 위해서. 위원들이 외부 압력에 노출되는 것을 막고."

"위원은 누가 뽑았죠?"

"몇 년 뒤, 위원회가 스스로 새 회원을 뽑았어."

나는 스펙터클한 사진들이 붙은 코르크판 앞에 이르렀다. 화재 현장을 찍은 사진인데 옆 동네에 난 작은 불이 아니라 세계의 수도들이 불타는 사진이었다. 불꽃은 1,000도 이상의 강도에서 나타나는 흰색을 띠었다. 사진 밑에는 날짜와 장소가 표기돼 있었다.

1945년 2월 13~14일, 드레스덴

1943년 7월 27일, 함부르크

1942년 5월 20일, 쾰른

1945년 3월 10일, 도쿄

제2차 세계대전 당시 연합군의 민간 폭격 하이라이트를 모아놓은 것 같았다.

그녀는 어느새 내 뒤에 와서 함께 사진을 보았다.

"나도 저기 드레스덴에 있었어. 네 살 때였지. 아버지는 독일인이었는데 동부 전선에서 전사하시고 난 어머니와 함께 살았지. 이 기관지염도 그때 생긴 거야. 누가 소송을 멈춰줄 수 있다고 했지?"

"토르킬 하인이란 사람이에요. 아세요?"

그녀는 대답하지 않았다. 하지만 의미심장한 눈빛으로 나를 쳐다보았다.

"기밀이라니 그건 너무 덴마크적이지 않은데요. 그 똑똑한 회원들을 보호하고자 했다면 모임 전체를 일급비밀에 붙였어야죠."

"그랬어. 그 모임이 만들어지기 전에 이미 비밀로 할 것을 전제로 했었어. 노출된 건 해산되기 얼마 전이었으니까. 그러니까 그게 몇 년도였더라……"

그녀는 말끝을 흐리며 기억을 더듬었다.

"1962년 가을입니다. 호프마이어, 칼 이베르센, 쇠렌 감멜고르가 회장단이었고요."

하랄의 말에 그녀는 잠시 말문이 막힌 듯했다. 하랄이 퀴즈 왕의 면모를 보일 때마다 사람들이 보이는 반응이다.

"우리 아들 기억력이 끈끈이주걱 수준이에요. 한번 달라붙으면 떨어질 줄 모르죠. 태어날 때부터 그랬어요."

"경제 고문 기관에 대한 계획은 더 오래전부터 있었어. 당시 총리였던 비고 캄프만도 주장한 바였지. 위원들의 익명을 보장함으로써 불가침 기관을 만들려고 했지. 하지만 키엘 필럽은 과격한 데가 있었지. 캄프만은 위원들만 서로 아는 사이이길 바랐지만 필럽은 반대 의견이었어."

나는 온몸이 떨렸고 더 이상 그녀의 말에 집중할 수 없었다. 내가 택시를 부르려고 수화기를 들자 그녀가 말했다.

"내가 데려다줄게."

주차장에 있는 그녀의 차는 메르세데스 벤츠였다.

납작하게 뭉개진 우리 차 옆을 지나갈 때 나는 잠시 멈춰달라고 해서 차에서 내렸다. 그리고 덤프트럭과 승합차 문을 열고 운전석을 확인한 뒤 목발에 의지해 굴착기 트랙 위로 올라가 운전석을 들여다보았다. 그러고 나서 차로 돌아와 뒷좌석의 하랄 옆자리에 앉았다.

우리는 다시 전철역 터널 위를 지나갔다. 스케이트 선수처럼 아름답던 청년도 셰익스피어를 읽다 말고 우리를 쳐다보았다. 아마 우리가 파사트를 타고 나가지 않는 것을 이상히 여겼으리라.

"엄마, 차에서 뭘 봤어요?"

"시동 거는 방식이 어떤 건지 봤어."

"어떤 거였는데요?"

"복제 열쇠를 사용한 것 같아. 그런데 복제 열쇠를 사용하면 아주 작은 흠집이 남거든. 그리고 승합차는 벤츠였어. 벤츠는 복제 열쇠로 시동이 걸리지 않아. 아마 다른 방법을 썼나 봐."

"어떤 방법요?"

나는 대답하지 않았다.

"엄마는 어떻게 훔친 차를 구별할 줄 알아요?"

샤를로텐룬을 지나가는데 수로변에 커다란 공사장이 보였다. 우리가 인도에 가 있는 동안 크론홀름은 철새보호지구로 변했고 살트홀름과 마찬가지로 육지 쪽에서 거의 보이지 않았다. 그 지역 일대가 거대한 공사판이었다. 하늘 높이 올라가는 건물들 중에는 아파트 건물처럼 높은 것도 있었는데 철과 유리로 만들어진 나선형 건축물이었다. 섬들 너머 북쪽으로 작은 풍력 발전 단지가 보였다.

"소년원에 몇 년 있었어."

"그런 얘기는 한 번도 안 했잖아요."

차는 에빅헤 로에 도착했다. 하랄이 내린 뒤 나는 앞좌석으로 고개를 내밀고 마그레테 스플리드에게 말했다.

"오늘 하랄과 전 죽을 뻔했어요. 정말 아슬아슬하게 살아난 거예요. 그 사람들 우리가 같이 얘기하는 걸 분명히 봤어요. 무슨 뜻인지 아시죠? 오늘 밤에 문 잘 걸어 잠그고 창문 앞에 옷장 밀어놓고 주무셔야 해요."

그렇게 말하고 차에서 내렸는데 어느새 그녀가 내 앞에 우뚝 서 있었다. 그녀는 마음의 문을 연 것 같았다. 마음의 문을 여는 방법은 참으로 다양하다.

"난 겁 안 나!"

"이미 수년 전에 해산돼버린 위원회의 보고서를 넘겨줄 용기도 없잖아요. 그것만 있으면 우리 가족이 무사할 수 있는데."

"그런 정보는 모르는 쪽이 더 안전해."

"그 굴착기 운전수한테도 그렇게 말하지 그랬어요?"

나는 가방을 뒤져 내 명함을 내밀었다. 내 명함은 일반 규격이 아니라 관광지에서 보내오는 엽서만큼 크다.

그녀는 내 명함을 빤히 쳐다보았다.

"명함치고는 크네."

"일반 명함에는 제 직함을 전부 적을 수 없거든요."

그녀는 명함에 적힌 내 직함을 눈으로 훑었다. 강사, 수많은 위원회들, 연구 계획 자문, 발달 연구 자문, 기초 연구 재단, 정부 성장 포럼, 유로사이언스, 유럽 대학 연합, 덴마크 국제 협력단, 유네스코.

"보시는 바와 같아요. 매일매일 20페타비트의 정보가 만들어지는 사회에서 여성으로 살려면, 그리고 그 여자가 마흔네 살이면 이 정도는 해야 해요. 이런 사회에서 사람들의 기억에 남으려면 남들보다 더 강한 목소리를 내야 한다고요."

"난 마지막 모임에 참석하지 않았어. 그날 거기 없었어."

그녀는 다시 차에 탔다.

"하인은 어느 부서 소속이죠? 경찰인가요? 아니면 국방부?"

그녀는 짧게 고개를 저었다.

"어디 사는지 알아요? 주소 몰라요?"

그녀는 차 문을 닫았다.

그러나 잠시 후 뭔가 생각난 듯 창문을 내렸다.

"강한 목소리를 내야 한다고 했지? 그건 맞는 말인 것 같아. 성공했어.”

차창이 다시 올라갔고 대형 세단은 매끄럽게 미끄러지며 시야에서 멀어졌다.

하랄은 보도블록에 똑바로 서서 이쪽을 쳐다보고 있었다. 그의 시선은 자동차를 향해 있지 않았다. 그는 나를 보고 있었다. 아주 강한 눈빛으로.

“엄마, 그 효과 말이에요. 생각해보니까 다른 사람들에게만 썼지 우리들 사이에는 써본 적이 없는 것 같아요.”

나는 말없이 그를 지나쳐 집으로 들어갔다.

12

우리는 식탁에 둘러앉았다. 이 둥근 탁자는 1700년 된 것이다.

아니, 엄밀히 말하자면 나무가 1700년 된 것이다. 우리 고조할아버지는 이탄 늪지대에 있는 자기 소유의 땅에서 참나무 한 그루를 파내 판으로 잘라 탁자 두 개를 만들었다. 그중 하나는 작업대로 다른 하나는 식탁으로 만들었는데, 식탁으로 만든 것이 남아 가문에서 대물림되었다.

고조할아버지는 아마도 완벽주의자에 나무를 사랑하는 사람이었던 모양이다. 나무는 나이테가 정확하게 대칭을 이루는 모양으로 잘랐고 모서리는 둥글게 손질했다. 그렇게 만들어진 식탁은 별 사고 없이 150년을 버텼다.

참나무는 늪에 함유된 탄닌산 덕분에 검어지고 돌처럼 단단해져 썩지 않는 나무가 되었다. 그리고 정말 아름다워졌다. 나는 쌍둥이를 임신했을 때 나무에 칠해진 19세기식 코팅을 수산화나트륨으로 벗겨냈다. 어린아이가 있는 집에 연질코팅된 식탁은 적합하지 않았다. 그 뒤로 2주마다 한 번씩 꾸준히 윤을 냈다. 그랬더니 검은 표면에 회색 윤기가 돌기 시작했다.

이 식탁은 아버지가 내게 남긴 유일한 물건이다. 더 이상 바라는 것은 없다. 부모의 존재가 나를 가득 채운다고 느낀다면 의존적이 되지 않게 조심해야 한다.

어쨌든 나는 이 식탁에 무한한 애정을 느낀다. 무거워서 쉽게 움직이지도 못하고 단단해서 상처도 나지 않는 이 나무판은 세상에 아직 믿을 만한 것이 있다는 착각을 불러일으키고 안도감을 준다.

지금 우리 가족에게 절실한 것 또한 그것이다.

나는 라반과 티트에게 오늘 무슨 일이 있었는지 말해주었다. 그 말에 모두 숙연해졌고 세 사람이 말없이 허공만 바라보는 동안 나는 식사 준비를 했다.

내가 요리한 음식을 내놓았지만 아무도 먹을 생각을 하지 않았다. 양고기구이였는데도 말이다.

가족들은 위아래로 딱 25.5초씩 굽고 크림 한 숟갈을 넣어 만든 양고기구이를 쳐다보지도 않았다. 그러다 라반이 입을 열었다.

"우린 의회 도서관에 갔었어. 그냥 생각난 김에 한번 가봤지. 거기 도서관장이 여잔데 옛날에 알던 사람이거든. 의회 의장단에서 지명하는 자리야. 의장단 사람들 대부분은 다 알거든. 의장이랑도 친하고. 도서관은 3층에 있어. 로비에서 올려다보면 보여. 난 도서관장에게 의회 창설 170주년을 맞아서 축하용 칸타타 작곡을 의뢰받았다고 했어. 아직 시간은 많이 남았는데 역사적으로 중요한 몇 가지 사건을 출발점으로 삼고 싶다고 쓴 쪽지를 줬어. 거기에 물론 미래위원회도 써놨지."

라반이 의도적으로 거짓말을 한 건 전에 없던 일이다.

나는 크림이 담긴 그릇과 거품기를 티트에게 주었다. 티트는 바로 크림을 젓기 시작했다. 그러다 팔이 아프면 늘 그랬듯 하랄에게 넘길 것이다. 나는 오렌지를 깎기 시작했다.

"아주 친절하게 성의껏 찾아주더라고."

그랬을 것이다. 라반에게는 모두가 친절하니까. 만약 라반이 갑자기 지옥에 가보고 싶어져서 간다고 해도 악마가 뿔 달린 족속들을 모두 데리고 나와 환대할 것이다.

"의회 도서관은 의회에서 필요로 하는 자료를 대줄 뿐 아니라 기록 보관소 역할도 하잖아. 관장이 정치사에 관한 건 전부 모으는데 미래위원회라는 건 처음 들어봤대."

"아빠랑 저랑 그 여자 옆에 바짝 붙어 있었거든요. 아빠가 하나씩 읽어줬고 그 여자는 들으면서 고개를 끄덕끄덕했어요. 그런데 '미래위원회'가 나오니까 아무 반응이 없더라고요. 약간 놀란 기색이었지만 정말 아무것도 모르는 것 같았어요."

티트가 맞장구를 쳤다.

티트와 라반이 1미터도 안 되는 거리에 있었다면 아무리 노련한 사기꾼이라도 진실을 말하지 않고는 배기지 못했을 것이다.

"관장이 자료실에 가보자고 하더라고. 모든 자료가 다 디지털화돼 있대. 에스트루프 암살의 발단이 된 1885년 좌파 정치가 요한 펑엘의 연설까지 말이야. '미래위원회'로 검색했더니 아무것도 나오지 않았어. 관장이 한 단계 더 올라가보자고 하더라고. 자료 시스템이 보안 단계에 따라 정리돼 있대. 2단계에서는 인물별로 자료 정리가 돼 있었어. 유럽연합과 외교 분야 상임위 자료도 좀 있었는데 거기에서 찾아봐도 결과가 나오지 않았어. 내가 조금만, 아주 조금만 더 파보자고 했더니 자기한테는 권한이 없대. 그래도 하긴 했어. 3단계는 국가 안보에 관한 건데 의회 의장단이라도 함부로 열람할 수 없나 봐. 거기서 검색하니까 나오더라고. 그런데 데이터가 잠겨 있어서 볼 수는 없었어. 관장 말로는 말하자면 4단계가 있긴 한데 그건 무기한 보존하는 자료래. 그런 얘기를 하다가 관장이 갑자기 겁을 먹더라고. 그래서 얼른 철수했지. 다시 화기애애한 분위기로 돌아와서 안심시켰어."

나는 식탁에 과일 샐러드를 내려놓았다.

"아, 한 가지 더 있어요. 그 아줌마가 검색하는 동안 저는 벽에 걸린 그림을 봤거든요. 옛날 그림이긴 해도 뭐 괜찮았어요."

티트가 말했다.

"하메르스회. 감멜 해변에서 본 크리스티안스보르 궁을 그린 거야."

라반이 설명했다.

"그 그림은 관장 아줌마 뒤에 있었어요. 즉 관장 아줌마랑 저는 서로 등진 상태였고 전 화장을 고쳤죠."

화장에 대한 티트의 태도는 이해하기 힘든 데가 있다. 열정적인 건 알겠는데 좀 낯설다고나 할까? 옷 입는 것처럼 화장도 매우 독특하다. 특히 눈 화장은 매일매일이 클레오파트라의 대관식이라도 되는 듯 화려하고, 화장을 고치기 위해 항상 작은 팔레트를 가지고 다닌다.

이 팔레트 속에는 작은 거울이 달려 있다. 티트는 거울을 보면서 많은 시간을 보낸다. 그리고 거울을 열심히 보는 사람들이 그렇듯 좌우가 바뀐 거울 속에 비친 얼굴이나 글자를 알아보는 데 능숙하다. 거울에 비친 세 장짜리 메일을 그냥 똑바로 보고 읽듯이 줄줄 읽을 줄 안다.

"비밀번호 세 개가 보지 않으려고 해도 보이더라고요."

라반이 손에 숟가락을 든 채 말했다.

"수잔, 뭐 해줄 말 없어?"

각 가정마다 그들만의 의식이 있다. 우리 집에서는 내가 매 코스마다 음식을 설명하고 몇 마디 말을 덧붙여왔다. 그러나 그것도 이제 그만둘 때가 됐다.

"미안하지만 이제 그만두려고. 이제 영영 그만."

그러자 세 사람 모두 숟가락을 내려놓았다.

"아무리 지독한 독재 체재하에서도 사형수에게는 마지막 밥상을 차려주고 음식에 대한 몇 마디 설명을 해주는 법이라고."

라반이 항의했다. 많진 않지만 어릴 때부터 사랑을 잔뜩 받고 자란 인간들, 딴 세상에 사는 것 같은 인간들이 있다. 안 된다고 하면 설마 진짜 안 되는 건 아니겠지, 라고 생각해버리는 인간들 말이다. 나는 하는 수 없이 설명을 시작했다.

"과일 샐러드는 항상 좌표 속에 있어. 바나나는 수평의 차원이야. 베이스, X축을 이루지. 바나나는 흙과 연관이 있어. 바나나는 태양의 과일들, 햇빛을 듬뿍 받고 자란 오렌지와 파인애플을 위해 크리미한 기초를 넓게 깔아줘. 오렌지와 파인애플은 Y축이야. 시트러스는 혀가 아릴 정도로 강한 신맛, 위로 올라가는 움직임이거든. Z축인 딸기는 여기에 공간성을 부여해. 12월인데도 딸기가 덴마크적인 맛을 내더라고. 딸기는 반대되는 열대 과일들이 대립하는 상황을 글로벌한 프로젝트로 확장시켜. 아카시아꿀과 생크림은 사차원을 담당하지. 생크림, 꿀 둘 다 동물성이야. 이건 과일 샐러드를 뉴턴의 심심한 삼차원에서 아인슈타인의 복합적인 시공간으로 끌어올리는 역할을 해."

"건포도는요?"

하랄이 물었다.

"건포도는 씹히는 맛이지. 저항이야. 언젠가는 틀니를 하게 된다는 걸 상기시켜주잖아? 양로원과 죽 말이야."

우리는 서로를 쳐다보며 납작하게 찌부러진 파사트를 떠올렸다. 그리고 굴착기도.

모두 먹기 시작했다.

"이 과일 샐러드 그리울 거예요. 음식 설명도요. 만약 엄마가 25년간 감옥에 있게 된다면 음식 설명하는 거 녹음해둘 걸 하는 생각이 들 것 같아요."

하랄이 불쑥 말했다.

라반은 식탁을 치우고 설거지를 마쳤다.

"칼리 사원의 승려는 대체 어떻게 된 거야?"

내가 물었다.

순간 방 안에는 어색한 기운이 감돌았다. 아이들 교육에 있어서 라반과 내 의견이 어쩌다 일치하는 지점이 있는데, 그중 하나가 아이들의 연애에 절대 간섭하지 않는다는 것이다.

티트가 다섯 살 때 유치원에서 친하게 지내는 남자 친구를 집에 데려온 적이 있었다. 잠잘 시간이 되어서 나는 티트의 침대에 나란히 이부자리를 깔았다. 티트의 침대가 더블침대였고 다섯 살이면 나란히 누워서 자는 것도 좋으리라 생각해서였다.

티트는 내가 깔아놓은 이부자리를 보더니 손가락으로 바닥을 가리키며 어떤 감정의 동요도, 반항의 기색도 없이 침착하게 말했다.

"바닥에 매트리스 깔아주세요."

티트는 열다섯 살 때 첫 남자 친구를 사귀었다. 나는 도움이나 조언이 필요하면 말하라고 했다. 물론 자동차 안에서 이루어진 대화였고 학교가 끝난 후 집에 가는 중이었다. 나는 심호흡을 한 다음 말했다.

"토마스와 관련해서 말인데, 도움이나 조언이 필요하면 언제든 얘기해. 엄마가 도와줄게. 알았지?"

한동안 스벤센 특유의 침묵이 이어졌다.

"고마워요, 엄마."

난 이것이 친절한 도입부임을 알았다. 이제 반전이 올 것이다.

"엄마는 물리학에 대해 알고 싶은 게 있으면 안드레아 핑크에게 갔죠? 안 그래요?"

나는 아무 대답도 하지 않았다. 차는 오르루프 지구를 지나고 있었다. 하얀 눈에 덮인 모습이 한눈에 들어왔다. 왠지 모르게 숙연해지는 풍경이었다.

"아빠는 첫 번째 뮤지컬을 만들었을 때 번스타인을 찾아갔다고 했어요. 뭔가 알고 싶으면 그 분야를 잘 아는 사람을 찾아가는 게 맞죠? 그렇죠?"

나는 아무 대꾸도 하지 않았다.

그리고 그녀의 손이 내 팔에 와 닿았다.

미안하다는 뜻은 전혀 아니었다. 이 지구 상의 그 누가 티트에게 미안하다는 말을 들어보겠는가? 하지만 그 손길에는 화해의 제스처가 들어 있었다.

그 후로 이 민망한 테마는 절대 입에 올리지 않았다. 지금까지는 그랬다.

티트는 생각에 잠긴 표정으로 나를 쳐다보더니 천천히 말했다.

"그 종파는 독신으로 살지 않아도 돼요. 그러니까 규율을 어긴 게 아니에요."

그녀는 우리 세 사람의 얼굴을 찬찬히 훑어보았다. 상황은 어디로 튈지 몰랐다. 극도로 난감한 상황이 펼쳐질 수도 있었다.

이윽고 그녀가 환한 미소를 지었다.

"그런데 그 사람은 정말 귀여웠어요!"

13

에빅헤 로의 집을 지을 때 우리는 각자 조용히 쉴 수 있는 곳으로 구상하고 네 개의 공간을 마련했다. 아니, 라반은 따로 작업실을 가지고 있으니까 네 개 반이라고 해야 맞겠다. 라반은 마당에 작곡을 위한 작은 공간을 따로 가지고 있다. 작다고 해도 뵈젠도르프 그랜드피아노와 옌센 침대가 들어가고도 룸바를 출 만큼 넓은 공간이 있으니 그렇게 작은 것도 아니다. 라반은 자신의 천재성이 과하게 발현된다 싶으면 가만히 앉아 있질 못하고 방을 누비며 룸바를 춰댄다.

네 개의 공간은 80데시벨까지 방음이 되는 문으로 나눠졌다. 각자 자기 방에 들어가면 보통은 아무 소리도 들리지 않는다.

그러나 오늘 밤은 달랐다. 모두 잠자러 들어가고 혼자 거실에 남아 있는데 다른 이들의 숨소리까지 다 들렸다. 문을 닫지 않고 잠들었다는 뜻이다.

모두 불안한 탓이리라.

나는 집이 잠든 것처럼 느껴질 때 기분이 참 좋다. 샤를로텐룬 전체가 잠자고 있다. 멀리 도시도 점차 고요해진다.

집 안의 불은 모두 꺼져 있다. 나는 블라인드를 쳐놓고 그 사이로 비치는 달빛을 보는 것이 좋다. 블라인드는 폭이 넓고 얇디얇은 보리수나무판으로 만든 것이다. 문득 선문답 하나가 떠올랐다. 창가에 커튼을 치고도 밖이 잘 보이는 자리는 어디일까?

이런 밤이면 늘 그렇듯 꿀을 넣은 뜨거운 박하차를 마신다. 과당이 숟가락 위로 결정화되어 분리되는 게 낫지 않을까 싶을 정도로 꿀을 많이 넣는다.

우리의 하루는 온갖 맛과 향, 사람들, 희망과 두려움의 순간들로 넘쳐난다. 그래서 가끔은 이렇게 순수한 박하 향이 필요하다. 그리고 밤의 초입에 찾아드는 고요, 달빛이 하얀 벽에 만들어내는 기하학적 무늬도.

벽에는 황토를 발랐다. 황토는 불필요한 습기를 빨아들이고 증기압이 떨어지면 다시 내뱉는다. 벽에 황토를 바른 이후로는 벽이 숨쉬는 게 느껴진다. 흙의 질감이 느껴지는 벽에는 아직 마르지 않은 채 돌림판 위에 얹어진 도자기에서나 볼 수 있는 설명하기 힘든 아름다움이 있다.

초벌 없이 편평한 펠트판 위에 그냥 발랐는데도 완벽한 황토벽이 만들어졌다.

나는 손으로 벽을 쓰다듬어본다. 벽이 숨 쉰다면, 집이 살아 있다면 쓰다듬을 수도 있어야 한다. 집에게도 좋으면 좋았지 나쁘진 않을 것이다. 나는 이 말을 잘 기억해뒀다가 언젠가 학회에서 꼭 언급해야겠다고 생각했다.

나는 박하차가 든 잔을 내려놓았다. 뭔가 이상했다.

다시 손바닥으로 벽을 잘 더듬어보니 약간 튀어나온 곳이 있었다. 아마 티끌이 뭉친 것이리라. 달빛에는 보이지 않지만 손가락 끝 신경은 표면의 울퉁불퉁함을 백 분의 일 밀리미터까지 감지해낸다.

나는 스탠드 전등을 가져와 벽 가까이에 놓고 불을 켰다. 아주 작은 그림자가 눈에 띄었다. 바닥에서 약 1미터 높이부터 시작해 천장까지 이어지고 있었다.

나는 양말만 신은 발로 내 방으로 가서 책상 서랍에서 칼, 전구 달린 돋보기, 십자드라이버를 꺼내고 창고에서 천장 조명 닦을 때 쓰는 사다리를 가져왔다.

거실에 돌아와 그 자리를 다시 찾는 데 약간의 시간이 걸렸다. 그 정도로 눈에 띄지 않는 흔적이었다.

나는 조심스럽게 그림자를 따라 칼을 그었다. 벽이 살짝 갈라졌다. 만져보니 아직 축축했고 갈라진 부분에서 아크릴 퍼티 냄새가 났다.

십자드라이버로 홈을 따라 퍼티를 파내니 작은 전선이 나왔다. 그런데 보통 전기 공사할 때 쓰는 전선이 아니었다. 직물 느낌의 테이프인데 종이처럼 얇고 폭은 0.5밀리미터 정도 될 것 같았다. 그 안에 구리심이 심어져 있었다.

나는 천장까지 이어진 전선을 벽에서 떼어내 세게 잡아당겼다. 천장에서 후두둑 소리가 나며 퍼티가루가 떨어졌다. 전선 끝을 나무이음새에 끼우고 천장 색깔과 똑같은 색 래커로 칠한 것 같았다.

나는 사다리를 펼쳐 세우고 다리를 고정시킨 다음 위로 올라갔다. 맨 위에 올라서니 천창과 콘센트에 손이 닿았다.

나는 전선 끝에 달린 뚜껑을 열었다. 그 밑에 작은 플라스틱 상자가 있었다. 가로 1센티미터 세로 1.5센티미터 정도 될 것 같았다. 전선에 연결된 채로 상자를 떼어서 밑으로 내려왔다. 그리고 식탁에 앉아 전구 달린 돋보기로 자세히 들여다보았다.

그때 밖에서 문 두드리는 소리가 났다. 두드린다기보다는 새가 부엌 창가에서 콕콕 먹이를 쪼는 것 같은 소리였다. 그 작은 소리에도 심장이 덜컥 내려앉는 것 같았다. 나는 얼른 상자 위에 소파 쿠션을 얹어놓고 문을 열었다.

문 앞에 서 있는 사람은 이웃집의 도르테아 스코우센이었다.

"불이 켜져 있어서 와봤어. 별일 없는 거야? 다섯 달이나 일찍 돌아왔네."

에빅헤 로는 스코우스호우에드를 향해 낮아지는 지형이다. 아주 옛날에 이곳은 어부들의 집이 모여 있는 좁은 골목이었다. 회벽담 너머 마당에 그물이 널린 목골구조 건물이 늘어서 있었다. 지금은 한때 암거래로 돈을 번 졸부들이 들어와 해안도로변에 여름 별장이랍시고 지어놓은 인형의 집 같은 '빌라 팔레르모'들, 그리고 우리 집처럼 '나 현대적이오' 하는 건축물들이 그 자리를 차지하고 있다. 도르테아와 잉에만의 집은 다르다. 그들은 아직도 오래된 어부의 집을 지키고 있다.

우리가 이사 왔을 때 그들은 이미 그 집에 살고 있었고 아마 죽을 때까지 그 집을 떠나지 않을 것이다. 잉에만은 아흔이고 도르테아도 여든이 넘었으니 그때까지 아주 오래 걸리지는 않겠지만.

전혀 예상하지도 못했고 기대하지도 않은 일이었는데 어찌 된 일인지 그들은 우리를 어여삐 여겼다. 사실상 티트와 하랄의 조부모 역할을 도맡아 했다.

그런데 누군가 나를 어여삐 여기게 되면 치러야 할 대가도 따르는 법이다. 나는 특히 도르테아를 대할 때면 항상 약간의 불안을 느꼈다. 아마 그들이 우리에 대해 너무 많은 걸 알기 때문일 것이다. 그들은 우리가 부부 상담을 받으러 갈 때도, 은행에 대출 기한을 연장하러 갈 때도 아이들을 봐줬다. 그리고 집행관들이 가구를 압류하러 찾아왔을 때도 두 번이나 문을 열어주었다.

이 말은 곧 그들이 우리에 대해 이런저런 가정사를 아는 정도가 아니라 모든 걸 알고 있다는 뜻이다. 다른 사람의 아이를 봐주는 사람들이 늘 그렇듯이 말이다. 어린아이들은 어딜 가든 그 집 부모의 오장육부를 다 보여주는 존재들이니까.

게다가 도르테아와 잉에만은 우리와는 철저하게 다른 사람들이다. 옆집에 살고 있을지는 몰라도 사실 다른 별에서 온 족속이나 다름없다.

그러나 그들은 나를 잘 이해해준다. 특히 도르테아는 겉으로 드러내지 않으면서도 꿰뚫어보는 듯한 시선으로 관심을 가져준다. 지금처럼 말이다.

"아무 일 없어요. 중요한 일이 있어서 좀 일찍 돌아온 거예요."

그녀는 나를 지나쳐 집 안을 들여다봤다. 나는 그녀에게 투시력이 있어 거실까지 다 볼 수 있는 게 아닐까 약간 걱정이 됐다.

"친구들이 참 자상하더라고. 집 청소도 다 해주고."

"아, 네. 그러게요"

"전기까지 다 손봤다고 하더라고. 잉에만이 자기 방에서 봤대. 블라인드도 내려져 있었는데 망원경으로 보니까 천장 창문을 통해서 보이더래."

그녀는 내게 구운 아몬드가 담긴 유리병을 내밀었다. 15년째 매년 크리스마스에 받는 선물이다. 도르테아가 구운 아몬드는 그야말로 완벽하다. 어디서 연금술이라도 배웠는지 설탕을 맑디맑은 코팅으로 결정화시킬 줄 안다. 이 설탕 코팅이 입혀진 아몬드에 비할 수 있는 건 아마 아주 얇게 일곱 번 칠한 배 정도일 것이다.

"남자 네 명하고 여자 한 명이었대. 그중 두 명은 차고에 들어가서 한 30분 정도 있다가 나오더래."

"아마 자동차 배터리를 충전했을 거예요."

"그럼, 그럼. 그리고 그동안 구급약 상자 뒤에 납작한 상자를 매달았대."

그녀는 눈을 가늘게 떴다. 정말 싫은 건, 아니, 가장 싫은 건 그녀도 나처럼 프롤레타리아라는 것이다. 나는 거기서 벗어나려고 안간힘을 썼지만 그녀는 그런 야단법석을 떨지 않았다.

"좋은 꿈꾸고 잘 자."

그녀는 밤이면 항상 똑같이 이 말로 인사를 한다.

"아주머니도요. 그리고 선장님께 안부 전해주세요."

거실로 돌아오니 라반이 식탁에 앉아 있었다.

14

라반은 털실내화와 실내가운 차림이었고 식탁 위의 쿠션은 치워져 있었다.

나는 창고에서 안경나사 돌릴 때 쓰는 드라이버 세트와 핀셋을 가져와 상자를 열었다.

그리고 상자 속의 틀에서 까만 진주알 같은 것과 회색의 얇은 판을 꺼내 식탁에 놓았다. 마치 인쇄된 활자처럼 작고 얇은 판이었다. 돋보기로 하나씩 들여다보니 진주알은 렌즈였고, 얇은 판은 마이크였다. 그 밑에 색상 필터가 들어 있었다. 나는 핀셋으로 필터를 끄집어냈다. 그 밑에 광다이오드가 있었다. 그 밑에 프로세서, 그 옆에는 송신기, 그리고 돋보기로도 부품을 제대로 알아보기 힘든 인쇄회로기판이 있었다. 다른 것보다 긴 회로가 하나 있는데 그게 안테나인 것 같았다. 그 옆에는 전압안정장치, 세상에서 제일 작은 리튬배터리 두 개까지 있을 건 다 있었다.

"카메라야." 내가 말했다. "마이크까지 달려 있어. 내 생각엔 그림과 소리를 몇 분씩 저장해놨다가 압축해서 아주 짧은 신호로 보내는 것 같아. 그래서 우리가 전혀 눈치챌 수 없었던 거야. 그리고 전기를 아껴야 할 테니까. 이런 작은 배터리들은 금세 닳아버리거든."

"왜 천장 콘센트에 연결하지 않았을까요?"

느닷없이 하랄의 목소리가 들렸다. 소리 나는 쪽으로 고개를 돌려보니 티트와 하랄이 잠옷 차림으로 문가에 서 있었다. 라반과 나는 서로를 쳐다보았다.

"집 지을 때 네 아빠랑 내가 직접 전선을 놓았어. 다 칠하고 나서 보니까 천장 콘센트에 전선 연결하는 걸 잊었더라. 난 전선을 마저 설치하려고 했어. 하지만 그때 임신 중이라 말벌처럼 배가 빵빵했거든. 그런데 네 아빠는 싫다고 하더라고. 선불교의 공예가들은 작품을 만들고 나서 너무 완벽하다 싶으면 일부러 한 귀퉁이를 잘라내거나 얼룩을 묻히거나 더럽히거나 했다는 거야. 완벽한 건 신뿐이다, 인간은 완벽해선 안 된다는 게 네 아빠의 주장이었어. 천장 콘센트에 전기가 닿지 않는 걸 발견한 건 오늘 같은 밤이었어. 대판 싸웠지. 그리고 그냥 그렇게 마무리가 됐어. 그래서 저 콘센트에 전기가 닿은 적은 단 한 번도 없어. 인간에게 실수는 필수 요건이니까."

"그 사람들도 카메라를 달다가 그걸 발견했을 거야." 라반이 말했다. "방 안을 다 비추려면 저기 달아야 했을 거고."

"그래서 길게 홈을 파서 전선을 심고 아크릴 퍼티로 발라놓은 거야." 내가 말했다. "나도 그 덕분에 알아냈지만. 누군지 모르지만 한창 바빴겠어."

우리는 티트의 방에 간이침대 세 개를 놓았다. 아주 오랜만에 온 가족이 한 방에서 자기로 한 것이다.

침대를 옮긴 후에는 모두 함께 지하 차고로 내려갔다. 나는 구급 상자를 벽에서 떼어내고 그 속에서 산화되어 검어진 얇은 알루미늄 상자를 꺼냈다. 상자를 가지고 올라와 해체해보니 수신기 겸 강력한 송신기였다. 천장에 매달려 있던 장치는 송수신 거리도 짧고 저장 공간도 너무 작기 때문에 거기서 차고로 시그널을 보내면 차고에서 그 시그널을 받아 다시 다른 곳으로 전달하는 식이었다. 그 알루미늄 상자는 옛날에 닐스 보어 연구소에서 보어가 입으로 불러주는 실험 보고서를 녹음할 때 쓰던 스위스제 릴 녹음기를 닮았다. 나그라사의 물건이었는데 경량으로 많이 개조된 형태였다. 90년대 초반이니까 나도 아주 젊었을 때였다. 당시 릴 녹음기 가격은 한 대에 5만 크로네였다.

라반이 차를 끓이고 빵을 구워 내왔다. 두껍게 썬 빵을 군데군데 탈 정도로 구워서 속은 부드럽고 겉은 바삭했다.

그는 차가운 버터를 두껍게 썰어 아직 뜨거운 빵 위에 올렸다. 우리는 버터 가족이다. 라반은 치즈 칼의 두꺼운 부분으로 버터를 써는데 그 두께는 5밀리미터에 육박한다. 나는 이제까지 콜레스테롤 수치를 재본 적이 한 번도 없다. 아마 부검 때까지 계속 미뤄야 하지 않을까 싶다.

우리 가족이 밤중에 모여 앉는 일은 손가락에 꼽을 정도로 드물다. 하지만 그럴 때면 항상 차와 함께 구운 빵을 먹었다. 마지막으로 모인 건 라반의 어머니가 돌아가셨을 때였다.

우리는 서로를 번갈아가며 쳐다보았다. 오래전부터 알아온 사람들이지만 이 순간만큼은 모두가 낯설게 느껴졌다.

라반과 쌍둥이는 잠들었는데 나는 여전히 거실을 배회했다. 벽에 비치는 블라인드의 그림자 위치가 바뀌었다. 둥근 식탁 위에는 작은 상자 두 개와 내 휴대전화가 놓여 있다. 나는 방금 음성 메시지를 하나 받았다. 마그레테 스플리드는 자신을 밝히지 않았고 번호도 발신자 표시 제한이었다. 그녀는 낮은 목소리로 간단하게 용건만 말했다.

"수잔 스벤센, 줄 게 있으니 아돌프센 가로 와. 바다 쪽으로 오다 보면 왼쪽 끝 집이야."

이 메시지는 자정이 막 지났을 때 내 휴대전화로 전달됐다. 한 시간 전의 일이다.

나는 차 열쇠와 스웨터, 외투를 챙겼다.

우리는 집에 무기를 두지 않기 때문에 공구상자에서 납작한 장도리, 정확하게는 쇠지레를 꺼냈다. 길이가 40센티미터밖에 안 되지만 1킬로그램은 족히 나가고 손안에 쏙 들어온다. 한쪽 끝은 노루발처럼 휘었고 다른 한쪽은 끌 모양인데 내가 아주 날카롭게 갈아두었다.

사람들은 자신의 분야를 상징하는 도구를 선택하곤 한다. 보어에게는 분필과 칠판, 물방울이, 안드레아 핑크에게는 심장의 물리적 기록인 심박계가, 라반에게는 그랜드피아노가 그렇다.

내게는 쇠지레야말로 도구 중의 도구다.

나는 가방에 쇠지레를 집어넣었다.

15

아돌프센 가는 해안도로에서 시작됐다. 외레고르 공원 맞은편인데 이 동네는 덴마크에서 가장 땅값이 비싼 곳이었다. 빌라가 자그마한 임대주택만 하고 정원도 겨우 화단이라고 부를 정도지만 광고회사와 IT 기업들, 대사관들은 앞다투어 건물과 대지를 사들였다.

나는 한 블록 전에 차를 세우고 해안도로를 따라 걸었다. 죽 이어진 빌라 뒷담에 바짝 붙어서.

아돌프센 가의 마지막 빌라는 4층밖에 되지 않았다. 인근에서 가장 작은 건물이었고 가장 사람 사는 곳 같은 느낌을 주었다.

불 켜진 창문은 하나도 없었다. 나는 옆집 정원 담벼락에 몸을 바짝 붙이고 서서 풍경과 하나가 되려고 노력했다.

차고 지붕 밑에 그녀의 벤츠가 서 있었다. 파도는 잔잔했고 바람도 전혀 없었다. 그러나 바다 가까이에 있다는 것만으로도 입김이 얼어붙을 듯 추웠다.

그때 마그레테 스플리드가 내 시야에 들어왔다. 3층 베란다에 앉아 바다를 바라보고 있었다. 어깨에 담요 하나 두르지 않았고 뒤로 보이는 문은 열려 있었다. 집 안은 어두웠다.

그녀의 집은 해안 쪽으로는 담이 없고 무릎 높이의 낮은 울타리만 쳐져 있었다. 나는 울타리를 넘어 정원으로 들어갔다.

달빛에 눈이 하얗게 빛났다. 럭스•가 40퍼센트 정도는 상승하지 않았을까? 이제 색깔이 보이기 시작했다. 베란다 밑에 큰 철쭉나무가 몇 그루 있었는데 한 그루에만 붉은 꽃 한 송이가 피어 있었다. 12월 말인데.

나는 그 꽃을 꺾었다. 꽃이 아니라 마그레테의 흡입기였다. 나는 흡입기를 다시 제자리에 놓았다.

정원에서 집으로 들어가는 문은 굳게 잠겨 있었고 자물쇠에는 강철판이 대어져 있었다. 내 쇠지레로 못 열 것은 없었지만 문을 따고 들어가면 소음이 발생할 것이다. 나는 창문의 창틀을 하나 빼낸 뒤 단열유리를 빼서 잔디 위에 내려놓고 탁자를 밟고 안으로 들어갔다. 부엌이었다. 먼지 하나 없이 깨끗한 부엌이었다. 주인이 모범 부엌 표창장이라도 받고 싶어 안달 난 사람인 양 구석구석 잘 정돈돼 있었다. 그뿐인가, 수제비누로 바닥을 닦았는지 반짝반짝 윤이 나는 복도에서는 은은한 비누향이 풍겼다. 전국주부연합에서 상을 줘야 할 판이었다. 복도는 군더더기 없이 깔끔했고 너저분한 것이라고는 없었다. 패션잡지도 방한용 귀마개도 자동차 열쇠도 널려 있지 않았다.

2층은 복도를 중심으로 양쪽에 방이 늘어서 있었다. 건물 외관만

• 조도 단위.

빼고 완벽하게 리모델링한 듯 계단 하나 삐걱거리지 않았다. 국방부에서 주는 월급이 엄청나게 후하거나 로또에 당첨됐거나 거액의 유산을 물려받은 게 분명했다.

나는 조심조심 3층으로 올라갔다. 계단이 끝나는 곳에 넓은 계단참이 있고 계단참과 연결된 문은 열려 있었다.

3층은 긴 직사각형 모양의 커다란 공간이었다. 적어도 100제곱미터는 될 것 같았고 천장은 지붕까지 이어져 있었다. 동서남북으로 천창이 뚫려 있어 채광도 문제없어 보였다.

널찍한 공간이었다. 뒤편 베란다 문이 열려 있는 쪽에 책상과 책장, 편안해 보이는 안락의자와 소파를 제외하고는 가구도 별로 없었다. 체육관처럼 뻥 뚫린 공간에 밝은 색 마루가 깔렸는데 한쪽 구석에 인테리어에 어울리지 않게 표면이 약간 반들거리는 어두운 색 양탄자가 놓여 있었다. 그리고 그 옆에는 원반 하나가 나뒹굴고 있었다. 그토록 정리를 잘하는 사람이 왜 원반을 아무렇게나 두었을까?

최고의 만족감을 주는 집, 최고의 만족감을 주는 공간이었다. 내 마음에도 쏙 드는 집이었다.

덴마크 사회에서 주류에 속한다는 건 그 무엇보다 중요하다. 시류를 탈 것, 다른 사람들이 하는 건 나도 할 것, 그러면 길이 트이고 배경이 생기고 잘나갈 수 있다. 어렵지도 않다. 서른이 될 때까지 학업과 취업을 마치고, 마흔이 될 때까지 남편, 아이들, 집을 마련하고, 술 마시는 양을 적당히 조절하고, 때때로 찾아오는 위기를 잘 극복하고, 잘 버틸 수 있다는 걸 증명하고, 아이들이 독립하고 나면 덴마크식 경쟁의 마지막 스퍼트를 뛸 준비를 마치면 된다. 제일 재산을 많이 남기고 죽는 사람이 이기는 경쟁 말이다.

뭣도 모르고 하는 소리가 아니다. 내가 직접 보고 들은 얘기다. 나는 평생 그 주류의 중심에 있으려고 안간힘을 썼다. 그리고 그렇게 살다 죽기로 마음먹었다.

마그레테 스플리드는 다른 선택을 한 것 같았다. 잘은 모르지만 일단 남편과 아이들은 그녀의 선택이 아니었다.

주류를 떠난다는 건 소외와 불이익을 뜻한다. 주류가 아닌 사람들은 보통 큰 인물이거나 별 볼 일 없는 인생이거나 둘 중 하나다. 그녀가 어느 쪽에 속하는지는 모르겠지만 분명한 건 혼자 살면서도 제대로 된 집을 꾸몄다는 것이다. 혼자 살면서 이렇게 갖추고 살기는 쉽지 않은데 정말이지 삶의 냄새가 물씬 풍기면서도 품격과 섬세함을 두루 갖춘 집이었다.

그러나 순간 그 삶의 냄새는 알 수 없는 다른 냄새에 덮였다. 뭔가 좋지 않은 냄새가 났다.

나는 방을 가로질러 베란다로 나갔다.

그녀는 나무로 된 정원 의자에 앉아 있었다. 높은 등받이에 머리를 기대고 근육질의 긴 팔은 축 늘어뜨린 채였다. 눈은 벌어졌고 혀끝이 내밀어져 있어 마치 달을 향해 '메롱' 하는 것 같았다.

나는 장갑을 벗고 손가락을 그녀의 목에 대보았다. 근육은 막대기처럼 딱딱했고 피부는 얼음처럼 차가웠다. 내게 음성 메시지를 남긴 후 죽은 것 같았다. 그 뒤로 영하 5도의 추운 날씨에 그대로 밖에 있었던 것이다.

그녀 주변에서 약하게 인분 냄새가 났다. 죽을 때 괄약근이 제대로 작동하지 않으면서 장에서 내용물이 빠져나온 것 같았다.

나는 장갑을 다시 꼈다. 예전에 안드레아 핑크와 프로젝트를 하면서 알게 된 왕립 경찰서 서장의 말이 떠올랐다. 요즘은 범죄 수사 기술이 발달해서 사람의 피부에 남은 지문까지도 알아낼 수 있다던 말.

나는 안으로 들어가 그녀의 책상 앞에 앉았다. 외부의 시선에 노출되지 않으면서 그녀와 방 전체를 조망할 수 있는 자리였다. 아무것도 없이 깨끗하게 치워진 책상 위에 원반 하나가 놓여 있었다.

두려움에는 이상한 속성이 있다. 두려움을 느끼는 사람의 몸이나 의식에만 깃드는 것이 아니라 벽이나 바닥 같은 물리적 공간에도 스며든다. 그리고 공기 중에 그 기운이 오랫동안 남는다. 아마 이 방과 건물에도 몇 년간 으스스한 기운이 감돌 것이다. 내 내면의 시스템은 제발 빨리 이곳을 떠나라고 외치고 있었다.

내가 아직 이곳에 남아 있는 것은 쌍둥이 때문이다. 나는 마흔네 살이고 적어도 자아를 펼칠 기회는 가졌다. 하지만 하랄과 티트는 몸만 컸지 아직 아이들이다. 그들에게 미래의 가능성을 열어줄 수만 있다면 나는 무슨 짓이든 할 각오가 돼 있었다.

잠시 후 나는 일어서서 다시 베란다로 나갔다. 그리고 마그레테 스플리드의 카디건 소매를 들춰보았다. 양쪽 손목 모두에 혈종이 있었다. 캐시미어 카디건의 소맷단이 너무 손목을 조여서 생긴 자국은 아니었다. 폭 15센티미터의 거무스름한 피멍이 부어올라 있었다.

나는 다시 책상 앞에 앉았다. 그리고 잠시 후 구석에 놓인 양탄자 앞으로 갔다.

가까이 가서 보니 양탄자가 아니라 피였다.

하랄과 티트 같은 아이들을 키우다 보면 피를 보는 일도 드물지 않다. 그뿐인가, 배운 적도 없는 붕대 감기 선수가 되고 응급 처치, 병간호에도 도가 튼다.

그 말은 넘어져서 살이 찢어졌을 때 피가 어느 정도 나오는지 대충 짐작할 수 있다는 뜻이다. 그런데 여기 이건 차원이 달랐다. 그냥 피바다였다. 공기 중에 떠돌던 도살장의 들큼한 피 냄새도 여기서 시작됐던 것이다. 반들거려 보인 건 많은 양의 피가 홈을 따라 흐르거나 바닥으로 스며들지 못하고 그대로 퍼졌기 때문이다.

가까이서 보니 벽에도 피가 튄 자국이 보였다.

순간 나는 욕지기가 일었다. 하지만 그 사실이 부끄럽지는 않았다. 도살업자나 외과 의사가 되지 않은 데에는 그럴 만한 이유가 있었으니까.

나는 바닥에 나뒹구는 원반을 들어 올렸다. 풀이 묻었는지 목욕 스펀지 조각이 원반에 들러붙어 있었다. 나는 원반을 들고 베란다로 나가 달빛에 비춰보았다. 풀이 아니라 피였다. 그리고 목욕 스펀지가 아니라 뇌수였다. 피 웅덩이 속에는 머리카락 한 줌이 붙은 살조각도 보였다. 머리에서 찢겨 나온 두피이리라.

이 집에서는 한시도 더 머물 수 없었다. 나는 원반을 원래 있던 자리에 내려놓고 왔던 길을 그대로 되짚어 나갔다. 창틀에 단열유리를 다시 끼우고 나사를 구멍에 맞춰 끼웠다. 마음속으로는 경찰이 알파카 장갑을 낀 손의 지문까지는 알아내지 못하기를, 내 차를 본 사람이 없기를 간절히 빌면서.

나는 해안도로를 따라 내려가 차 안에 앉았다.

그대로 앉아 있었다.

뭔가 허전했다. 잊은 게 있었다.

나는 마그레테의 음성 메시지를 다시 들었다. 그녀의 목소리는 매우 차분했다.

"수잔 스벤센, 줄 게 있으니……"

순간 나는 두 가지를 깨달았다.

그들이 우리를 덴마크로 데려온 이유는 바로 이것이었다. 마그레테 스플리드에게 접근할 방법이 우리 말고는 없었던 것이다. 그녀는 두려울 게 없는 사람이었다. 국방 아카데미에서 처음 봤을 때부터 그런 느낌이 들었다. 그녀는 허점이 없는 사람이었다. 걱정해야 할 가족도 잃을 직장도 없었다. 남은 인생도 그리 길지는 않았다.

그녀는 누군가가 알고 싶어 하는 정보를 가지고 있었고 그 누군가는 그녀에게서 그 정보를 절대 얻어내지 못하리라는 것을 알았다. 그래서 우리가 투입된 것이다.

이 한 가지는 일단 분명해졌다.

두 번째, 그녀가 그 정보를 내게 주려고 준비해두었다는 것이다.

나는 그녀의 집으로 돌아갔다.

물리적으로 엄청난 노력이 필요한 일이었다. 이번에는 이것저것 따질 경황도 없이 그냥 현관으로 직행했는데 문이 닫혀 있지 않았다. 현관문을 열자마자 뭔가 발에 치이는 게 있었다. 나는 허리를 구

부리고 타일 바닥에 놓인 장애물을 더듬거렸다. 몇억을 준다고 해도 불을 켜지는 못할 것 같았다. 어둠은 내게 일종의 안전을 뜻했다. 미끄럼 방지를 위해 양탄자 밑에 까는 얇은 고무 매트가 만져졌다.

나는 덜덜 떨며 다시 3층으로 올라갔다. 바닷가에 놀러 갔다가 티트와 하랄이 도무지 물에서 나오려고 하지 않아서 너무 오랫동안 수영을 한 날처럼 이가 덜덜 떨렸다. 5월 초부터 수영을 시작하는 쌍둥이는 물속에 그렇게 오래 있어도 추워하지도 않았다.

이번에는 의자에 앉지 않고 서 있기로 했다.

몸수색은 해본 적도 없고 별로 경험하고 싶지도 않은 일이다. 하지만 어쩔 수 없다.

부드럽고 따스한 캐시미어 옷감 밑에서 그녀의 각진 근육은 나무에서 돌로 변해가는 중이었다. 나는 그녀의 몸을 쓰다듬듯이 더듬었다. 마치 지난 30분 동안 그녀를 좋아하게 된 것만 같았다. 사람이 죽은 다음에 더 호감이 생길 수도 있는 걸까?

나는 그녀가 오랜 세월 혼자 살아온 사람이라는 것을 느꼈다. 사람이라면 누구나 느끼는 사람에 대한 그리움, '스킨 헝거'는 어떻게 견뎠을까? 죽은 다음에라도 이렇게 쓰다듬어주는 게 옳지 않을까?

하지만 짚이는 것은 없었다. 내 촉이 틀렸던 모양이다. 아니면 사실로 검증되는 데 너무 시간이 오래 걸리거나. 이렇게 단순하게 꾸며진 방에서도 물건을 숨기는 방법은 수천 가지가 넘는다. 책 사이사이만 찾아보는 데도 몇 날 며칠이 걸릴 것이다.

나는 마지막으로 책상 위로 시선을 던졌다. 물리학에서는 여러 가지 비슷한 가능성이 존재할 때 그리고 모든 가능성이 충분히 논리적이고 타당할 때는 가장 단순한 것을 고르라고 한다. 이건 자연과학의 법칙일 뿐만 아니라 상식적으로 생각해도 그렇다. 그녀가 내게 뭔가를 남겼다면 가장 찾기 쉬운 방법을 택했으리라.

책상 위에는 가로 2센티미터 세로 6센티미터 정도의 검정 직육면체가 놓여 있었다. 손에 들어보니 작지만 묵직한 납덩어리였다. 나는 책상 위에 있던 연습용 원반의 손잡이를 돌려 뚜껑을 열었다.

속은 텅 비었는데 고무가 든 가장자리에 다른 납덩어리가 끼워져 있었다. 하나만 들었고 하나는 밖에 꺼내놓았다? 자세히 보니 꼬깃꼬깃 접은 종이쪽지가 그 자리에 끼워져 있었다.

16

긴장이 풀리지 않을 때 나는 요리를 하거나 빵을 굽는다. 그러면 어느새 긴장이 풀리곤 한다. 옛날부터 그랬다.

집에 돌아온 뒤 나는 침실로 들어가지 않고 부엌에서 크루아상을 만들었다. 그전에 500밀리그램짜리 카페인 두 알과 더블에스프레소 네 잔에 우유를 탄 카페오레, 얼음을 넣은 콜라 반 리터로 가볍게 아침 식사를 마쳤다.

크루아상은 자연의 법칙을 거스른다. 퍼프 페이스트•와 효모 반죽은 서로 성질이 다르기 때문에 그 둘을 합친다는 건 불가능하다. 반죽을 접을 때마다 반죽과 버터로 이루어진 겹은 기하급수적으로 늘어나고 밀대로 반죽을 밀어 펼 때마다 한 겹의 두께는 점점 얇아진다. 그렇게 냉장고에서 네 번 발효시키고 한 시간 반이 지나면 한 겹이 10분의 1밀리미터 정도인 크루아상이 완성된다. 물리학적으로만 보면 이 상태에서는 절대 반죽과 버터를 구별해낼 수 없다.

• 버터와 밀가루를 거의 반반씩 섞어 반죽한 것.

물론 경험적으로는 가능하다. 특히 오늘 새벽에는 그 결과가 매우 성공적이다.

아직 4시 반이지만 라반과 쌍둥이는 냄새를 참지 못하고 일찌감치 잠에서 깼다. 그리고 동물처럼 코를 벌름거리며 거실로 나왔다.

나는 오렌지를 짜서 주스를 만들었다. 그리고 긴 유리잔에 주스를 따르고 각자의 앞에 크루아상을 하나씩 놓아주었다. 모두 말없이 먹고 마셨다. 가풍에 따라 식사할 때 말을 하지 않는다거나 식사 예법이 엄격해서가 아니다. 성공한 크루아상은 위대한 물리학적 성과이기 때문이다. 그것만으로도 아침 식탁은 특별하고 풍성해진다.

"잠을 안 잔 거야?"

라반이 물었다.

"마그레테 스플리드에게 메시지가 왔었어. 줄 게 있다고 해서 가지러 갔다 왔어."

그러자 모두 내가 조리대 위에 펼쳐 놓은 종이쪽지로 시선을 돌렸다.

"다 먹고 나서 토르킬 하인에게 가져다주면 돼. 그자가 약속을 지킨다면 우린 자유야. 모든 게 다시 잘될 거야. 티트, 하랄, 너희는 다시 학교로 돌아가고 나는 다시 일을 시작할 거야. 다시 일상이 시작되는 거지."

다들 아무 말 없이 나를 쳐다보았다.

"수잔, 이건 우리 모두와 관련된 일이야." 라반이 말했다.

"티트, 하랄, 너희들은 방에 가 있어!"

내가 말했지만 아이들은 꿈쩍도 하지 않았다.

"엄마." 하랄이 말했다. "어디로 내보내기엔 우리가 너무 컸어요. 그리고 방에 가 있으라고 하기엔 너무 늦었고요. 이제 곧 그 방에서 나갈 테니까 우리 방도 아니잖아요."

나는 다시 식탁에 앉았다.

"내가 갔을 때 마그레테는 죽어 있었어. 질식사야. 아마 나한테 음성 메시지를 보낸 직후 자정쯤 당한 것 같아. 마그레테가 쓰는 흡입기로 죽였어. 코와 입을 덮는 실리콘 마스크가 달려 있거든. 밸브를 막고 그걸 얼굴에 대고 누르기만 하면 되니까. 마그레테는 절대 약체가 아니었으니까 아마 두 명이었을 거야. 한 명은 손목을 붙잡고 한 명은 마스크를 눌렀겠지. 천천히 죽였어. 그런 마스크를 얼굴에 대고 세게 누르면 잠수 마스크처럼 자국이 남거든. 그런 둥근 자국이 비슷한 위치에 여러 개 있었어. 마그레테에게 정보를 빼내려고 했던 것 같아. 물건이었을 수도 있고. 호흡기가 약하다는 약점을 이용한 거야. 누군지는 모르지만 마그레테를 얕본 거지. 처음엔 적어도 세 명이 왔을 거야. 한 명은 마그레테가 원반으로 해치웠어. 문 앞에서 바로. 하랄, 너도 그때 원반 던지는 거 봤지? 지금까지도 덴마크 최고 기록 보유자야. 머리를 정통으로 맞춰서 바닥에 피가 흥건했어. 양탄자에 돌돌 말아서 데려갔더군."

세 사람 모두 허공만 바라보았다.

"마그레테가 그 사람들에게 뭔가 줬을 거야. 그러지 않았다면 집안을 뒤지느라 난장판이 됐을 테니까. 나한테 주겠다고 한 건 연습용 원반 속에 감춰져 있었어. 나랑 하랄이 원반을 돌려서 여는 걸 봤거든. 거기 감춰도 내가 찾아낼 걸 알았던 거지. 위원회 명단이야.

맨 밑에는 토르킬 하인의 집 주소도 있고. 무슨 이유에선지 모르지만 마그레테는 마지막 두 회의에 참석하지 않았기 때문에 회의 기록은 없어. 우린 할 만큼 했어. 내가 바로 토르킬 하인을 만나러 갈게. 이제 끝이야. 이 일은 이제 없었던 일이 되는 거야."

나는 자리에서 일어나 외투를 들고 차 열쇠와 종이쪽지를 챙겼다.

"수잔." 티트가 말했다. "다시 앉아주세요."

17

나는 아이들이 나를 수잔이라고 부르게 하려고 별짓을 다 했다. 나는 엄마라고 불리기가 싫었다. 마치 무슨 기관이라도 되는 듯 불리는 게 싫었다. 나는 아이들이 나를 한 인간으로, 개인으로 바라봐 주길 원했다. 유치원에서 처음 열린 부모 모임에 참석했는데 엄마 열여덟 명, 아빠 두 명이 모였다. 아빠 두 명 중 한 명은 라반이었다. 자기소개를 하는데 모두 누구누구의 엄마라고 소개를 시작했다. 시간이 갈수록 나는 절망적인 기분이 되었고 결국 자리에서 벌떡 일어나고 말았다.

"제발 생각 좀 하세요. 안 그래도 엄마 역할 하는 거 힘들지 않아요? 어떻게 보면 모든 아이들은 블랙홀이에요. 블랙홀 알아요? 모든 에너지와 빛을 흡수하고 하나도 되돌려주지 않는 특이한 공간 말이에요. 그런데 자신을 누구 엄마, 누구 엄마로 부르면서 마지막 남은 개인성마저 포기해버린다면 우리가 우리 자신을 배신하는 꼴이라고요. 우리 자신이 우리들을 상대로 한 엄청난 음모의 일부가 되는 거라고요!"

순간 분위기가 싸늘해졌고 나는 더 이상 말을 꺼낼 수 없었다. 라반과 나는 쉬는 시간에 유치원 건물을 빠져나왔고 집으로 가는 내내 싸웠다. 그러다 키르케 로에 들어섰는데 경찰관이 차를 세우라고 하더니 '비폭력적 대화를 위한 상담소'가 문을 열었는데 그리로 안내해도 되겠느냐고 정중하게 물었다.

그제야 우리는 언성을 낮추었다. 하지만 그 후로도 그 문제에 있어서 의견의 일치를 보지는 못했다. 그런데 현실은 라반 편이었다. 아이들은 여섯 살이 되자 하루아침에 이름 부르기를 멈추고 엄마 아빠라고만 불렀다. 어쩌다 한 번씩 수잔, 라반이라는 호칭을 들을 수 있는데, 지금처럼 정말 중요한 얘기를 하려고 할 때다.

나는 도로 앉을 수밖에 없었다.

"나랑 함께 다녔던 승려 말이에요." 티트가 말했다. "이름이 카말이었어요. 카말은 흰색 롤스로이스를 몰았어요. 우린 그걸 타고 콜카타에서 우다이푸르*에 있는 레이크 팰리스 호텔로 갔어요. 거기서 2주 동안 있었는데, 그때 처음이자 마지막으로 인도라는 나라를 이해할 수도 있겠구나 싶었어요. 일주일 정도 지나니까 우리 관계가 아무 의미도 없다는 생각이 들었어요. 그래서 헤어지자고 했더니 절망하더라고요. 덴마크에서는 이별이라는 게 한시적인 거잖아요. 눈물이 마를 때까지 기다리거나 독하게 마음먹고 정신 차리거나 다른 사람을 사귀거나. 아니면 자살하거나. 아니면 정신과 상담을 받거나. 그런데 인도에서는 이별이 하나의 삶의 방식이고 몇 년

* 인도의 베네치아라 불리는 호수의 도시로 인도 서부 라자스탄 주에 속함.

이 걸릴지 알 수 없는 거더라고요. 카말은 갑자기 아무것도 스스로 할 수 없게 됐어요. 그냥 어린아이 같았어요. 난 면허도 없이 그 먼 길을 운전해서 카말을 집에 데려다줬어요. 카말은 옆자리에 앉아서 계속 한탄을 해대고 잠도 자지 않았어요. 그냥 울기만 했어요. 사흘쯤 지나니까 정말 못 해 먹겠더라고요. 그래도 끝까지 참고 집까지 데려다줬어요."

티트는 우리를 번갈아가며 쳐다보았다.

"일을 저질렀다면 뒷수습을 해야 하는 거잖아요. 사람이 죽었어요."

나는 자리에서 일어섰다.

"너희가 이건 알아줬으면 좋겠는데, 내가 인생을 살면서 꼭 이루고 싶은 게 뭐였는지 아니? 평범한 삶을 사는 거야. 내겐 그게 물리학의 세계에 입문하는 것보다, 이 효과를 이해하는 것보다 더 중요했어. 아니, 뭘 알고 싶다는 것 자체보다 훨씬 중요했어. 마음 깊은 곳에서는 언제나 평범한 삶을 갈구했어. 가정과 직장, 남편, 아이들, 월급 통장, 가족이 둘러앉아 먹는 삼시 세끼, 그리고 카오스와 엔트로피가 내 삶에서가 아니라 닫힌 시스템 안에서 유효하다는 확신. 그리고 난 그걸 얻었어. 그렇게 17년이 지났고 이제 헤어지게 됐지만, 난 지금도 평범한 이혼, 평범한 이별을 원해. 평범한 독신이 되고 싶다고. 티트, 하랄, 너희들 라반하고 살고 싶으면 라반하고 살아. 아니면 나랑 같이 살아도 되고. 친구들이랑 아파트 빌려서 살고 싶으면 그렇게 하고 기숙사로 가고 싶으면 가. 소년원으로 가든 지하철에서 노숙을 하든 상관없는데 그 누구도 내가 다시 평범한 삶으로 돌아가는 걸 막진 못해. 그리고 그렇게 하기 위해선 토르킬 하인을 통해야 해. 만약 인도에서 있었던 일을 언론이 알게 되면 재판이 열릴 거고 난 해임될 거야. 그럼 평범한 삶으로 복귀하는데 10년을 더 기다려야 해. 그때쯤이면 난 치매나 파킨슨병에 걸리겠지. 그렇지 않다고 해도 곧 양로원이나 요양원 신세가 되겠지. 내 생각에 토르킬 하인은 이 일이 언론에 새어 나가는 걸 막을 수 있는 유일한 사람이야. 일이 잠잠해지고 해결될 때까지 경찰의 신변 보호도 붙여줄 거야. 그러려면 그 사람에게 이 쪽지를 전달해야 한다고."

모두 아무 말이 없었다. 이것은 내가 내는 효과의 현상학적 특이점이다. 나도 경험으로만 알지 어떻게 해서 그렇게 되는지는 설명하지 못한다. 효과가 지속되지는 않기 때문에 이제 이 상황을 끝맺는 말이나 제스처가 나올 것이다. 아니면 내가 한 짧은 연설이 끝맺는 말이 될 수도 있다.

아니다. 티트를 너무 얕봤다. 티트의 반전 2탄이 기다리고 있었다.

티트는 우리 중 가장 키가 작다. 그리고 나보다도 더 말랐다. 얼굴 생김새는 섬세하고 목소리는 낮고 허스키하다. 그리고 절대 목소리를 높이는 일이 없다. 그녀는 그 나지막한 목소리로 말했다.

"한 가지 더, 마지막으로 한 가지만 더 말할게요. 우리 엄마와 오빠를 죽이려고 한 사람이 있거든요. 그걸 그냥 넘어갈 수는 없잖아요?"

우리는 다시 자리에 앉았다.

모두 나를 쳐다보았다. 셋은 내가 질 걸 알고 있었다.

나는 꼬깃꼬깃 접힌 A4 용지를 펼쳐 식탁에 놓았다.

거기에는 여섯 명의 이름이 적혀 있었다. 손으로 쓴 글씨였다. 마그레테 스플리드는 급할 때 손으로 메모를 하는 세대였다.

그녀의 유년기와 청소년기에는 컴퓨터가 한창 개발되는 중이었을 것이다. 그리고 컴퓨터가 수소 폭탄과의 밀접한 연관 아래 발전해온 역사를 지켜보았으리라.

한쪽에 죽 쓰인 네 명의 이름은 아직 생존한 미래위원회 위원들이었다. 그 밑에는 토르킬 하인의 이름과 주소가 있었다. 그리고 그 아래 '게이서'라고만 적혔는데 이름인지 성인지 알 수 없었다. 인터넷에서 찾아보았지만 덴마크어 결과는 나오지 않았다.

라반과 쌍둥이는 내 옆으로 와서 함께 명단을 내려다보았다. 이름 뒤에는 토목기사, 신부, 국립 은행장, 금속 공예가라고 직함이나 직업이 쓰여 있었다.

그중 내가 아는 사람은 딱 한 사람, 금속 공예가 키르스텐 클라우센이었다. 그녀는 국가의 보물 중 보물로 보어나 투보르 맥주와 같은 급이다. 덴마크의 베이컨 같은 존재라고나 할까?

나는 종이를 다시 접었다.

"티트, 그 승려랑 잘되지 않을 걸 어떻게 알았어?"

하랄이 물었다. 티트는 창밖에 펼쳐진 겨울 풍경에 시선을 던졌다. 에빅헤 로에서는 바다가 보이지 않지만 낮게 드리운 구름 위에서 비치는 달빛이 해협에 반사되는 모습을 상상할 수 있었다.

"너무 좋은 사람이라 날 오래 견디지 못했을 거야."

열일곱 살짜리 여자아이가 롤스로이스를 몰고 백만 명의 신도를 거느린 성인 남자에 대해 하는 말을 들어보라.

하지만 에빅헤 로에 사는 우리는 모두 그녀의 말이 옳다는 것을 알았다.

나는 볼보 히터에 SMS를 보냈다. 쌍둥이들은 항상 뜨뜻해진 차에 타고 싶어 했다. 히터에서 '메시지 처리되었음'이라는 답장이 왔다.

시간은 아직 5시밖에 되지 않았다. 안드레아 핑크는 5시부터 6시 사이가 하루 중 가장 중요한 시간이라고 말했었다. 그녀는 우리가 이미 알고 있는 사실을 뒷받침하기 위해 전공 서적 1,500권을 참조하는 사람이었다.

그녀는 이 시간을 '금쪽같은 시간'이라고 부르곤 했다.

몸이 가장 깊은 이완에 도달하는 시간, 꿈이 없는 깊은 수면과 램파장 사이의 관계가 최적화되는 시간. 아침에 일어나서 잘 잤다고 느끼는 그 중요한 경험의 근거가 바로 이 시간에 만들어진다. 이 시간은 도시가 가장 조용한 시간, 수면 실험실에서 하룻밤을 보내는 사람들이 감마파에 근접할 가능성이 가장 큰 시간이기도 하다.

이 시간에 잠을 자지 못하는 사람들, 어린아이를 둔 부모들, 교대 근무자들, 신문 배달부들은 피로에 절어 녹초가 된다. 관청에서 부모의 양육권을 빼앗아야 할지 판단하기 위해 어린아이가 있는 집에 예고 없이 들이닥치는 시간도 바로 이 시간이다.

안드레아 핑크와 내가 경찰 신문을 한 시간도 당연히 이 시간

대였다. 그리고 지금 우리 네 사람은 프레데릭스베르로 가기 위해 따뜻한 차에 올라탔다. 토르킬 하인의 집에 예고 없이 들이닥치기 위해.

18

어릴 때 프레데릭스베르에 사는 고모가 두 명쯤 있었던 사람이라면 그 동네는 나이 든 여자들만 사는 곳이라고 단정해버리기 쉽다.

그러다 자라서 대학에 가고 양자물리학을 공부하게 된 후 다시 그 동네에 가본다면 새로운 사실을 깨달을 것이다. 나이 든 여자들뿐 아니라 나이 든 남자들도 많이 사는 곳이라는 것을.

이 생생한 통계에 부응하려는 듯 베스터브로 가와 프레데릭스베르 가 사이에 있는 집들은 모두 웅장한 묘지 양식이고 정원도 묘지처럼 가꿔져 있었다.

코크 로에 있는 토르킬 하인의 집도 예외는 아니었다.

대문 양쪽에 유리로 된 검은색 반구가 붙었는데 장식이 아니라 감시 카메라를 감추는 용도인 듯했다.

집의 모든 창문에 회색 전기회로가 붙었는데 아마 경비 회사와 연결돼 있을 것이다. 어쩌면 경찰서와 경찰 무선에 바로 연결되는지도 모른다. 집에서 50미터쯤 떨어진 곳에는 포드 한 대가 서 있었다. 우리가 차에서 내려 대문 쪽으로 걸어가자 새벽잠 없어 보이는 남자 둘이 차에서 내려 우리를 유심히 지켜보았다.

이것만 봐도 토르킬 하인이 준비성이 철저한 남자라는 걸 알 수 있었다.

나는 유리반구를 향해 미소를 지어 보인 후 그가 알려준 번호로 전화를 걸었다. 그가 깊은 잠에서 화들짝 놀라 일어나기를 바라면서.

틀렸다. 그는 바로 전화를 받았고 쌩쌩한 목소리였다.

"명단 입수했어요."

"지금 어딥니까?"

"댁의 집 앞 발 매트 위에 서 있어요."

약 5초 후 문이 열렸다. 그는 문과 문을 지나 15미터나 떨어진 방에 잠옷과 실내가운 차림으로 서 있었는데도 말이다. 아마 리모컨으로 작동되거나 그가 명령하면 문도 알아서 복종하는 것이리라.

잠옷과 가운 차림일 때 사람들은 보통 민망해하고 자신 없어 한다. 그는 그렇지 않았다. 게다가 그가 입은 옷들은 전용 재단사의 손에서 만들어진 것들이라 궁중 무도회에 가는 중이라고 해도 믿을 것 같았다.

나는 그에게 쪽지를 내밀었다. 그는 쪽지를 펼쳐 힐끗 쳐다보고는 다시 접었다.

"보고서는 가지고 있지 않았어요. 마지막 모임에 참석하지 않았대요. 거짓말은 아니었어요. 약속 지켰죠?"

그는 고개를 끄덕였다.

"인도에서의 일은 없었던 일이 될 겁니다. 마니푸르에 있는 집은 우리 쪽 사람들이 알아서 해결할 거고 이삿짐은 컨테이너에 실려서 덴마크로 오는 중입니다. 다음 주쯤 도착할 거예요. 공식적으로는 중요한 용건으로 예정보다 일찍 소환된 걸로 돼 있습니다. 인도 쪽 관청, 외교부, 코펜하겐 대학과 다 얘기됐습니다. 이제 다 끝난 겁니다."

"저도 그렇다면 정말 좋겠네요."

나는 그렇게 말하며 소파에 앉았다. 라반과 쌍둥이도 나를 따랐다. 하지만 토르킬 하인은 그대로 서 있었다.

사실 우리가 이 집에 온 건 전혀 예정에 없던 일이었다. 이렇게 자리를 잡고 앉는 것도 마찬가지다. 원래는 최대한 빨리 자리를 뜨는 게 옳았다.

"마그레테 스플리드가 죽었어요." 내가 말했다. "어젯밤 자택에서 질식사당했어요. 간발의 차이로 살아났지만 제 아들과 저를 죽이려는 시도도 있었고요. 굴착기로 말이에요. 대신 우리 차는 납작코가 됐죠. 경찰의 신변 보호가 필요해요."

눈물 섞인 동정과 위로를 기대했다면 실망했겠지만 그는 적어도 우리와 마주 앉는 성의는 보였다.

그는 꽤 놀란 것 같았고 할 말을 찾지 못하는 듯했다. 이윽고 그가 힘겹게 입을 열었다.

"질식사라고 누가 그럽니까? 그건 전문가들이 판단해야 할 일 아닙니까?"

"그럼 직접 가서 보세요." 내가 말했다. "시체를 보고 나서 다시 얘기하죠. 마그레테 스플리드에게 두개골을 맞아서 얼굴도 못 알아보게 망가진 사람도 있었어요."

그때 그의 아내가 들어왔다. 자신이 필요한 시점이라고 느낀 것 같았다. 위대한 남자들 뒤에는 항상 위대한 여자가 있는 법. 듬직한 노벨상 수상자들 곁에는 항상 여장부들이 있었다. 보어, 페르미, 앨버레즈, 고르바초프, 사하로프, 슈뢰딩거를 보라. 반면 오펜하이머와 실라르드처럼 노벨상을 눈앞에 두고 실패한 사람들 옆에는 날뛰는 여자들이 있었다.

갑자기 나타난 그의 아내는 그보다 50센티미터는 작아 보였지만 그렇다고 얕보아서는 안 될 인물이었다. 키 작은 여장부들도 있으니까.

"무슨 일이에요, 토르킬?"

그녀의 목소리에는 권위가 깃들어 있었다. 그녀도 그가 아는 만큼 알고 있다는 뜻이었다.

그는 자리에서 일어나 우리 속의 짐승처럼 벽을 따라 왔다 갔다 했다.

"변수가 생겼어."

그는 그렇게 말하고 나서야 우리가 옆에 있다는 사실을 의식한 듯했다.

"아이들은 나가서 바람 좀 쐬고 오는 게 낫지 않을까요?"

"한번 해보세요. 제 말은 안 들어요."

내 말에 그는 뜨악한 표정을 지었다.

"내 손자들은 내가 하라는 대로 합니다만."

"그 아이들은 할아버지를 잘 만났잖아요."

수많은 장점과 스펙을 가진 그가 유머 감각을 갈고 닦지 않은 것은 참으로 안타까운 일이었다.

"이 사람들 해외로 내보내야겠어." 그가 아내에게 말했다. "증인 보호 프로그램에 넣어서 이탈리아로 보내고 잠잠해질 때까지 거기 억류시켜야겠어."

그게 우리 얘기라는 걸 깨닫고 나는 흠칫 놀랐다.

그는 결심한 듯 우리에게 말했다.

"지금부터 집에 가서 짐을 싸요. 조금 있다가 우리 쪽 사람들이 데리러 갈 거니까 오늘 안으로 이 나라를 떠요. 새 여권은 공항 가는 길에 받고. 자세한 얘기도 그때 듣도록 하고. 다른 건 우리가 다 알아서 할 거요. 몇 달 있으면 다시 돌아올 수 있으니까 괜한 걱정 말고."

그는 모르고 있지만 효과가 나타나기 시작했다. 효과가 발현되고 제일 먼저 나타나는 현상 중 하나가 예의가 사라지는 것이다. 인간에게 있어 예의란 표면에 붙은 겉껍질인 경우가 많으니까.

이렇게 상호 이해가 커지는 가운데 나는 물리 화학적 차원에서 그를 더 잘 이해할 수 있었다.

심리학을 신봉하는 사람들도 많지만 나는 아니다. 모든 것은 양자전기역학적 작용에 기초한 생화학으로 설명된다. 토르킬 하인은 맹독성 액체가 가득 든 양동이에 국정원장, 육군 중령, 보수당 총재를 통째로 쏟아붓고 농축시켜 만들어낸 결과물이었다. 권력자들을 많이 봐왔지만 이 남자처럼 독하지는 않았다.

그런 그가 두려워한다는 건 우리 앞에 닥친 문제가 그만큼 심각하다는 뜻이었다.

라반과 쌍둥이는 황당한 표정으로 하릴없이 서 있었다. 문제를 훌훌 털어버리려고 왔는데 나라 밖으로 쫓겨나게 생겼으니 말이다.

"지난 여행의 시차 적응도 아직 안 됐어요. 그 일정 며칠 미룰 수 없나요?"

내가 물었다. 그는 심호흡을 한 번 하더니 예의라고는 티끌만큼도 없는 목소리로 낮게 힘주어 말했다. 그의 실수였다.

"이건 뭘 선택하고 말고 할 수 있는 상황이 아니라고. 지금 당신들 네 사람 앞으로 구속 영장이 나와 있어. 집에서 한 발자국도 못 나가게 할 수 있다고. 신문 가지러 문 앞에나 나갈 수 있겠지. 군말 말고 내가 시키는 대로 해!"

높은 자리에 있는 사람이 혼쭐을 내는데 아무렇지도 않을 사람은 몇 안 될 것이다. 무섭게 화를 내는 권위자 앞에서는 누구라도 움츠러들게 마련이다. 세계적으로 명망이 있던 예순 살의 보어도 처칠 앞에서는 선생님에게 혼나는 초등학생처럼 꼼짝도 못 했으니까.

그런데 우리 가족은 좀 다르다. 움츠러들기는커녕 야단을 칠수록 더 심술궂어진다.

물론 겉으로는 그런 티를 내지 않는다. 가정 교육을 잘 받은 사람이 그래서야 되겠는가. 우리는 우르르 자리에서 일어섰다.

"그럼 우리에게도 차가 있으니 그걸 타고 갈게요."

내가 말했다.

"절대 안 돼!"

"우리 차는 볼보 사륜구동이고요, 100만 크로네도 넘어요. 그럼 다달이 생활비에 차 값도 넣어주시든가."

그는 한숨을 푹 쉬었다. 내가 그의 내면 깊은 곳의 민감한 부위를 건드린 것 같았다. 고위 공직자들이 모두 그렇듯 그도 나랏돈을 쓰는 데는 엄청난 구두쇠였다.

"이런 젠장! 그럼 오늘 저녁에 떠나요. 한 시간 반 뒤에 사람이 갈 거니까 임시 여권, 신용카드, 주소 받고 알아야 할 사항 듣고. 그럼 이제 가봐요!"

우리는 그에게 등을 보이지 않은 채 문을 향해 뒷걸음질 쳤다. 그가 마지막으로 손키스라도 날릴까 봐서가 아니라 궁중에서는 그게 예법이니까.

문 앞에 이르렀을 때 나와 그의 시선이 마지막으로 마주쳤다. 순간 그는 감옥에서의 상황을 떠올렸고 내 효과를 상기했다. 우리는 얼른 밖으로 나왔다.

나는 시동을 걸지 않고 그대로 앉아 있었다.

약간 막무가내인 데가 있는 하랄은 문 위에 달린 손잡이를 뜯어 내려는 듯 마구잡이로 흔들어댔다. 언젠가 한번은 웬 바람이 불었는지 역사 수업에 들어갔고 친구들에게 '하랄 3세'라는 별명을 얻었다. 하랄 3세는 노르웨이의 왕으로 자신의 말에 거역하는 것을 견디지 못하고 포로를 만들지 않는 것으로 유명했다고 한다.

나는 뒤돌아보지 않고 앞을 뚫어지게 보며 말했다. 하랄뿐 아니라 모두에게 하는 말이었다.

"까짓 것 가라면 가지, 뭐. 그런데 이탈리아는 아니지."

19

공공장소에서 여자들의 성적 판타지가 하는 역할이 얼마나 중요한지 나는 평생에 걸쳐 흥미로운 시선으로 지켜봤다.

물론 우리 사회는 아직 이 바람직한 발전 과정의 초기 단계에 머물러 있다.

나 또한 내 잔망스러운 이야기로 역량을 보태고 싶은 마음이 굴뚝같다. 문제는 이야기를 펼칠 적당한 포럼을 찾아내는 것인데, 내 생각엔 학계가 가장 적당하지 않을까 싶다.

내가 품은 가슴 두근거리는 판타지의 대상은 위대한 물리학자들이다. 말이 나왔으니 말인데, 물리학계에는 꽉 깨물어주고 싶은 귀염둥이들이 널렸다. 여자도 예외는 아니다. 여성 물리학자들 중에는 내면의 남성성과 은밀한 소통을 해온 분들이 많다. 예를 들면 마리 퀴리, 이렌 졸리오, 세실리아 페인, 리제 마이트너가 내 리스트에서 상위권을 차지하는 인물들이다.

그래도 내가 가장 선호하는 대상은 19세기의 위대한 남성 물리학자들이다. 그들은 이제 이 세상 사람이 아니라는 장점도 가지고 있다. 살아 있는 사람보다는 죽은 사람을 욕망하는 게 훨씬 편하니까. 이건 예전부터 생각하던 건데, 보어도 내가 태어나기 전에 죽었기에 망정이지 안 그랬다면 내가 그 뒤를 졸졸 따라다녀야 했을 테니까. 그럼 문제가 복잡해졌을 것이다.

내가 가장 좋아하는 물리학자는 토마스 영이다. 백화점 남성 정장 매장의 모델처럼 옷을 입고 퓨마처럼 날렵하게 춤출 줄 알고 16개국 언어를 구사할 수 있었으며 의사였다. 세 살 때 읽고 쓰기를 할 수 있었고 여섯 살 때 이미 복합함수의 미적분을 할 줄 알았다. 그리고 무엇보다 중요한 건 간섭현상을 처음으로 이해하고 설명한 사람이라는 것이다. 그가 개발한 수식을 안드레아 핑크를 통해 알게 됐을 때 나는 그가 사람 사이의 파동 전파를 제대로 이해했다는 것을 알 수 있었다.

우리 가족이 방금 토르킬 하인의 거실에서처럼 적절한 위치에 포진해 있으면, 그리고 우리들 사이에 아주 짧은 길이로 파동이 어긋나지 않으면 간섭이 가능한 시스템이 만들어져 우리는 그 현상 속에서 서로를 강하게 만든다. 일종의 간섭현상이 나타나는 것이다. 이게 바로 안드레아 핑크와 우리가 연구해온 문제이고 우리는 평생 이 현상을 활용하기도 하고 남용하기도 했다. 그 긍정적, 부정적 결과의 합이 지금의 우리를 만들었다.

그리고 토르킬 하인으로 하여금 그 말을 하게 만들었다.

우리 차로 이탈리아에 가겠다는 내 제안을 받아들였을 때 그의 시스템 안에서는 큰 소용돌이가 일었다.

효과는 매우 짧은 순간에 일어나기 때문에 눈치채기 힘들다. 아마 그 자신도 눈치채지 못했을 것이다. 그러나 나는 알았다. 왜냐면 이 효과는 일종의 투시선이기 때문이다.

그는 그 순간 안 된다고 말하려고 했지만 밖으로 나온 말은 정반대였다.

내 생각에 그걸 설명할 수 있는 건 단 하나뿐이다. 이 효과가 그의 의식의 수면을 스치고 다시 내게로 뻗어온 것이다. 순간 그는 우리 집에 카메라를 설치하고 차고에 송신기를 달아놓았다는 사실을 상기했을 것이다. 우리 차에도 분명 추적 장치를 달았으리라.

그들이 우리를 직접 공항에 데려가 비행기에 태우려는 이유는 하나였다. 우리가 출국장에서 딴 데로 샐까 봐 마음이 안 놓이는 것이다. 그런데 차에 추적 장치가 달려 있다면 안심해도 되는 것이다.

문제는 차의 어디에 그게 붙어 있느냐 하는 것이었다.

뒷좌석에 앉은 라반과 쌍둥이는 아무 말이 없었다. 그동안 우리가 서로 잘 버텨온 것도 이 때문이다. 상황이 심각하다 싶을 때는 항상 충분히 생각할 시간을 주고 나머지는 지켜봐준다.

나는 열세 살 때 처음으로 사고 실험을 했다.

아인슈타인이 누군지도 몰랐고, 그가 이 말을 만들어내고 정교한 기술로 발전시켰다는 사실도 몰랐을 때다.

당시 나는 시골에 있는 홀름강엔 소년원에서 살았다. 마당에서 보면 사방으로 건물이 펼쳐져 있었는데 덴마크처럼 인구 밀도가 높은 나라에서 보기 드물게 휑한 곳이었다. 가장 가까운 이웃도 몇 킬로미터나 떨어져 있었고 수리할 게 있어서 읍내에 나가려면 반나절이 걸렸다. 보조금도 형편없어서 폐타이어로 된 큰 난로에 밀짚을

태워 난방을 했다. 표면에 온통 고무가 눌러 붙어 있었던 기억이 난다. 엄청나게 질긴 성질의 화합물이었다. 지금도 심하게 기침을 하면 목으로 황산 고무 냄새가 넘어올 지경이다.

그곳은 가까운 곳에 상수도 시설이 없어서 직접 지하수를 파서 썼다. 어느 날 전동 펌프가 고장 났다. 거기서는 웬만하면 수리공을 부르지 않고 어른들이 알아서 고장 난 물건을 고쳤다. 그런데 아무리 해도 펌프를 고칠 수 없었다. 그때 누군가 내게 물어보자고 했다.

나는 우물 뚜껑 위에 앉아 우물 속을 들여다보았다. 펌프는 내가 앉은 자리에서 약 50센티미터 밑에 있었고 덮개가 열려 있었다. 그런포스* 제품이었다. 어른들과 아이들 모두 나를 빙 둘러싼 채 서 있었고 말을 하는 사람은 아무도 없었다.

그때는 그걸 말로 표현하기 힘들었는데 지금 생각해보니 그게 바로 사고 실험이었다. 어른들이 이미 안전밸브도 교체하고 거름망도 청소하고 배관도 살펴보고 압력밸브도 조절해보았기 때문에 몇 가지 가능성이 배제된 상태였다.

어쩌면 사고 실험이라는 말이 틀릴지도 모르겠다. 그때도 그랬고 지금도 그렇지만 그건 신체적 경험이었다. 나는 그저 내가 본 것을 몸으로 들여 와 가라앉힌다고 생각했다.

우물 뚜껑 위에 앉아서 펌프와 하나가 되려고 했다. 순전히 물리적으로 말이다. 그러다 보니 문제가 뭔지 알 수 있었다. 압력탱크에

• 덴마크의 펌프 제조업체.

공기가 부족한 것이 문제였다. 나는 압력탱크를 열고 공기 조절 나사를 돌렸다. 그러고 나서 탱크를 닫은 다음 다시 해보니 펌프가 작동했다. 나는 아무 말도 하지 않았다. 뻐기거나 자랑스러워하지도 않았다. 하지만 그 순간이 얼마나 중요한 순간인지는 알고 있었다. 마치 마녀의 수정 구슬을 통해 내 미래를 본 기분이었다.

코크 로에 세워진 볼보 안에 앉아 있는 지금도 똑같은 상황이다.

나는 열다섯 살에 처음으로 전기 자전거를 사서 튜닝을 했다. 분홍색 푸흐 제품이었다. 열아홉 살에는 내 첫 차를 수리했는데 2CV* 였다. 모터가 스쿠터 모터와 똑같은 사양이었다.

하지만 지금 내가 볼보 자동차에서 할 수 있는 건 워셔액 주입구를 찾는 정도다.

변한 건 내가 아니라 자동차다. 늘 타고 다니는 것인데도 차를 이해하고 수리하려면 공대 졸업장은 물론이고 수억의 전자기기와 공구가 필요하다.

그런 이유로 나는 어디에 추적 장치가 심어져 있는지 찾지 않기로 했다. 가능성은 수천수만 가지가 넘는다. 괜히 머리 굴리는 것도 시간 낭비다. 대신 가만히 앉아 자동차와, 그리고 이 상황과 하나가 되어보기로 했다.

그렇게 10분 동안 가만히 앉아 있다 보니 답이 떠올랐다. 차 안의 다른 사람들은 숨죽인 채 나를 지켜보았다.

히터가 작동 중이었다. 문득 거기에 생각이 미쳤다. 아니, 내 몸

* 시트로엥사의 베스트셀러 경차.

이 그걸 깨달았다.

히터의 송수신은 원칙적으로 휴대전화와 같이 이동통신사에서 구입한 심카드로 작동하는데 매달 적어도 20크로네가 든다. 그런데 우리는 1년간 인도에 살다 왔다. 에빅헤 로 집 차고에 있는 자동차의 심카드에 대해 생각할 겨를도 없었다.

그렇다고 이동통신사에서 자상하게 고객의 편의를 봐준 것은 아닐 것이다. 누군가 충전을 해놨다는 얘기다.

나는 운전대 왼쪽 계기판 밑의 뚜껑을 열었다. 차량 사용 설명서가 들어 있었고 왼쪽에 수동으로 히터를 작동시키는 스위치가 있었다. 그리고 그 위에 송수신기가 케이블로 묶인 채 매달려 있었다.

나는 송수신기 상자를 떼어냈다. 세상은 점점 눈에 보이지 않는 곳으로 숨어드는 것 같다. 플라스틱 뚜껑과 가리개와 전문가들만 알 수 있는 유저인터페이스 뒤로 말이다. 이 차도 산 지 4년이나 됐지만 이 상자에 손대는 것은 이번이 처음이다.

크기는 휴대전화보다 약간 컸다. 뚜껑을 열어 보니 휴대전화 배터리보다 두 배 정도 큰 충전지가 들어 있었다. 크기뿐 아니라 용량도 두 배이길. 충전지에는 아마도 자동차 배터리에 연결되었을 케이블이 달려 있고 충전지 위에는 납작한 상자가 하나 더 얹어져 있었다. 손톱 끝으로 열어 보니 손목시계 크기의 작은 전자기기가 들어 있었다. 이걸 이해하려면 공대 졸업장 말고 다른 대학 졸업장이 하나 더 필요할 것 같다.

하지만 손댄 흔적을 찾아내는 데에는 졸업장이 필요 없다. 본 장치 위에 부착된 조그마한 인쇄회로기판은 가로세로 각각 10밀리미터에 높이 1밀리미터로 아주 작지만 누가 봐도 통신기 및 다른 하드웨어로 가는 전기를 빨아먹는 기생충이라는 것, 다른 새 둥지에 낳아놓은 뻐꾸기 알이라는 것을 알 수 있었다. 좋은 의도일 리도 없었다. 끊임없이 위치 신호를 보내기 위해 전기가 필요한 것이었다.

뒷좌석에 앉아 있는 세 사람은 쥐 죽은 듯 조용했다. 나는 기판을 빼내 조수석에 내려놓았다.

그리고 방향등을 넣고 차를 출발시켰다.

20

내가 기억하기로 안드레아 핑크가 한 말 중에 여자의 일생에서 꼭 한 번은 트럭 운전수를 만나게 된다는 말은 없었다.

이건 트럭 운전수에 대한 얘기라기보다는 노벨상 수상자라고 해서 뭐든지 다 아는 건 아니라는 뜻이다.

나는 어렸을 때부터 트럭 운전수에 관심이 많았다. 한지 힌터제어•를 대중가요의 끝판왕이라고 부르는 데에는 어패가 있다. 컨트리 앤드 웨스턴 중에도 놓치지 말아야 할 명곡들이 있다. 특히 트럭과 트럭 운전수에 관한 것이라면.

우리는 우체국 앞을 지나갔다. 철로 반대편에 스파를 갖춘 현대식 레저 시설과 예전 축산물 시장 터가 보였다.

"옛날에 내가 어렸을 때는 저기 축산물 시장 앞에 항상 트럭 운전수들이 모여 있었어. 길가에는 트럭들이 길게 줄지어 있었고. 건초시장 자리에 카페가 많았는데 운전수들이 거기서 아침을 먹었지.

• 한스 힌터제어의 애칭. 오스트리아의 대중 가수.

너희 할머니는 유모차에 나를 태우고 여길 지나다니곤 했어."

"왜 할머니가 유모차를 끌고 여길 지나다녔어요?"

티트가 물었다. 아무렇지도 않게 물었지만 예리한 질문이었다.

"할아버지가 서부 교도소에 계실 때였어. 바람이나 좀 쐴 생각으로 산책 겸 면회를 가신 거겠지."

우리는 어느새 코이에 만 고속도로에 들어섰고 물류 회사들이 보이기 시작했다. 그곳에 가도 트럭 운전수를 만날 수 있겠지만 더 나은 곳이 있었다.

나는 다음 출구에서 고속도로를 빠져나왔다. 길을 잘못 든 게 아닌가 싶게 변두리 풍경이 펼쳐졌다. 하지만 곧 제대로 왔다는 걸 알 수 있었다.

라스베이거스에나 있을 법한 간판에 '오다의 휴게소'라고 적혀 있었고 다양한 크기와 색깔과 국적의 대형 트럭 수백 대가 줄과 열을 맞춰 서 있었다. 주차하고 나니 휴게소 건물이 보였다.

뭐라고 표현하기 힘든 건축 양식이었다. 어릴 적 기억으로는 물리적으로 작은 푸드트럭이었는데, 소시지에 주사 놓듯이 불어나서 대관람차처럼 번쩍거리는 50미터 길이의 3층짜리 건물로 변해 있었다.

"티트, 함께 들어갈래?"

건물 앞에 이르자 티트는 걸음을 멈추고 이상하다는 표정을 지었다.

"엄마, 여기 이런 게 있는지 어떻게 알았어요?"

"할아버지가 데려왔었어."

"그건 할아버지가 감옥에서 나온 다음이었겠네요?"

"맞아. 가끔 할아버지를 따라왔었고 그 뒤론 혼자서 오곤 했어."

"왜 우린 안 데려왔어요?"

우리는 서로의 얼굴을 뚫어져라 쳐다보았다.

"가끔, 1년에 한 번 정도는 나 혼자 수많은 남자들 틈에 있고 싶었거든."

티트는 내게서 눈을 떼지 않았다. 그리고 곧 말없이 고개를 끄덕였다.

우리는 안으로 들어갔다. 특별히 눈에 띄는 움직임이 없었는데도 순간 모두 긴장한 것 같았다. 50명 정도 되는 남자들 속에서 우리는 유일한 여자였다. 물론 오다는 빼고.

그녀는 카운터 뒤에 서 있었다. 물론 나를 기억하지는 못했다. 지난 30년 동안 열다섯 번 정도 온 게 전부니까.

그녀는 나이도 들었고 자신의 푸드트럭처럼 몸도 불어나 있었다. 하지만 늙는다고 다 추해지는 건 아니다. 개중에는 고상하게 늙는 여자들도 있다. 그런 여자들은 뚱뚱해지는 것이 아니라 살이 단단해지면서 비중량•이 증가한다.

"사람이 필요한데요. 이탈리아 남부로 가는 차가 있을까요?"

내가 물었다. 오다는 나와 티트를 찬찬히 뜯어보았다. 급한 기색이라곤 전혀 찾아볼 수 없었다.

• 부피당 중량.

"저기 밖에 서 있는 차도 멀쩡해 보이는데? 그 안에 남자도 타고 있고. 뭐 그렇지 않다고 해도 비행기 표 살 푼돈 정도는 있을 것 같은데? 차를 얻어 타려는 건 아니네."

나는 기다렸다. 그녀도 기다렸다.

"내가 40년째 이 일을 하고 있는데 말이야." 이윽고 그녀가 입을 열었다. "여전히 만족스러워. 우리 가게에서 만드는 수제 돼지고기 샌드위치에도 자부심이 있고. 돈 버는 것도 좋지. 하지만 그건 그렇게 중요한 건 아니야. 가장 중요한 건 손님이거든. 문 열 때부터 오기 시작해서 지금까지 단골인 손님들도 있어. 40년 단골이지. 내가 가장 싫어하는 게 뭔지 알아? 그 손님들 중 누구 하나라도 순간적으로 혹해서 불법적인 물건을 실어 나르다가 알프스 이남에서 경찰에게 붙잡히고 타국 땅 감옥에서 8년 동안 썩는 거. 뭐 때문에 그런 짓을 해? 파란 눈과 빨간 입술이 속닥거린 말 몇 마디 때문에?"

그녀도 나처럼 의리를 중시하는 사람이었다. 아마도 나보다 더하리라. 별의별 사람을 다 만나보았고 그들의 인생사에 귀를 기울였으리라.

나는 그녀 앞에 배터리 달린 위치 추적 장치를 내려놓았다.

"증인 보호 프로그램으로 외국에 나가야 하는 상황이에요. 우리가 딴 데로 새지 못하도록 이 추적 장치가 계속 쫓아다녀요. 우린 시간이 필요해요. 2, 3일 정도면 돼요."

"그 시간에 뭘 하려고?"

나는 그녀에게 고개를 쑥 내밀었다.

"사람을 찾으려고요. 아주 나쁜 짓을 한 남자예요. 찾아내서 사과만 받을 거예요."

"자기들은 이름이 뭐야?"

"전 수잔, 이 아이는 티트예요."

"따라와."

그녀는 각종 비닐과 칼이 널려 있는 조리대와 업소용 전기 튀김기 사이를 유연한 몸짓으로 빠져나왔다. 85킬로그램의 거구가 인어 공주처럼 움직인다고 하면 아무도 안 믿겠지만 그녀는 실제로 그렇게 했다. 카운터 뒤에서 나온 그녀는 탁자 사이로 유유히 걸어갔고 우리는 그 뒤를 따랐다. 그녀가 멈춘 곳은 혼자 앉아 있는 젊은 남자 앞이었다.

"조니, 이쪽은 수잔이야."

그녀는 그 말만 남기고 돌아섰다. 티트는 그대로 서 있었고 나는 그의 맞은편에 앉았다. 그리고 위치 추적 장치와 배터리, 6,000크로네 돈다발을 탁자에 내려놓았다.

"위치 추적 장치예요. 관청에서는 이걸로 내 동선을 파악하려고 해요. 이걸 가지고 이탈리아로 가주세요. 풀리아•에 가면 어딘가에 잔뜩 어질러진 작업실 같은 게 있겠죠? 거기 맨 구석 먼지 끼고 어두컴컴한 곳에 양동이 같은 게 하나쯤 있지 않겠어요? 한 보름 동안은 아무도 들여다보지 않을 그런 곳 말이에요. 거기다 놓고 와주세요."

그는 무게를 가늠하듯 추적 장치를 손으로 들어보았다.

• 이탈리아 동남부의 주.

"내가 딱 그런 양동이 있는 데를 아는데…… 그걸 어떻게 아셨을까?"

우리는 서로를 바라보며 미소를 지었다. 그는 티트를 한번 쳐다보고 다시 나를 쳐다보더니 둘 사이의 관계를 알아내려는 노력을 포기한 듯한 표정을 지었다. 티트는 한 번도 내 딸처럼 보인 적이 없었다. 아니 누군가의 딸이라는 생각 자체가 들지 않았다. 방금 무대에 등장했거나 우주에서 날아와 과거라는 게 없는 존재처럼 보였다.

"전화번호 알려줄게요." 그가 말했다. "도움이 필요하거나 세상 구경하고 싶어지면 연락해요."

자신도 통제하지 못한 사이에 즉석에서 나온 말이었다. 그는 자신이 그런 말을 했다는 사실을 깨닫고 금세 얼굴이 빨개졌다.

귀여운 표정이었다. 딱 〈콘보이〉•에 나온 크리스 크리스토퍼슨의 스물두 살 버전이었다. 그런데 젊음으로 빛나는 얼굴과 달리 눈가에는 그늘이 져 있었다.

그건, 장담컨대, 그 자신도 모르는 동경, 성숙한 여인과의 아찔한 연애에 대한 욕망에서 기인한 것이었다.

티트는 기둥처럼 미동도 않고 서 있었다. 나는 자리에서 일어섰다.

"미안하지만 됐어요. 어쨌든 당장은 안 되겠네요."

눈가의 그늘이 조금 더 어두워지는가 싶더니 곧 입가에 미소가 번졌다.

그는 내 쪽으로 돈다발을 쓱 밀었다.

• 샘 페킨파 감독의 1978년 영화. 트럭 운전수가 주인공.

"그쪽이 더 필요할 거예요. 증인 보호 프로그램에서 받는 돈은 최저 생계비 수준이잖아요."

나는 돈을 도로 가방에 집어넣었다.

"만나서 반가웠어요." 그가 말했다.

우리는 출구를 향해 걸음을 옮겼다. 나는 카운터 앞에서 잠시 걸음을 멈추고 오다에게 지폐 한 장을 내밀었다. 그러나 그녀는 고개를 저었다.

"넣어둬, 자기야. 나 부자야. E48 도로에 이런 가게만 세 개야. 그냥 하던 일이니까 나와 있는 거지."

나는 지폐를 다시 집어넣었다. 코앞에 돈을 내미는데도 거절하는 사람을 5분 동안 두 명이나 만나다니 꿈이 아닌가 싶었다.

나가기 전 그녀는 나를 위아래로 한번 쓱 훑어보더니 말했다.

"왠지는 모르겠지만 자기가 찾는 그 남자 좀 걱정되긴 하네."

티트와 나는 잠시 문 앞에 서 있었다. 멀리 지평선 너머 브뢴뷔 지역이 보였다.

"엄마, 아빠 몰래 바람피운 적 있어요?"

어떤 일들은 자녀에게 숨기는 게 낫다고 생각하는 사람도 있을 것이다.

그건 이 효과를, 그리고 티트를 몰라서 하는 말이다.

"응, 여러 번."

티트는 아무 말이 없었다. 우리는 차 있는 곳으로 갔다. 하랄이 내리더니 나와 티트에게 문을 열어주었다.

"라반, 교대 좀 해줘. 난 완전히 녹초가 됐어."

모두 차에 탔지만 라반은 출발할 생각을 하지 않았다.

"그런데 우리가 하인 눈을 피해 다녀야 하는 이유가 뭐지? 그 사람이 우리한테 볼일이라도 있나?"

나는 블라우스 주머니에서 꼬깃꼬깃 접은 쪽지를 꺼냈다. 문제의 A4 용지였다.

"하인에게 준 쪽지는 마그레테 스플리드에게 받은 명단이 아니야. 그냥 내가 지어낸 이름이었어. 진짜 명단은 여기 내 손에 있고. 그걸 알게 되면 하인도 기분이 좋진 않겠지. 우릴 가만 놔두지 않을 거야."

21

"우린 투명인간 가족이다!"

라반은 방에 들어서자마자 팔을 공중으로 뻗으며 룸바 스텝을 밟기 시작했다. 나는 새삼 피로감을 느끼며 하랄에게 몸을 기댔다. 지난 이틀 동안 잠잔 시간은 다 합쳐봐야 여섯 시간 정도다.

"하인은 그 추적 장치가 이탈리아에 갈 때까지 컴퓨터로 지켜보겠지. 그리고 하랄과 당신을 없애려고 했던 사람도 지금쯤 위험 요소가 제거됐다고 생각할 거야. 그 말은 곧 우리가 투명인간이 됐다는 뜻이야. 안데르센 동화에서처럼 입에 하얀 막대기를 물었다고."

라반더러 아직도 르네상스 시대에 사는 사람이라고 하면 아마 섭섭해할 것이다. 하지만 현실 감각을 만들어내는 재능이 너무 뛰어나 대부분의 시간을 르네상스 시대에서 보낸다는 설명을 덧붙인다면 적절한 표현이 되리라. 거대 저장용량의 시대, 디지털 장비를 통한 감시의 시대, 빅 데이터의 시대에서 멀리멀리 떨어진 그 옛날 말이다.

"그 사람들 당장이라도 들이닥칠 수 있어." 내가 말했다. "우리 집을 감시하고 있는지도 모르잖아. 우리에게 남은 시간은 48시간 정도야. 운이 좋다면."

"24시간요." 티트가 말했다. "미안하지만 우리에게 남은 시간은 24시간이에요. 크리스마스는 빼야죠."

라반은 룸바를 추다 말고 얼음 자세가 됐다. 힘이 빠진 나는 다시 하랄에게 몸을 기댔다. 크리스마스 시즌은 라반과 내가 16년째 몰아내려 애쓰고 있는 악령이다. 그리고 아이들은 매년 그 악령을 되살려낸다.

우리 부부는 처음부터 크리스마스 시즌을 좋아하지 않았다. 소비 테러, 너 나 할 것 없이 급작스러운 흥분 상태에 빠져드는 분위기가 싫었다. 실험물리학 연구소는 제국 병원 군나르 테일룸 건물과 법의학 연구소에서 400미터밖에 떨어져 있지 않다. 그래서 가끔 법의학과에 통계나 서버, 실험장비로 도움을 주곤 하는데 법의학과 사람들은 크리스마스에 쉬지 않고 일한다. 이때만큼 자살과 가정 폭력이 자주 일어나는 때도 없다고 한다. 선물로 인한 과소비, 가족 간의 유대감이 지금 당장 오늘 저녁에 확 살아나야 한다는 기대에서 오는 부담감, 거기에 술이 함께 작용해서 덴마크인들을 미치게 만드는 것이다.

크리스마스에 우리는 항상 여행을 갔다. 북해에도 가고 시커멓게 타버린 이탈리아의 작은 섬에도 갔다. 그러다 아이들이 태어났고 어느 순간 크리스마스라는 덫에 덜컥 걸리고 말았다. 크리스마스의 덫은 매년 새롭게 닫혔다. 티트와 하랄은 크리스마스에 대한 사랑에 있어서만큼은 칭기즈 칸을 능가하는 극우적 국수주의자들이다.

"그리고 당연히 노숙자도 올 거예요."

티트가 덧붙였다. 티트는 끊임없이 곤경에 빠진 생명체를 집으로 데려온다. 사람이든 짐승이든 상관없다. 유기견 여섯 마리가 한꺼번에 집에 온 적도 있고 고양이도 항상 여덟 마리 이상 있었다. 켈이라는 이름의 까마귀는 수년간 우리 집에서 살기도 했다. 티트가 샤를로텐룬 성 공원에서 날개 부러진 걸 발견해서 데려왔는데, 집에 들어앉으며 다른 동물들을 제치고 서열 1위로 등극했다.

티트는 열 살이 되자 노숙자와 함께 보내지 않으면 진짜 크리스마스가 아니라는 기발한 생각을 해내기에 이르렀다. 그리고 열한 살 때는 그 생각을 관철시킬 정도의 추진력을 가지게 됐다.

그 이후로 우리 집 크리스마스 저녁 식탁에는 한 명 내지 세 명의 노숙자들이 빠지지 않았다. 작년에 인도로 떠나기 전 치렀던 크리스마스에는 키가 2미터 정도 되고 입에서 술 냄새가 독하게 나는 여자가 왔었는데, 내가 만든 오렌지소스 오리구이를 먹기 시작한 후 5분쯤 지나자 라반에게 "우리 둘이 한번 어때?"라며 추파를 날렸었다.

"우린 하마터면 죽을 뻔했어, 티트." 내가 말했다. "우리에게 남은 시간은 잘해야 48시간이야. 올해는 크리스마스 파티 없어."

티트와 하랄은 서로를 쳐다보았다.

"엄마 아빠는 하고 싶은 대로 해요." 티트가 말했다. "우린 우리끼리 크리스마스를 보낼 거예요. 트리, 선물, 노숙자 다 챙길 거예요. 내가 만약 내일 죽어야 한다면 크리스마스 촛불 아래서 나 자신과 하나가 되는 일체감 속에서 죽겠어요."

나는 비틀거리며 내 방으로 가서 침대 위의 이불을 걷어 젖혔다. 그리고 신발도 벗지 않은 채 그대로 쓰러져 잠들어버렸다.

22

내가 칼스버그 재단 명예 저택에서 안드레아 핑크와 라반에게 등을 돌리고 나온 순간부터, 그러니까 모든 가능성을 닫고 그가 아무런 희망도 가지지 못하게 만들어놓고, 즉 공을 멈춰놓고 나온 순간부터 그를 다시 만나기까지는 3개월의 시간이 걸렸다. 그동안 그를 잊었다고 하면 거짓말일 것이다. 하지만 분명 나는 그를 잊으려 했다.

어느 날 그는 H. C. 외르스테드 연구소 로비에서 나를 기다리고 있었다.

나는 20미터 밖에서 그를 발견했고 그대로 뒤돌아 걷기 시작했다. 운명의 손아귀에서 벗어나려면 최대한 빨리 도망쳐야 한다는 것을 그때 이미 알았던 것이다.

그는 바로 내 뒤까지 쫓아왔다.

"여기서 사흘을 기다렸어. 네 그림자라도 보려고. 아침부터 저녁까지 죽치고 있으니까 경비 아저씨가 수상하게 보기 시작했어. 아마 내일도 그러면 바로 경찰을 부를걸."

우리는 학생 식당으로 갔다. 내가 식판을 채워 탁자에 앉으니 그도 따라와 내 맞은편에 앉았다.

"나 음식도 먹지 않고 있어. 네가 나랑 같이 별 세 개짜리 레스토랑에 가주기 전까지는 아무것도 안 먹을 생각이야. 물론 음식값은 내가 낼 거야."

"그럼 5주 안에 죽게 돼. 그렇게 오랫동안 단식을 하면 몸이 버티지 못해."

"그럼 죽지, 뭐."

어떤 면에서 그가 진지하다는 건 확실했다. 그곳 외르스테드 연구소 학생 식당에 모인 학생 600여 명과 강사들은 정도의 차이는 있지만 모두 불변의 법칙을 추구하는 사람들이었다. 그런데 모든 구조적 관점을 무시하는 남자가 단 한 명 있었고 그 남자는 하필 내 앞에 앉아 있었다.

"나에 대해 알지도 못하잖아."

"알아가려고 노력 중이야."

식판을 들고 지나가던 사람들이 멈춰 섰고 옆 탁자의 사람들도 우리를 돌아보았다. 그건 우리 때문이 아니었다. 난 스무 살, 라반은 스물두 살, 우린 다른 학생들과 다를 게 전혀 없었다. 그건 우리가 내는 효과 때문이었다.

"가지 마!"

"나 강의 있어."

"끝날 때까지 여기서 기다릴게."

"밤샐 건데."

"그래도 기다릴게."

그로부터 네 시간 후 연구소 건물에서 나오니 경비 아저씨에게 쫓겨난 그가 로비 앞에 서 있었다. 추워서 입술이 새파랗게 질려 있었다.

그는 자전거를 가지러 가는 나를 졸졸 따라왔다.

"내가 집에 데려다줄게."

"자전거 없잖아."

"옆에서 뛰면 돼."

"라반." 내가 말했다. "여자가 남자에게 전혀 끌리지 않는 경우도 많아. 잔인하게 느껴지겠지만 사실이 그러니 어쩔 수 없어."

"맞아, 그게 우리 문제가 아닌 게 얼마나 다행이야. 그치?"

그날 뇌레 가에 서 있던 그는 절벽에서 떨어져 놓고도 지금 추락하는 중인지 아니면 이미 떨어졌는지 전혀 안중에 없는 사람 같았다. 그 추락이 너무도 절실했기에.

그런 사람을 내칠 수는 없었다. 그게 잘한 짓인지 아닌지는 지금도 잘 모르겠다. 하지만 그런 사람을 내칠 수는 없었다.

내가 라반 스벤센에게 끌린 것은 막 유명해지기 시작한 그의 명성이나 재능 때문이 아니었다. 그의 외모도 아니었다. 그날 뇌레 가에서 나는 그의 외양은 전혀 보지도 못했다. 내가 본 것은 그의 내면에 있는 미친 존재였다.

"다음 신호등까지만 같이 가자." 내가 말했다. "아무 말도 하지 말고 조용히 가야 해. 그리고 악수하고 헤어지는 거야. 영원히."

"신호등 세 개!"

"두 개."

우리는 나란히 걷기 시작했다.

지나간 일에 대해 '그때 다르게 행동할 수 있었을까, 다르게 행동해야 했던 걸까'라는 생각이 드는 건 인간이기에 어쩔 수 없는 것 같다.

우리 네 식구는 아침 식탁에 모여 앉았다. 나는 라반 쪽을 흘깃 쳐다보았다.

세 사람은 모두 잠을 설쳤는지 눈 밑에 다크서클이 짙었다. 나는 열 시간 동안 꿈 한번 꾸지 않고 아기처럼 깊은 잠을 잤다.

잠은 은혜로운 선물이다. 특히 어느 정도 피로가 쌓인 상태에서 잠을 자면 걱정이 씻은 듯 사라진다. 이건 의미심장한 인체 생리학적 법칙이다.

물론 그건 잠이 깰 때까지만이다. 잠이 깨면 걱정도 깨어나 함께 아침 식탁에 앉는다.

나는 마그레테 스플리드의 A4 용지를 식탁에 펼쳐놓고 라반을 향해 말했다. 아이들과의 기 싸움에서 우위를 차지하려는 심산으로 일부러 아이들 쪽은 쳐다보지도 않았다.

"우리가 여기 있는 위원들 네 명을 전부 찾아가는 거야. 그래서 대체 무슨 일 때문인지 알아내는 거지. 그걸 알아낸 다음 하인에게 가서 거래를 하는 거야. 우리의 요구는 예전의 삶으로 돌아가게 해 달라는 것. 그리고 경찰 신변 보호를 붙여줄 것. 한 사람당 두 명씩. 아이들은 여기서 살고."

하랄은 종이를 가져가더니 휴대전화에 이름을 입력하기 시작했다.

"48시간이라……" 하랄이 말했다. "크리스마스 저녁은 뺄 거죠? 티트와 전 찬성이에요."

정말 못 말리는 아이들이다. 하랄은 이미 인터넷에서 위원들의 주소를 검색해서 메모하고 있었다. 생존한 위원들 중 정체를 숨기려고 조치를 취한 사람은 아무도 없었다.

나는 함께 차고로 내려가서 집 앞까지 따라 나가 그들을 배웅했다.

보도블록에 서서 차가 후진하는 모습을 보고 있자니 두려움이 극적으로 증폭됐다. 다른 사람들은 어떻게 두려움을 경험하는지 모르겠지만 내 경우는 가슴에서 시작해 부교감 신경계 전체를 장악하는 식이다.

내가 그 무엇보다 두려워하는 것은 아이들이 죽는 것이다. 이 두려움은 아이들이 떠나는 모습을 볼 때마다 주기적으로 발생한다. 아이들이 유치원에 다니기 시작했을 때 1, 2년 정도는 아이들을 맡기고 올 때마다 울었다.

보도블록에 서 있는 이 시간, 두려움은 그 어느 때보다 실제적으로 다가왔다. 마치 커다란 현미경 아래 서 있는 것 같은 기분, 큰 위험에 처해 있다는 느낌을 떨칠 수 없었다. 그것도 나뿐 아니라 라반과 쌍둥이까지 말이다. 지금 이 순간에도 망원경이나 자동차의 백미러로, 혹은 울타리 뒤에 숨어서 누군가 우리를 감시하고 있는지도 몰랐다.

23

사진 속의 토목기사 켈 켈센은 76세라는 나이에 맞게 노쇠한 모습이었다. 단 머리카락만은 예외로 세월이 봐준 듯 숱이 많고 힘 있는 백발이었다. 얼굴에서는 맑은 파란색 눈과 덴마크인 특유의 지푸라기 같은 눈썹밖에 안 보였다.

인터넷에는 그가 교수일 뿐 아니라 '토목 아카데미'라는 학교의 총장이라고 나와 있었다. 하지만 안타깝게도 나라의 반대편 끝 히르트스할스라는 곳에 있는 학교였다. 그 말은 그를 잘 설득시켜 전화로 정보를 알아내야 한다는 뜻이었다.

전화를 받은 여자는 유틀란트 본토 억양으로 힐다라고 자신을 소개했다. 말하는 걸 보니 당장이라도 커피와 레몬 케이크를 대접할 것 같고 켈센이 자택에 있기만 하면 손을 잡고 데려다줄 것만 같았다. 국방 아카데미에서 채용한 사람이 아닌 건 확실했다.

"어머나, 지금 여기 안 계시는데 어쩌죠?" 그녀가 말했다. "코펜하겐에 가셨거든요."

"아, 그래요? 코펜하겐 어딘지 좀 알 수 있을까요? 저도 지금 코펜하겐이거든요. 정말 간단한 용건이라 문 앞에서 잠깐 물어봐도 되는 건데."

"그럼요, 알려드려야죠. 그리고 저희 총장님 정말 친절하신 분이거든요. 의장단 회의가 있어서 과학 센터에 가셨어요."

"힐다, 제가 조언 하나 할게요. 나중에 일 구할 때 절대 국방 아카데미 제2캠퍼스에는 지원하지 마세요."

그녀의 난감한 미소가 수화기를 통해 전해지는 것 같았다.

"전 히르트스할스에서 계속 살 생각인데요."

"암, 그래야지요. 잘 생각했어요."

해안도로를 따라 걸으면 과학 센터까지 45분쯤 걸릴 것이다. 해도 나고 하늘도 쾌청해서 다른 때였다면 당연히 걷는 쪽을 택했을 것이다.

하지만 오늘은 선글라스와 스카프를 쓰고 택시를 탈 생각이었다. 그러다 갑자기 자전거에 생각이 미쳤다. 아마 뇌레 가에 서 있던 라반과 내 자전거가 떠올랐기 때문이리라. 아니, 그 기억이 떠올랐음에도 불구하고 자전거를 타기로 했다. 나는 바람막이 점퍼를 입고 벙어리장갑을 끼고 창고에 있던 내 롤리* 자전거를 꺼내왔다.

한 1년간 창고에 묵혀두었던 터라 타이어에 바람도 빠지고 전체적으로 낡아빠진 느낌이 났다.

나는 타이어에 바람을 넣고 체인에 윤활 스프레이를 뿌린 다음

* 영국의 자전거 회사.

자전거에게 가만가만 속삭였다. 그러자 곧 자전거가 고개를 들었다. 자전거에게는 자주 말을 걸어주어야 한다. 이것도 참 중요한 문제라 언제 기회가 되면 적당한 자리에서 언급할 생각이다. 하지만 그 자리가 학계는 아닐 것이다. 심도 있는 학문적 진실은 솔직함과도 같아서 계량에 신중을 기해야 하기 때문이다.

과학에는 반박의 여지없이 충분히 설명되지 못한 현상들이 있는데, 행운과 요행이 연달아 일어나는 현상도 거기 포함된다. 해안도로를 따라 자전거를 타고 가는 동안 나는 계속 순풍을 받았고 신호등은 계속 초록색이었고 과학 센터의 프런트에는 예전에 내 수업을 듣던 스무 명 중 한 명이 앉아 있었다. 본 지 1년도 넘었고 강의실에서만 보던 강사를 이렇게 개인 신분으로 밖에서 보는 게 어색한지 잠시 놀란 기색이었지만 그녀는 나를 무료로 입장시켜 주었다. 그리고 임원들이 지금 쉬는 중인데 5분 쯤 있으면 다시 이 앞으로 지나갈 것이라고 귀띔해주었다.

나는 2층으로 올라가서 로비와 전시관이 잘 보이는 곳 난간에 기대섰다.

과학 센터의 거대한 전시관을 둘러보니 감격스러워 목이 메었다. 중요한 모형들은 모두 여기 전시돼 있다. 현대식으로 만든 게리케의 진공 펌프 모형. 에테르의 존재가 부정되고 켈빈 경을 죽음에 이르게 한, 마이컬슨과 몰리의 1887년 실험을 단순화한 장치. 뉴턴이 만들었을지도 모른다는 혹은 만들었다는, 진자 운동으로 에너지 보존을 설명하는 모형, 『전기의 실험적 연구』• 에 실린 자기장을 시각화한 대형 포스터.

오늘날의 물리 실험실에서는 더 이상 찾아볼 수 없는 것들이지만 그 깊이와 아름다움은 여전히 우리 주변에 살아 숨 쉬고 있다. 그야말로 감동적이지 않은가!

"정말 감동적이죠?"

나는 소리가 나는 쪽으로 고개를 돌렸다. 그는 불과 2미터 앞에서 있었지만 나는 그를 전혀 의식하지 못했다. 물리학 탓이다. 물리학 앞에서는 인간이 한없이 작아 보이니까.

크리스마스 때 정원에 장식하는 볏단처럼 풍성한 눈썹, 터키옥 같은 푸른 눈. 켈 켈센이었다, 토목 아카데미 총장!

그는 힐다와 비슷한 인상이어서 그녀의 아버지라고 해도 믿을 것 같았다. 커피와 레몬 케이크 기타 등등.

그가 내게 말을 건 것은 반은 유틀란트 사람 특유의 직선적 기질 때문이었고 반은 내가 내는 효과 때문이었다.

"여기 올 때마다 아쉬운 게 있어요." 내가 말했다. "토목장비도 전시하면 참 좋을 텐데 말이에요. 삼각대도 몇 개 갖다놓고 측량대, 등고선이 새겨진 입체 지도도 구비하고."

찬바람을 많이 쐬어 홍조 띤 그의 얼굴이 불붙은 듯 환해졌다.

"네, 곧 그렇게 됩니다. 제가 이미 신청해놨거든요! 저도 토목 하는 사람입니다."

"아, 전문가시구나! 그럼 전시할 때 저 같은 문외한들을 위해서

• 영국 물리학자이자 화학자인 마이클 패러데이의 저서.

꼭 역사적 배경이나 설명 같은 거 달아주세요. 그래야 토목이 얼마나 중요한지 알 수 있죠."

그는 허수아비처럼 손을 번쩍 들어 올렸다.

"덴마크가 어떻게 해서 오늘날의 모습을 갖추게 됐는지 알고 싶다면 반드시 토목을 알아야 합니다. 1760년대에 처음 토지법이 제정됐을 때부터 1970년대 구역법 제정까지 지형적 변화가 있을 때에는 항상 토목 전문가가 함께했습니다. 덴마크가 현재와 같은 모습으로 변한 게 우연이라고 생각하는 사람들도 많은데 그건 아무것도 모르고 하는 소리예요. 덴마크 땅 중 우연히 만들어진 땅은 단 한 평도 없습니다! 덴마크는 우리 토목인들의 토지 관련 재산권 해석을 보여주는 증거 그 자체입니다. 토지 개혁에서 소작농법, 봉건제 해체, 1950년대의 농경지 축소를 거쳐 오늘에 이르기까지 덴마크라는 나라는 머리끝에서 발끝까지 철저한 계획에 의해 만들어졌습니다. 그 조치들 대부분은 사회복지에 크게 기여하는 것이었고요. 그 과정에서 토목이 한 역할을 절대 간과해선 안 되죠!"

"아마 그래서 미래위원회 위원으로 위촉되셨겠죠?"

순간 그는 시들어가는 꽃처럼 축 처졌다. 유틀란트 사람 특유의 다정함은 온 데 간 데 없이 사라지고 원래는 내비치지 말아야 할 감정, 그에게 어울리지 않는 감정이 그 자리를 대신했다.

두려움이었다.

타인에게 신뢰를 받는 대가가 바로 이거다. 신뢰감이 생기면 농축된 솔직함이 상대로 하여금 편안하게 속마음을 털어놓게 만든다. 그런데 이 재능은 솔직함을 불러일으키는 데서 끝나지 않는다. 언제 그 표면에 칼날을 쑤셔 넣어야 할지, 언제 깡통을 따야 할지 염두에 두는 것, 여의치 않을 때는 준비해뒀던 다른 장비라도 꺼내야 하는 게 그 실상이다.

다음 순간 그가 돌아섰고 나는 그의 팔을 붙잡았다.

그는 나를 떨쳐버리고 엘리베이터를 향해 성큼성큼 걸어갔다. 나보다 먼저 엘리베이터에 도착한 그는 가지고 있던 열쇠를 꺼내들었다. 바로 코앞에서 문이 닫혔다. 나는 주위를 둘러보았다. 아래로 내려가는 계단이 보이지 않았다. 문득 뒤돌아보니 내 수업을 들은 학생이 서 있었다. 그녀는 아무것도 묻지 않고 문 하나를 열어주었다. 비상계단으로 통하는 문이었다.

내가 그동안 맡은 학생은 250명이다. 아니, 250명이었다.

그 많은 학생들의 이름을 일일이 외울 수는 없다. 그리고 그럴 필요도 없다. 어디서나 그렇듯 그들의 정체는 학번으로 정해지고 체르멜로-프랭켈 집합론•에 의해 집합에 속하는지 속하지 않는지로 결정지어지니까.

"항상 하고 싶은 말이 있었어요. 강의 잘 들었습니다. 저 물리학 정말 좋아하거든요."

그녀가 말했다. 25년 전 내 모습이었다.

나는 그녀를 꼭 안아주었다. 갑작스러운 포옹에 그녀뿐 아니라 나 자신도 놀랐다.

나는 곧 바람처럼 계단을 뛰어 내려가기 시작했다. 그녀가 뒤에

• 수학자 체르멜로와 프랭켈의 이름을 딴 공리적 집합론의 하나.

서 쳐다보는 게 느껴졌다. 움직이는 모든 것이 입방체의 결정 구조로 굳어져갔다. 포옹 때문이었을까? 아니면 긴팔원숭이처럼 두 걸음에 한 층을 점프해 내려가는 대학 강사를 처음 봐서였을까?

켈 켈센의 자동차가 막 주차장을 돌아 나오고 있었다. 재규어였다. 나는 재규어 앞으로 뛰어들어 길을 막았다. 계속 가려면 나를 치고 가야 했다.

그는 그럴 준비가 되었다는 듯 액셀을 밟았다.

나는 붕 뛰어올라 보닛 위에 납작 엎드렸다. 아직 속도가 나지 않았는데도 몸이 유리창 쪽으로 밀렸다. 나는 그의 시야를 막으려고 창문 위로 팔을 뻗었다. 유리창 안쪽 바로 내 눈높이에 토목 아카데미 주차 스티커가 붙어 있었다. 황금 각도기 위에 황금 컴퍼스가 얹어진 그림이었다.

그가 브레이크를 밟았다. 나와 그 사이는 50센티미터밖에 떨어지지 않았지만 그는 내 얼굴을 쳐다보지 않았다. 고개를 돌려보니 계단 중간쯤에 아까 그 여학생이 서 있었다. 차분했지만 멍하니 생각에 잠긴 표정이었다. 아마도 대학 강사와 과학 센터 임원의 이미지를 재고하고 새로이 정립하는 중이리라.

나는 보닛에서 내려와 차 문을 열고 얼른 조수석에 올라탔다. 그는 어떻게 손도 써보지 못했다. 여학생이 보고 있었기 때문에 반응이 느려진 것 같았다. 경계를 넘나드는 일이 전문인 토목 전문가라 위법 행위를 할 때 목격자가 있으면 위험하다는 것 정도는 알고 있었다. 예를 들면 지하 주차장에서 보행자를 치는 위법 행위 말이다.

그는 트위드바지 주머니에서 가루담배와 종이를 꺼내 담배를 말기 시작했다. 평소 같았으면 한 손으로도, 어쩌면 그가 사는 벤쉬셀•의 폭풍우를 피하기 위해 주머니 속에서도 말 수 있었겠지만 지금 그는 손을 떨고 있었다. 종이가 떨어졌다. 그는 종이를 다시 주워 들고 차창 밖을 내다보다가 천장에 붙은 화재경보기를 발견했다.

"빌어먹을, 이게 무슨 경우야!"

나는 그에게서 성냥을 받아 담배에 불을 붙여주었다.

"피우세요. 우린 지금 윌슨상자•• 안에 있어요."

"윌슨상자가 뭡니까?"

"실험 양자물리학에서 방사선 측정기 빼고 가장 중요한 장비죠."

그는 담배를 한 모금 빨았다.

"마그레테 스플리드가 죽었어요. 어젯밤 집에서 질식사당했어요."

그는 연기를 내보내려고 창문을 약간 열었다. 그러자 화재경보기가 날카로운 소리로 울리기 시작했다. 그 여학생은 아직도 계단 위에 서 있었다. 자연과학계 지식인에 대한 그녀의 생각은 점점 더 종잡을 수 없어졌으리라.

"출발하는 게 낫지 않겠어요?"

내 말에 그는 차를 출발시켰고 나는 바다 쪽으로 차를 몰도록 유

• 덴마크 유틀란트의 벤쉬셀튀 섬의 지역.

•• 영국 물리학자 찰스 윌슨이 이온화 방사선 입자를 검출하기 위해 고안한 장치. 안개상자라고도 함.

도했다. 차는 길이 없는 곳에 이르러 멈췄다. 뒤는 어느 저택의 담벼락이고 오른쪽에는 철망으로 된 문이 하나 있는데 부두의 통제 구역으로 통하는 문이었다. 담벼락에 마호가니 나무로 만든 팻말이 붙었는데, 금빛 글씨로 '크론홀름 요트 클럽'이라고 쓰여 있었다. 우리 앞쪽으로는 보트 선착장으로 내려가는 낮은 화강암 계단이 보였다.

"미래위원회가 뭐 하는 곳이죠?"

철조망 옆 작은 유리부스 안에서 젊은 여자가 손톱에 매니큐어를 칠하고 있었다. 스무 살밖에 안 돼 보이는데 사는 게 지겨워 죽겠다는 표정이었다. 재규어를 탄 우리의 모습에 더 지겨워진 것 같았다.

작은 어선이 우리 쪽으로 뒷머리를 향한 채 선착장에 매여 있었다. 녹이 슬고 크기도 거의 욕조 수준이었다. 부두에서는 이 구역을 덴마크의 베네치아로 꾸미려 한 것 같았다. 인근 저택에 사는 사람들이 연달아 이어지는 응접실 네 개를 지나 바로 티크목 곤돌라에 오를 수 있도록 말이다. 그런데 웬일로 저 어부에게는 이곳에 닻을 내리도록 허용했을까? 어부도 씨가 말라가는 판이니 옛 정취나 살리자는 뜻에서? 어쨌든 어부는 배 위에서 느긋하게 그물을 손질하고 있었다.

켈 켈센이 다시 제정신으로 돌아왔다. 담배를 반 개비 정도 피우더니 어느 정도 진정이 된 것 같았다. 그는 내 쪽의 문을 열었다.

"내려요!"

"전 아이가 둘인 엄마예요. 제 아이들도 지금 인생 종 치게 생겼다고요. 제 아들과 전 어느 살인자 손에 죽을 뻔했고요."

그는 나를 노려보았다. 조금 전까지만 해도 좋았던 분위기는 커피와 레몬 케이크에 대한 기대와 함께 연기처럼 사라졌고 그의 표정은 이제 신체적 위협을 예고하고 있었다. 내가 아스팔트 바닥으로 내동댕이쳐지는 건 시간문제였다.

"미안하지만 무릎에 좀 앉을게요."

나는 재빨리 그의 무릎에 올라탔다. 그에게도 나에게도 예상치 못한 상황이었다. 나는 후진 기어를 넣고 액셀을 힘껏 밟았다. 담벼락은 겨우 20미터 뒤에 있었고 차의 속도는 잘해봐야 시속 30킬로미터였지만 추돌의 여파는 상당했다. 차 뒤쪽 유리가 산산조각 났고 트렁크가 튀어 올랐다. 차도 그 자리에 멈춰 섰다.

요트 클럽 유리부스 안의 아가씨는 매니큐어 솔을 든 채 얼음처럼 굳어버렸다. 자리에서 일어선 어부도 기둥처럼 꼼짝하지 않았다. 그 뒤로 흐르는 물도 거울처럼 잔잔했다. 평범한 모든 것이 의심되는 순간이었다.

"미래위원회가 뭐죠?"

그는 손으로 내 목을 잡으려 했다. 나는 그를 시트 쪽으로 밀어붙이며 기어를 넣고 다시 액셀을 밟았다. 재규어 바퀴가 바닥에서 끼익 소리를 내더니 앞을 향해 전속력으로 튀어 나갔다.

극도의 위험은 자제력의 시험대가 되곤 한다. 차가 구르듯 계단을 내려가기 시작하자 내 밑에 앉은 남자는 비명을 지르기 시작했다. 차는 선착장에 내려앉았고 영국제 스프링 덕분에 캥거루처럼 통통 튀었다. 나는 계속 속력을 높이다가 이윽고 액셀에서 발을 떼고 차를 정지시켰다.

선착장은 매끈한 나무판으로 만들어져 비누칠한 것처럼 미끄러웠다. 차는 선착장 맨 끝에 가서야 멈췄고 앞 범퍼 아래로는 바로 얼음바다가 내려다보였다.

켈 켈센은 내 밑에서 돌이 되어 있었다. 나는 약간 옆으로 비켜 앉으며 그를 쳐다보았다.

"켈센 씨, 내 눈을 똑바로 보세요."

그는 약간 현실 감각을 잃은 듯했다. 나는 그의 얼굴 앞에 얼굴을 들이대며 내 눈을 가리켰다.

"켈센 씨, 여기 이거 보여요?"

켈센은 나를 쳐다보았다.

"애 엄마요, 애 엄마." 내가 말했다. "한스 크리스티안 안데르센의 어머니 이야기 알죠? 아이를 구하기 위해서 눈, 머리카락, 연금, 모든 걸 다 내놓잖아요. 그건 내 반쪽일 뿐이에요, 다른 반쪽은 뭔지 알아요? 미치광이 과학자예요. 프랑켄슈타인, 마부제 박사, 닥터 스트레인지러브가 합쳐진 잡종이 나예요. 거기서 어떤 독종이 나왔는지 곧 보게 될 거예요. 켈센 씨, 날 봐요. 내가 얼마나 막다른 상황에 처했는지 아시겠죠?"

켈센은 고개를 끄덕였다.

"그 위원회가 뭔지 난 꼭 알아야겠어요. 만약 말하지 않겠다면 액셀 끝까지 밟고 얼음물 속으로 머리부터 다이빙하는 거예요. 여기 수심이 한 7미터는 될 거예요. 문을 열고 있으면 돌처럼 가라앉을 걸요. 난 괜찮아요. 난 아침마다 영하의 물에서 10분씩 물장구치는 사람이에요. 그러고 나면 기분 최고죠. 하지만 켈센 씨는 버티지 못할 걸요. 내 말 무슨 뜻인지 알겠어요?"

그는 다시 고개를 끄덕였다.

"자, 말해요!"

그는 여러 번 헛기침을 했지만 나는 그대로 앉아 있었다. 60킬로그램이 되려면 아직 한참 모자라니까 내가 무릎에 앉아 있다고 해서 숨 쉬기가 힘들거나 하지는 않을 것이다. 그리고 운전대를 잡고 페달을 밟기에는 그 위치가 좋았다.

"72년도." 그가 속삭이듯 웅얼거렸다. "위원회가 만들어진 건 72년도예요."

"똑바로 말하세요!"

"처음엔 아무도 우리에게 관심이 없었어요. 우린 모두 여섯 명이었어요. 갓 대학을 졸업한 풋내기들이었죠. 거기에 사라라고 미술하는 친구가 있었고요. 나중에 우리가 여섯 명을 더 뽑았습니다."

"왜 하필 1972년이죠?"

그의 의식이 깜빡깜빡하는 것 같았기 때문에 나는 그를 다그쳤다.

"그때 왜 그랬는지 젊은 사람들을 정치에 참여시켜야 한다는 목소리가 높았어요. 지금은 없어졌지만 그때는 그게 엄청나게 유행이었죠. 학사 행정에 대학생 대표들이 참여하고 어린이 의회, 청소년 의회들이 줄줄이 생겨났어요. 덴마크 의회 산하 청소년 의회와 유엔 청소년 총회도 그때 생겼죠. 싱크탱크, 정책 연구소 같은 것들이 출현한 것도 그때였고요. 의회에서도 덴마크 정부에서도 청년들로 이루어진 싱크탱크가 필요하다는 의견이 많았죠. 패색이 짙은 선거가 6개월밖에 남지 않은 상황이었어요. 누군가 재빨리 우리를 그러모았고 그렇게 해서 마그레테를 중심으로 여섯 명의 청년이 모이게 된 겁니다. 얼마 안 있어 열두 명이 됐고요. 그로부터 2년간 두 달에 한 번씩 만났어요. 그게 이야기의 전부입니다. 더 할 애기도 없어요."

"아니요, 켈센 씨. 할 애기가 더 있을 걸요!"

그의 근육이 긴장하는 게 느껴졌다. 그는 마지막 역습을 준비하고 있었다.

나는 홱 돌아 후진 기어를 넣고 액셀을 있는 힘껏 밟았다. 바퀴가 마구 헛돌다가 자리를 잡았고 재규어는 미친 듯이 뒤를 향해 달리기 시작했다. 속도가 꽤 빨라서 차가 계단에 부딪치자 트렁크 문이 떨어져 나가고 앞 유리가 와장창 깨지며 비처럼 우리 머리 위로 쏟아졌다. 계단을 한 칸 한 칸 올라갈 때마다 차는 엄청난 소음과 함께 덜컹거렸다. 이윽고 차는 부두로 올라왔고 다시 담벼락에 가 부딪친 뒤 조용해졌다.

어부와 유리부스 아가씨도 눈으로 우리를 좇았다.

"켈센 씨, 당신네들의 뭐가 그렇게 특별했던 거죠?"

그는 다시 헛기침을 했다. 그 시간이 아까보다 두 배는 더 길었다. 이제 그도 내가 얼마나 심각한지 이해한 것 같았다.

"처음 몇 년간은 아무도 눈치채지 못했어요. 우리들도 마찬가지였고요. 그냥 모여서 미래에 대한 이야기를 나누고 주제를 정해서 토론을 했습니다. 그걸 보고서 형태로 정리했고요. 누구에게 보이기 위해서가 아니라 그냥 우리를 위한 거였어요. 의회에서 누군가가 읽었을 수도 있지만 피드백이나 그런 건 전혀 없었어요. 그렇게 2년이 지났을 때 누군가가 그동안의 내용을 요약해서 정리해보자고 하더군요. 그때까지 모인 보고서는 다섯 개였어요. 우리는 그동안 우리가 예측한 것을 표로 정리하고 실제와 비교해봤습니다. 국내외 중심 이슈 24개였는데 예측이 모두 맞아떨어졌을 뿐 아니라 시기적으로도 길어봐야 3주 정도 차이가 있을 뿐 다 맞더라고요!"

차는 다 부서지고 뻥 뚫린 유리창으로 바닷바람이 마구 들이치는 상황에서도 그의 목소리에서는 자부심이 느껴졌다.

"그 당시 미국에서 싱크탱크들의 예측 정확성을 조사했는데 우리가 월등히 높게 나왔어요! 그 조사 결과에 따르면 다른 그룹들은 우리 발치에도 따라오지 못했죠. 우린 시간표 보듯이 미래를 읽었던 겁니다!"

"당사자들은 이미 알고 있었던 거 아닌가요?"

"그걸 말이라고 합니까? 당연히 알았죠! 하지만 우린 아직 이십대였어요. 속으로는 세계 챔피언인 걸 알고 있었지만 다른 한편으로는 무섭기도 했어요. 아직 어린 나이였으니까요. 마음속 깊은 곳에서는 예측이 맞아떨어졌다는 사실이 스스로도 믿기지 않았어요. 그래서 정리를 했던 거고요. 그런데 정리된 결과를 보고도 잘 안 믿기더라고요."

문득 그의 말이 끊겼다. 나는 언제라도 다시 전속력으로 달릴 수 있다는 것을 보여주기 위해 운전대를 꽉 잡았다.

"우린 결과 보고서를 읽고 나서 언제나처럼 다음 모임을 잡았습니다. 모임 장소는 그때그때 달랐어요. 의회나 학교에서 만날 때도 있고 누군가의 집에서 모일 때도 많았어요. 한번은 우연히 모두 비행기를 탈 일이 있어서 공항 터미널에 있는 식당에서 모임을 가진 적도 있었죠. 언젠가는 주중에 모임이 잡혔는데, 금요일에야 보고서가 나와서 모임 장소를 구하지 못했어요. 2월이었는데 그 전날 하르틀링 내각이 물러났기 때문에 의회가 만원이었죠. 그래서 크리스티안스하운에 있는 감멜도크•에 방을 하나 빌렸어요. 난 그날 차당번이라 커피도 끓이고 케이크도 사놓으려고 좀 일찍 갔어요. 문을 열고 들어갔더니 남자 네 명과 여자 두 명이 기다리고 있었습니다. 국정원과 기무사령부 사람들이었어요. 그리고 장관 한 명이 있었어요. 모임은 글렀다 싶었죠. 모두 모인 뒤 그 사람들이 일방적으로 통보하더군요. 앞으로는 슬로츠홀멘에서 회의를 하고 두 명의 참관인이 배석할 것이다, 문 밖에는 보초가 서 있을 것이고 회의 과정을 처음부터 끝까지 녹화할 거라고 말이에요. 그러더니 자기네들이 준비한 서류에 서명을 해주겠느냐, 모두 여기에 이름, 주소, 전화번호를 적어라, 그러더군요. 우린 서로를 쳐다봤어요. 그러곤 꺼지라고 했죠. 그랬더니 얼굴이 붉으락푸르락하더라고요. 하지만 어쩌겠습니까? 그대로 가더군요. 우린 평소 하던 대로 일정을 진행했습니다. 아래층에 있는 카페 〈라베스 하베〉에 가서 토핑이 잔뜩 올라간 오픈샌드위치를 시켜놓고 맥주와 화주를 마시며 의회 초토화 작전을 짰죠. 늦은 오후쯤 내가 위원회를 대표해서 의회에 편지를 썼습니다. 우리에게 눈곱만큼도 관심 두지 마라, 그 누구도 우릴 통제할 수 없다, 우리 모두 위원직 사퇴하고 사적인 모임으로 계속 이어나가겠다, 아무도 끼어들 수 없다, 라고요. 편지를 우체통에 넣은 지

• 원래 백화점이었다가 건축 사무소 등으로 사용하는 건물.

24시간도 안 돼서 사람들이 마그레테와 나를 데리러 왔더라고요. 그 사람들이 정체를 확실하게 아는 사람은 우리 둘뿐이었거든요. 난 그때 마테리알고렌에 있는 측지학 연구소에서 지도 판매를 하고 있었는데 어떻게 알고 거기까지 찾아왔더라고요. 그 사람들은 나를 슬로츠홀멘에 있는 정부 청사로 데려갔어요. 꼭대기 층의 회의실로 가니 마그레테가 이미 와서 기다리고 있더라고요. 그리고 그날은 우리를 아주 점잖게 대했습니다. 국정원, 기무사 사람들도 없고 이거 해라 저거 해라 요구하는 것도 없고. 어떤 남자 혼자 앉아 있었어요."

"토르킬 하인요?"

그는 고개를 끄덕였다.

"하인은 전날 일을 사과했습니다. 개인의 자유는 절대 침해하지 않을 것이고 침해할 생각도 전혀 없다, 어쩌고저쩌고 하면서 모임은 계속 유지해달라고 하더군요. 그리고 이제는 의회 소속이 아니다, 비공개로 조용하게 일을 진행시키자, 너희들 머리 위에 우산을 하나 씌워준다고 생각해라, 사무실과 비서만 제공하겠다, 그러면 정서하느라 고생할 필요도 없고 자료 관리에 신경 쓰지 않아도 된다, 이러는 겁니다. 그래서 우리가 뭐라고 했게요? 오후에 카페에서 전의도 다졌겠다, 내친김에 세게 나갔죠. 뭐 그 정도라면 받아들이겠다, 그런데 앞으로 회원은 우리가 직접 뽑겠다, 그리고 우리 말고 다른 회원들의 이름은 비밀에 붙이겠다, 반년마다 한 번씩 보고서 제출하는 것 말고는 그 어떤 누구에게도 보고하지 않겠다, 그리고 돈이 필요하다고 했어요. 다 들어주겠다고 하더라고요. 우리가 어떤 종류의 일에 엮였는지 그제야 알았습니다. 그날 하인을 처음 봤지만 딱 봐도 이 사람은 한다면 하는 사람이구나 싶었습니다."

나는 담배꽁초를 켈센의 입에 물려주었다. 그리고 성냥을 찾아 손으로 바람을 막고 불을 붙여주었다. 뒤에 있는 아파트 너머에서 햇빛 한 줄기가 비치더니 가장자리가 얼음으로 뒤덮인 선착장을 지나 물 위로 길게 떨어졌다.

순간 나는 켈센이 왜 토목기사가 됐는지 알 것 같았다. 그는 분명한 경계를 좋아하는 사람이었다. 그런데 이제 그를 둘러싼 세계가 흐물흐물해지고 있었다.

"켈센 씨, 발기하셨네요."

내 말에 그는 흠칫 놀라며 얼굴을 붉혔다. 창백하기만 한 얼굴에 홍조가 일자 얼굴이 고와 보였다.

"저 때문이라고 생각 안 해요." 내가 말했다. "아마 약간 충격을 받았기 때문일 거예요. 죽음의 공포에 직면했을 때 발기하는 남자들이 있다는 건 잘 알려진 물리학적 법칙이니까요. 정황상 다시 과학 센터에 데려다주시진 않아도 되겠어요. 여자들은 발기한 남자 성기 앞에선 좀 부끄러워지는 경향이 있잖아요?"

나는 차에서 내렸다. 어부와 유리부스 안의 아가씨가 나를 빤히 쳐다보았다. 나는 그들을 위해 뭔가 하고 싶었다. 상황을 야기한 사람이 마무리도 해야 하지 않겠는가. 나는 목소리를 높여 말했다.

"켈센 씨, 이제 주행 연습은 그만해도 되겠어요. 시험 잘 볼 수 있을 것 같아요."

나는 그 말을 남기고 돌아섰다.

24

나는 자전거를 타고 헬레루프 역으로 갔다. 약간 돌아가면 전철역 고가교를 지나 국방 아카데미 1, 2캠퍼스 교문 앞으로 지나가게 된다. 철로 너머로 학교 주차장이 보였다. 주차장은 거의 비어 있었고 굴착기도 보이지 않았다. 땅을 판 곳도 다시 흙으로 메운 것 같았다.

나는 차도를 건넜다.

안드레아 핑크의 장 이론에는 '입증된 직감'이라는 중요한 개념이 있다.

어느 날 갑자기 새조개와 맛조개 소스를 곁들인 가오리구이가 먹고 싶어져 자전거를 타고 토르베크 항구에 나갔다고 가정해보자. 방파제를 돌자마자 '베티호'가 들어왔고 착한 어부 프리츠가 양동이 두 개를 내놨는데 한 양동이에는 가오리 다섯 마리가 들었고 다른 하나에는 조개가 들었다면, 그리고 양자물리학을 공부한 적은 없지만 이 만남의 특별함을 예감한 프리츠가 언제나처럼 여자 손님에게 호의를 베풀며 그것을 몽땅 200크로네에 팔았다면, 만약 이런 식으로 일이 진행됐다면 '입증된 직관'의 출발점에 섰다고 볼 수 있다.

대부분의 사람들은 이것을 '감이 들어맞았다'고 표현할 것이다. 안드레아 핑크가 초기 연구에서 발견한 바로는 특정한 인간 구성에서 입증 가능한 직관의 주파수가 시간 함수로서 처음에는 선형적으로, 그다음에는 지수적으로 증가하기 시작한다. 그래서 결국 통상적 설명 모델을 능가하는 상황이나 특징이 나타나게 된다.

내가 담당 공무원 입회하에 다시는 도박을 하지 않겠다는 각서에 서명했을 때도 입증 가능한 직관의 주파수가 작용했었다.

지금 헬레루프 로를 건너는 이 행위도 곧 이런 종류의 직관으로 판명이 날 것이다.

차단기 옆 경비 초소에는 지난번 그 청년이 앉아 있었다. 그는 내가 자전거를 세우는 걸 보고 얼굴을 붉히며 밖으로 나왔다.

"뭐 좀 물어볼 게 있어서요. 여기 드나드는 차들 다 기록하나요?"

내 질문에 그는 고개를 저었다.

"이름만 씁니다. 그것도 다는 아니고요."

"그저께 내가 여기 통과해서 들어갔을 때 말이에요, 혹시 어두운 색 계열의 승합차 못 봤어요? 아마 나 들어가고 바로 들어갔을 텐데."

"네, 바로 다음 차였습니다. 지역 위탁으로 지하 공사하러 온 차였어요."

"신분증 제시했나요?"

그는 다시 고개를 저었다.

"저희가 여기 앉아 있는 건 단지 이곳이 아무나 드나드는 곳이 아니라는 걸 알리기 위해서입니다. 그래서 통제가 심하진 않습니다. 그런데 그 차는 그날 한 번 더 왔었어요."

나는 바람막이 점퍼에 모자, 목도리, 벙어리장갑까지 끼고 있었고 자전거를 타고 와서 아직 더웠는데도 갑자기 온몸이 얼어붙는 느낌이었다.

"부인에 대해서 묻더라고요. 그리고 그 학생도요. 제가 들여보냈다고 말했죠."

우리는 서로의 눈을 쳐다보았고 나는 불현듯 어지럼증을 느꼈다.

"나가는 걸 봤다고는 안 했어요."

"왜요?"

그는 세 번째로 고개를 저었다. 우리가 그랬듯 그도 자신의 행동을 설명하지 못했다.

"그 사람 왠지…… 그 옆의 사람도 좀 그렇고, 그냥 좀……. 제가 잘못한 건가요?"

"아니, 아주 잘한 거예요. 크레인 달린 덤프트럭을 타고 왔던가요?"

그는 고개를 끄덕였다.

그 안에는 파사트의 잔해가 들었을 것이다. 그들은 자기가 싼 똥은 알아서 치울 줄 아는 착실한 사람들이었다.

그리고 그들은 혹시나 하는 마음에 경비 초소에 확인도 했다. 그런데 이 젊은이가 자신도 이해하기 힘들었을 입증 가능한 직관에 따라 내 존재를 부인한 것이다. 이로써 그는 우리의 모래시계에 모래 한 줌을 더 얹어주는 역할을 했다.

"전 라르스라고 합니다. 지난번에 댄스 파트너 필요할 때 연락하라고 하셨죠? 그거 아직 유효한가요?"

"난 지금 이혼소송 중이에요."

"끝날 때까지 기다리겠습니다."

여자에게 거절당하고도 뒤로 가서 다시 줄 서서 기다리겠다는 남자를 보면 마음이 약해져버린다.

"양자물리학에서는 깊은 애정 관계에 있던 두 사람이 헤어지는 데는 평균 7년이 걸린다고 하죠."

그는 슬픈 표정이 되어 지나가는 전철에 시선을 던졌다.

"그 말은 7년이 지나도 아주 확실한 건 아니라는 뜻인가요?"

"네, 그걸 하이젠베르크의 불확정성 원리라고 해요. 양자물리학이 우리에게 줄 수 있는 건 확률론적 추측뿐이라는 거죠."

나는 좌우를 살핀 후 그의 입에 입을 맞췄다.

내가 뤼방스 가로 건너갈 때까지도 그는 그 자리에 그대로 서 있었다.

사람이 고체물리학의 어떤 현상으로 굳어졌다는 이야기는 예술, 종교 등 신빙성 없는 출처에서 수없이 많이 나온다. 경험적 연구를 따라가보면 이 과장 뒤에 숨겨진 실상이 다름 아닌 누군가의 입맞춤 때문이라는 것을 알게 되리라. 기대하지 못한 입맞춤, 온몸을 마비시키는 종류의 입맞춤 말이다.

25

H. C. 외르스테드 연구소에서 출발하면 뇌레 가의 첫 번째 신호등은 제2대학 도서관 앞에 있다. 23년 전 4월의 어느 추운 수요일 그곳에서 나는 라반을 떼어버렸다.

그때는 그를 떼어버릴 수 있을 거라 믿었다.

나는 도서관에 신청해놓은 책을 가져오겠다며 그에게 자전거를 맡겼다. 그리고 마술사 모자를 뽐내며 서 있는 닐스 스텐센 동상을 지나쳤다. 그 뒤에는 부검을 위해 벌거벗겨진 여자 시체가 누워 있었다. 나는 로비를 지나 출입 게이트를 통과한 후 신성한 도서관 내부로 들어섰다.

그때까지 나는 대출 창구 건너편에 가본 적이 한 번도 없었다. 권한도 전혀 없었다. 하지만 단호한 표정 앞에서는 어떤 문이든 열리게 돼 있는 법. 나는 충분히 단호했다. 건물 앞 그 여자처럼 강한 남자의 재물로 생을 끝내고 싶지 않았다. 물론 라반 스벤센은 당시 이십 대 초반이었고 음대 학생일 뿐이었지만 나는 그 안에 숨겨진 마술사 모자와 날카로운 칼을 진즉에 알아보았다.

대출 창구를 통과해 책과 잡지가 6층 높이로 쌓인 서고를 지나니 비상구가 나왔다. 밖으로 나가니 체육학과 뒤뜰이었다. 거기서 나는 타겐 로로 나가 약트 로로 올라간 다음 프레데릭스베르로 가는 버스에 올랐다. 그리고 20분 뒤 명예 저택으로 들어가 안드레아 핑크와 마주 앉았다. 마음속으로는 아무리 라반 스벤센이라도 이만큼 분명하게 표현했으면 알아들었으리라 확신했다.

비록 경찰 공매에서 산 꽃무늬 안장 달린 롤리 자전거는 날아갔지만 개인의 자유는 어떤 값을 치르고라도 지켜내야 하는 것이 아닌가.

안드레아 핑크와 함께 있으니 라반은 금세 잊혀졌다. 그녀와 함께 있을 때면 나는 바깥세상을 다 잊었다. 그날은 잊는 속도가 더 빨랐다. 그녀가 뭔가 새로운 것을 발견했기 때문이었다.

그럴 때 그녀는 말수가 적어지고 응축된 느낌을 풍겼다. 비중량이 늘고 신진대사가 줄어든 것 같았다. 나는 좁은 보폭으로 가만가만 걷는 그녀를 따라 실험실로 갔다.

실험실은 지하에 있었다. 손주들의 낡은 스키와 썰매 사이에 모니터와 컴퓨터, 치과용 의자들이 널려 있었다.

그리고 스크린 앞에 빔 프로젝터가 설치돼 있었다.

스크린에는 두 사람의 형상이 보였다. 그녀가 리모컨을 누르자 둘은 서로에게 손을 내밀어 악수했다.

"널 만나기 전에 우린 이미 300명으로 1,500일을 실험했어. 실험 대상자들은 안팎으로 전기장치를 도배하다시피 했지. 심박계, 혈

압 측정계, 피부 긴장도와 혈중 산소 농도 기록 장치, 심전도, 심장 주변의 전자기장 측정기, 뇌파 측정기, 그리고 검사일 다음 날 실험 대상자들과 긴 현상학적 인터뷰도 했지. 우린 이 데이터를 네 상황과 비교해봤어. 그리고 그 결과가 어제 나왔어."

스크린의 두 형상이 다시 움직이기 시작했다. 심장 위치에 동그라미가 생겼고 눈에도 다른 모양의 표시가 나타났다.

"물론 데이터 양은 어마어마해. 휴대용 뇌파 측정기에서 나온 뇌 횡단면 사진만 해도 초당 3만 개니까. 그래서 일반적인 만남, 두 사람이 만나 인사를 나누는 상황에 초점을 맞췄어. 그중 악수하는 상황만 떼어냈고. 악수는 만국 공통의 제스처야. 전 세계에서 하루에 하는 악수를 다 합치면 수억 번도 넘겠지만 악수를 할 때 실제로 어떤 일이 일어나는지 연구한 사람은 아직 없었어."

나는 안드레아 핑크의 이야기를 들으며 잠시 딴 생각에 빠졌다. 당시 스무 살이었던 나는 연구 지원비에 대한 것은 전혀 몰랐다. 그러나 300명이나 되는 사람에게 전기장치를 덕지덕지 붙이고 하루 종일 따라다니며 그 결과를 평가하는 데 얼마나 큰돈이 들지는 어렴풋이나마 짐작이 되었다. 이 가녀린 여자에게 몰려드는 지원금이 얼마나 방대한지 감을 잡은 것은 그때였다.

그녀는 느릿느릿한 말투로 말했다.

"일어나는 현상은 세 가지야. 아직 체계적으로 정리된 적은 없지만 세계 어디서든 사람과 사람이 만나 접촉하면 세 가지 일이 일어나. 우선 신체적 연결, 즉 손과 손이 닿는 것. 거의 동시에 심장의 전자기장이 확대되고 숨뇌에서 조금씩 활동성이 증가해. 심장이 활성

화된다고 봐야겠지. 그런 다음 의식적 변화가 나타나기 시작해. 각성과 주의력을 담당하는 심장동맥이 활성화되는데 신체적으로는 관계자들의 시선 교환이 함께 일어나지. 중요한 발견은 심장 활동이야. 신뢰, 감사, 연민 등 호의적 감정이 심장 주위에 반영됐어. 이 데이터가 뜻하는 건 사람들 사이의 접촉이, 심지어 모르는 사람들이 만났을 때도 심장의 간섭 증가로 이루어진다는 거야. 물리적 신체 접촉에 의해 힘이 실리고 상대에게 집중된 주의력이 증가하면서 그 현상이 강해지는 거야."

그녀는 잠시 말을 끊었다. 우리는 둘 다 그녀의 세 아들에 대해 생각했다. 그리고 그녀의 남편에 대해. 두 사람이 서로에게 닿기 위해 짓밟고 지나가야 하는 모든 것들에 대해.

"아마도 이건 인간관계의 한 법칙인 것 같아. 모든 관계에 다 해당돼. 사람들은 아무리 가볍게 스쳐가는 사이라 해도 상대에게 닿으려는 시도를 해. 먼저 신체적으로, 감정적으로, 그리고 의식적으로. 이 과정은 항상 똑같아. 문제는 이 만남의 깊이가 어디까지인가 하는 건데 그건 아직 알아내지 못했어. 우리가 관찰한 2,700회의 악수를 보면 일차적이고 무의식적이지만 분명하게 정해진 규칙 같은 게 있어서 각 접촉의 질을 결정하는 것 같아. 얼마나 오랫동안 손을 잡는지, 얼마나 오랫동안 눈을 마주치는지, 얼마나 마음을 여는지 말이야. 그렇다면 그 규칙은 각 상황에 적합한 것보다 접촉이 더 깊어질 경우 일어날 불상사에 대비하기 위한 것이라는 이론이 성립되지. 이걸 전제로 해서 네가 한 신문을 연구해봤어. 접촉 시간은 경찰 신문 전문가들 때와 똑같았어. 눈 맞추는 횟수도 똑같았고. 그런데 심전도는 완전히 달랐어. 너도 피신문자들도 교뇌 주위에, 그리고 심장 전자기장에 활동성이 증가했어. 수잔, 네 시스템에는 감정 접촉이 일반적인 경계에서 멈추지 않게 하는 뭔가가 있는 것 같아. 신체적, 인지적 접촉에서는 딱히 눈에 띄는, 아니 눈에 보이고 보이지 않고를 떠나 측정 가능한 차이점이 없는데 특정 조건하에서 너와 피신문자 사이의 감정적 틈은 점점 깊어졌어. 그리고 네 효과가 상대편에게로 뻗어나가는 것 같아."

창문 밖에는 잉어를 기르는 연못이 있었다. 우아한 동작으로 느리게 헤엄치던 잉어가 수면을 뚫고 밖으로 고개를 쳐들었다. 4월 햇살 아래 물고기와 물, 빛이 만나 금빛의 화학적 결합을 이루었다.

연못은 거의 눈에 띄지 않는 그물망으로 덮여 있었다. 선문답의 답이다. 물고기들이 30센티미터 두꺼운 얼음 아래서 얼어 죽지 않고 겨울을 나려면 연못을 깊이 파야 하고 손주들이 연못 가까이 갔다가 빠져 죽지 않으려면 너무 깊게 파서는 안 되는 문제, 거기다 경치를 해치지 않아야 하는 문제, 그 모두에 대한 해결책이다.

그녀는 내 어깨에 손을 얹었다.

"우리가 측정한 2,700회의 악수는 아무것도 아니야. 앞으로 실행될 큰 계획의 일부분일 뿐이야. 우리는 지금 인간이 어디에서 만나든 서로 깊은 접촉을 시도한다는 증명의 출발점에 서 있어. 이 실험은 다른 여러 형태의 접촉을 가지고 계속될 거야. 아마 같은 결론에 이르게 되겠지. 네 효과까지 포함해서 우리가 이제까지 발견한 장의 효과는 사람 사이에 의식적으로 일어나는 간섭의 법칙을 설명하는 출발점이 될 거야. 항상 존재했지만 아직 한 번도 설명되지 않은 것을 증명하는 첫걸음이지."

나는 그녀의 손을 뿌리쳤다.

"의식은 없어요. 물리적 과정의 파생이라면 모를까. 이 효과는 감정과는 상관없어요. 인간관계는 화학이니까요."

그녀는 연못 쪽으로 시선을 돌렸다. 그녀는 감정 조절이 필요할 때면 항상 이 연못을 바라보았다. 아마 연못을 보면서 마음의 평정을 되찾는 것 같았다. 연못은 원래 보어가 판 것으로 잉어도 사원에서 고급 어종으로 개량한 것이었다.

"수잔, 그럼 사랑은? 사랑도 화학이니?"

"당연하죠."

그녀의 얼굴이 붉으락푸르락해지고 있었다. 나는 자리에서 일어섰다.

"교수님, 교수님은 지금 세상에 없는 걸 찾고 있어요. 의식이란 독립적 현상이 아니에요. 10년쯤 뒤에는 모든 의식이 심리학으로, 모든 심리학은 화학으로, 화학은 물리학으로, 물리학은 수학으로 응축될 거예요. 수학은 논리적 산법으로 싹 비워낼 수 있죠. 거기까진 모든 형태의 만남 뒤에 숨겨진 법칙을 모순 없이 충분히 설명해 주는 기하학이 있고요."

연못을 보고 있자니 나도 모르게 흥분이 됐다. 아마 감상적이 된 탓이리라. 누군가 다치지 않게 하려는 시도. 뭐든 하면 된다는 그녀의 못 말리는 신념.

"수잔, 또 그렇게 화가 난 채로 가려는 거니? 두 번 중에 한 번은 꼭 이렇게 화내면서 갔다는 거 알고 있니? 이건 감정 조절의 문제야. 네 마음에 안 든다고 홱 돌아서 가버리고, 도대체 너한테는 절제라는 게 없니?"

그녀는 흥분해서 자리에서 일어섰다.

"지금 교수님 표정이 어떤지 모르시죠? 꼭 독 오른 독사 같아요."

내 말에 그녀는 몸을 부르르 떨었다. 우리가 만난 지 아직 1년 반 정도밖에 안 됐을 때여서 그녀는 내가 그녀의 삶에 몰고 온 역풍에 어떻게 대처해야 할지 모르는 상태였다.

"그리고 교수님이 붙여준 그 애송이 음악가를 겨우 떼어버리고 오는 길이에요."

그녀는 내게 한 발짝 다가섰다. 우리의 첫 '아웅거림catfight'이었다. 우리는 얼굴과 얼굴을 맞대고 씩씩거렸다.

"그리고 지금 제가 이렇게 나간다고 해도 이건 감정 조절과는 아무 상관없어요. 진짜 이유는 아주 물리적인 거예요. 전 어렸을 때부터 문을 쾅 닫을 때 집이 울리는 느낌이 미치도록 좋았거든요."

나는 그 말만 남기고 문을 쾅 닫고 나왔다. 집이 울렸고 벽에서 페인트가 떨어져 내렸다. 보어의 연못에서 헤엄치던 잉어들은 깊은 물속으로 숨어들었다.

나는 버스를 타고 P. 칼 페터센 기숙사로 돌아왔다. 방문을 여니 내 롤리 자전거가 보였다.

아니, 내 자전거이기도 하고 아니기도 했다. 포스트, 핸들, 바퀴는 내 것인데 안장이 새것이었다.

원래 안장은 꽃무늬 플라스틱 안장으로 커버가 다 찢어져서 엉덩이를 찌르곤 했다. 하지만 어쩌랴, 나는 국가 지원 장학금으로 살고 있었고 항상 생활비에 쪼들렸다. 불 논리*를 파면서 빵집 아르바이트를 겸할 수는 없는 노릇이었다.

꽃무늬 안장이 있던 자리에는 값비싼 암갈색 브룩스 가죽 안장이, 그리고 그 위에는 빨간 장미 한 송이가 놓여 있었다.

나는 자전거를 한 바퀴 돌아본 후 침대로 가서 앉았다.

내 마음을 움직인 것은 안장과 장미꽃이 아니라 자전거가 깨끗해져 있다는 사실이었다. 깨끗하게 닦은 정도가 아니라 바퀴통과 바큇살까지 반짝반짝 윤이 났고 녹색 페인트 위에는 왁스 같은 걸 칠해서 반질반질하게 광이 났다.

이론가들과 실험물리학자를 구별하는 방법은 간단하다.

이론가들은 산성용액이 옷에 묻는 걸 싫어한다. 실험실에서 나는 냄새도 싫어하고 가운과 고무장갑도 좋아하지 않는다. 학교 생활에서도 몸으로 하는 일은 어떻게든 피하려고 한다. 막노동은 딱 질색이라는 듯이 말이다.

라반 스벤센은 음악계의 백 퍼센트 이론물리학자에 해당한다. 안드레아 핑크의 부엌에서 감자 깎는 걸 보고 일찌감치 알아봤다.

그렇기 때문에, 그런 그이기 때문에 더욱, 합성수지인지 상아인지 모를 피아노 건반과 악보에 놓였던 손으로 내 자전거를 닦기 위해 소매를 걷어붙였다는 사실이 감동적으로 다가왔다.

메시지나 연락처는 없었다. 그가 남기고 간 것은 반짝이는 자전

* 조지 불의 이름을 딴 논리적 산법 체계.

거, 폭신한 가죽 안장, 빨간 장미뿐이었다.

그것만으로도 상대의 마음을 움직이기에는 충분했다.

26

포어 프루에 수도원의 주소는 바세르네의 크라트레넨으로 돼 있었다.

나는 전철에 자전거를 싣고 일단 헬레루프에서 홀테까지 간 다음 자전거를 타고 북쪽으로 달렸다. 그리고 갈림길에서 크라트레넨 쪽으로 들어섰다.

그런데 아무리 가도 백만장자들이 사는 부촌만 이어지고 수도원 비슷한 건물은 나오지 않았다. 아무래도 길을 잘못 든 것 같다는 생각이 들었을 때 스테인드글라스로 마리아상이 그려진 흰색 간판이 보였다. 번지수 '7'과 '포어 프루에 수도원'이라는 이름이 쓰여 있었다. 거기서부터 긴 오솔길이 이어졌다. 숲이라고 하기엔 너무 깔끔하고 공원이라고 하기엔 너무 야생적인 풍경이 이어지다가 건물들이 나타났는데, 순간 든 생각은 그곳이 백만장자 동네가 아니라 억만장자 동네라는 것이었다. 숲과 건물 부지를 합하면 오만 평도 넘을 듯한 땅이 바다까지 펼쳐져 있었고 건물 또한 라반과 내가 돈이 많다면 짓고 싶은 그런 집이었다. 외장 전체가 노르웨이산 석판이었고, 자연석으로 쌓아올린 담이 어느 정도 이어지다가 유리로 바뀌었다. 기도하다가 맘껏 풍경을 즐기라는 배려인 것 같았다.

나는 자전거를 담벼락에 세웠다. 높은 담도 큰 철문도 없어서 길가의 간판과 목제 구조물에 매달린 청동 종만 없다면 어떤 용도로든 사용할 수 있을 것 같았다. 물론 월세가 일곱 자리 수에 육박하겠지만.

"안녕하십니까!"

어느새 다가온 남자가 말을 걸었다. 내 또래로 보였고 수도복으로 보이는 두건 달린 옷을 입고 있었다. 하지만 철망으로 된 옷을 맨살 위에 입는 건 옛날 얘기인지 부드러워 보이는 천과 현대적인 디자인에 옷자락이 우아하게 떨어지는 옷이었다.

"헨릭 코르넬리우스 신부님을 만나러 왔는데요."

수도사가 여성 방문객을 수도원에 들여보낼지 말지 결정하는 기준은 뭘까?

"맥주 좋아하십니까?"

나도 모르게 몸을 움찔했는지 그가 소리 내어 웃었다.

"양조장을 통해 들어가야 해서요."

나는 그를 따라 가장 긴 건물로 들어갔다. 체육관처럼 길고 높은 건물이었다. 벽은 양감을 살려 흰색으로 칠했고 1,500리터로 보이는 스테인리스 탱크 30~40개가 바닥에 시멘트로 고정돼 있었다.

"저희는 통을 열어놓은 채 발효를 시킵니다. 맛을 예측할 수 없다는 단점이 있고 여름철 석 달간은 병균이 발생하거나 넘칠 수 있어서 감염 위험도 높지만 이렇게 하면 각 통마다 고유한 맛이 나죠."

건물 정면에는 큰 책장이 있고 코르크 마개가 꽂힌 샴페인 병 수천 개가 진열돼 있었다. 그는 병 하나를 꺼내더니 병에 달린 꼬리표를 보여주었다. 성모 마리아의 그림과 수도원 이름 밑에 손글씨로 양조 날짜, '케스케이드'란 이름의 홉으로 만들었다는 설명, 그리고 번호가 적혀 있었다.

"하나하나의 원액이 모두 독보적이기 때문에 이렇게 고유번호를 붙여둡니다."

그는 내게 병을 내밀었다.

"선물입니다. 이곳에서는 종교개혁 전부터 양조를 했습니다. 트라피스트회는 절대왕정이 용인한 몇 안 되는 교단 중 하나입니다. 맥주 때문이었죠. 하지만 이렇게 고유번호를 달기 시작한 건 1940년대 들어서예요. 그리고 이 건물도 2010년에야 대규모 리모델링을 한 겁니다."

우리는 양조장과 다른 건물을 연결하는 유리 통로를 지나갔다. 유리 통로를 지나니 타일이 깔린 복도가 나타났다. 벽은 벽돌로 만들어졌고 장식이라고는 전혀 없었다. 아니, 장식이 필요 없었다. 창밖으로 보이는 눈 덮인 잔디밭은 멀리 바다까지 이어졌고 햇빛을 받아 눈부시게 빛났다. 이 풍경에 그 무엇을 견줄 수 있겠는가? 거기에 내면을 향한 고요로 가득한 분위기까지 더해져 환상적인 조화를 이루었다.

우리는 모퉁이를 돌아 복도를 걸어갔다. 복도는 금고 문처럼 두꺼운 문 앞에서 끝났다. 문 앞에 빵빵한 소파 두 개가 놓여 있었다. 은행 문이 열리기를 기다리는 손님들을 위해 갖다 놓은 것일까?

나를 안내해준 수도사는 문을 두드리지 않았다. 두드렸어도 들리지 않았을 것이다. 그 안에 있으면 밖에서 세상이 멸망한다고 해도 알아채지 못할 것 같았다. 대신 벽에 초인종이 붙어 있었다. 그는 초인종을 누르고 안에서 기척이 나기를 기다렸다.

안에서는 아무 소리도 나지 않았다.

"수도사로 사는 건 어떤가요?"

"사명이지요."

"그럼 성욕은요? 없어지나요?"

내가 내는 효과에는 무절제의 요소가 섞여 있다. 자신이 가진 직관의 입증 가능성을 믿어야 하고 그 밖에는 모든 걸 내려놔야 한다. 그리고 그 모든 것이 땅에 닿기를 기다리면 된다.

이윽고 땅에 닿는 순간이 왔다. 그는 눈부시게 흰 치아를 드러내며 웃었다.

"세속에서는 절대 없어지지 않죠. 하지만 그걸 어떤 용도에 쓸지 선택할 수는 있죠."

나는 수도사와 대화를 해본 적이 한 번도 없었다. 나도 내가 뭘 기대했는지 모르겠지만 적어도 그게 솔직함은 아니었다.

그는 금고 문을 열더니 안에 대고 코르넬리우스를 불렀다. 아무 대답이 없었다.

"찾아봐야겠네요. 금방 모시고 오겠습니다."

그가 복도를 돌아 사라졌고 나는 소파에 털썩 주저앉았다. 탁자 위에 코르넬리우스가 저술한 책 몇 권이 놓여 있었다. 그중에는 『로사리오 기도』라는 것도 있었다.

문은 열린 채였고 안에서 세탁기 돌아가는 소리가 났다.

라반이 있었다면 전기 모터의 음과 상음을 바로 구별해냈을 것이다. 나는 그 대신 소리만 듣고도 디지털 정류기가 달린 업소용 세탁기라는 것을 알 수 있었다.

빨래를 너무 많이 넣은 것일까? 바닥 치는 소리가 나지 않는 걸 보면 통은 잘 고정돼 있는데 드럼이 일정한 간격으로 돌지 않는 것이었다.

나는 자리에서 일어나 문 안으로 고개를 쏙 디밀었다. 예의에 어긋나는 일이지만 시간이 촉박했다. 카운트다운은 이미 시작됐다. 48시간 중에 크리스마스 날을 빼고도 몇 시간이 훌쩍 지나가버린 것이다.

문을 열고 들어가니 작은 응접실이 나왔다. 그 뒤에 있는 공간이 거실 겸 도서관 혹은 도서관 겸 거실인 것 같았다. 천장에서 바닥까지 책으로 가득했고 천장 높이는 4미터가 넘었다. 반쯤 열린 문으로 싱글 침대가 있는 침실이 보였다. 세탁기 소리는 그쪽에서 나고 있었다.

갑자기 소리가 멈췄다. 퓨즈가 나간 것 같았다.

사람이 주변과 맺는 관계를 알고 싶으면 그 사람의 책상 위를 보면 된다. 예를 들어 라반의 경우는 거의 폭탄 맞은 수준이다. 악보, 커피 마신 컵, CD, 바이올린, 플루트, 관광지에서 가져온 잡동사니들, 아이들의 사진, 몇 달 전까지는 내 사진도 포함돼 있었다. 그리고 그 살풍경 속에는 누군가 하늘에서 내려와 이 모든 것을 깨끗이 정리해주리라는 굳은 믿음이 깃들어 있었다.

이 방에 있는 책상은 그렇지 않았다. 정리 정돈을 넘어 아예 싹 쓸어버렸다는 표현이 맞을 것 같았다. 뾰족하게 깎아 놓은 연필과 기도의 의미에 대한 다음 책 복사지 한 뭉치는 책상 모서리에 각을 맞춰 질서정연하게 놓여 있었다.

이렇게 물리적 구조에 대한 감각을 갖춘 사람이 세탁기가 저절로 꺼질 정도로 빨래를 아무렇게나 집어넣었을 리 없다. 나는 침실로 들어갔다.

잘못된 길로 들어섰다는 불길한 느낌에 마음이 조마조마했다. 이곳이 술을 빚는 곳이고 허심탄회하게 말을 거는 수도사가 사는 곳이라지만 독신서약을 하고 사제가 된 사람의 침실에 여자가 들어간다는 건 또 다른 얘기였다.

침실 벽에도 책이 가득했다. 욕실로 들어가는 문이 있고 거기서 다시 다용도실 같은 곳으로 이어졌다. 세탁기도 거기 있었다. 코르넬리우스 신부는 전용 아파트를 사용했던 모양이다. 고급스러운 건축자재가 다시 눈에 띄었다. 욕실 바닥과 벽이 대리석이고 다용도실도 마찬가지였다. 만약 맥주 생산에서만 재원을 마련한다면 내가 못 본 양조장이 더 있는 게 틀림없었다. 발효탱크 서른다섯 개로 이런 사치는 불가능했다.

나는 다용도실의 전등 스위치를 찾아 불을 켰다. 세탁기 문의 투명창으로 코르넬리우스 신부가 나를 쳐다보고 있었다.

그를 만난 적은 없지만 그라는 것을 바로 알 수 있었다. 그의 얼굴은 세탁기에 반쯤 찬 물에 부분적으로 잠겨 있었다.

시간이 멈췄다. 생각은 객관적이고 차분하며 이상하리만치 정확했다. 그리고 도저히 통제가 되지 않았다.

성인 남자를 드럼세탁기 안에 집어넣는데 얼마나 큰 힘이 들지 생각해보았다. 입구 지름이 잘해야 40센티미터 정도이니 골반뼈와 가슴뼈를 부러뜨렸을 것이다. 그렇게 구겨서 세탁기를 돌렸을 정도니 그 분노가 얼마나 컸을까!

이 지점에 오니 시간이 다시 흐르기 시작했다. 그리고 머릿속에는 단 하나, 여기서 어떻게 빠져나갈 것인가 하는 생각뿐이었다.

막 소파에 돌아와 앉으니 아까 그 수도사가 웃으며 복도를 돌아 걸어왔다.

그는 약간 당황한 듯했으나 차분했다. 아마도 수도원을 감싸고 있는 고요, 기도, 바다가 보이는 전망, 샴페인 병에 채워진 맥주가 가져온 결과이리라.

이 차분함도 곧 시험에 들 테지만 말이다.

"어디 계시는지 모르겠네요. 멀리는 안 가셨을 텐데……."

"나중에 다시 오죠, 뭐."

그는 나를 붙잡지 않았다. 물론 붙잡았다고 해도 소용없었겠지만.

그는 나를 밖으로 안내했다. 나는 전속력으로 달려나가고 싶은 것을 꾹 참았다.

"코르넬리우스 신부님께 전하실 말씀은 없으신가요?"

나는 그의 눈을 똑바로 쳐다보았다.

"여행 잘하시라고 전해주세요."

그는 뜨악한 눈치였다.

"가까운 시일에 여행 계획이 없는 걸로 아는데요."

"그래도요."

나는 자전거에 올라 페달을 밟았다. 딱 한 번 뒤를 돌아보았는데 그는 생각에 잠긴 듯 나를 쳐다보고 있었다.

27

아마게르 섬에 위치한 '트로피컬 코펜하겐'은 유리와 철로 된 여덟 개의 건물로 이루어졌다. 열대우림 야자수들이 30미터 높이까지 자라고 그 위에 폴리프로필렌으로 만든 구름다리를 걸쳐 방문객들이 멋진 경관을 내려다볼 수 있도록 했다.

내가 이 건물에 대해 할 수 있는 최고의 찬사는 옆면이 오각형인 여덟 개의 규칙적인 다면체로 만들어졌다는 것, 그래서 이 형태가 세상에 존재하는 정다면체 중 마지막 정다면체라는 유클리드의 기막히게 우아한 증명을 떠올리게 한다는 것이다.

그 밖에는 별로 달가운 구석이 없다. 입장료 300크로네를 내고 들어가면 중앙아프리카식 사우나를 하며 산책을 할 수 있는데 앵무새들이 하도 울어대서 공사판 한복판에 와 있는 것 같고 코코넛만 한 곤충들이 날아다녀서 부딪히지 않도록 끊임없이 허리를 굽혀야 하고 버릇없는 원숭이들이 가방에서 신용카드나 립스틱을 빼내가지 못하게 조심해야 한다. 게다가 현대 물리학을 등에 업은 현대적 기술이 하루에도 1,200제곱킬로미터의 열대우림을 베어내고 있다는 사실, 나도 그 현대 물리학의 일부라는 사실을 불편한 마음으로 떠올려야 한다. 우리도 그중 한 줌을 여기 공유지에 가져다놓긴 했는데 아직 이 공유지를 자연보호지역으로 지정하지 못해서 하루가 다르게 사라지고 있다는 사실이 가슴 아플 뿐이다. 그런데 레스토랑에 도착해보니 상호가 〈푸른 오카피*〉다. 아마 곧 박제로만 보게 될 그 동물 말이다.

약속 장소는 라반과 쌍둥이가 정한 것이기 때문에 나로서는 어쩔 도리가 없었다. 세 사람 모두 이곳을 무척 좋아한다.

라반은 열대 지방을 좋아한다. 한번은 앵무새 울음소리를 녹음해서 만든 곡을 한 기업의 텔레비전 광고에 팔기도 했다. 티트가 동물을 좋아하는 건 말할 필요도 없다.

그들은 가나 음식 푸푸를 앞에 놓고 나를 기다리고 있었다. 옥수수와 카사바**로 만든 죽인데 야자유로 만든 시뻘건 소스가 얹어져 나온다. 원래는 나도 즐겨 먹지만 반쯤 비누 거품에 잠긴 헨릭 코르넬리우스의 얼굴이 눈앞에 어른거려서 손도 대기 싫었다.

"키르스텐 클라우센에게 갔다 왔어요." 하랄이 침울한 표정으로 말했다. "글쎄 그 할머니가 박스베르 교회를 사들였지 뭐예요!"

세 사람은 나도 개탄하는 표정을 지어야 한다는 듯 기대감에 찬 얼굴로 나를 쳐다보았다.

"그런데?"

종교부에서는 2013년부터 사용하지 않는 교회 건물을 적정 비용

* 아프리카 열대우림에 서식하는 기린과의 동물로 세계 5대 희귀 동물 중 하나.
** 고구마처럼 생긴 뿌리 식물.

선에서 용도 변경을 해주고 있다. 교회에 계속 손님이 없으면 우리 주머니를 털어 부담해야 한다는 뜻이다. 실험물리학 연구소에서 자전거를 타고 집에 갈 때 나는 보통 비스페비에르그로 돌아서 다닌다. 그래서 그룬트비 교회마저 팔려 6층짜리 할인 매장으로 변하는 모습을 지켜봐야 했다. 그런데 이제 와서 박스베르 때문에 눈물을 흘려야 한단 말인가?

"그 교회는 웃손•이 설계한 거야." 라반이 말했다. "그리고 세상에서 가장 훌륭한 오르간이 있는 곳이라고."

흥분한 하랄은 탁자 상판을 테두리에서 빼내려는 듯 마구 잡아당겼다.

"웬 로켓 같은 걸 벽에 달아놨더라고요! 신성한 교회 벽에! 그리고 총도 있었어요!"

종교는 우리 집 사람들이 합의하지 못한 수많은 테마 중 하나다.

나는 물리학의 법칙을 믿는다. 종교적 믿음이 아니라 실험에 의해 입증된 견고한 지식 말이다. 라반은 영감을 주는 모든 걸 믿는다. 불교, 카발라••, 우주의 음악 등 다양하고 반년마다 한 번씩 바뀐다.

이렇게 우리 둘 사이에도 믿음에 관한 공통된 기반이 없었기 때문에 우리는 아이들이 되도록 이 예민한 테마와 접촉하지 않도록 했다. 그래서 세례도 받지 않았고, 그 덕분인지 자신들만의 세계관을 그때그때 알아서 정립할 줄 알았다.

• 예른 웃손. 덴마크 출신의 건축가. 시드니 오페라하우스의 설계자로 유명함.
•• 유대교의 신비주의적 교파.

티트는 타고난 이교도로 판명이 났다. 6학년 때 견진수업의 일환으로 아직 문 닫지 않은 교회에 현장 실습을 나가서 기독교의 기본 교리를 배우고 온 적이 있었다. 나는 그날 교회 앞에 차를 대놓고 끝날 때까지 기다렸다. 티트가 원래 차로 모셔 가는 걸 좋아하기도 했고 그날은 특별히 말할 사람이 필요할 것 같았기 때문이다.

티트는 차에 타더니 문을 쾅 닫았다. 인간 유전자를 조사해보면 문을 쾅 닫기 좋아하는 유전자가 들어앉은 가닥이 분명히 있을 것이다. 그리고 티트는 이 유전자를 분명 내게서 물려받았으리라.

우리는 말없이 차 안에 앉아 있었다.

"엄마, 이건 도대체 앞뒤가 안 맞아요!"

티트는 그 후 다시는 교회에 발을 들이지 않았다.

쌍둥이이면서도 하랄은 정반대였다. 그는 십자가에 못 박힌 예수상, 교회 건축물, 성경 이야기 등 기독교에 관한 모든 것에 열광했다. 하랄에게 열광이라는 말이 어울린다면 말이다.

하랄이 다섯 살 때 친척의 유아세례 행사에 참여한 적이 있는데 그날 저녁 우리 집에는 무서운 침묵이 감돌았다. 아이를 둔 엄마에게는 이 침묵처럼 두려운 것도 없다. 아이가 어릴 때는 영아 돌연사일까 봐, 어느 정도 자란 뒤에는 무슨 말썽을 부리는지 몰라 두렵다. 그날 저녁 하랄은 화장실에 있었다. 제 딴에는 세례반에 가장 가깝다고 생각되는 물건을 화장실에서 찾아낸 것 같았다. 그는 길에서 주워온 지 얼마 안 된 티트의 아기 고양이들을 한 마리씩 변기 속에 집어넣었다 꺼내고 있었다. 그리고 내가 기막힌 표정으로 쳐다보는데도 세례식에서 주워들은 문구를 중얼거렸다. "여기 이 성령에게 세례를 주노라."

그 뒤로 고양이의 이름은 '성령'이 됐다. 누구도 하랄을 말릴 수 없었다. 티트조차도 말이다.

교회를 더럽힌 사람들에 대한 하랄의 분노 뒤에는 이런 긴 역사가 있다.

"그런데 거긴 어떻게 들어갔어?"

라반과 쌍둥이는 난감한 표정으로 서로의 얼굴을 쳐다보았다.

"옆으로 샜어요." 티트가 말했다.

라반과 나는 육아 분담을 수치로 확실하게 나눴다. 내가 양육의 85퍼센트를 담당했다.

그건 문제가 되지 않았다. 항상 그렇게 해왔고 양육의 85퍼센트를 담당한다는 건 아이들과 85퍼센트의 시간을 함께 보낸다는 뜻이기 때문에 그만큼 내게 이득이기도 했다.

매번 나를 화나게 하는 건 시간의 차이가 아니라 내용의 차이였다.

라반은 주말 담당, 나는 평일 담당이었다.

나는 아침마다 도시락을 쌌고 아이들을 되도록 제시간에 등교시키려고 애썼다. 그리고 적어도 외관상으로는 교문을 통과하자마자 가문의 이름에 먹칠하는 일이 없도록 신경을 썼다. 그런데 라반은 아무 날에나 갑자기 "나 교향곡 끝냈어"라거나 "사중주 완성했어"라며 아이들을 학교에 데려다주겠다고 나섰고 그런 날이면 으레 유치원이나 학교를 빼먹고 옆으로 새곤 했다.

라반과 쌍둥이가 '옆으로 새기'를 시작한 건 몇 년 전부터다. 차 안에서 서로 얼굴을 마주 보고 킥킥거리다가 동시에 "옆으로!"라고 외치는 것이다. 그러면 라반은 무모하게 차를 돌렸고 그다음부터는 가지 못할 곳이 없었다.

즉 이 말에는 두 가지 의미가 있다. 놀이공원이나 레스토랑, 장난감을 사러 가서 있지도 않은 돈을 펑펑 쓰는 것이 하나이고, 출입이 금지된 곳에 어떻게든 수를 써서 들어가는 것, 즉 '옆으로 새기'의 본래 목적을 이루는 것이 다른 하나이다.

"처음엔 아무 계획도 없었어." 라반이 말했다. "그런데 시커먼 개 두 마리에…… 송아지만 한 게 정말 무시무시하더라니까. 그리고 밖에 풀장을 만들어서 성물실로 물길을 연결해놓은 걸 보니까 그 여자의 의식 세계를 알겠더라고."

"왕비병이에요." 티트가 말했다.

티트는 왕비병 환자를 확실하게 구분할 줄 안다.

"내가 자기소개를 했지." 라반이 말을 이었다. "그전에 이미 날 알아봤더라고. 난 아이들에게 박스베르 교회를 꼭 한번 보여주고 싶었다고 얘기했어. 창문으로 들어오는 신비한 빛에 신이 모습을 드러낼 것만 같은 모습도 보여주고 오르간 소리도 들려주는 게 내 소원이라고 말이야."

"글쎄 예배당을 거실과 작업실로 만들었더라고요." 하랄이 말했다. "그걸로 막 자랑하고요. 원자폭탄도 벽에 걸어놨어요!"

"외피의 일부였어." 라반이 말했다. "미국 원자력 에이전시를 위해 만든 거라더군. 정비 쪽에서 일했다나 봐. 베트남전쟁 때 미 국방부 학술고문위원이었다고도 하던데? 개념 없는 할머니인 것 같

아. 어쨌든 나중에는 나긋나긋해져서 들어오라고 하더라고. 와, 리모델링하는 데 돈 수억 들었겠던데? 서로 엇갈리는 층들을 하나로 합치고 밖에서 물길을 끌어와 수조를 만들었어. 알람브라 궁전처럼 말이야. 분위기도 아주 좋았어."

"미래위원회 얘기가 나오기 전까지는요." 티트가 말했다. "그 말을 꺼내자마자 분위기 싸해지던데요."

"우릴 내쫓으려고 했어요."

하랄이 애먼 칼을 구부리며 말했다.

"내가 애 좀 썼지." 라반이 말했다. "아이들에게 오르간 연주를 해주고 싶은 아버지의 마음을 모르겠느냐, 그 약속을 지키지 못하면 아이들에게 트라우마가 남을 거라면서 설득했어. 그랬더니 마지못해 승낙하더라고. 그래서 565를 연주했지."

라반은 요한 세바스티안 바흐에 대해 말할 때면 항상 어릴 때부터 함께 자란 불알친구이고 유치원 이후로 떼려야 뗄 수 없는 막역한 친구라는 듯이 얘기한다. 그리고 바흐의 곡에 대해서도 대다수는 자기가 직접 작곡했다는 듯이, '565'라고 하면 누구나 바흐 작품집 565번 〈토카타와 푸가 라단조〉라고 알아듣는다는 듯이 말했다.

"내가 연주하면서 말을 걸어봤어."

라반은 실제로 최면을 거는 듯 음악을 연주하면서 동시에 '보이스오버'로 얘기하는 능력을 가지고 있다. 그러면 상대는 마치 세이렌의 노래에 홀리듯 모든 자기보호태세와 면역체계와 상식과 의심을 내려놓고 검은 음모의 희생양이 되고 만다.

"내가 생각을 해봤어. 세계적으로 유명한 칠순 할머니, 방 안에 우뚝 솟은 로켓처럼 엄청난 자존감의 소유자. 그런 사람이 바라는 게 과연 뭘까? 그건 바로 후세에 길이 남을 명성이지. 그래서 내가 코펜하겐 대학을 위해 오페라를 쓰고 있는데 지난 반세기 동안 있었던 위대한 과학적 발견에 관한 거다, 거기에 미래위원회의 활동도 집어넣을 생각이라고 얘기했어. 그랬더니 딱 낚이는 것 같더라고. 그런데 뭔가 말을 하는가 싶더니 금세 입을 다물어버렸어. 지금은 말할 수 없지만 정보는 후세를 위해 잘 보관돼 있다나? 그래서 내가 작곡가로서 정보라는 게 얼마나 허망한 건지 잘 안다, 특히 디지털화된 정보는 소용없다, CD는 증발해버리고 컴퓨터에 저장한 것도 몇 년 가지 못한다고 했더니 의미심장한 표정을 지으면서 그 정보는 디지털이 아니라 종이에 저장돼 있다고 하더라고. 내가 그랬지. 종이는 습기 차고 곰팡이 피고 화재 위험도 있고 잉크가 말라버릴 수도 있다. 그랬더니 자기네 건 안 그렇대. 특수종이에 먹으로 썼다는 거야. 그리고 온습도 조절이 되는 금고에 넣어놨다는 거야. 그래서 내가 그랬지. 금속 다루는 분이니까 잘 아시지 않느냐, 아무리 철이라도 고온에서는 탄다. 그랬더니 철이 아니라 지하 11미터에 있는 콘크리트 동굴이고 아무도 들어갈 수 없는 곳이래. 하지만 언젠가 90년쯤 뒤에 그 정보가 공개되면 아주 두꺼운 책으로 만들어질 것이고 사람들은 깜짝 놀라게 될 거라고 하더라고. 거기까지 듣고 나왔어."

라반은 비밀을 못 지키는 병이 있다. 크리스마스 선물이나 생일 선물도 당일까지 못 기다리고 3주 전에 주고 만다.

"할 말 있는 거 같은데 얼른 해."

"내가 덴마크 무형문화재 작곡가잖아. 그래서 왕립 도서관이 내 초고를 다 가지기로 협약을 맺었거든. 그리고 국가 기록원은 내 편지를 가지고."

잠시 나는 어안이 벙벙했다. 우리가 주고받은 편지들이, 당연히 태워져야 할 편지들이 국가 기록원으로 옮겨져 대중의 평가를 기다려야 하다니!

"당연히 당신 편지는 빼고. 여자들 편지는 무조건 뺄 거야."

"다행이네. 국가 기록원에도 잘된 일이지. 당신이 여자들한테 받은 편지까지 다 보관하려면 어마어마한 공간이 필요할 텐데."

라반은 내 반응에 굴하지 않았다. 하고 싶은 말은 따로 있었던 모양이다.

"이건 운명의 뜻이야. 내 말은 그 일로 해서 덴마크의 기록 보관 기간이 몇 년까지인지 알게 됐다는 거야. 덴마크의 기록물 보관 기간은 최고 90년이야. 보관 장소는 의회 지하 어딘가에 있는 국가 기록원 부속실이고."

나는 주변을 둘러보았다. 사람들 앞에 놓인 접시에는 국민 대다수가 하루에 1,000칼로리 이하의 영양을 섭취하는 나라의 양념 냄새가 풍겼고, 벽에는 〈푸른 오카피〉 레스토랑이 맛집 탐방 동호회들에게 받은 명예 증서와 확대 복사한 신문 기사가 붙어 있었다. 소시지 표시 다섯 개, 관장약 표시 여섯 개 등 신문들이 레스토랑을 평가하는 데 사용하는 표시도 다양했다. 알고 보면 이 나라도 참 재미있는 나라다.

"헨릭 코르넬리우스 찾았어." 내가 말했다. "누군가 세탁기 속에 집어넣고 삶는 코스로 돌렸더라고."

티트와 하랄은 이제 겨우 열일곱 살이다. 나는 아이들에게 나보다 나은 삶을 살게 해주고 싶었고 그들을 세상으로부터 보호할 수 있다고 믿었다.

꿈이나 소망은 환상이다. 억세게 운이 좋으면 아이들이 직접적인 학대나 공격을 받지 않고 자라는 것을 볼 수 있겠지만 원초적인 문제로부터 보호할 수는 없다. 원초적인 문제는 바로 삶 자체이니까.

어쩌면 우리 부부는 아이들을 너무 현실에서 떨어뜨려서 키웠는지도 모른다. 사실 우리는, 아니 적어도 나는 아이들 옆에 붙어 있어주지 못했다. 유치원을 꼼꼼히 따져 고르고 가장 좋은 대안 학교에 보내고 시급제 아르바이트라는 섬뜩한 현실과 조금이라도 늦게 조우하도록 용돈을 두둑이 줬다.

그런데 지금 이 순간 〈푸른 오카피〉 레스토랑에 앉아서 그런 생각이 드는 것이다. 혹시 아이들을 위하려다 잘못된 선택을 한 건 아닐까? 언젠가는 아이들도 삶이라는 현실과 맞닥뜨리게 될 텐데……. 현실의 추한 단면에 직면하고 보니 혹시 아이들이 면역력을 기르는 데 방해가 된 것은 아니었을까 하는 생각을 하지 않을 수 없었다.

라반은 말문이 막힌 듯했다. 입 주위부터 시작해 얼굴이 창백해지고 있었다.

반면 티트는 할 말이 있었다.

"성인 남자를 어떻게 세탁기에 집어넣어요?"

나는 그녀의 눈을 똑바로 쳐다보았다.

"제곱센티미터당 압력을 높이면 돼."

티트는 조용히 포크와 나이프를 내려놓았다. 나는 그들이 웬만큼 접시를 비울 때까지 기다렸다가 말하길 잘했다고 생각했다.

28

오후가 되니 동절기의 어둠이 깔리기 시작했다. 쌍둥이는 미처 사지 못한 크리스마스 선물도 사고 오리고기도 사온다며 예게르스보르 가에 갔다. 나는 라반과 둥근 식탁에 마주 앉았다.

"이 기록 보관소에 꼭 가봐야 해. 오늘 밤에." 라반이 말했다.

한때 덴마크는 열린 나라였다. 아마게르 광장 쪽에 사는 한 치과의사가 스타우닝 총리에게 존경한다는 말을 직접 전하고 싶어서 퇴근길에 총리 관저에 들렀다가 커피를 대접받고 총리의 충치를 뽑아주고 왔다는, 총리의 집무실에서 즉석에서 치료를 해주고 돈도 받지 않았다는 얘기가 전해오지 않는가.

그건 정말 옛날이야기가 됐다. 지금은 의회 뜰에 차량은 출입할 수 없다.

"어떻게 들어가?"

"옆으로 새는 거지. 당신이랑 나랑 둘이서."

지난 12년간 라반은 쌍둥이와 함께 옆으로 새기를 끊임없이 반복했다. 아말리엔보르 궁에 들어가 왕가의 보물을 직접 봤고 코펜하겐의 수로에도 들어가보고 요새에 있는 군사 시설에도 몰래 숨어 들어갔다. 코펜하겐 대학 파눔 임상학부 전시실에 들어가 포르말린에 채워진 종양과 성병 표본을 둘러보기도 했고 리쇠 섬에 있는 국립 신재생에너지 연구소, 경찰국 범죄 수사 박물관 그리고 내가 알기로 그들의 마지막 일탈지인 국립 은행 지하에도 들어가봤다.

그들은 그곳에서 붙잡혔다. 셋이 힘을 합쳐 담당자를 설득해봤지만 통하지 않았다. 결국 경찰에 넘겨졌고 내게 연락이 왔다. 덴마크의 금 보유고를 두 눈으로 확인했다는 건 대단한 일이지만 무엇으로 그 이유를 설명한단 말인가? 운은 거기서 다한 듯했다. 나는 10년도 넘은 일이지만 경찰 신문 수사에 협조했던 인연을 이용해 겨우 그들을 빼낼 수 있었다.

그날 저녁 나는 세 사람을 한 명씩 불러 신문했고 결국 하랄의 입을 통해 처음으로 '옆으로 새기'의 존재를 알았다.

"장난을 쳐도 정도껏 쳐야지." 내가 야단쳤다. "적어도 이런 건 안 된다 하는 규칙 같은 것도 없는 거니?"

"규칙은 딱 하나예요. 아빠랑 함께한 일은 엄마에게 비밀로 하는 거."

그날 밤 라반과 나는 이혼을 들먹거리며 크게 싸웠다. 이혼까지 가지 않은 건 그가 다시는 그러지 않겠다고 굳게 맹세했기 때문이었다. 그런데 그가 이제 나에게 옆으로 새자고 하고 있었다.

"텔레비전에서 봤는데 거기 보안 검사대가 있어. 의회 입구에 건장한 공무원들이 서 있고 공항에서처럼 금속 탐지기로 검사하더라고."

우리는 서로의 얼굴을 쳐다봤다. 그리고 자리에서 일어섰다.

우리는 지하 차고로 갔다. 나는 석연치 않은 기분으로 공구를 챙겼다.

그리고 도르테아와 잉에만의 집으로 통하는 울타리 구멍 앞에 섰다.

"도르테아 아주머니가 '코펜하겐의 밤' 행사 때 조직 위원이었어."

라반은 이해가 안 된다는 표정으로 나를 쳐다봤다. '코펜하겐의 밤' 같은 행사에는 관심을 두지 않는 게 미덕인 집안 분위기에서 자랐기 때문이리라.

'코펜하겐의 밤'은 서민적인 축제다. 가판대에서 쿠폰북을 파는데 그 수익금으로 가난한 아이들, 병에 걸린 아이들에게 신발을 사주거나 여행을 보내주는 등의 후원을 한다. 그 쿠폰을 산 사람은 행사 날 평소에는 멀리서도 구경하지 못하던 장소, 예를 들면 스바네묄렌 화력 발전소, 병기창 박물관 서고, 리쇠 섬 실험 단지, 홀멘•, 해상 요새, 벤네바이스 서커스의 동절기 숙소에 입장할 수 있다.

물론 코펜하겐의 지하 세계, 하수도, 요새 지하 통로, 증권거래소 지하층도 개방된다.

우리는 울타리에 난 구멍으로 들어갔다.

초인종을 누르자 도르테아가 나와 문을 열어주었다.

• 운하로 둘러싸인 인공 섬. 군함을 건조하던 조선소가 있었던 지역.

"저희 집에 문제가 생겼어요."

내 말을 들은 그녀는 아무것도 묻지 않고 우리가 들어갈 수 있게 길을 비켜준 다음 문을 닫았다.

도르테아와 잉에만은 별다른 교육을 받지 못했다. 평생을 어부로 살았던 잉에만은 어느 날 천사를 본 후 어부 일을 그만두었다. 어느 안개 낀 날 밤 구리도금이 된 9미터짜리 목선을 타고 북대서양 그린란드를 지나고 있었는데 불현듯 천사가 나타났다. 천사는 뱃머리에 앉아 손가락으로 앞을 가리켰고 전속력으로 달리던 잉에만은 바로 속도를 줄였다. 그리고 다음 순간 눈앞에 치솟은 70미터짜리 빙산을 발견했다. 5초만 늦었어도 빙산에 부딪쳐 뱃머리가 산산조각 났을 테고 배는 바다 밑으로 가라앉았을 것이다. 묀•의 하얀 절벽을 연상시키는 거대한 빙산이었다고 한다.

잉에만은 우리에게 이 이야기를 딱 한 번 들려주었다. 정말 사실인 듯했고 쌍둥이도 함께 있는 자리였다. 아마 아이들도 들어둬야 한다는 생각이었으리라. 그 뒤로 다시는 그 이야기를 꺼내지 않았다.

그 후 그는 어부 일을 그만두고 사회복지사가 됐다. 도르테아는 도합 7년의 학교 교육을 받고 코펜하겐 시청에 들어가 사무 보는 일을 했다. 그리고 성실하게 승진 가도를 밟았다. 그 당시에는 그런 일이 가능했다. 관청에서 사람을 뽑을 때 이력서만 보는 게 아니라 이 사람이 어떤 사람인지, 뭘 잘하는지를 살폈다.

그들 부부가 놀라운 건 그들 자체로서 이미 천사 같은 데가 있다

• 덴마크 동남부의 섬.

는 것이다. 라반과 내가 철천지원수처럼 주기적으로 전쟁을 치러온 반면 그들은 서로 듣기 싫은 소리 한마디한 적이 없었다. 그들은 티트와 하랄을 친자식처럼 아꼈고 그들의 앞마당은 천국의 정원을 살짝 흩뜨려 놓은 듯 아름다웠다. 한가운데 목선을 놓고 주변에 온갖 꽃을 심어 사방에 꽃물결이 일렁였다. 지금은 잉에만이 통풍을 앓아 '선장실'이라고 부르는 지붕 밑 자기 방에 틀어박혀 있지만 그전에는 일명 사랑의 오솔길을 만들고 가꿨다. 사랑하는 사람과 어깨동무를 하고 장미꽃 아래를 거닐면 신세계에 온 듯한 기분이 들어 정말 그 이름에 걸맞았다.

사실 나는 도르테아를 도저히 이해할 수가 없다. 잉에만도 마찬가지다. 너무 착한 사람들이라 이렇게 착한 사람들이 실제로 존재해도 되는지 의구심이 들 정도다.

"인도에서 법적으로 문제가 좀 있었어요." 내가 말했다. "네 사람 모두 각자의 방식으로 사고를 쳤죠. 그런데 덴마크 정부가 거절하지 못할 제안을 해왔어요. 작은 정보 하나만 찾아주면 소송도 중지시켜주고 기본권도 모두 되돌려주겠다고요. 그래서 그러겠다고 했죠. 정보도 입수했고요. 그런데 문제가 생긴 거예요. 살인이 일어나고 누군가 하랄과 저를 죽이려고 했어요. 그래서 잠적하기로 한 거예요."

도르테아는 우리 집 쪽을 힐끗 쳐다봤다.

"자기 집으로?"

들켰다.

"그쪽에선 우리가 증인 보호 프로그램으로 이탈리아에 가 있는

줄 알아요. 다른 쪽에선 우리가 죽었다고 생각하고요. 안 그러면 큰 일이죠. 어쨌든 지금 우린 공중에 붕 뜬 상태예요. 제 생각엔 이틀 정도 시간이 있어요. 그동안 일의 진상을 알아낼 생각이에요. 정보를 주기 전에 이 상황과 눈높이를 맞추려는 거죠. 우리가 필요한 건 작은 문건이에요. 보고서인데 의회 지하 어딘가에 보안이 잘된 서고에 보관돼 있다고 하더라고요."

그녀는 고개를 갸웃하며 천천히 눈을 껌벅거렸다.

"국가 기록원 부속실이겠네. 의회 자료실 말고는 거기밖에 없어. 의회 지하실 아래 아주 깊은 곳에 있어. 지하의 지하라고 할 수 있지. 교육청 밑에. 화폐 인쇄소와 우체국 밑에. 거긴 터널이야. 맘만 먹으면 그 터널로 해서 성 전체를 돌아다닐 수도 있어."

"혹시 거기 들어갈 방법이 있을까요?"

그녀는 다시 고개를 갸웃했다. 우리가 서 있는 복도에서 시작된 나선형의 작은 계단은 2층으로 이어지고 거기서 다시 잉에만의 '선장실'로 이어졌다. 계단 옆 벽에는 세 칸마다 하나씩 작은 액자가 걸렸는데 액자 속의 그림은 여자아이가 그려진 채색 판화로, 잉에만의 방까지 올라가면 덴마크 전국의 각종 민속의상을 볼 수 있었다. 계단에는 붉은 카펫이 깔렸고 황동 난간으로 고정돼 있었다. 황동은 잘 닦아 놓아서 깨끗했고 반질반질 윤이 났다. 현관문 손잡이도 반짝거렸다. 창문도 얼룩 하나 없이 깨끗했다. 도르테아의 집은 모든 것이 정갈했다. 정말이지 정갈함 그 자체였다.

"오슬로 정부 청사 폭탄 테러 이후로는 다 출입 금지야. 노르웨이 의회 바로 옆이었잖아. 그리고 2015년 시위도 있었고. 모든 출입문에 경보장치가 돼 있고 코펜하겐 경찰, 의회 경비실, 보안업체와 연결돼 있어."

그녀는 다시 한 번 눈을 껌벅였다.

"그래도 방법이 없는 건 아니지."

29

시간과 인간관계의 함수는 직선에 가까운 곡선의 모양을 띤다. 이 말은 인간관계라는 것이 어제와 오늘이 크게 다르지 않다는 뜻이다. 하향 곡선을 그리는 날도 있지만 보통은 그날이 그날이다. 어느 한 점에서 미분을 해서 접선의 기울기가 양수 값을 가지는 순간, 즉 인간과 인간 사이가 가까워짐을 발견하는 순간은 매우 드물다.

그리고 그 함수가 갑작스럽게 끊기는 일도 드물다.

그런데 우리는 지금 도르테아 스코우센과 함께 그런 순간에 접근하고 있었다.

그녀는 라반 옆 조수석에 앉아 크리스티안스보르 성의 지도를 무릎 위에 펼쳤다.

1960년대 복사기 출시 초창기 제품으로 복사한 듯한 복사본이었다. 흐릿한 선, 누렇게 색 바랜 종이, A4 규격만 가능한 기계여서 A4 용지 대여섯 장을 붙여서 만든 것 같았고 접착제가 떨어진 부분에는 스카치테이프가 붙어 있었다. 각 종이마다 '기밀'이라는 도장이 찍혔는데 원본에서는 빨간색이었을 인주 색깔이 복사본에서는 바랜 진회색이었다.

도르테아는 항상 공동체적이고 책임감 있는 인상을 풍겼다. 정갈한 성격 때문만은 아니다. 잉에만과 함께 집 앞 보도블록에 쌓인 눈을 치우고 모래를 뿌리는 걸 보면 그렇게 꼼꼼할 수가 없다. 그리고 눈 치우는 걸 잊어버린 우리 집 앞까지 깨끗하게 쓸어준다. 그 밖에 차 관리도 무척 성실하게 한다. 1960년대에 나온 볼보를 타는데, 사실 너무 구식이지만 다정하게 말을 걸어주고 차고에 난방을 해주고 40년째 무사고 운전을 해온 온화한 성품의 주인들 덕에 지금까지 건재하다.

도르테아의 이런 면은 잘 이해할 수 있다. 공동체적인 걸로 치면 나도 빠지지 않으니까. 학문의 95퍼센트가 그렇다. 지역 공동체로부터 지원금을 받는다는 점에서 말이다.

지금 도르테아에게서는 약간 다른 모습이 보였다. 겉으로는 차분해 보이지만 복사본에 찍힌 '기밀'이라는 글자의 그림자가 무엇을 뜻하는지 그녀도 알고 우리도 알았다. 그녀는 언젠가 서명으로 맹세했을 비밀 유지 서약을 깨려는 참이었다.

"크리스티안스보르 성 지하 통로는 코펜하겐의 밤 행사 때 여덟 번이나 연달아 가보았어. 처음 몇 년간은 내가 가이드 총책임자였어. 누가 할 사람도 없었고. 터널 안에는 붕괴 위험이 있어서 출입이 통제된 곳도 있었거든. 그 밑에서 돌아다니는 사람은 건물 관리인밖에 없는데 건물 관리인에게 투어 가이드를 해달라고 할 수도 없고. 결국 우리가 직접 해야 했지. 투어는 토르발센 박물관 지하에서 시작해서 성 교회 밑 지하 무덤을 지나갔어. 가다 보면 길이 갈라지는데 한쪽으로 가면 궁전 마구간 밑으로 지나가게 되고 다른 쪽으로 가면 코펜하겐 요새 지하 통로와 압살론 주교의 궁전터에서 나온 유물 전시실이 나와. 그다음은 의회 쪽으로 죽 연결되다가 왕립 도서관까지 이어져. 손으로 판 좁은 터널에 가스관과 전선이 가득 차 있는 곳이야. 70년대에 중고등학생 몇 명이 경비실에 숨어들어서 유니폼을 훔쳐간 일이 있었는데 그 뒤로 그 길은 통제됐어. 지도에 표시하고 막아버렸지. 공사하는 김에 그 터널의 일부를 기록 보관실에 포함시켰어. 구 상원인 란스팅 회의실 밑에 삐죽하게 튀어나온 곳인데 그 유명한 아르나마그나이우스 자필 원고 컬렉션이 거기 보관돼 있었어. 나중에 아이슬란드에 반환했지만 논쟁이 심했지. 혹시 누가 훼손할까 봐 두려웠나 봐. 특히 니얄의 사가• 때문에. 역사가 삭소의 가장 오래된 원고도 거기 있었고. 유틀란트 법전도 그렇고. 가치 있는 고판본들은 죄다 모아놨었어. 그리고 정부에서 정한 무기한 보관 문서들, 무기한이라고 해도 90년을 뜻하는 거지만 연장도 가능해. 예를 들면 국가 보안에 관한 문서들이지."

라반은 뇌레볼 가와 안데르센 대로를 타고 가다가 스토름 가에서 꺾었다. 국립 박물관 앞에서 도르테아가 프린스 예르겐 고르로 가라고 손짓했다. 우리는 그곳에서 멈췄다. 토르발센 박물관은 12월의 어스름 속에 시커먼 절벽처럼 우뚝 서 있었다.

도르테아는 차에서 내려 사라졌다. 그리고 잠시 후 다시 나타나 길 건너 작은 문 쪽으로 오라고 손짓했다. 우리는 그녀가 열어준 문

• 13세기에 작성된 아이슬란드 사가.

을 통해 박물관 지하에 있는 작은 주차장으로 들어갔다. 우리가 들어가자 센서가 작동하며 불이 켜졌다. 도르테아는 도로 문을 닫았다.

나는 쇠지레와 이마에 두르는 광부용 전등을 챙겨 차에서 내렸다. 차가 스무 대쯤 들어갈 수 있는 주차장인데 상자와 석고상들이 공간 대부분을 차지하고 있었다. 도르테아는 문 앞에서 내가 외울 수 있도록 천천히 번호키를 눌렀다.

"나 아직 박물관 후원 모임 간부거든." 그녀가 말했다.

문이 열렸다. 나는 이제까지 박물관을 피하며 살아왔다. 심지어 헬싱외르 기술 박물관마저도 외면했다. 내 과거사를 돌아보는 것만으로도 벅찬데 사회의 과거를 들여다볼 여유가 없었기 때문이다.

다른 문이 나타나자 도르테아는 내게 번호키를 누르라고 했다. 문을 열고 들어가니 더 깊은 지하가 나타났다. 처음에는 외장을 하지 않은 콘크리트 벽이었다가 더 들어가니 중세 느낌의 벽돌로 바뀌었다. 나는 이마에 두르는 전등을 머리에 썼다. 도르테아는 작은 철제 손전등을 가져왔는데 그 분야의 전기 역학 기술이 아직 초창기일 때 기교 부리지 않고 정성 들여 만든 참신한 물건이었다. 전기는 휴대용 발전기로 공급하는데 꽁무니에 달린 스프링 단추를 반복적으로 눌러서 사용하는 방식이었다. 그때 나는 소리는 규칙적으로 반복되는 다정하고 나지막한 사랑의 신음 소리 같았다. 우리는 또 다른 문 앞에 이르렀다.

"난 집을 너무 오래 비워서 이제 잉에만에게 가봐야 해."

나는 문을 열었다. 그녀가 어두운 터널 속을 가리켰다.

"저쪽으로 75미터 가면 전시실이 나와. 그 반대편으로 통로가 연결돼 있어. 거기서 150미터 가서 왼쪽으로 계단 세 개를 올라가면 문이 나올 거야. 똑같은 번호키를 누르면 돼. 거기서 잡히면 최소 징역 3년이야. 만약의 경우 티트와 하랄은 내가 봐줄게."

나는 그녀에게 무슨 말이든 하고 싶었다. 고맙다는 말도 하고 싶었고, 걸리면 최소 3년 징역형인 무단 침입을 도와주고 나서야 이웃을 제대로 알게 되네요, 뭐 그런 말도 하고 싶었다. 그런데 왠지 아무 말도 할 수가 없었다. 그녀는 눈을 찡긋했다.

"수잔, 자기 문제가 뭔지 알아? 남들이 자기를 좋아하지 않을 거라고 철석같이 믿는다는 거야."

그녀는 그 말만 남기고 돌아섰다.

라반이 뭐라고 말을 하려 했지만 나는 얼른 고개를 저었다. 그 얘기를 더 자세히 해야 할 필요는 없었다.

우리는 문을 지나 전시실로 갔다. 마지막으로 여기 온 건 어릴 때 코펜하겐의 밤 행사 때였다. 어쩌면 그때 도르테아가 우리를 안내했는지도 모를 일이다. 잘 기억나지는 않는다. 내가 기억하는 것은 코펜하겐의 보이지 않는 부분을 감싸고 있던 음습한 어둠의 존재다. 오늘날의 삶도 그렇게 밝고 유쾌하지는 않지만 옛날에는 더 심했을 것 같다. 벽돌로 쌓아올린 벽에서 편안함, 낭만, 발랄함 같은 것은 느껴지지 않았다. 내 머릿속에 떠오르는 건 지하 감옥, 폭력, 그 기준으로 치면 나는 이미 5년 전에 죽었어야 할 짧은 평균 수명, 그리고 소금에 절인 청어와 밀가루 죽에서 하이라이트를 맞았을 밥상이다.

전시실 화장실 옆에 똑같은 번호키로 열리는 문이 있었다. 그 문을 지나니 계단이 나왔고 그 계단 끝에서 일명 엔지니어의 통로라 불리는 설비 구역이 시작됐다. 환기구, 가스배관, 위가 뚫린 스테인리스스틸 함에 담긴 전기배선 때문에 거기서부터는 벽에 바짝 붙어서 걸어야 했다.

나는 걸음을 세며 걸었다. 125미터쯤에서 계단과 문이 나타났다.

정확히 말하면 그것은 문이 아니었다. 손잡이도 자물쇠도 없는 강철판이었다. 그냥 강철판으로 구멍을 막았다고 하는 편이 옳았다.

앞뒤로 50미터씩 왔다 갔다 해봤지만 근처에 다른 문이라고는 없었다.

라반이 강철판을 두드렸다. 기차선로에서 나는 것 같은 묵중한 소리가 났다.

"아마 저 안에 보안 센서가 있을 거야." 내가 말했다. "당연히 감시도 할 거고. 경보가 울리기만 하면 순식간에 들이닥친단 얘기지."

"엿 같은 상황이군." 라반이 말했다.

"아마 테러 조항을 적용할 테고 우린 3년이 아니라 10년을 받을 거야. 그럼 쌍둥이가 스물일곱 살 때 나온다는 얘기야."

"포기하자."

"그래, 자수하는 거야." 내가 말했다.

나는 쇠지레의 끌 부분을 강철판과 벽 틈새에 집어넣었다. 라반이 힘을 보탰다. 둘이서 함께 힘껏 끌어당겼더니 강철판이 홈에서 쑥 빠지면서 엄청난 굉음과 함께 안으로 쓰러졌다. 예상했던 대로 빨간 불이 깜박거리며 경보장치가 시끄럽게 울리기 시작했다. 경보장치는 문 바로 옆에 매달려 있었다. 사이렌이나 경보장치는 보통

강화철로 만든 틀에 넣는다. 나는 쇠지레를 도끼처럼 들고 경보장치를 있는 힘껏 내리쳤다.

경보장치가 부서지면서 순간적으로 사방이 조용해졌다.

우리는 사이렌을 울리며 경비 회사 직원들이 들이닥치기를 기다렸다. 어둠 속에 숨겨진 위험에 대비했다. 그러나 한참이 지나도 아무 일도 일어나지 않았다. 문 안쪽은 마치 무덤 속처럼 어두웠고 깊은 침묵에 잠겨 있었다.

우리는 어둠 속으로 들어갔다. 통로나 터널을 넓힌 듯한 좁고 길쭉한 공간이 나왔다. 가로 4미터, 세로 17미터 정도였고 천장의 반은 2미터 정도 확장해 반질반질한 벽돌로 둥글게 쌓아올렸다.

70제곱미터의 그리 넓지 않은 공간에 꾹꾹 눌러놓은 종이 뭉치가 그득했다. 긴 벽을 따라 천장에서 바닥까지 책장이 늘어서 있었는데 그 안에 책이 가득했다. 책장 선반과 선반 사이의 간격은 잘해야 50센티미터 정도였고 그 안에 빈틈이 없을 정도로 서류가 꽉 차 있었다. 답답한 공기 때문에 목이 아팠다. 아마 수많은 종이와 어딘가에 있을 에어컨이 습기를 모조리 흡수했기 때문이리라.

우리는 아무 말이 없었지만 서로 무슨 생각을 하는지 잘 알았다. 이 많은 문서들 중에 우리가 찾으려는 것을 어떻게 찾아낼 것인지에 대해서는 전혀 생각하지 않고 무작정 온 것이다. 우리는 하릴없이 책장 앞을 거닐었다. 서류철, 서류함, 책들이 내가 모르는 십진법에 따라 분류돼 있었다. 아마도 국가 기록원 고유의 분류법이리라. 내 뒤로 죽 늘어선 책장은 파란색의 길쑥한 플라스틱 서류함으로 가득 차 있었다. 서류함에는 잠금장치가 달려 있었다. 기록물 낱권을 모아놓은 서류함 같았다. 이것들 역시 여섯 자리의 숫자로 분류돼 있었다.

절망감이 솟구쳤다. 쇠지레를 이용해 차례로 열어보는 수밖에 없었다. 나는 그 수를 대충 헤아려보았다. 일단 책장 세 개는 확실히 서류함으로 가득 차 있었다. 그러면 17 곱하기 10미터에, 1미터당 서류함이 일곱 개니까 적어도 3,000개다. 3,000개를 다 열어본다는 건 불가능했다.

우리는 벽을 따라 계속 걸었다. 작은 입식 책상 위에 컴퓨터 한 대가 놓여 있었다. 컴퓨터를 켜니 바로 시작 화면이 나타났고 비밀번호를 치라는 말이 나왔다.

나는 휴대전화를 꺼내 티트에게 전화를 걸었다. 라반은 시종일관 말이 없었다. 과연 이동통신 신호가 11미터나 되는 두꺼운 콘크리트를 뚫을 수 있을 것인가?

티트는 바로 전화를 받았다.

"티트! 비밀번호! 의회 안보 시스템 번호 알지?"

"그걸로 뭐하려고요? 그거 숫자만으로 된 거예요. 내가 알아요. 지금 어디예요?"

그녀는 내게 숫자를 불러주었다.

"엄마, 오리 일곱 마리 샀어요. 다 친환경이에요! 사과랑 말린 자두 말고 속에 또 뭐 넣는 거예요?"

"티엔티." 내가 대답했다. "사과랑 말린 자두, 그리고 티엔티가 필요해."

"그거 냉동식품이에요?"

"응. 그리고 뇌관도 구해봐."

"그거 어떻게 써요? 무슨 관이라고요? 그런데 지금 어디예요?"

나는 전화를 끊었다.

첫 번째 비밀번호를 입력하자 '메리 크리스마스. 국가 기록원 부속실에 오신 걸 환영합니다'라는 문구가 나왔다. 두 번째, 세 번째 비밀번호를 치고 '미래위원회'를 검색하니 화면에 번호 하나가 떴다. 그리고 그 문서가 보관된 서류함 위치가 나왔다. 입구에서 가장 멀리 떨어진 책장의 맨 아래 칸이었다.

우리는 표시된 위치로 가서 바로 서류함을 찾아냈다. 그리고 서류함을 바닥에 쿵 내려놓았다. 불행이 이보다 더 무거울까!

잠금장치는 번호로 여는 것이었다. 나는 쇠지레의 끌 부분을 서류함 틈새에 밀어 넣고 힘을 주었다. 서류함이 열렸다.

바로 그 순간 불이 켜졌다.

다른 쪽 문이 천천히 열리고 있었다. 나는 얼른 헤드램프를 껐다.

이제 라반이 행동할 차례였다. 라반은 서류함을 끌어낸 자리를 가리켰다. 2미터 정도 빈 공간이 있었다. 나는 재빨리 그 속에 들어가 누웠다.

평소 라반은 내게 명령하는 일이 없었고 나도 평소 같았으면 명령을 듣지 않았을 것이다.

그러나 라반은 지휘자이기도 하다. 지휘자로서 그의 명령에는 거역하지 못할 권위가 깃들어 있었다. 약간 어설프고 산만한 성격, 그의 팬들이 감수성이라고 부르는 푼수기에 가려 평소에는 잘 보기 힘든 모습이다. 내가 보기에 그 푼수기는 세상을 바보 취급하는 재능 같았다. 어리숙한 척하면서 사람들이 그에게서 빠져나가지 못하게 만들어버리는 것이다.

문은 그새 활짝 열렸고 그는 문을 향해 걸어갔다.

한 여자가 들어섰다. 우아한 정장 차림과 자신감 있는 표정으로 보아 의회 도서관의 관장임에 틀림없었다. 그 뒤를 따르는 남자는 한 번도 만난 적이 없지만 분명 내가 아는 사람이었다. 이 역설은 다음 순간 바로 해소됐다. 그는 다름 아닌 팔크 한센 외무부 장관이었다. 언론과 텔레비전에서 본 사람을 실제로 보게 되면 항상 이런 당혹감을 느끼게 된다.

두 사람은 옆으로 비켜서더니 열 명 내지 열두 명 정도 되는 사람들을 안으로 들여보냈다. 맨 앞에 들어온 세 사람은 중국인이었다.

팔크 한센을 보고 느꼈던 당혹감이 계속 이어졌다. 유럽과 아시아 각국의 정부 인사들이 줄지어 들어왔다.

그들이 풍기는 권력의 냄새는 책장 맨 아래에서도 확실히 느낄 수 있었다. 몸에 걸친 옷도 한몫했다. 그들이 입은 정장과 투피스는 안나 윈투어•가 《아메리칸 보그》지의 커버를 장식하기 위해 고른 것 같았다. 실제로 그랬을 수도 있고 말이다.

그 밖에 그들을 감싸고 있는 건 어떤 공동체적 느낌이었다. 그들이 정상회담에 참석하기 위해 모였다는 것은 의심할 여지가 없었다. 그런데 누가 그런 회담을 크리스마스 직전에 개최한단 말인가?

안으로 들어오던 사람들은 라반을 보고 모두 멈춰 섰다. 라반은

• 미국의 패션 저널리스트이자 《보그》 미국판의 편집장.

도서관장과 똑바로 마주 보고 섰다.

이런 돌발 상황에서도 당황하기는커녕 눈 하나 깜짝하지 않는 걸 보니 역시 덴마크 의회의 도서관장은 아무나 하는 게 아닌 듯했다. 하지만 포커페이스를 한 그녀의 마음속에서 의문이 몽실몽실 피어나고 있다는 것은 책장 밑에 누운 내게도 또렷하게 느껴졌다.

첫 번째 질문은 여기서 뭘 하느냐는 것이고, 두 번째 질문은 이왕 들어온 거 왜 불도 켜지 않았느냐는 것이리라.

하지만 그녀는 질문을 입 밖에 낼 기회를 잡지 못했다. 라반이 먼저 마이크를 잡은 것이다.

"만나서 반갑습니다, 여러분. I am delighted!"

나는 감탄스러우면서도 왠지 모르게 짜증이 확 치밀었다. 라반이 만나서 반갑다고 말한 것만으로도 상대는 로또에 당첨된 것처럼 입이 찢어진다. 마치 라반이 그들에게 상금을 전해주러 왔다는 듯이 말이다. 이건 라반이라는 사람 자체에서 기인하는 효과로 이성적으로 설명이 불가능하다. 라반 효과다.

"제가 얼마 전에 덴마크 의회 창설 기념 칸타타 작곡을 의뢰받았거든요."

그는 도서관장과 외무부 장관의 어깨에 손을 얹더니 그들을 천천히 뒤쪽으로 밀었다.

"이건 꼭 들어보셔야 합니다. 여기서 들어보시면 음향 효과가 훨씬 더 좋습니다. That you must hear. Distinguished ladies and gentlemen. The acoustics out here are much better."

그는 그들을 내보내고 뒤로 문을 닫았다.

나는 막 밖으로 몸을 굴려 나가려다가 멈칫했다. 이쪽으로 천천히 걸어오는 구둣발 소리가 바닥을 울렸다. 그리고 다음 순간 내 눈앞에 반질반질 윤이 나는 가죽 구두 한 쌍이 멈춰 섰다.

그는 내 옷자락을 발견하고 한 손으로 바닥을 짚으며 쭈그려 앉더니 밑으로 몸을 숙였다. 그의 얼굴이 내 시야에 들어왔다. 우리는 서로를 마주 보았다.

누구나 중국인이 예의 바르다는 얘기는 한번쯤 들어보았겠지만 대부분의 사람들에게 이 명제는 가설의 차원에 머물렀을 것이다. 그 가설이 지금 내 눈앞에서 행동으로 증명되고 있었다.

그는 잠시 아무 말도 하지 않은 채 가만히 있었다. 충분히 이해할 수 있는 행동이었다. 크리스마스 직전 지하 11미터 깊이에 위치한 서고의 책장 맨 아래에 웬 여자가 누워 있는 상황을 어떻게 받아들이겠는가?

이윽고 그는 몇 센티미터 남지 않은 바닥까지 고개를 기울이더니 얼굴이 바닥에 닿을 듯 말 듯한 상태에서 그 자세에서는 절대 불가능할 것 같은 묘기를 선보였다. 고개 숙여 인사를 한 것이다.

나는 검지를 입술 앞에 댄 후 두 손바닥을 모아 얼굴 밑에 대고 '잠자다'라는 국제적 표현을 했다.

그것으로 충분했다. 그는 알겠다는 듯 환한 미소를 지었다. 우리는 그 순간 말 한마디 없이 국제적 호혜주의를 정립한 것이다. 그는 정치국 중앙위원회에서 힘든 일정을 소화하고 지하 도서관에 내려와 책장 맨 아래에서 잠시 눈을 붙이는 기분이 어떤지 알았던 것이다.

그가 몸을 일으켰다. 나는 그의 구두가 문 밖으로 사라지는 것을 눈으로 좇았다. 그는 조용히 문을 닫고 나갔다.

30

문이 닫히자 불도 꺼졌다. 나는 헤드램프를 켜고 다시 서류함에 달려들었다. 문 저편에서 노랫소리가 들려왔다. 처음에는 한 사람의 목소리만 나다가 곧 합창으로 바뀌었다. 팔크 한센의 노랫소리에 덴마크인 두 명의 목소리가 더해졌다. 아마도 경비원들이리라. 의회 도서관장이 낮은 알토 톤으로 합류하자 중국인, 이탈리아인, 스페인인, 영국인 여자의 목소리가 뒤를 이었다.

나는 이런 일을 한두 번 겪은 게 아니다. 라반은 세상 모든 사람들에게 노래를 부르게 할 수 있다. 장례 행렬을 따라가는 사람이든 종신형으로 수감된 죄수든 상관없다.

서류함은 종이로 가득 차 있었다. 나는 종이를 꺼내 부채꼴로 죽 늘어놓았다. 기획안이나 스케치 같은데 낱장으로 된 것을 노란색, 초록색 종이에 조금씩 싸놓은 것이었다. 아마 키르스텐 클라우센이 후세에 자신의 명성에 도움이 될 자양분으로 메모를 모아둔 것이리라.

맨 밑에 있는 문건은 좀 달랐다. 꼼꼼하게 클립 두 개로 묶여 있었고 맨 앞 장에 '위원회 보고서. 1972년 9월 12일'이라고 쓰여 있었다.

이게 요약본인 것 같았다. 나는 클립을 빼고 손으로 종이 위를 쓱 훑었다. 전동 타자기로 친 것이었다. 활자가 1밀리미터 정도 깊이로 종이에 박혀 있었다. 나는 종이를 넘겨 맨 뒷장을 확인했다.

서명 두 개가 있었다.

안드레아 핑크와 마그레테 스플리드의 것이었다.

여러 개의 현실이 겹쳐졌다. 하나는 밖에서 자신의 의지와 상관없이 노래를 부르는 사람들의 현실, 두 번째는 흰 수염의 산타클로스, 속을 채운 오리고기, 50만 개의 신용카드가 판치는 시내 중심가와 대형 슈퍼마켓의 현실이었다.

그리고 세 번째는 44년 전 가을, 아직 세계와 물리학이 순수했던 때, 막 움트기 시작하던 때의 현실이었다. 유능한 젊은이들이 비공식적인 모임에서 세상을 공부하고 있었지만 아무도 관심을 갖지 않았다. 그중 두 사람이 보고서를 쓰기 전까지는.

나는 보고서를 단단히 말아 안주머니에 집어넣었다. 그리고 무거운 서류함을 제자리에 넣고 강철판을 홈에 맞춰 끼워 일으켜 세운 다음 그 자리를 떴다.

다시 토르발센 박물관 지하 주차장으로 돌아온 나는 내심 사복 경찰 열댓 명 정도를 기대하며 문을 열었다. 하지만 프린스 예르겐 고르는 인적 없이 고요하기만 했다.

나는 차를 빼낸 뒤 문을 닫았다. 무사히 나왔다.

나는 라반에 대해 생각했다. 그들이 라반을 설득해 내보내려면 얼마나 시간이 걸릴까? 라반은 언뜻 보면 한없이 태평해 보이지만 말도 못하게 고집스러운 데가 있다. 옆에서 겪어본 사람만이 알고 한번 겪으면 다시는 잊지 못할 똥고집이다.

라반이 시간을 벌어주었으니 먼저 티트와 하랄을 찾아내 어떻게 감시망을 피해갈 것인지 생각해봐야 한다. 호텔로 숨을까? 아니면 코펜하겐 북부의 여름 별장 중 하나를 따고 들어가 거기서 보고서를 읽고 현 상황을 점검해야 할까?

나는 원래 왼쪽으로 꺾어 비네브로 가로 가려고 했다. 그런데 알 수 없는 힘에 이끌려 오른쪽으로 돌았고 크리스티안스보르 성 광장으로 들어섰다.

나는 돌바닥에 차를 세워놓고 의회 앞 검문소로 가서 내 교원 신분증을 내밀었다.

의회 마당은 한적했다. 크리스마스가 코앞이다 보니 국민의 대변자들도 바쁜 모양이었다. 경찰차나 택시는 한 대도 보이지 않았고 불 꺼진 창문도 많았다. 갓길에 리무진 네다섯 대와 검은색 관용차 몇 대가 서 있었고 오토바이 탄 경찰관 두 명이 전부였다.

그때 의회 문이 열리며 라반이 뒷걸음질로 나왔다. 양손을 높이 쳐들고 있었다. 처음에는 누군가 라반에게 총이라도 겨눈 줄 알았다.

그러나 그건 기우였다. 라반은 지휘를 하고 있었고 외무부 장관, 중국인들, 도서관장 일행이 그를 따라왔다. 그들은 다른 의회 공무원들과 함께 노래를 부르는 중이었다.

라반이 지휘를 마치자 모두 박수를 쳤다. 라반은 허리 숙여 인사를 하고 가수들에게 영광을 돌리는 손짓을 했다. 그러자 다른 사람들도 모두 고개 숙여 인사를 하는 것이었다. 순간 나는 마른 땅 위에서도 뱃멀미를 할 수 있다는 것을 깨달았다.

이제 라반의 포옹 의식이 시작될 차례였다. 라반은 함께 등장한 사람 모두와 포옹을 하고 나서야 무대에서 내려왔다. 근처에도 못 갈 것 같은 사람, 누군가와 신체 접촉을 하느니 차라리 자살을 택할 것 같은 인간들, 헤르베르트 폰 카라얀, 딕 체니•, 전 KGB 의장 블라디미르 크류츠코프도 라반의 품에 안겼다. 내가 두 눈으로 직접 봤다.

그가 포옹을 성사시키는 방식은 항상 똑같다. 불쌍한 척 고개를 갸웃하며 애교 있게 미소를 짓는다. 그리고 제발 내 소원을 들어줄 수 없겠느냐, 한번 안아보는 게 소원이다, 하지만 거절해도 의연하게 받아들일 준비가 돼 있다는 것을 표정으로 전달하는 것이다.

지금까지 그렇게 해서 안 넘어온 사람이 없었다.

그리고 지금도 모두 넘어오는 중이었다. 중국인들이 차례로 라반의 품에 안겼고 나머지 사람들도 순순히 그의 포옹에 응했다. 마지막 차례인 경비원들은 장난감 병정처럼 빳빳한 자세로 어정쩡하게 포옹을 했지만 헤벌쭉 웃으며 즐거운 표정이었다. 포옹을 마친 라반은 계단을 내려와 마치 여기서 만나기로 약속이나 했다는 듯 내게 걸어왔다.

• 미국 공화당 정치가이자 미국 46대 부통령.

우리는 검문소를 지나 차에 탔다. 시동을 걸고 차를 출발시키자 라반은 좌석에 등을 기대며 만족스러운 듯 한숨을 쉬었다.

"목소리가 좋아! 음감도 좋고! 그 사람들 참 맘에 드네! 사흘만 연습하면 함께 무대에 올라도 되겠어."

나는 운전대를 잡은 손에 힘을 주었다. 5분 전만 해도 그를 다시는 못 볼 줄 알았는데 이렇게 무사태평이라니!

"그 사람들 왜 온 거야, 라반? 막 회의 마치고 온 것 같던데? 참석자들을 보아하니 정부 차원의 회동인 것 같던데 크리스마스 연휴 전날 모인다는 건 뭔가 이상하잖아?"

라반은 아직 딴 세상에 있었다. 국가 기록원 부속실 앞 로비에서 합창 지휘를 하던 즐거운 기억 속에서 아직 헤어나지 못했다. 그는 그 기억 속에 더 머물고 싶은 듯 떨떠름한 표정으로 나를 쳐다봤다. 떨떠름할 뿐 아니라 아무 생각이 없었다.

"메모지 같은 거 못 봤어?"

그는 말없이 머리를 흔들었다.

그러다 갑자기 얼굴이 밝아졌다.

"일정표를 가지고 있었어. 클라라, 그 도서관장 말이야. 아직 일정이 한 군데 남은 것 같더라고. 도서관장이 그걸 쳐다보느라고 노래에 집중을 못 하더라고. 그래서 나도 한번 슬쩍 봤지. 마지막 일정을 보고 있었어. 구 라디오 방송국이었어. 기억나지? 로센외른 가에 있는……"

물론 잘 기억하고 있다. 라반의 두 번째, 네 번째 교향곡이 연주된 곳이 바로 구 라디오 방송국 콘서트홀이다.

"지금은 거기에 뭐가 있지?" 내가 물었다.

그는 머리를 절레절레 흔들었다.

"화장품 회사와 변호사 사무실이 세 들어 있어. 콘서트홀은 분명 창고로 변했을 거고. 별채는 미술대학에서 쓰고 있고. 정상회담을 거기서 끝내야 할 하등의 이유가 없어."

"또 모르지. 라반 스벤센이 큰 업적을 남긴 장소를 찾아다니는 순례 일정인지도."

라반은 농담 말라는 듯 고개를 저었다. 하지만 실제로는 전혀 농담으로 듣고 있지 않았다. 그의 마음속 깊은 곳에서는 그런 순례 여행이야말로 매우 바람직하다고 생각할 터였다.

31

크리스마스이브다. 아, 결국 오고야 말았다.

몇 년 전 나는 크리스마스마다 찾아오는 죽음과 같은 나른함 속에 신선한 바람을 불러일으키고자 채식만으로 식탁을 꾸민 적이 있었다.

쌍둥이가 태어나기 전까지 채식주의자였던 나는 도살장 냄새가 나는 것 같아 도저히 고기를 씹어 넘기지 못하는 사람이었다.

그러다 고기 성애자인 쌍둥이와 라반에게 다수결로 패했다. 세 사람은 안심 스테이크에서 피가 뚝뚝 떨어져야 하고 양갈비를 먹을 때에도 선홍색을 띤 고기에 손잡이로 쓸 뼈와 두툼한 지방이 달려 있어야만 한다. 고기수프에 든 뼈마저 나무망치로 으깨서 속에 든 골수를 쪽쪽 빨아먹는 족속들이다.

한번은 라메피오르에 가서 살아 있는 오리 두 마리를 사다가 세 사람을 앞에 앉혀놓고 나무 도끼로 목을 친 적이 있었다. 그리고 목 없는 몸뚱어리가 퍼덕거리다가 움직임을 멈출 때까지 지켜보도록 했다.

그러나 그 짓도 소용없었다. 라반은 화장실로 달려가 토했지만 티트와 하랄은 아무렇지도 않은 듯 털을 뽑고 불에 그을리고 내장을 들어내고서 저녁 식탁에 앉았다. 그리고 평소의 세 배나 되는 양을 먹었다. 마치 지금 먹는 오리와 안면이 있으니 먹는 즐거움이 한층 더하다는 듯이 말이다.

결국 나는 두 손 두 발 다 들었다. 그렇게 해서 음식의 문제는 내가 당한 수많은 패배 중 하나로 자리매김하게 됐다.

그 패배들 중에는 어머니에게 당한 것도 있다. 아이들이 태어난 후 나는 크리스마스이브 저녁에 되도록 손님을 초대하지 않았다. 하지만 어머니와 그 패거리들만은 어떻게 해도 떨쳐낼 수가 없었다.

90년대 중반 나는 안드레아 핑크와 함께 '장기간에 걸쳐 원만한 인간관계가 유지되려면 그 구성원의 수가 다섯 명을 넘지 않아야 한다'는 것을 여러 실험을 통해 증명했다.

이것은 내 개인적 경험에 비추어도 그렇다. 사적인 만남에서 사람이 다섯 명이 넘으면 좀 불편한 느낌이 들기 시작한다. 그런데 어머니에게는 형제자매가 많다. 그리고 매년 크리스마스가 되면 그 일가친척 중 상당수를 대동하고 우리 집에 나타난다. 그래서 우리 집의 크리스마스 식탁에는 열다섯 명 이하로 모인 적이 없다. 이건 정말이지 나로서도 이해가 안 되는 부분이다.

마흔네 살이나 먹었는데 어떤 부분에서는 아직도 어머니의 그늘을 벗어나지 못한다는 게 말이 되는가?

올해 어머니는 일명 고상한 사촌 동생들을 데리고 왔다. 어머니의 사촌 여동생 세 명, 그들의 남편들, 그리고 티트와 하랄 또래의 아이들까지.

물론 자신의 남편 파비우스도 빼놓지 않았다.

파비우스는 꽤 잘나가는 디자이너로 성소수자이고 나이는 비밀에 붙여져 있다. 하지만 나보다 어린 건 확실하다. 7년 전 어머니는 아무 말도 없다가 어느 날 갑자기 결혼식 통보를 해왔다. 결혼식 당일 나는 어머니를 한쪽 구석으로 몰고 가서 "꼭 이렇게 해야겠어요?"라며 따졌다.

어머니와 나 사이에는 침묵이 흘렀다. 그리고 그때 나눈 심도 깊은 대화는 그 후 7년간, 그리고 아직까지도 곱씹어볼 만큼 방대한 양의 정보를 남겼다. 예를 들면 이런 것이다. 어머니는 이렇게 말했다. "수잔, 신은 인간에게 수수께끼를 내셨어. 그게 뭔지 아니? 우리 모두는 남자를 원해. 그러나 여자에게 남자는 필요악이야. 파비우스는 바로 그 수수께끼에 대한 답이야."

나는 고개를 끄덕였다. 거기까지는 이해할 수 있었다.

"게다가 파비우스는 돈도 잘 벌어. 삽으로 퍼 나른다니까. 그렇다고 쓰지 못하게 하는 것도 아니고."

나는 다시 고개를 끄덕였다. 거기까지도 이해할 수 있었다. 그다음이 문제였다. 그 말만은 아직도 소화가 안 된다.

"그리고 수잔, 사랑이란 게 있잖니?"

일단 패배했다면 패배를 깨끗이 인정하고 그 상황에서 할 수 있는 최선을 찾아야 한다. 나는 완벽한 크리스마스 감자 만드는 방법을 터득했다. 쇠고기 육수와 설탕을 섞는 비율, 육수가 감자에 완전히 스며드는 순간 프로틴과 글리코겐이 감자 표면에 완벽한 황금빛

코팅을 만들어내는 비율을 찾은 것이다.

올 크리스마스에 우리 집에서 식사하는 사람은 열아홉 명이다.

그 말은 오리 일곱 마리가 필요하다는 뜻이다. 라반과 쌍둥이는 오리고기에 대한 나름의 철학을 정립했다. 오리 한 마리로 두 사람이 먹기에는 너무 많지만 세 사람이 먹기에는 부족하다는 것이다. 오리를 일곱 마리나 구우려니 구석에 처박혔던 피자 오븐을 꺼내고, 도르테아네 부엌에 붙박이로 설치된 무쇠 오븐까지 빌려 써야 했다.

오리 한 마리, 경우에 따라서는 두 마리 정도 굽는 건 일도 아니다. 그러나 일곱 마리라면 말이 달라진다. 오리 일곱 마리로 차린 식탁은 민족 대학살을 방불케 한다. 오늘의 평온은 저녁 식사가 끝나고 크리스마스트리 아래서 모두 스마트폰이나 아이패드 선물을 받은 다음에나 찾아올 것이다. 선물 개봉 역시 올해도 피해갈 수 없는 순서다. 그럴 거면 차라리 선물 종이에 500크로네 돈다발을 포장하는 게 낫지 않나 싶다. 바라는 건 어차피 다 똑같지 않은가?

이 모든 순서가 끝나면 나는 마당에 나가 차가운 밤하늘을 올려다볼 것이다. 하얀 눈을 밟고 서서 크리스마스에도 어김없이 찾아든 평화를 만끽할 것이다. 식탁의 분위기는 견딜 만했다. 어머니가 사촌 여동생들을 고상하다고 표현하는 건 그들이 가진 평범함 때문이다. 우리가 동경해 마지 않는 그 일반성 말이다. 수년째 같은 직장에 다니고 원만한 인간관계를 유지하고 평판도 좋다. 이혼도 하지 않았고 아이들도 예의 바르게 잘 키웠다. 전략적으로 머리를 쓰고 수많은 타협을 통해 딱 견딜 수 있을 만큼의 상태를 만들어 유지하는 사람들이다.

물론 그들도 우리 식구를 썩 내켜하지는 않았다. 하지만 실존적 기하학의 속성을 잘 알기에 안도했을 것이다. 그들이 자리 잡은 중심부에 안전지대가 있고 덜 안전한 주변부가 있지만 그 안전지대의 반경이 어느 정도 크고 생일이나 크리스마스 같은 때를 제외하고는 그 반경이 좁아지지 않는다는 것을 알기에 견딜 만한 것이다.

이미 말했듯 티트가 데려오는 노숙자들은 크리스마스 파티에서 항상 애매한 부분을 차지한다. 몇 년 전에 데려온 노숙자는 해고당한 중고등학교 교사였는데 해고당한 뒤 집에서도 쫓겨난 사람이었다. 술에 취하면 프랑스어로 시를 낭독했고 티트가 그를 발견했을 때는 지하철에서 구걸을 하고 있었다. 그런가 하면 그 전해에 데려온 사람은 몰락한 지방 귀족 집안의 후손이었다. 그 사람은 내가 친히 몸수색을 하고 나서야 우리 집 식기를 내놓았다.

그런데 올해는 정말 뼛속까지 노숙자일 것 같은 사람이 왔다. 헝클어진 머리와 얼굴을 뒤덮은 수염도 그렇거니와 오십 대 정도 된 것 같은데 20년은 더 늙어 보였다. 이름은 오스카, 몸에서는 퀴퀴한 냄새가 나고 손가락은 담배를 너무 많이 피워 누렇게 변색됐다. 식사를 내오기 전 나는 포도주를 냈다. 오리 일곱 마리를 먹어치우기 전에 너무 취하지 말라고 그르나슈•를 선택했다. 내가 차가운 그르나슈를 따라 주자 오스카는 뚱한 얼굴로 유리잔을 쳐다보다가 내게 작은 소리로 말했다. "예쁜 누나, 혹시 창고 구석에 바이에른 맥주

• 프랑스산 적포도주.

남은 거 한 병 없을까? 응?"

그렇게 디저트 코스까지 별 탈 없이 밀고 나갔다면 얼마나 좋았을까!

그러나 효과는 그리 오래가지 않았다.

라반과 나, 쌍둥이는 옆자리에 나란히 앉았다. 그렇게 하면 우리가 내는 효과가 우리들 사이에서만 발휘되고 다른 사람들은 눈치채지 못한다. 효과를 일종의 그릇에 담아두는 것과 같다.

현대 심리학에서는 온갖 종류의 지능을 논하는데 그중 빠진 게 하나 있다. 바로 파티 지능이다. 그리고 라반이 바로 그 지능의 소유자다. 그는 파티를 하는 내내 사람들을 기분 좋게 만들 줄 안다. 젊은 사람들은 존중받는다고 느끼고, 남자들은 멋있어 보인다고 느끼고, 여자들은 보이지 않는 손이 귓불을 쓰다듬는다고 느낀다.

동시에 그는 어느 모임에나 존재하는 넘지 말아야 할 선, 아무도 언급하지 않지만 누구나 알고 있는 그 절벽 앞에 가드레일을 세울 줄 안다.

사방에 조심스럽게 경계를 쳐놓은 이 역할 놀이판에서 오늘도 경제 동향과 멋진 자동차와 자녀들의 성실한 학교 생활에 대한 대화가 무르익는다. 인도에서는 어떻게 지냈느냐는 질문도 나왔지만 나는 적당한 말로 점잖게 둘러댔다. 이제 맘 놓고 좀 쉬어볼까 하는 찰나였다. 하랄이 식기를 내려놓더니 물었다.

"할머니, 엄마가 왜 고아원에 갔어요?"

어머니는 냅킨으로 천천히 입을 닦았다. 그녀는 솔로 낸서다. 열아홉 살 생일날부터 시작해 마흔이 되어 서서히 제자 양성의 길로 접어들 때까지 1년에 100회 이상의 공연을 했던 사람이다. 오케스트라가 〈백조의 호수〉 도중 갑자기 장례 미사곡 한 마디를 연주해도 즉흥적으로 대처할 수 있는 연습량과 기량이 되는 베테랑이다.

문제는 하랄의 말에 오류가 없다는 것이었다.

"고아원이 아니라 소년원이었단다. 나도 학교도 네 엄마를 감당할 수가 없었어."

"소년원에 얼마나 오래 있었는데요?"

하랄은 나에게 묻지 않았다. 내가 화제를 바꿔버릴지도 모른다고 생각한 것이리라.

"글쎄, 그건 잘 기억이 안 나는구나."

분위기는 금세 싸해졌다. 해묵은 잡동사니가 나뒹굴고 방사성 동위원소와 땅속에 묻힌 유골이 혼재하는 감염 구역은 어느 집안에나 있게 마련이다. 모두 그 언저리를 피해 다닌다. 두려워서, 예의상 혹은 그 구역 전체를 닦고 분해해서 소독통 속에 집어넣을 수가 없기 때문이다.

우리는 그런 통제 구역에 도달해 있었다.

하랄의 질문은 이제 나를 향했다.

"엄마, 소년원에 들어갈 때 몇 살이었어요?"

나는 하랄의 질문 공세를 멈춰보려고 그의 눈을 뚫어지게 쳐다보았다.

"열세 살."

"집에 돌아왔을 때는 몇 살이었는데요?"

"집에 돌아오지 않았어. 열일곱 살 때 대학 기숙사로 갔어."

"왜요?"

솔직함은 시간표를 따라 움직인다. 누가 그 시간표를 짜는지는 모르지만 일단 시작되어 어느 지점에 다다르면 대개는 더 이상 멈출 수 없게 된다.

거기다 압력도 작용한다. 숱한 크리스마스 파티, 겉도는 이야기들로 가득한 가족 모임, 침묵으로 일관해온 긴 세월이 주는 압력.

"그 소년원 이름은 홀름강엔이었어." 내가 말을 시작했다. "원에 상주하는 지도교사가 있었는데 가끔씩 여자애들을 자기 집으로 끌어들였어. 개중에는 성 경험을 해보고 싶어서 자진해서 가는 애들도 있었지. 난 4년간 그 사람을 피해 다녔어. 대신 물건을 고쳤지. 난 수리에 재능이 있어서 원에서 쓸모가 있었거든. 하지만 결국은 나도 불려가게 됐어. 어느 날 자기 관사 테라스에 마룻장을 깔아야 하니까 오라고 하더라고. 거긴 원에서 수백 미터 떨어진 곳이었어. 그 집엔 우리 둘뿐이었고. 무슨 일이 일어날지 모두 알고 있었지만 다들 모른 척했어."

나는 티트와 하랄의 얼굴을 똑바로 쳐다보았다.

"그 사람은 날 바닥에 쓰러트리더니 팬티를 거칠게 벗기고 내 안으로 들어왔어. 난 긴장하지 않았어. 내 울음소리가 귓가에 들렸지만 신체적으로는 완전히 이완된 상태였고 마음도 차분했어. 나는 그 사람이 움직이지 못하도록 다리로 그 사람 등을 꽉 눌렀어. 그리고 바닥을 더듬어 전동 드라이버를 찾았어. 디월트• 24볼트, 막 시

• 미국의 공구 브랜드.

장에 나온 신제품이었어. 만약의 경우를 대비해 손이 닿는 곳에 준비해뒀거든. 반대쪽에는 나사가 든 통이 있었어. 스테인리스스틸로 된 테라스용 나사였어. 당시에도 하나에 거의 1크로네 정도 했지. 길이는 80밀리미터, 나무가 부서지지 않도록 나사 끝이 십자로 돼 있어. 그 위로 나사선이 가파른 50밀리미터 길이의 몸통이 이어지고 나사선이 완만한 25밀리미터짜리 마감부로 끝나. 그런 나사는 한번 나무에 박히면 나무가 썩을 때까지 빠지지 않아. 나는 그가 열중한 동안 한 손에 전동 드라이버를, 다른 손에는 나사를 들고 그의 척추를 더듬으며 신장 주변으로 내려갔어. 그리고 뼈에 나사를 대고 최고 속도로 드라이버를 작동시켰어. 아무런 저항도 느껴지지 않았어. 지금은 가시돌기가 약간 기울어져 있다는 것을 알지만 그때는 몰랐거든. 뼈를 뚫으려면 외과의사가 필요해. 나사는 척추기립근을 버터처럼 뚫고 들어갔지. 일어나려고 용을 쓰기에 난 다리로 꽉 눌러서 못 움직이게 한 다음 두 번째 나사를 집었어."

라반은 시선을 돌려 먼 곳을 응시했다. 어머니도 외면했다. 다른 사람들 역시 시선을 돌리고 싶은 마음이 간절했을 테지만 마법에 걸린 듯 꼼짝도 하지 못했다.

"난 다시 척추뼈를 뚫으려고 했지만 나사는 미끄러져서 반대편 근육에 박혔어. 지금이라면 약간 더 아래쪽에다 박았겠지만 그때는 내장기관의 위치를 잘 몰랐어. 겨우 열일곱 살이었고 물리학에만 심취했었거든. 그쯤 되니 거의 마비가 온 것 같았어. 난 밑에서 계속 작업을 했어. 그런데 자꾸 등을 쳐들려고 하기에 손등에 하나 박았지. 테라스 바닥까지 닿게 말이야. 반대편 손등에도 똑같이 박고.

그다음엔 등 위로 올라가 앉았어. 이제 여유 있게 일을 할 수 있었지. 난 숨골을 찾았어. 마지막으로 거기다 하나 박고 끝낼 생각이었거든. 난 나사를 그 사람 머리에 대고 드라이버를 켰어. 그런데 그건 도저히 못 하겠더라."

나는 파비우스를 쳐다보았다. 그는 긴장해서 눈도 깜박이지 못했다.

"다음 날 관청에서 사람이 나왔어. 난 대학 기숙사로 보내달라, 그리고 물리학 책을 달라고 했어. 안 그러면 모든 걸 폭로하고 다른 아이들이 증인으로 나서도록 설득하겠다, 협박하는 게 아니라 정말 그럴 거라고 말했어. 그랬더니 다음 날 임시 후견인이 와서 날 택시에 태우고 코펜하겐으로 간 거야."

입을 여는 사람은 아무도 없었다.

그렇게 한참 시간이 흘렀다. 어머니는 조용히 일어나 복도로 가서 밍크코트를 집어 들었다. 파비우스가 허둥지둥 뒤를 따랐고 고상한 사촌 동생들 중 한 명이 이제 집에 가봐야겠다며 일어섰다. 그러자 나머지 사촌 동생들과 그 식솔들이 우르르 따라 일어섰다.

라반, 쌍둥이, 오스카는 그대로 앉아 있었고 내가 손님들을 배웅했다. 나는 아직 풀지 않은 선물들을 비닐 봉투에 담아주고 남은 오리고기를 싸주겠다고 했다. 그리고 막 채 썰어놓은 적양배추와 사과, 호두를 넣은 크렘 프레슈•도 싸주었다. 내가 덴마크식 적양배추 요리 전통과 휴전을 맺는 데 성공한 크렘 프레슈다.

• 우유에서 지방분을 뺀 크림.

그리고 지퍼백에 오리기름을 담아 잘 밀봉해서 하나씩 나눠 주었다. 사람들은 얼떨떨한 표정으로 기계적으로 지퍼백을 받아들었다. 하지만 크리스마스 연휴 동안 그 가치를 실감할 것이다. 곱게 채 썬 양파와 감자, 비트에 오리기름을 넣고 푹 고면 훌륭한 한 끼가 완성되기 때문이다. 나는 마지막으로 손님들이 두고 가는 것이 없는지 살핀 다음 자동차까지 따라 나가 손을 흔들어주었다.

다시 안으로 들어오니 식탁은 치워졌고 거실에는 오스카를 제외하고는 아무도 없었다. 나는 수도원에서 받아온 맥주를 냉장고에서 꺼내와 오스카와 내 잔에 따랐다.

크리스마스의 평온을 만끽할 내 시간이 예상보다 일찍 찾아왔다. 나는 맥주잔을 손에 들고 마당으로 나갔다.

32

라반이 양모 담요를 어깨에 두르고 마당 벤치에 앉아 있었다. 내가 다가가자 그는 옆으로 자리를 비켜준 후 자신과 내 등 위로 다른 담요를 하나 더 덮었다. 우리는 전에도 자주 그렇게 마당에 앉아 있곤 했다.

그는 하늘에 뜬 달을 가리켰다. 거의 보름달에 가까웠고 환한 동그라미 주변에 알록달록한 무지개 현상이 보였다. 코로나였다.

"수잔, 저기 뭐가 보여?"

"굴절광선. 광환."

라반은 천천히 고개를 끄덕였다. 이건 우리가 연애 초기부터 하던 일종의 놀이다. 라반이 물리 현상을 가리키며 뭐가 보이느냐고 묻고 각자 자기가 본 것을 얘기하는 것이다.

우리는 단 한 번도 같은 것을 본 적이 없었다.

"난 느낌. 운명적 느낌. 불가피함이라고나 할까? 그 불가피함 속에 조화가 공존하는 게 보여."

나는 아무 대꾸도 하지 않았다. 거기다 대고 뭐라고 하겠는가? 운

명과 조화를 광선 굴절 현상과 엮는 방식은 실험물리학에서는 그다지 환영받지 못하는 것을.

"수잔, 그 일이 있었을 때 아버지는 어디 계셨어?"

"아버지는 내가 아홉 살 때 떠나셨어."

"그 뒤로 돌아오시지 않은 거야?"

나는 고개를 끄덕였다. 그는 뜻밖의 사실에 잠시 할 말을 잃었다.

"왜 그동안 한 번도 얘기 안 했어?"

기억을 돌이켜보았지만 딱히 숨기려 한 적은 없었다. 그저 확실하게 얘기를 안 하고 피한 것 같았다.

"당신은 이해 못 해."

"이해할 기회는 줘야지."

나는 설명을 해보려고 했지만 어떻게 말해야 할지 떠오르지 않았다. 기억 속의 한 장면이 떠오를 뿐이었다.

"내가 아버지를 마지막으로 본 건 여름이었어. 루데 산 근처에 별장이 있었거든. 아버지는 사냥을 좋아해서 덴마크 곳곳에 그런 별장을 가지고 있었어. 냇물이 정원을 가로질러 흐르는 집이었는데 난 거기 앉아서 돌을 가지고 놀았어. 물길 실험을 하려고 수로를 만들었지. 그때 아버지가 다가왔어. 아버지는 뭔가 할 말이 있는 것 같았어. 왠지 모르게 이제 아버지를 못 보게 되는구나 하는 생각이 들었어. 아버지가 내 옆에 앉았어. 난 왠지 아버지 얼굴을 쳐다볼 수가 없어서 물이 소용돌이치는 것만 쳐다봤어. 그때 아버지가 '수잔, 세상을 살려면 짖는 소리만큼 이빨도 날카로워야 한단다'라고 말했어. 그리고 마지막으로 날 안아주셨어. 난 아버지의 절망감을 느낄 수 있었어. 그래서 어른이 아이를 안아주듯 아버지의 등을 다독거렸어. 그러고 나서 아버지는 일어나 어디론가 떠났어."

라반은 소리에 집중할 때처럼 눈을 감고 내 얘기를 들었다. 이윽고 그가 눈을 떴다. 우리는 42도 무지개를 올려다보았다. 아마 라반은 그게 뭔지도 모르고 그런 말을 들어본 적도 없을 것이다. 측각, 알렉산더의 띠, 밝은 반원들 사이의 공간 같은 것도 마찬가지겠지. 무지개 현상이 점점 사라지고 있었다. 1분이 채 안 되어 완전히 사라졌다.

무지개는 금방 사라진다.

우리는 다시 안으로 들어갔다. 나는 벽난로에 나무를 더 넣은 뒤 라반과 함께 소파에 앉았다.

오스카는 크리스마스트리 옆에 앉아 꿈꾸는 듯한 눈으로 맥주잔을 들여다보고 있었다. 수면으로 올라오는 거품은 하나도 없고 샴페인처럼 기포가 연달아 올라왔다. 방금 그를 보았는데도 그의 얼굴이 떠오르지 않았다. 마치 난파하는 배처럼 순식간에 머릿속에서 지워졌다. 그런 것들은 벽지의 색깔과 쉽게 섞이고 빠르게 기억 밖으로 밀려난다. 우리는 평생에 걸쳐 그런 연습을 해오지 않았는가?

라반은 내 다리 하나를 무릎 위에 올려놓고 주무르기 시작했다. 나는 그가 하는 대로 내버려두었다. 양자역학이 암시하듯 세상이 어차피 착시이고 확률일 뿐이라면 경계를 주장하는 것이 무슨 소용이겠는가?

그는 수백, 수천 번도 넘게 내 다리를 주물러주었다. 학교에서 밤

늦게까지 회의를 하고 돌아온 날, 안드레아 핑크와 함께 실험실에서 밤을 새고 새벽에야 들어온 날, 내가 아무리 소리 내지 않고 조심조심 들어가도 그는 내가 오는 소리를 듣고 실내가운 차림으로 나와 차를 끓여주고 소파에 앉아 다리를 주물러주었다.

매번 느끼는 거지만 다리를 주무르기 전까지는 마사지가 그렇게 필요하리라는 것을 모른다. 그러나 막상 마사지를 받고 나면 내 다리가 얼마나 굳어 있었는지 깨닫게 된다. 그건 마치 그가 손가락으로 내 다리의 죽어가는 부분을 찾아내 생명을 불어넣어주는 것과 같다. 그럴 때면 나는 실험이 어떻게 진행됐는지 조곤조곤 얘기해주곤 했다. 아마도 내 말 중에 그가 알아듣는 부분은 많지 않았을 것이다. 하지만 그는 묵묵히 내 말을 들었다.

아니나 다를까 굳었던 다리 근육이 풀리는 것이 느껴졌다.

"수잔." 그가 불쑥 말했다. "언제부터였을까? 우리 사이에 문제가 생긴 게."

우리는 함께한 날들을, 그 긴 세월을 돌이켜보았다.

33

기숙사 방에서 롤리 자전거를 발견하고 일주일이 지났지만 나는 아무 연락도 하지 않았다. 그러다 음대에서 연주회가 있다는 소식을 들었다. 작곡과 학생들이 자신의 창작곡을 연주하는 공연이었는데 라반도 무대에 올랐다. 나는 공연장에 가서 맨 앞자리에 앉았다.

하지만 그가 피아노 앞에 앉는 순간 오지 말아야 했음을 직감했다. 포기하지 말았어야 했다. 위대한 물리학자 중에 센티멘털한 감성으로 업적을 이뤄낸 사람은 없었다.

나는 쉬는 시간을 틈타 서둘러 계단을 내려갔다. 그러나 지름길을 택했는지 그가 먼저 내려와 내 앞을 가로막았다.

"팬들이 기다리잖아."

"너를 위해서라면 모두 버릴 수 있어."

"좋은 교환은 아닐걸. 난 네가 생각하는 것처럼 좋은 사람이 아니야."

위에서 사람들이 내려오는 소리가 들렸다. 라반은 양팔을 벌리더니 강당의 음향을 이용해 목청껏 외쳤다.

"수잔, 너와 난 저주받은 인간들이야! 하지만 그 저주를 향해 함께 걸어가는 거야!"

그는 나를 집에 데려다주었다. 우리는 각자의 자전거를 끌고 기숙사까지 걸어갔다. 봄이었다. 티볼리 공원은 사람들로 넘쳐났고 H. C. 안데르센 대로의 마로니에들은 막 싹을 틔우고 있었다.

"내가 제안 하나 할게. 내가 할 수 있는 제안은 이거 하나뿐이야. 외진 데 있는 여름 별장을 하나 빌려서 너랑 나랑 한 달간 지내보는 거야. 부득이한 경우가 아니면 서로를 만져선 안 돼. 휴대전화나 컴퓨터도 가져가선 안 되고. 그냥 어떻게 되는지 지켜보는 거야."

우리는 모든 일정을 취소하고 다음 날 출발했다. 림피오르에서 별장을 하나 구했는데 돈은 많이 들지 않았지만 화장실이 밖에 있고 전기를 쓸 수 없는 곳이었다. 수면으로부터 20미터 위 비스듬한 경사면에 위치했고 스키베 피오르까지 내다보였다. 만의 수면이 바다처럼 넓었다.

우리는 두 사람이 겨우 누울 수 있는 밀짚 매트에 나란히 누워 잠을 잤다. 3주간 서로에게 손대지 않았고 손을 대기 시작했을 때 첫 이틀간 그는 발기를 하지 못했다. 나는 그가 내 제안을 얼마나 진지하게 받아들였는지 깨달았다. 일반적 신체 기능이 스탠바이 모드에 들어갈 정도로 진지했던 그에게 설득당하지 않을 사람은 없었다.

우리는 마치 아이가 태어날 걸 알기라도 한 듯 자녀 계획을 세웠고 아이들에게 치여 우리 관계가 소홀해지지 않도록 하자고 약속했다. 그리고 지난 과거의 관계들에 대해 이야기했다. 그는 내 얘기를 들으며 무척 힘들어했지만 끝까지 참고 들었다. 내가 어떻게 살았는지 조금이라도 알고 싶은 마음에서였다. 그 모습을 보니 나도 마음이 아팠다.

우리는 둘 다 돈이 없었으므로 파스타를 삶고 채소를 볶아 식탁을 차렸다. 그리고 미래의 꿈에 대해 이야기했다. 그는 매번 별채가 딸린 시골집에서 살고 싶다고 했다. 별채에서 작업을 하고 집에 오면 아내가 요리를 하고 아이들 네 명이 엄마 치맛자락에 매달려 있는 것이다. 나는 도시에서의 삶을 꿈꾸었다. 늦은 저녁까지 실험실에 있다가 집에 돌아오면 남편이 아이를 재워놓고 기다리는 결혼생활 말이다.

마지막 주에는 효과가 그 실체를 드러내기 시작했다. 아마 우리가 가까워졌기 때문일 것이다. 우리는 서로의 진짜 모습을 발견했다. 앞으로 힘들어질 수도 있겠다는 생각이 들었다.

그는 음악의 90퍼센트는 사랑을 주제로 하는데 딱 두 가지 형태만 다룬다고 말해주었다. 막 사귀기 시작한 두 사람이 손에 손을 잡고 설레는 마음으로 미래를 향해 나아가거나 바이올린의 구슬픈 선율 속에서 영영 이별을 선언하거나, 둘 중 하나인데 막상 그 둘 사이에 놓인 진정한 사랑에 대해서는 다루지 않는다는 것이다.

나는 세상의 모든 것이 연결돼 있다는 것을 설명하기 위해 슈뢰딩거 방정식을 이용한 휠러*에 대해 이야기했다.

한 달이 되기 하루 전날은 림피오르의 물이 대기보다 차가웠다.

* 존 아치볼트 휠러. 미국의 이론물리학자.

그렇게 해서 생긴 안개를 보고 라반이 내게 무엇이 보이느냐고 물었다. 나는 복사안개가 보인다고 대답했다. 역전층*이 생겨 땅 위에 선명한 경계선이 보였다. 그는 소리 내어 웃더니 자기 눈에는 영원한 불가침성으로 둘러싸인 세계에 우리 둘만이 존재하는 것 같다고 했다.

어느덧 가진 돈이 바닥났다. 어느 순간 한 가지 아이디어가 떠올랐는데, 말로 하지는 않았지만 둘 다 같은 시각에 같은 생각을 하고 있었다. 우리는 자전거를 타고 마을에 있는 상점으로 향했다.

그 가게는 작은 광장의 교회 맞은편에 있었다. 테라스에 흰색 테이블이 놓였고 테라스 둘레에 나무 울타리가 쳐져 있었다. 한낮이라 거리는 한산했다. 겉으로 보기에는 특별할 것 없었지만 특별한 끈으로 묶인 우리에게서 빛이 났는지 지나가는 사람들이 우리를 돌아보았다.

우리는 가게 안에 주인과 우리만 남을 때까지 기다렸다. 근처 별장촌에 오는 부유층이 고객이라 고품질의 선별된 물건들이 잘 진열돼 있었다. 카운터는 한쪽 구석에 있었다. 우리는 라반, 가게 주인, 내가 한 줄을 이루도록 자리를 잡고 섰다. 효과가 가장 잘 나타나는 위치로 나중에 경찰 신문을 할 때도 적용한 방식이다.

"저희가 돈이 다 떨어져서요." 내가 말했다. "여기 가게에 후원을 기다린다는 쪽지를 붙여도 될까요?"

가게 주인은 친절한 사람이었다. 그는 우리를 보며 미소를 지었

* 찬 공기 위에 더운 공기가 겹쳐 있는 경계면.

고 우리도 그 미소에 화답했다. 거기까지는 일반성의 경계 안에 있었다.

이윽고 효과가 나타났다. 가게 주인은 지금 무슨 일이 일어나는지 생각할 겨를도 없이 효과의 존재를 느낄 틈도 없이 일반적 경계를 넘어섰다.

그는 와인 진열대로 가서 와인 한 병을 집으려 했다.

"어, 그러실 것까진 없는데……" 라반이 말했다. "그래도 꼭 주시려거든 샴페인이 훨씬 낫지 않을까요?"

"전 채식주의자예요." 내가 말했다. "그런데 라반은 고기 없인 못 살거든요. 게다가 오늘은 저희가 커플이 된 걸 축하하는 날이라 남자 친구에게 꼭 고기 요리를 해주고 싶어요. 저기 냉장실에 있는 거 멧돼지고기 맞나요?"

전형적인 덴마크의 5월 날씨였다. 가게 뒤뜰에는 흰색 깃봉의 삼각 깃발이 나부꼈고 모든 것이 차분하고 조용한 덴마크적 평범함이 공기 중에 감돌았다. 하지만 가게 안 우리 세 사람 사이에는 피할 수 없는 운명적 느낌이 다소곳이 내려앉고 있었다.

우리는 자전거 바구니에 식료품을 가득 싣고 집으로 돌아왔다. 나는 가져온 재료로 요리를 했고, 샴페인을 반주로 저녁을 먹었다. 늦은 저녁이 되자 찬바람 한 줄기가 쌩 불어왔다. 우리는 몸을 부르르 떨었다.

"우리가 너무 심했나?"

나는 라반의 말을 귓등으로 흘렸다. 그리고 러더퍼드에 대해 이야기해주었다. 노벨상을 받았고 다른 사람들이 감히 따라오지 못할 물리학적 발견을 수두룩하게 한 사람이지만 러더퍼드는 실험실을 파산으로 몰고 갔다. 그럼으로써 훌륭한 학생들을 잃었고 핵분열을 발견할 기회도 놓쳤다. 그 모든 것이 너무 생각이 짧았던 탓이고 고상한 척하느라 후원받기를 꺼렸기 때문이다.

기억은 기억양자처럼 다발로 찾아오곤 한다. 라반이 내 다리를 주무르며 언제부터 우리 사이에 문제가 생겼는지 물었을 때 이 모든 생각들이 내 머릿속을 스쳐갔다. 라반도 똑같은 시간에 똑같은 기억을 돌이켰으리라. 대답을 바라고 질문을 한 것이 아니었다. 우리 둘 다 알고 있는 것, 그것을 함께 견뎌줄 동지를 찾고 있었던 것이다.

그날 저녁 이후 우리 관계에는 늘 작은 속삭임이 함께했다. 너무 작아서 잘 들리지도 않았던 그 속삭임. '특별한 재능을 남용한 벌을 받게 되지 않을까?'

34

우리 가족은 둥근 식탁에 둘러앉았다. 내 앞에는 국가 기록원 부속실에서 빼온 문서가 놓여 있었다. 약 20쪽 정도 되는 문건이었다. 쌍둥이는 저녁 식사 이후로 나와 눈을 맞추지 않았다.

내용은 거의 외웠지만 가만히 있기가 뭐해서 나는 문건을 넘기는 척했다.

"뛰어난 재능을 가진 열두 명의 젊은이가 모였어. 처음에는 여섯 명이었고 10개월 내에 열두 명으로 늘었어. 경제학자, 화학공학자, 신학자, 토목기사, 심리학자, 화가, 지질학자, 역사학자, 물리학자 각 한 명씩, 통계학자 두 명, 신부 한 명. 첫 만남은 1972년 여름이었어. 이 요약본은 첫 만남과 그 이후로 이어진 아홉 번의 모임에 근거한 거야. 1974년 12월에 작성됐고. 처음엔 반년에 한 번씩 만나다가 점점 빠져들어서 나중엔 자주 모였던 모양이야. 초반 분위기는 말 그대로 자유분방했던 것 같아. 젊은 사람들이 모여서 식사하거나 와인 한잔하면서 잘난 척하는 거 있잖아. 모두 각 분야의 전문가가 될 엘리트들이기도 했고. 처음엔 전문적 차원이 아니라 자유로운 분위기에서 자발적으로 모인 거였어. 스스로 '아마추어'라고 표현했을 정도니까. 기록도 거의 남기지 않았어. 자신들의 프로젝트가 언젠가 보고서로 남게 되리라는 걸 몰랐겠지. 출발점은 미래 감정서를 쓰는 거였어. '전문가적 의견에 근거한 미래 예측'을 요구받은 거야. 하지만 처음엔 결과물이 썩 훌륭하지 않았어. 보고서 작성자들의 표현대로 기발한 아이디어 정도였지. 그러다 어느 순간 달라지기 시작했어. 일단 분위기가 달라졌어. 보고서에 자세히 서술돼 있는데 상호 간 이해의 깊이가 달라졌어. 구성원들에게도 그 상황이 범상치 않게 느껴졌던 모양이야. 그들 사이에는 일종의 합의적 분위기가 형성됐어. 그건 그들이 살면서 겪은 어떤 것보다 밀도 있는 경험이었고 시간이 지나면서 더 강고해졌어. 마치 눈앞에 미래가 펼쳐지는 것 같은 경험이었겠지. 이 시기부터 꼼꼼하게 회의 기록을 했더라고. 이 보고서에서는 1년 반, 즉 다섯 번의 회의 기록을 세 개의 범주로 나눠서 요약, 정리했어. 첫 번째는 낱낱의 작은 사건들의 예측, 두 번째는 집단적 의미가 있는 중소 규모의 제한적 현상의 예측, 세 번째는 경향의 예측이야. 그리고 각 범주에서 시기가 얼마나 정확하게 예측됐는지가 나와 있고 빗나간 예측과 비교해 놓은 것도 있어. 가끔은 예측이 빗나가기도 했거든. 정보를 입수하는 데 시간이 오래 걸렸고 입수 경위를 제대로 설명하지 못하는 걸 보면 직관이었던 게 분명해. 근거에 대한 설명도 부족하고. 그런데도 적중률은 엄청나. 우리가 가진 현대의 지식으로도 설명할 수 없는 것들이 대부분이야. 게다가 그 모임은 조직적인 것과는 거리가 멀었거든. 예를 들어 1973년 의회 선거 건을 보면 알 수 있어. 미래위원회는 1972년 8월에 첫 모임을 가졌고 아직 모임이 제대로 틀을 갖추기도 전에 의회에 큰 정치적 변혁이 있을 거라는 예측을 내놨어. 제2차 세계대전 이후로 국민들 사이에서 만들어진 힘이 표현의 출구를 찾지 못하다가 표출되는 사건이 있을 것이고 이것은 국제적으로 반향을 불러일으킬 것이며 향후 1년 반 안에 일어날 거라는 예측이었어. 이 보고서는 1973년 12월 4일에 있을 선거라고밖에 할 수 없다는 말로 끝나. 그다음 모임에서는 외국으로 시선을 돌려. 중동에 감도는 긴장감은 아마도 전쟁으로 해소될 것이다, 여러 국가들이 이 전쟁에 개입할 것이고 에너지 공급에 막대한 영향을 끼칠 것이라고 돼 있어. 바로 1973년 10월 이집트와 시리아가 이스라엘을 공격한 사건이야! 장기적으로는 이 사건이 제1차 석유 파동을 불러와. 보고서에는 사람들이 냉전 상황을 잘못 판단하고 있다고 돼 있어. 냉전이 완화된 게 아니라 키신저의 외교 성과 아래서 미국은 미국대로 소련은 소련대로 무장을 해왔다는 거지. 다 이런 식으로 두루뭉술한데 갑자기 예측이 구체적으로 변해. '1973/74년을 지나면서 미국 대통령이 모욕적으로 퇴진하고 캘리포니아로 귀향할 것이다'란 예측을 내놓은 거야! 무슨 별자리 운세나 점술가의 예언처럼 말이야. 바로 닉슨 대통령이야! 정말 자다가 봉창 두드리는 소리였지. 그때만 해도 그 사건에 대한 아무런 실마리도 없던 때였거든! 그 밖에도 국내, 국제 이슈를 가리지 않고 크고 작은 사건 예측이 이어져. 피임약에 대한 대법원의 판결, 보수당의 분당, 러시아의 대륙 간 탄도미사일 보유량이 최고치에 달한 사건은 수치까지 정확히 맞혔어. 1,600개!"

"운이 좋아서 예언가로 불린 사람들이 많았죠." 하랄이 말했다. "여름 가뭄을 예언해서 유명해진 기상학자들이 있었고 불황을 예언한 경제학자도 있었고."

"이건 좀 달라. 점점 적중률이 높아지면서 그들 스스로도 자신감을 얻었고 그 내용을 기록하기 시작했어. 보고서에는 그 내용이 표로 정리돼 있는데 숫자를 보면 바로 알 수 있어. 그들이 예측한 것 중 큰 건은 24개, 작은 건은 40개 넘게 적중했어. 보고서 작성자들의 표현에 따르면 다른 어떤 싱크탱크도 이런 적중률을 보이진 못했대."

"보고서를 쓴 사람이 누군데요?" 하랄이 물었다.

드디어 올 것이 왔다. 이제 그들도 알아야 할 때가 됐다.

"맨 밑에 안드레아 핑크와 마가레테 스플리드의 서명이 있어."

모두 어안이 벙벙해서 나를 쳐다보았다.

"그때는 안드레아가 노벨상을 받은 지 얼마 안 됐을 때야. 안드레아는 덴마크에서 가장 유명한 인물 중 하나였고 지금도 그렇지만 그런 사람의 말은 영향력이 엄청나. 그러니 안드레아가 합류하면 효과가 확실할 걸 알았겠지."

"안드레아는 어떻게 그 그룹을 알게 됐는데요?"

하랄의 질문이었다.

나는 자리에서 일어났다. 시장기가 느껴졌기 때문이다. 우리 모두 배가 고팠다.

스트레스를 받을 때는 뭔가 먹어줘야 한다. 게다가 우린 아직 오리고기에는 손도 대지 않았다.

"안드레아가 그 그룹을 알게 된 게 아니야. 처음부터 알고 있었어. 그 그룹을 만든 장본인이 바로 안드레아와 마가레테 스플리드야. 미래위원회는 그 두 사람의 작품이야."

오리 한 마리는 다시 피자 오븐 속으로 들어갔다. 나는 밖으로 나가 찬 공기를 폐부 깊숙이 들이마셨다. 그리고 눈 위에 비친 달빛을 바라보았다.

곧 우리는 이 집에서 나가게 될 것이다. 집은 다른 사람에게 팔릴 것이고 모르는 사람들이 들어와 살겠지. 나는 담벼락에 손을 대보았다. 사람에게서와 같은 교감이 느껴졌다.

고요와 평화는 어루만지는 느낌을 준다. 촉각적이라고나 할까?

물론 지금쯤 이 고급 빌라촌에도 외출했다 돌아와 불청객의 흔적을 발견한 사람들이 있을 것이다. 값나가는 물건을 죄다 들어내고 오디오 케이블을 벽에서 떼어내고도 지문 하나 남기지 않은 도선생들 말이다. 그리고 지금쯤 겐토프테 병원 대기실은 크리스마스 연휴를 맞아 두 배는 더 깊은 술독에 빠져 아내에게 발길질을 해댄 남편들과 세라믹 전기레인지에 280도로 데운 프라이팬으로 공격에 방어한 아내들로 넘쳐나리라.

그리고 여기서 몇 킬로미터 떨어지지 않은 주택가에서는 한부모가정의 어머니들이 구세군에게 배급받은 꾸러미로 크리스마스이브를 치렀을 것이다.

그럼에도 불구하고 잠시 여기 서서 평화로운 순간을 만끽하는 것이 죄가 되지는 않으리라.

라반이 피아노 치는 소리가 들렸다. 하지만 멀리서 들리는 작은 소리라 이 고요를 더욱 두드러지게 할 뿐이었다.

다음 순간 오스카가 옆에 섰다. 노숙자들의 운동성에 대한 역학적 연구가 있는지는 모르겠지만 발끝으로 사뿐사뿐 다니지는 않을 것 같은데 인기척도 없이 바로 옆에 서 있는 걸 보면 오스카는 딱 그렇게 왔을 것만 같다.

"내일 사람이 올 겁니다." 그가 말했다. "안전한 곳으로 데려다줄 겁니다."

내가 충격을 받은 것은 그가 갑자기 노숙자처럼 보이지 않고 노숙자 냄새도 나지 않는 것 같아서가 아니었다. 절대로 빠져나갈 수 없다는 자각, 그 무력감 때문이었다.

우리는 마당을 빙 둘러 문이 있는 곳까지 갔다. 문 앞에서 그가 물었다.

"도망치지 않을 거죠?"

나는 그에게 한 발짝 다가섰다.

"내일 이동하기 전에 말이에요. 만약 하인에게 개인적으로 할 얘기가 있다면 어디로 가야 만날 수 있죠?"

대답을 기대하고 한 질문은 아니었다.

그는 보름달이 뜬 밤하늘을 올려다보았다.

"내일은 골프를 치러 갑니다."

"잔디밭이 눈에 하얗게 덮였을 텐데요."

"그 사람이 가는 곳에는 잔디 난방장치가 있습니다. 크론홀름에 있어요."

그가 가고 나서 나는 집 안으로 들어갔다.

“티트, 그런데 저 오스카란 사람 어디서 데려온 거니?”

“승마 학원 앞에서요.”

“마트손 승마 학원은 노숙자가 있을 만한 데가 아니잖아.”

“하지만 도움이 필요한 사람이란 건 바로 알 수 있었어요.”

더 이상 말해봐야 입만 아플 뿐이었다.

35

티트와 하랄은 잠자리에 들었다. 오늘은 하랄의 방에서 함께 잔다.

가끔씩 둘은 한 방에서 잠을 잔다. 어릴 때부터 그랬다. 나는 문을 살짝 열고 잠든 두 아이의 모습을 바라보았다. 함께 잠든 모습을 보면 흐뭇하기도 하고 걱정스럽기도 하다. 흐뭇한 건 남매간의 돈독한 정이 보기 좋아서이고 걱정되는 건 그들을 함께이게 만드는 게 언제나 외부에서 오는 압력이기 때문이다.

달빛에 비친 아이들의 얼굴은 거의 투명해 보였다. 그 모습을 보니 그로스테스트•가 『빛에 관하여』에서 말한 빛의 형이상학이 절로 떠올랐다. 그리고 『광학』에서 빛을 질료로 본 뉴턴, 오일러, 영, 맥스웰, 플랑크와 아인슈타인을 거쳐 안드레아 펑크와 그레인저의 양자광학 실험도 떠올랐다. 500년의 연구 역사를 통해 도출된 결론은 빛이란 무엇인지 아무도 모른다는 것이었다.

나는 문득 답을 알 것 같았다. 답은 쌍둥이의 잠든 얼굴 위에 드

• 중세 영국의 신학자이자 철학자.

리워진 달빛에서 곧장 내게로 전해졌다.

빛은 원래 애무이다.

나는 외투를 입고 차 열쇠를 챙긴 다음 공구상자에서 쇠지레를 꺼냈다. 그리고 거실의 불을 끈 다음 블라인드를 내렸다. 한참 떨어진 길가에 BMW 한 대가 주차돼 있었다. 오스카였다.

나는 다목적실을 통해 집 뒤편으로 가서 뒷문을 열었다. 갑자기 라반이 나타났다. 맨발에 실내가운 차림이었다.

"안드레아 좀 만나봐야겠어."

나는 뒤뜰로 가서 울타리에 난 구멍을 통해 도르테아와 잉에만의 정원으로 들어갔다. 그리고 정물이 된 배 옆을 지나 반대편 울타리로 나갔다. 거기서 작은 공원을 가로질러 휠레고르 로로, 거기서 다시 퀴스트 로로 갔다.

택시는 바로 왔다. 나는 구 칼스버그 로에서 내려 1960년대에 칼스버그 재단의 물리, 화학 실험실들이 모여 있던 곳을 지나 천천히 걸었다. 안드레아 핑크가 이 연구소의 교수로 재직할 당시는 세계 각지에서 유명한 과학자들이 찾아오던 때로 소문에 의하면 노벨상 수상자와 엉덩이를 부딪치지 않고는 댄스 스텝을 밟을 수 없을 정도였다고 한다. 한번은 안드레아가 보어의 일화를 들려준 적이 있는데, 보어가 운전면허를 따고 처음으로 시승식을 했다. 실험실의 연구원들이 창문에 다닥다닥 붙어 내려다보는 가운데 보어는 시속 7킬로미터로 달려가 연구소 정문 옆에 세워진 화강암 기둥을 그대로 들이받았는데 그 문의 너비는 8미터였다고 한다.

그녀는 웃음기 없는 얼굴로 그 이야기를 했고 "수잔, 이걸 잘 기억해둬. 자연과학이 다루는 건 인간의 전체 경험 중 극히 미세한 부분에 지나지 않는단다"라고 덧붙였다.

칼스버그 재단은 이곳에 아파트 건물을 여러 채 가지고 있다. 인터폰이 설치된 정문을 지나 도랑을 따라가다 보면 명예 저택이 나온다. 여기에도 울타리가 있고 문에 인터폰이 설치돼 있다. 경비원이 20분에 한 번씩 순찰을 하는 곳이다. 나는 이런저런 귀찮은 절차를 거치지 않고 이제까지 해오던 대로 속이 빈 나무 기둥 밑에서 열쇠를 꺼내 울타리에 달린 철조망 문을 열고 들어갔다.

건물은 불이 다 꺼져서 어두컴컴했다. 나는 한 번도 잠긴 적이 없는 현관문을 열고 안으로 들어갔다.

창문으로 달빛이 들어와 실내는 환했다. 눈 덮인 정원이 내다보이는 통유리 앞에 침대의 회색 실루엣이 보였다. 신선한 공기 중에 타버린 양초와 전나무에서 나는 묵직한 단내가 섞여 있었다. 손주들과 함께 크리스마스 파티를 했는지 커다란 크리스마스트리가 벽 쪽에 밀어져 있었다.

방 안에는 그녀 혼자뿐이었다. 사흘 전에 왔을 때 내가 앉았던 의자도 시간이 멈춰버린 듯 그 자리에 그대로 있었다.

나는 의자에 앉았다. 그녀는 돌아보지도 않은 채 내게 손을 내밀었다. 나는 그 손을 잡았다.

"수잔, 목발은 어쨌니?"

"이제 많이 나아졌어요."

그녀에게서 죽음의 존재가 느껴졌다.

그녀와 함께한 날들이 주마등처럼 스쳤다. 크리스마스여서일까? 유독 한 상황이 또렷이 떠올랐다. 일을 시작한 첫해에 그녀는 나를 구소련 여행에 데려갔다. 우리는 모스크바에서 비행기를 타고 크림 반도 남서부에 위치한 세바스토폴의 벨베크 군기지로 갔다. 그리고 거기서 고르바초프를 만났다. '사르자'라는 이름의 주말 별장에서였는데 그 이름에는 여명이라는 뜻이 있다고 했다. 소련 정부가 2억 5000만 달러를 들여 흑해 절벽 위에 지은 집이었다. 당시 그는 연방 국가의 처음이자 마지막 대통령이었다. 안드레아는 그로부터 2년 전 그의 뜻에 따라 여섯 명을 집단 의사 결정 과정에 집어넣은 일이 있었다. 그 여섯 명은 핵무기 사용 허용을 위한 경보 시스템의 명령자들로 상호 간의 의견 조율이 필요한 사람들이었다.

그 자리에는 고르바초프, 안드레아, 나 외에 영부인 라시아, 영애 이리나, 손자 둘도 함께했다. 벽에 놓인 작은 철제 가방 옆에는 제복 차림의 장교가 서 있었다. 나중에 안드레아가 말해주길 그 가방은 미국 대통령의 풋볼•에 상응하는 '셰갈'로 최후의 날에 벌어질 핵 공격에 대응하는 장치라고 했다.

고르바초프는 내가 여태까지 본 사람 중에 가장 피곤해 보였다. 말 그대로 한 나라와 민족의 미래를 어깨에 걸머진 사람 같았다. 물론 개혁 6년 만에 뜻을 다 이루지 못한 채 힘을 잃었지만.

고르바초프와 안드레아 핑크는 오랜 친구처럼 격 없이 대화를 나눴다. 그는 독립적 국가들의 연방 성격이 강한 소련을 만들기 위

• 미국 대통령이 핵미사일 발사를 명령할 때 쓰는 서류 가방.

해 그 방침을 논의할 그룹을 결성하는 데 조언을 구했다.

안드레아는 처음부터 그런 프로젝트가 실현 불가능하다고 생각하는 눈치였다. 아니나 다를까 10분쯤 지난 뒤 그에게 솔직한 의견을 말했다.

나는 그를 보는 것만으로도 국제 무대에서 그의 역할을 체감할 수 있었다. 그에게서는 거대한 전기모터의 떨림이 느껴졌다. 그런 그가 어찌할 바를 모르고 있었다.

나는 일어나서 그의 머리를 꼭 안아주었다. 일순 침묵이 감돌았다. 경호원은 얼어붙은 듯 꼼짝도 하지 못했고 손자들은 입을 다물었다. 안드레아 핑크도 마찬가지였다. 나는 그에게 이를테면 '섹슈얼 힐링' 같은 뭔가를 선물하고 싶었다. 나는 그의 머리를 내 쪽으로 들어 올리며 말했다.

"미샤, 우리 단둘이 있을 수 있다면 얼마나 좋을까요?"

그 말이 길을 열어주었다. 그들 모두 내 말이 진심이라는 것을 알았다. 그의 아내도 딸도 폭탄 가방을 든 장교도, 심지어 손자들까지도. 결정적인 순간을 포착하기만 하면 아이들이 못 알아들을 말은 없다.

"수잔." 그가 말했다.

그의 발음은 '스오잔'처럼 들렸다.

"보통은 조언자들이 내 머리를 쓰다듬지 않습니다."

"그건 '코펜하겐 대학의 양자물리학The Copenhagen School of Quantum Physics'을 잘 모르시기 때문이에요."

우리는 그대로 작별 인사를 하고 밖으로 나왔다. 이제 끝이라는 걸 모두 알았다. 50미터짜리 수영장을 지나 리조트 마을 포로스까지 이어지는 개인 소유의 해변을 1킬로미터 정도 걸으니 차가 있는 곳이 나왔다. 2주 후 1991년 크리스마스에 우리는 그가 그 방에서 보리스 옐친에게 폭탄 가방과 함께 모든 통제권을 넘겨주는 모습을 텔레비전을 통해 지켜보았다. 그게 25년 전 일이다.

나는 그때 그 회동에서, 그리고 텔레비전 중계에서 보았던 고르바초프의 피로감을 안드레아 핑크의 얼굴에서 다시 발견했다. 그것은 오늘내일만 생각하며 사는 우리네 보통 사람들은 느낄 수 없는 것으로 비전을 가진 사람들, 그리고 그것이 눈앞에서 녹아버리는 것을 목도한 사람들만이 가지는 피로감이다.

"마가레테 스플리드와 함께 미래위원회를 만든 사람이 교수님이죠? 스플리드가 죽었어요."

안드레아는 그 사실을 알고 있었다.

"헨릭 코르넬리우스도 죽었고요."

그녀의 손은 차가웠다. 죽음이 가까워지면 생체 전기 에너지는 피부 표면을 떠나 몸의 중심으로 이동한다. 어쩌면 오늘 밤이 마지막일지도 몰랐다.

"수잔, 그때 우린, 마가레테와 난 그 사람들에게 그런 능력이 있는지 몰랐어. 나중에야 알았어. 마가레테와는 20년 전부터 알고 지낸 사이야. 국방 아카데미에서 마가레테의 위상은 독보적이었지. 국방부에 평화주의자라니! 처음엔 명분 때문에 마가레테를 뽑았을 거야. 여자라는 점, 군 출신이 아니라는 점, 독일과의 연결 고리, 그리고 전쟁 범죄와 관련해 과거가 깨끗하다는 점. 하지만 몇 년 지나자 없어서는 안 될 인물이 됐지. 마가레테는 1964년 정규직으로 채용됐어. 사관학교에 처음으로 여생도가 입학한 해야. 하지만 마가레테는 이미 1950년대부터 논문을 통해 두각을 드러냈어. 내가 논문을 보고 연락을 했어. 알고 보니 재능 있는 사람을 모으는 데 관심이 있더라고. 그리고 그 사람들의 능력이 최대한 발휘되도록 하나의 연관성으로 묶어내는 거지. 보어가 그런 걸 참 잘했어. 우린 사회가 어떤 방향으로 발전하는지 관심을 가지고 지켜봤어. 낙관주의는 기반이 너무 약해. 우린 사실주의를 지향했어. 사실주의적 예측. 쿠바 미사일 위기는 마가레테와 내게 결정적인 계기가 됐어. 마가레테는 공군과 함께 독일 람슈타인에 있는 미 공군기지로 시찰을 나갔어. 1962년 10월이었지. 사람들은 아직 만 스무 살도 안 된 마가레테를 뽑아서 보냈어. 처음 몇 주간은 아무 일도 일어나지 않았어. 그러다 드디어 일이 터졌지. 마가레테는 남자를 좋아했어. 수잔 너처럼. 마가레테는 '에어포스 유럽'의 부사령관과 가까워졌어. 그 사람의 책임 범위에는 이른바 '항공 전위대forward-based air'도 포함돼 있었어. 핵무기 공격을 받게 될 경우 제일 먼저 소련에 폭탄을 떨어뜨릴 비행기들을 말하는 거지. 그 부사령관의 말로는 소련이 공격해올 경우 그 비행기들이 출동할 수 있는 시간은 단 1.5초에 불과하다고 했어. 소련이 제일 먼저 공격할 대상이 바로 그 기지이기 때문이지. 그래서 조종사들이 교대로 24시간 내내 비행기에 앉아 대기했어. 그리고 만약 출동할 경우 그들의 임무는 '원 웨이'라는 걸 알고 있었지. 독일이 없어진다면 그들이 돌아올 곳도 없어질 테니까. 그 일주일 동안 마가레테는 크게 충격을 받았어. 머리에 든

성듬성 흰머리가 생길 정도였지. 전후 런던에서 돌아온 크리스마스 묄러*처럼 말이야. 우린 그때부터 그룹을 만들 생각으로 주제를 찾기 시작했어. 그룹이 결성될 때까지는 10년이나 걸렸지만."

"의회에는 뭐라고 얘기했어요?"

"각 분야의 전문가들이라고 했지. 사실이 그렇기도 했고."

"그 사람들이 미래를 예언할 수 있다는 걸 알고 계셨어요?"

"미래를 예언할 수 있는 사람은 없어. 현실이 되기 전에는 모든 게 가변적이니까. 그건 잠재성으로 이루어진 다차원적 장이야. 우린 그들이 뛰어난 예측가라는 걸 알았어. 우리가 사람을 뽑는 중요한 기준이 그거였거든. 우린 그들이 말한 것 중 몇 개나 들어맞는지 지켜봤어. 그런데 2년이 지나고 나서 보고서를 훑어보니 그 문건이 얼마나 정확한지 알겠더라고. 경험의 한계를 뛰어넘어 앞을 내다보는 능력이 정말 대단한 사람들이었어."

"그럼 토르킬 하인은요?"

"우린 그 보고서를 의회에 제출하지 않았어. 만약 그랬다면 매사에 전전긍긍하는 정치가들이 패닉에 빠졌겠지. 언론과 여론에서는 점술가를 끌어들였다고 비난할 테고 다른 전문가들은 위원회 구성원들의 나이가 어리다는 이유로 무시했을 테니까. 하지만 우린 상상도 못 할 강력한 현상과 맞닥뜨렸다는 확신이 있었어. 그래서 국정원과 기무사에 접촉했지. 그쪽에서 위원회를 통제하려고 했지만 뜻대로 되지 않았어. 우린 위원회의 일을 지켜보고 평가해줄 다른

* 욘 크리스마스 묄러. 덴마크 국민보수당 정치가. 제2차 세계대전 중 영국으로 망명해 독일에 대한 저항 운동을 벌임.

그룹을 만들기로 했어. 하인은 당시 법무부 장관이었어. 역사상 최연소 장관이었지. 결국 그 사람이 그 그룹을 이끌게 됐어."

"그리고 어느 순간 하인을 통제할 수 없게 돼버렸군요?"

그녀의 얼굴에 그늘이 졌다.

"위원회는 익명성을 요구했어. 그리고 신입 위원도 스스로 뽑겠다고 했고. 위원회가 점점 내게서 거리를 두는 사이 하인이 그들을 장악했지. 수잔, 난 정치가가 아니란다. 원래 권력 게임 같은 건 할 줄도 모르는 사람이고. 하인은 나를 위원회에서 완전히 빼버렸어. 내 인생의 가장 성공적인 실험에서 말이야."

"마가레테 스플리드는요?"

"마가레테와는 계속 연락을 취했어. 하지만 정말 조심해야 했지. 나중엔 연락하는 것도 힘들어졌어. 마가레테가 이상한 방향으로 변해서……"

나는 그녀 쪽으로 얼굴을 쓱 들이댔다.

"욕심이 생겼죠. 심지어 마가레테까지도요. 교수님도 알고 계셨죠? 위원이었던 사람들이 사는 집에 가봤는데요, 다들 아주 부자가 됐더라고요. 그런 평범한 직업으로 그만큼 돈을 벌었다는 건 말이 안 돼요. 자신들의 재능을 이용해서 재산을 모았다는 거죠."

"너처럼?"

순간 나는 온몸이 가시에 찔리는 느낌이었다.

"전 그렇게 똑똑하질 못해서요."

솔직함은 로렌츠 곡선과 비슷한 데가 있다. 항상 뭔가 명백해지려고 할 때면 괜히 모든 게 삐걱거리고 쉬이 앞으로 나아가지 못한다. 바로 그때가 멈추지 말고 계속 가야 할 때이다. 거기서 멈추면 기회를 놓치고 만다.

"그래서 하인은 어떻게 했죠?"

"법무부를 떠났어. 사전에 정부와 미리 협의해서 주요 정치가들의 후원을 약속받았지. 기밀 유지에 대한 부분에서도 행정부 보고 의무에서 벗어났어. 그 그룹에게는 '미래학 연구소'라는 코드네임이 주어졌어. 모임 장소는 다양했고 나중에는 주로 구 라디오 방송국에서 모였어. 위원회는 하인을 싫어했어. 하지만 꼭 필요한 존재이기도 했지. 그들은 자기들이 손에 뭘 쥐고 있는지 알았어. 그건 로스앨러모스•에 비할 만한 거야. 정보 기술적 방사능을 가진 거나 다름없었지. 마가레테도 그들이 두려워한다고 말했어. 그래서 국가의 보호가 필요하다는 걸 알았던 거야. 비밀 유지를 위해서도 그렇고 자신들이 내놓은 예측 중 어떤 게 쓸 만한 건지 감정하는 데도 국가 차원의 도움이 필요했지. 그 예측들은 직관적인 게 많았기 때문에 사실로 증명하고 외부에 발표할 만한 것을 추려내줄 사람도 필요했어. 모임이 이미 결성됐기 때문에 나는 필요 없어졌지만 하인은 꼭 필요한 존재였지."

나는 그제야 그녀의 피로감이 어떤 종류의 것인지 이해할 수 있었다. 그건 개인적인 피로감일 뿐 아니라 자연과학 자체에 대한 환멸이었다. 자연과학이 이룬 위대한 발견, 위대한 발전 가능성, 위대한 무기들을 정치가, 경찰, 기업가들이 가로채고 정작 과학자들은

• 미국의 국립 연구소로 세계 최초로 핵폭탄을 개발함.

뒷전으로 밀려나야 하는 현실에 대한 환멸이었다.

"마가레테와 교수님이 만들어낸 작은 괴물을 더 이상 통제하지 못하게 된 거네요."

휑한 방 안에 침묵만이 감돌았다. 그녀 정도의 위상을 가진 사람이라면 주치의, 간호사, 신부, 목사, 박수 부대 할 것 없이 불러 모아 자신이 평생 이룬 업적을 입이 마르게 칭찬하게 했을 것이다. 하지만 그녀는 그렇지 않았다.

"하인이 한 달 전에 찾아왔었어. 20년 만이었지. 중요한 정보가 필요하다면서 조언을 구하러 왔어. 위원회 보고서를 찾아야 하는데 방법이 없다고 해서 네 얘기를 했어. 내가 잘못한 건 아니겠지, 수잔?"

나는 더 이상 감정을 주체할 수 없었다.

"사람이 죽었어요! 살해당했다고요! 하랄과 저도 죽을 뻔했고요! 이 일에 하인이 관계돼 있나요?"

그녀는 듣기 싫다는 표정을 지었다. 평생에 걸쳐 현실을 직시했던 그녀가 이제는 내 말 몇 마디를 견디지 못했다.

"난 모르겠다, 수잔. 쭉 외부인이었으니까. 어쨌든 하인은 미래학 연구소를 독립적인 기관으로 만들었어. 법무부와의 관계도 끊었고. 70년대 말까지는 정부에 직접 보고를 했지만 그것도 옛날 일이야. 그래서 더 통제하기 힘든 사람이 됐어. 정권은 계속 바뀌지만 일을 일관성 있게 진행시키는 건 관리들이거든. 물론 에릭 이브 슈미트나 사회복지에 기여한 세이에루프 같은 인물들도 있지만 더러는 위험한 사람들이지."

그녀는 뭔가 더 말하려는 듯했지만 결국 입을 다물고 말았다.

"교수님과 전 모녀 관계처럼 시작해서 더 높은 차원으로 발전했어요. 사람을 대할 때든 물리학을 대할 때든 제 목표는 항상 그거예요. 끝까지 가보는 거, 지식이 아무 소용없어지는 경계까지 가서 미지의 땅을 밟아보는 거. 지금 우리 관계도 더 나아갈 수 있어요."

그녀는 내게 등을 보이며 돌아누웠다. 나는 자리에서 일어섰다.

달도 크리스마스의 밤도 저물고 있었다.

나는 필레 가에서 택시를 잡아탔다. 크리스마스 방문을 마친 사람들이 집으로 돌아가는 시간이라 도로에는 차가 많았다.

택시가 말레모세 역 교각 밑을 지나고 있을 때였다. 경광등의 푸른빛이 바닷물처럼 택시 안으로 쏟아져 들어왔다. 오토바이 경찰이 중앙선 쪽으로 넘어가라고 손짓했다. 교각 건너편에서 사고가 난 모양이었다.

나무 두 그루 사이에 차가 한 대 끼었는데 부상자를 끄집어내기 위해 차 지붕을 잘라낸 상태였다. 경찰관들은 통제선을 쳐놓고 제동거리를 재고 있었다.

차는 재규어였다. 차창은 모두 부서졌지만 큰 앞 유리 파편에 붙은 주차 스티커가 눈에 들어왔다. 글자는 보이지 않았지만 황금 각도기 위에 황금 컴퍼스가 얹어진 표장은 쉽게 알아볼 수 있었다.

에빅헤 로에 도착하니 모든 것이 어둠과 적막에 싸여 있었다. 나는 옷을 벗고 샤워부스 안으로 들어갔다. 홀름강엔 소년원에서는 찬물로 샤워를 해야 했다. 그건 내 평생의 트라우마로 남았다. 다른 여러 트라우마들과 함께. 그래서 다른 건 다 포기해도 따뜻한 물로 오랫동안 하는 샤워만은 포기할 수가 없다.

샤워부스에는 샤워기가 두 개 달려 있다. '부스터'가 달린 열 교환기 두 개에 하나씩 연결돼 있다. 그중 하나는 내가 불법으로 설치한 것이다. 실험실에서 일이 일찍 끝나는 날에는 라반과 함께 각자의 샤워기 밑에서 샤워를 하곤 했다. 쌍둥이 중 누군가 깨어날 것에 대비해 문은 약간 열어두고 낮은 소리로 두런두런 얘기를 하면서. 그건 더러움을 씻어내는 의식 같은 것이었다. 처음에는 오늘 있었던 일을 서로에게 들려주면서 가볍게 먼지를 씻어내는 느낌으로 씻는다. 그러다 점점 서로에게 가까워지고 뜨거운 물과 효과가 보호막을 걷어내면 진정한 의미의 벌거벗은 상태로 서로를 마주 보게 된다.

밖에서 문 두드리는 소리가 들렸다. 라반이다. 나는 라반이 문 두드리는 소리를 구별할 수 있다. 마치 자신을 소개하듯 정중하고 조심스럽게, 그러나 거절할 수 없게 문을 두드린다.

나는 몸에 수건을 두르고 문을 열었다. 머리가 부스스하고 잠에 취한 얼굴이었다. 그런데도 내가 오는 소리를 듣고 일어난 것이다.

"미래위원회는 안드레아의 작품이었어." 내가 말했다. "팀이 결성되고 나서 권력에서 밀려난 거야. 사람들이 살해당했다는 건 모르고 있더라고. 하인에게 내 얘기를 했대. 뭔가 더 알고 있는 것 같은데 말을 안 해. 그리고 오는 길에 켈센의 차를 봤어. 사고가 났더라고."

그는 고개를 끄덕였다. 나는 그의 뺨을 어루만졌다. 그는 살피는 듯한 표정으로 내 뒤를 보았다.

"왜?" 내가 물었다.

그는 문 쪽으로 한 발짝 물러서는 척했다.

"혹시 전동 드라이버와 테라스용 나사를 숨기고 있지 않나 해서."

36

크리스마스 연휴 첫날. 시간은 4시 45분. 금쪽같은 시간까지 15분밖에 남지 않았다.

나는 울타리에 난 구멍으로 들어갔다. 그리고 추위 속에 서서 에빅헤 로에 사람이 아무도 없을 때까지 기다렸다. 그리고 인적이 없어지자 도르테아의 볼보에 시동을 걸고 홀테•로 향했다.

국립 은행장을 지낸 안드레아스 바움가르텐의 주소는 루데르스달 호베드고르로 나와 있었다. 나는 콩에 로에서 돌아 자갈길로 들어섰다. 구불구불한 길은 눈 덮인 들판과 작은 숲을 감싸고 이어졌다. 이윽고 담과 커다란 문이 나타났다. 길가 쪽에는 '매매'라는 팻말이 세워져 있었다.

거기서부터 끝없이 이어지던 길은 성처럼 지어진 커다란 저택 앞에서 끝났다.

온 집 안에 불이 켜져 있었다. 계단을 올라가면 탑으로 통하는 널

• 코펜하겐 북쪽에 위치한 교외 지구.

찍한 문이 있고 계단 앞에 벤틀리 한 대가 세워져 있었다. 검은 옷을 입은 남자가 짐을 싸는 중이었고 건물 앞에는 이삿짐 상자가 쌓여 있었다. 창문 앞 레이스 커튼도 모두 걷어낸 것으로 보아 이사를 가는 것이 분명했다.

검정 스웨터와 검정 바지 차림에 검은색 승마부츠를 신은 여자가 다가왔다. 표정은 적대적이었고 길가의 통행 차단용 바리케이드처럼 융통성이라고는 없어 보였다.

"안드레아스를 만나러 왔어요." 내가 말했다. "파뇌 섬에서 수잔이 찾아왔다고 전해주세요. 산부인과에 다녀오는 길인데 4개월째래요. 앞으로 어떻게 할 건지 얘기 좀 해야겠어요. 결혼을 할 건지 아니면 어떡할 건지."

그녀는 그 말을 듣더니 홱 돌아섰고 앞장서 걷기 시작했다. 나는 그녀를 따라 집 안으로 들어갔다. 로비를 지나 무도회장 같은 응접실에 도착하니 안드레아스 바움가르텐이 2층에서 내려오는 게 보였다.

숱 많은 회색 머리가 사자 갈기처럼 풍성해서 왕 중의 왕 사자의 풍모를 지닌 남자였다.

"마가레테 스플리드의 크리스마스카드를 가지고 왔어요." 내가 말했다. "질식사 당하기 전 마지막으로 쓴 카드예요."

그는 영문을 모르겠다는 표정을 지었다. 그러나 잠시 어리둥절했을 뿐 오래 지체하지는 않았다.

"지금 공항에 가는 길인데 따라오시겠습니까?"

우리는 다시 계단을 내려가 밖으로 나갔다. 내가 그에게 차 열쇠를 내밀자 그는 검은 옷을 입은 남자에게 건넸다. 나는 그와 함께 벤틀리에 탔다. 운전석에는 승마부츠 신은 여자가 앉아 있었다. 운전석 앞 계기판은 실험실을 방불케 했고 그녀는 유능한 연구원이었다. 절제된 동작과 최소한의 에너지로 차를 운전했다. 차는 공중에 붕 뜬 듯 매끄럽게 달리기 시작했다.

"헨릭 코르넬리우스가 죽었어요." 내가 말했다. "아마 켈센도 죽었을 거예요. 사고 현장에서 그 사람이 타고 다니는 재규어를 봤는데 못 알아볼 정도로 망가졌더라고요."

어둠 속에서 눈 덮인 들판이 하얗게 빛났다. 우리 뒤로는 아까 짐을 실었던 검은 옷의 남자가 내 차를 운전하며 따라왔다.

"그러는 댁은 누구시죠?"

"수잔 스벤센, 코펜하겐 대학에서 물리학을 가르치고 있어요. 전 특별한 신문 기술을 사용할 줄 알아요. 그래서 토르킬 하인이 마가레테 스플리드에게서 정보를 빼달라고 요청했어요. 미래위원회의 마지막 모임과 그전 모임에 관해서요."

그는 표정 하나 바뀌지 않았지만 머리 굴리는 소리가 들리는 듯했다. 그리고 그건 주판알을 튕기는 수준이 아니었다.

"안드레아 핑크가 쓴 요약본 읽었어요." 내가 말했다. "미래위원회 보고서 말이에요. 키르스텐 클라우센이 국가 기록원에 보관해놨더라고요. 저 15분 안에 하인에게 전화해야 해요. 아니면 카스트루프 공항에 경찰 대대가 기다리고 있을 걸요."

그는 여전히 아무 말이 없었다.

"지금 제 목이 간당간당해요. 저도 미래위원회의 마지막 보고서

두 개를 구해오면 징역형을 면하게 해준다고 해서 이러는 거예요."

"무슨 죄를 지었는데요?"

나는 질문의 저의가 의심스러웠지만 그냥 내 느낌을 따르기로 했다.

"폭행요. 상대는 애인이었어요."

그제야 그는 마음을 열었다. 이유는 알 수 없었다.

"마지막 모임에서는 기록을 남기지 않았습니다. 예측이 너무 어둡게 나왔어요. 세계적으로 존재하는 수백 개의 위험 요소를 경제, 환경, 지리정치학, 사회, 기술, 국제적 리소스의 여섯 개 범주로 나누어보자는 게 논의의 시작이었습니다. 주된 문제점은 다섯 개로 정리됐어요. 만성적 재정 불균형, 온실가스 분출, 끊임없는 인구 증가, 극도의 수입 불평등, 에너지 가격과 농산물 가격의 불안정으로 나타나게 될 자원 부족."

차는 룅뷔를 지나 고속도로를 달렸다. 막 덴마크 기술대학을 스쳐지나갔다.

"우린 국제적 리더십이 실패한 세계를 그려봤습니다. 서구권 국가들의 복지 모델은 국가 채무 부담으로 부분적으로 허물어질 테고 젊은 세대는 극도의 실업률 속에서 역사상 최고령의 국민들을 부양해야 할 겁니다. 2020년에는 60세 이상 인구가 1500만이라고 하잖아요. 통제 불가능한 사회적 불안의 확산, 곧 사라져버릴 20세기식 경제 제도와 직업 유형에 맞춰온 학교 교육의 폐해, 대재난으로 점철된 일상. 20세기에는 대형 기름 유출이나 독성 화학물질 누출 사고가 있었지만 이제 컨테이너에 저장할 수 없는 변종 미생물 출현과 나노물질 사고도 일어납니다. 저장 용량을 초과했고 저장 방식도 낡았기 때문이죠. 자원 부족은 신부족주의와 전쟁을 야기합니다. 이 지구 상에는 아직도 세계 인구 한 명당 티엔티 천 톤 분량의 핵이 존재합니다. 남녀노소 구분 없이요. 아주 작은 전술적 핵전쟁, 예를 들어 인도와 파키스탄의 국경 분쟁만으로도 그 폭발력은 히로시마의 천 배에 달합니다. 도시가 불타고 남은 재가 북반구에 빙하기를 불러올 겁니다."

차는 헤를레우를 지났다.

"당신들이 틀리지 말란 법도 없잖아요." 내가 말했다. "잘못 계산한 거예요."

그는 얼굴 근육에만 국한되는 미소를 지었다.

"유럽 사람들은 편안하게 살죠. 사방에 가족영화를 틀어놓은 안방극장에서 삽니다. 이건 미래의 일이 아닙니다. 몰락은 이미 시작됐어요."

"불균형은 수정될 수 있어요."

"불균형은 아직 제대로 인식되지도 않았습니다. 덴마크의 현실을 보세요. 정치가들은 자기 밥그릇 챙기기에 급급하고 이해 집단들은 조금이라도 더 차지하려고 혈안이 돼 있고 언론은 진실을 알면서도 말하지 못합니다. 왜? 진실을 들으려는 사람이 없으니까요. 문제는 우리 밖에 있지 않습니다. 바로 우리들 자신, 과소비와 빚더미에 앉아 있는 우리들이 문제인 겁니다."

차는 점점 공항에 가까워졌다. 나는 그의 점잖은 미소 뒤에 숨겨진 분노를 느꼈다.

"이 얘기를 45년 전부터 하고 있어요! 그런데 우리 얘길 귀담아 듣는 사람은 한 사람도 없었습니다. 유럽 정치가 중에 경제 성장을 들먹이지 않는 사람은 없습니다. 하지만 지금 이 형태의 경제 성장은 그 한계를 진즉 넘어섰어요. 영원히 지속될 수가 없다고요."

"그럼 어떻게 되는 거죠?"

차는 큰 문을 지나 공항으로 들어섰다. 내가 한 번도 가본 적이 없는 구역이었다. 차는 낮은 철망울타리 앞에서 멈췄고 건너편에 소형 제트기 한 대가 보였다. 스튜어디스 두 명과 제복 차림의 조종사 두 명이 그 앞에 차렷 자세로 서서 대기 중이었다.

그들이 기다리는 사람은 다름 아닌 안드레아스 바움가르텐이었다. 그가 벤틀리에서 내리자 그들은 거수경례를 했다.

"우린 여섯 가지 버전으로 붕괴 시나리오를 그려봤습니다."

공항 직원이 그에게 문을 열어주었다. 항공권도 탑승권도 제시할 필요가 없었고 알몸 투시기도 없었다.

문으로 들어간 그는 뒤를 돌아보더니 다시 울타리 앞으로 걸어왔다.

"수잔, 알아둘 게 하나 더 있어요. 우리가 본 붕괴 시나리오 여섯 개 모두에서 두 번의 세계대전 희생자를 합친 것보다 희생자 수가 더 많게 나왔어요."

그의 말투에는 이해하기 힘든 비웃음이 섞여 있었다.

"이 정도면 감이 오죠?"

그가 다시 예의 그 미소를 지었다.

"간단합니다. 미래를 보는 능력 따위도 필요 없어요. 두 번의 세계대전이 국제적 리더십에 끼친 영향이 뭔지 생각해보면 됩니다. 6000만 명의 희생자를 낸 전쟁 뒤에 바뀐 게 뭡니까? 아주 작은 흔적은 남겼죠. 국제연합, 미국의 입김에 좌지우지되는 작고 무력한 기관, 시들시들한 유엔뿐이에요. 그게 답니다. 그 밖에는 모든 게 전쟁 전과 똑같은 수준에 머물렀어요. 마치 아무 일도 없었다는 듯이 말이에요. 그러니 잘될 리가 없잖아요?"

그는 비행기 쪽을 쳐다봤다. 막 짐을 싣는 중이었다.

"국립 은행에 다닐 때 경제 자문위원인 동료가 있었어요. 머리 좋기로는 스칸디나비아에서 손에 꼽을 정도였죠. 한때 우리 모임에 끌어올까도 했었는데, 그 친구는 늘 술이 문제였어요. 11월의 어느 날 밤 그 친구가 술에 취한 채 오줌을 누려고 뉘하운 부두에 서 있다 물속으로 떨어졌어요. 그런데 마침 순찰차가 뉘하운 다리를 지나고 있었죠. 경찰관들이 물속에서 건져냈는데 두 달간 혼수상태였다가 기적처럼 깨어났죠. 두 달 후 그는 다시 술을 마시기 시작했어요. 그리고 2년 후 지난번과 똑같은 자리에서 오줌을 누다 물속으로 떨어졌어요. 이번에는 지나가는 경찰차가 없었고 다음 날 아침 수로 바닥에서 죽은 채 발견됐어요. 서구 세계는 이 남자와 똑같습니다. 우리의 미래는 실수에서 뭘 배우는 미래가 아닙니다. 실수가 있었다는 걸 인정하기도 싫어하는 미래예요."

나는 티트와 하랄, 다른 수백만의 아이들을 떠올렸다.

"선택할 수 있잖아요." 내가 말했다. "선택은 항상 존재해요."

"물리학자라고 하지 않았던가요? 자유로운 선택이라는 건 환상속에나 있는 겁니다. 우리 모두는 생물학적 존재예요. 경쟁에서 생겨났다고요. 인간의 신경체계는 더 많이 빼어 챙기는 걸로 프로그래밍돼 있어요. 그게 뭐가 됐든."

그는 그 말을 남기고 비행기로 걸어갔다.

"그러게요." 내가 말했다. "그쪽이야말로 엄청나게 많이도 챙기셨네요."

그는 걸음을 멈추더니 천천히 나를 돌아보았고 다시 돌아왔다.

"장장 45년입니다! 우린 사람들을 일깨우려고 노력했어요. 주된 흐름과 낱낱의 사건들, 국내외적으로 중요한 예측을 2,000개나 내놨습니다. 덴마크는 그 어느 정부도, 그 어느 국가도 가지지 못했던 첨단 기구를 가지고 있었어요! 하지만 우리 말을 듣는 사람은 없었어요. 토르킬 하인과 국정원이 우릴 겹겹이 둘러싸고 격리시켰어요. 월급 몇 푼 쥐여주면서 조용히 있으라는 거였죠!"

그의 상처받은 자존심은 이상하게 공감을 불러일으키는 데가 있었다. 어디서 많이 들어본 톤이었다. 피신문자들에게서, 대학에서, 사회 상류층들에게서, 그리고 나 자신에게서.

"결국은 당신들이 다 해 처먹었잖아요." 내가 말했다. "당신만 해도 꽤 해 먹지 않았어요?"

그는 울타리를 사이에 두고 내게 바짝 다가왔다. 이제 왕의 풍모는 찾아볼 수 없었다.

"성을 사셨죠?" 내가 말을 이었다. "벤틀리도 사고 전용기도 사고. 키르스텐 클라우센은 아예 박스베르 교회를 샀더라고요. 헨릭 코르넬리우스는 수억대의 돈으로 수도원을 지었고요. 당신들은 당신들의 가치에 비해 차고 넘칠 만큼 챙겼어요. 지금 추궁을 받아야 할 사람이 있다면 그건 바로 당신들이라고요!"

근거리에서 보니 그에게는 고양이처럼 날쌘 면이 있었다. 그는 내가 저항할 틈도 없이 내 뒷목을 낚아채 울타리 위로 끌어당겼다.

"집에나 기어들어가지, 수잔." 그가 낮은 소리로 내뱉었다. "네가 사는 그 거지 움막 같은 집으로 기어들어가서 DVD로 가족영화나 보라고. 그리고 앞으로 어떻게 되는지 지켜봐."

나는 차분히 움직였다. 어릴 적부터 터득한 차분한 동작은 실험실에서 피펫과 라듐 결정과 정밀 저울을 다루면서 더 섬세하게 다듬어졌다. 나는 조용하고 차분하게 그의 외투 단추를 하나씩 풀고 바지와 팬티 속으로 손을 집어넣어 고환을 움켜쥐었다. 그곳에도 사자의 갈기처럼 털이 잔뜩 나 있었다.

나는 손에 힘을 꽉 주었다.

그는 바로 무릎을 꿇었고 내 목을 잡고 있던 손에 힘이 풀렸다. 승마부츠를 신은 여자와 내 차를 운전하고 온 남자가 서둘러 달려왔다.

나는 그의 고환을 더 꽉 움켜쥐었다.

"저 사람들 오지 말라고 해."

그는 말을 할 수는 없었지만 손을 들어 신호를 보냈다. 그들이 멈춰 섰다. 나는 그의 이마에 내 이마가 닿을 정도로 가까이 얼굴을 들이댔다.

"그 돈은 어디서 났지, 안드레아스?"

그는 입을 열지 않았다. 나는 손에 더 힘을 주었다.

"그만, please, 제발 그만해!"

"돈 어디서 났냐고?"

그는 소리를 쥐어짜내 겨우 대답했다.

"금."

"금이 뭐?"

"금 시세가 올라갈 거란 전망이 나왔어. 8월 15일 쇼크의 영향으로."

"좀 자세히 얘기해줄래? 난 결혼반지 빼고는 금이란 걸 가져본 적이 없어서."

"1971년 8월 15일 닉슨이 달러와 금의 태환 정지를 선언했어. 금은 1944년부터 국제통화였어. 브레턴우즈 체제 말이야. 우린 그 결과로 금값이 치솟을 걸 알았어. 그것도 그렇지만 위기 때문에. 그래서 우린 금을 사놓고 기다렸어. 그다음에 돈을 빌려서 더 많이 샀고."

나는 그제야 이해가 됐다.

"그게 가장 간단한 방법이었겠네." 내가 말했다. "주식 투자를 하거나 부동산 투기를 했다면 흔적이 남았을 테니까. 이거야말로 간단하네. 그래서 얼마나 해 먹은 거야? 천만? 억?"

그 순간 그와 나 단둘만이 알 수 있는 일이 일어났다. 먼저 그의 눈동자에 엷고 투명한 막이 생겼다. 마치 소스가 다 졸아서 감자에 캐러멜 막이 생기듯이 말이다. 그리고 그의 음경이 내 팔 위에서 발기해서 단단해졌다. 분젠버너*로 가열한 화강암 기둥처럼 말이다.

• 저온 납땜에 사용하는 장치.

"같이 가지." 그가 말했다.

처음에는 그가 뭐라고 하는지 잘 알아듣지 못했다. 그가 그 말을 다시 했을 때 알아듣고는 어이가 없었다. 시간이 멈춘 듯 주위의 모든 풍경이 얼어붙었고 그 비현실적인 풍경 한가운데 우리가 서 있었다. 승마부츠를 신은 여자, 항공사 직원들, 소형 제트기, 코펜하겐 카스트루프 공항.

"어디로 가자는 거지?"

"브라질."

나는 그의 눈을 직시했다.

"아, 알겠다. 그러니까 내가 동행하길 바란다? 그래서 하루에 한 번 야자수 사이에 당신을 묶어놓고 사이잘 끈으로 불알을 꽉 싸놓고 가죽 채찍을 이용해서 발기하게 해달라는 거지? 그 말인가?"

그는 힘겹게 숨을 내쉬며 고개를 끄덕였다.

나는 평생 솔직함이라는 테마를 가지고 일해왔지만 경이로운 일은 끊임없이 생긴다.

"안드레아스." 내가 말했다. "미안하지만 난 그럴 시간은 없어. 그런데 내가 당신을 알고 나서 느낀 건데, 이 세상 어디를 가든, 물론 브라질 바이아에도 그걸 공짜로 해줄 여자는 얼마든지 있을 거야."

그의 눈동자에서 투명한 막이 걷혔다. 그는 현실로 돌아왔다.

나는 그를 놓아주었고 그는 뒤로 물러났다. 하지만 바로 도망치지는 못했다.

그리고 효과가 사라지기 시작했다. 나는 그의 반응이 궁금해서 시선을 떼지 못했다. 그는 내게서 어떻게 돌아설까? 모욕을 당한 그는 어떤 반응을 보일까? 분노와 수치심? 아니면 아무 일도 없었다는 듯 행동할까?

그는 사자 갈기 같은 머리칼을 쓸어 올리더니 미소를 지었다. 이번에는 얼굴 근육에 국한되지 않은 편안한 미소였다. 거의 고마움에 가까운 미소랄까?

"또 봅시다, 수잔 스벤센."

그리고 그는 돌아섰다.

나는 검은 옷을 입은 남자에게 가서 빈손을 내밀었다. 그는 내 손바닥에 차 열쇠를 올려놓았다.

나는 승마부츠를 신은 여자에게도 몸을 돌렸다. 지난 12시간 사이에 똑같은 복슬복슬한 물건을 손에 쥐었을 여자들끼리 인사 정도는 해야 하지 않겠는가?

"임신했다고 하지 않았나요?"

"양자물리학에 대해서 좀 아세요?"

그녀는 고개를 저었다.

"프사이•라는 기능을 사용할 때가 있는데요. 이게 사실은 물리적인 실체가 없는 거거든요. 계산할 때만 제 역할을 하고 놀랍게도 원하던 결과가 나왔을 때는 사라지죠."

나는 차에 올라탔다.

뒤에서는 소형 제트기가 활주로 위를 달리고 있었다.

• psi. 제곱인치당 파운드. 1제곱인치 넓이에 1파운드 힘이 누르는 압력.

37

나는 집에 가서 라반과 쌍둥이를 태우고 두 번째 목적지로 향했다. 가는 길에 안드레아스 바움가르텐을 만난 얘기를 했더니 모두 숙연해졌다.

얼마 후 우리는 스바네묄렌 항과 투보르 항 사이에 놓인 통제 구역 앞에 도착했다. 여기서 켈 켈센과 대화를 나눈 지 채 24시간이 지나지 않았다.

유리부스 안에는 어제 그 아가씨가 앉아 있었다. 보아하니 어제 나와 켈 켈센이 선사한 신선한 충격은 그다지 오래가지 못한 듯 다시 사는 게 지겨워 죽겠다는 표정이었다.

나는 차에서 내리면서 철망 문 안을 흘깃 쳐다보았다. 롤스로이스 네 대, 이제까지 그렇게 많은 수를 한꺼번에 본 적이 없는 벤츠들, 거기다 페라리 한 대, 람보르기니 한 대, 로터스 자전거 두 대, 목제 프레임을 단 삼륜 모건까지.

"섬으로 건너가려고 하는데 배 좀 얻어 탈 수 있을까요." 내가 물었다.

위를 올려다본 그녀는 나를 바로 알아보았다. 지겨워 죽겠다는 표정이 싹 가시고 그 자리에 두려움이 떠올랐다. 분명 기분 좋은 일은 아닐 테지만 그 나이에는 차라리 그 표정이 더 어울렸다.

그녀는 얼른 내가 타고 온 볼보에 시선을 던졌다. 자동차 학원 차를 타고 왔는지 확인하는 것 같았다. 차에서 내린 라반과 쌍둥이는 그녀에게 미소를 지어 보였다. 라반의 미소가 특별히 환했다. 그는 방금 차를 뽑은 사람처럼, 아니 차뿐 아니라 주차장과 모래톱까지 얹어 산 사람처럼 차에 기대며 폼을 잡았다.

"라반 하인이라고 합니다. 토르킬 하인 씨의 아들입니다. 반가워요."

그녀는 굳은 표정을 풀고 그의 미소에 화답했다.

"이쪽은 우리 아이들인데 오늘 할아버지의 76세 생신을 맞아 깜짝 파티를 해드리겠다지 뭡니까."

아이들은 유리부스에 코를 납작하게 붙이고 환히 웃었다. 입이 찢어져라 웃는 친절한 얼굴에 둘러싸인 그녀는 약간 당황한 듯했다.

그녀는 나를 가리켰다. 손가락 끝이 파르르 떨렸다.

"저 사람은요? 들여보내는 사람은 모두 신상 파악이 돼야 하거든요."

"아, 수잔요?" 라반이 말했다. "우리 운전기사 겸 캐디예요."

"운전면허 없잖아요."

라반은 그 말에 약간 당황했지만 알았다는 듯 고개를 끄덕이며 그녀를 안심시켰다.

"알려줘서 고마워요. 이제 운전은 시키지 말아야겠네요."

문이 열렸고 우리는 다시 차에 탔다. 운전은 라반이 했다. 빵빵한 고급 차들 사이에서 초라해진 볼보는 맨 구석 벤틀리 뒤에 숨듯이 주차를 했다. 기단 위에 세워놓으면 2인용 방갈로로 사용해도 될 만큼 큰 차였다.

"캐디라고?" 내가 말했다.

"우린 이혼할 거잖아." 라반이 말했다. "이제 화려한 싱글로 사는 연습을 해야지. 그런데 저 아가씬 왜 당신한테 운전면허가 없다고 생각하는 거야?"

나는 아무 대답도 하지 않았다. 차에서 내리자 작고 날렵한 초록색 쾌속정이 기다리고 있었다. 배 앞에는 제복 차림의 항해사가 열중쉬어 자세로 대기하고 있었다.

나는 갑자기 떠오른 게 있어서 다시 유리부스로 갔다. 그녀는 긴장하기는 했지만 친절하게 고개를 끄덕였다. 라반이 우리는 살 만한 세상에서 살고 있다는 확신을 주며 넓은 오지랖으로 모든 책임을 떠안았기 때문이리라.

"하인 씨 차가 어느 거죠?"

"하인 씨는 오늘 하늘 편으로 나가셨는데요."

"헬리콥터요?"

"아니요, 소형 제트기를 본 것 같아요."

"네, 바쁘신 분이니까요." 내가 말했다. "선물을 기다리셨을 텐데."

그녀는 꿈꾸는 듯한 표정으로 라반 쪽을 쳐다보았다.

"저런 사람 밑에서 일하면 짱 좋죠?"

"말로는 다 못 하죠."

크론홀름은 미들그룬[•]과 벤 섬 사이 해협에 위치했다. 이름만 들어봤지 실제로 가보는 건 처음이었다.

가장 먼저 눈에 들어온 것은 수많은 풍차와 일명 달팽이집으로 불리는 건물이었다. 빙글빙글 감아 올라가는 4층 건물로 마치 파도에 휩쓸려온 소라 껍데기 같은 인상을 주었다. 그 뒤로는 비행기 격납고, 창고, 작은 관제탑이 이어졌고 공터에는 뭔가가 더 채워질 전망인 듯 커다란 크레인 두 대만 서 있었다.

나는 아무 질문도 하지 않았다. 내 질문에 답을 해줄 사람도 없었다. 라반이 역사의 길을 터주는 원동력은 언제나 음악이었다고 말했다. 나는 그 원동력은 자연과학이며 다른 모든 사회적 사건은 자연과학의 파생일 뿐이라고 맞섰다.

우리의 논쟁은 애매하게 공중에 붕 뜬 상태였다. 그럴 때 답을 줄 수 있는 사람은 하랄뿐이었다.

"이 섬들에 대해 인터넷에서 검색해봤어요. 자연보호법이 바뀌고 작년에 해안보호령이 없어지고 나서 어느 기업 연합이 사들였대요. 그 통에 새들은 다른 곳으로 이사를 가야 했고 대규모 간척 사업과 공사가 시작됐어요. 그 결과로 생긴 것들 중 대표적인 게 비행장과 풍력 단지, 그리고 저기 보이는 건물과 골프장이에요. 1988년 환경부는 코펜하겐 항구 분할을 통제하기 위해 위원회를 만들었어

• 해상 요새 용도로 만들어진 인공 섬.

요. 무엇보다 외레순 해협의 섬들이 팔리지 않도록 하는 게 위원회의 임무였죠. 위원회는 1989년 5월 초 자신만만한 제안서를 제출해요. 위키피디아에 따르면 덴마크 역사상 가장 정교한 제안서였대요. 부두 42킬로미터와 해안선 40킬로미터가 30년 동안 어떻게 관리되어야 할지에 대한 것과 주택 1만 6,000개와 일자리 2만 5,000개를 동시에 창출하고 코펜하겐 시민들의 자유로운 항구 출입을 보장하는 내용이 들었는데 이 제안서는 거부됐어요. 시에서는 분할을 계속했고 이 일련의 과정은 해안보호령이 철폐되고 크론홀름이 팔리면서 최고조에 이르렀고요. 덴마크에서 알짜 부자들은 희귀종이거든요. 희귀종은 보호지구에서 보호해야죠. 크론홀름이 바로 그런 용도였던 거예요. 매매가는 4000만 크로네, 덴마크 역사상 그렇게 평당 가격이 높은 곳은 없었어요."

우리는 하랄을 빤히 쳐다보았다. 부모에게는 아이가 걸음마를 배워 혼자 걷는 것처럼 의미 있는 문장을 연달아 말하는 게 마냥 신기하기만 한 것이다.

골프카트 한 대가 우리를 기다리고 있었다. 운전자와 옆 좌석 동승자의 유니폼처럼 카트도 초록색이었다. 항구에서부터 가파른 오르막길이 이어졌다. 원래는 편평한 섬이었으니 인공적으로 언덕을 만든 것이리라. 이윽고 굽어진 길로 접어들자 달팽이집이 나타났다. 가까이서 보니 파도에 휩쓸려왔다는 느낌은 전혀 들지 않았다. 직사각형에 근접해가는 초타원형을 5층 이상 높이로 올린, 철과 유리로 된 거대한 건축물이었다.

달팽이집 바로 옆에서부터 시작된 골프장은 섬 전체를 차지했다. 나무들이 큰 걸 보니 다 자란 나무를 옮겨 심은 것 같았다. 골프장 부지를 따라 화단이 끝없이 이어졌고 반듯한 수로 위로 일본식 구름다리가 놓여 있었다. 내가 서 있는 곳에서는 정자 비슷한 건물도 두 개 보였는데, 골프채를 휘두르다가 심장에 무리가 간다 싶으면 차 한잔 마시러 가는 곳 같았다. 차는 아마 '진정한 풍요는 마음속에 있는 법' 같은 지혜로운 문구가 써진 앙증맞은 명조시대 도자기에 담겨 나오겠지.

골프장과 작은 섬들 전체에 초록색 유니폼을 입은 사람들이 쫙 깔려 있었다. 해안으로 통하는 좁은 아스팔트 길에는 지프 세 대가 순찰을 다녔는데 한 대에 두 명씩 타고 있었고 경관을 즐기기라도 하듯 천천히 움직였다. 달팽이집 앞에도 남자 두 명이 열중쉬어 자세로 서 있었다. 골프장이 끝나는 지평선 위로 작은 항구가 보이고 짧은 제방을 따라가면 비행장이 나오는데 항구에도, 방파제 위에도, 비행장 건물 안에도 초록색 유니폼을 입은 사람들이 득시글거렸다.

유니폼 색깔은 골프장 잔디 색깔과 똑같았다. 겉으로 보기엔 사탕 껍질이나 줍고 손님들 시중을 들거나 이사 갔던 새들이 돌아와 배설물로 달팽이집을 더럽히지 못하게 막는 일이나 하는 것 같지만 실상은 그렇게 단순하지 않았다. 한없이 여유로워 보이는 크론홀름에서는 엄청난 감시가 이뤄지고 있었다.

토르길 하인은 50미터쯤 떨어진 곳에 뒷모습으로 서 있었다. 전기로 움직이는 골프카트는 소음을 내지 않았기 때문에 아직 우리를 발견하지 못한 것 같았다. 그는 몇몇 사람들에 둘러싸여 있었다. 물론 그라면 무리의 크고 작음에 관계없이 언제나 중심을 차지할 테지만.

우리가 그에게 다가갔을 때 그는 막 골프채를 휘두르고 있었다. 쭉 뻗은 근육에서 힘이 느껴졌다. 그는 누군가가 뒤에 있다는 것을 눈치챘는지 그 자세에서 잠시 멈췄다가 천천히 골프채를 내리고 뒤를 돌아봤다.

그를 둘러싼 다섯 사람, 남자 셋, 여자 둘은 신체적, 법률적으로 우리와 같은 인간이었지만 마치 자신들은 다른 별에 살고 있다는 듯이 우리를 쳐다봤다. 그들이 입은 스포츠웨어는 날씨에 맞는 기능성과 디자인을 갖추었고 코코 샤넬이 그들만을 위해 특별히 만들어 시중에는 팔지도 않을 것 같은 제품이었다. 물론 코코 샤넬이 40년을 더 살았다면 말이다.

그들은 이른바 차별된 삶을 사는 사람들이었다. 우리가 촘촘한 망을 뚫고 그들의 세계에 침투했지만 대놓고 언짢음을 드러내지 않을 정도의 분별력도 지닌 사람들이었다.

나는 하인에게 다가가 뺨에 입을 맞추었다.

"생신 축하드려요." 내가 말했다. "그리고 위원회 사람들이 축하 인사 전해달래요. 아직 살아 있는 사람이 몇 안 되지만요. 지난 24시간 동안 두 명이나 세상을 떠났어요."

그는 골프카트에서 기다리는 초록색 유니폼 입은 남자들을 쳐다보았다.

"조촐한 생일상을 마련해놨어요." 내가 말했다. "라반이 안드레아 핑크의 미래 예측 요약본을 편곡해서 멜로디도 만들었고요. 여기서 불러드릴까요? 아니면 잠깐 같이 가실래요?"

그는 옆에 서 있는 젊은 여자에게 골프채를 건넸다. 그녀의 피부는 태양빛이 느껴지는 따뜻한 암갈색이었다. 그러나 눈에는 냉기가 감돌았다. 한눈에 봐도 덴마크와 서인도제도의 피가 섞인 버전의 콘돌리자 라이스• 같은 강성이었고 단단한 코코넛을 연상시켰다.

그가 돌아서자 우리도 그 뒤를 따랐다.

우리는 달팽이집으로 들어가 유리로 된 엘리베이터를 타고 위로 올라갔다. 1층과 2층은 아직 비어 있었지만 3, 4층에는 칸막이 없는 사무실에 30~40명 정도가 일을 하고 있었다.

매우 고무적인 장면이었다. 나도 크리스마스 연휴에 실험실에 나가 일을 한 적이 많았다. 실험물리학은 연휴와 상관이 없으니까. 그런데 지금 우리 발밑에 있는 사람들은 물리학자들이 아니었다. 그러니 그들의 동기를 의심하지 않을 수 없었다.

엘리베이터는 4층을 지나 달팽이의 나선이 끝나는 곳에서 멈췄다. 우리가 들어간 곳은 가로세로 각각 8미터 정도의 공간이었다. 벽과 천장이 온통 유리로 돼 있고 나선형의 유리 벽이 천장 꼭대기에서 만나는 높이가 우리 머리에서부터 6미터에 달했다.

이곳에서는 코펜하겐 항구, 벤 섬, 말뫼, 팔스테르보 반도가 다 내려다보여 360도 파노라마 전망을 즐길 수 있었다. 해협은 바람

• 미국의 제66대 국무장관을 지낸 흑인 여성 정치인.

하나 없이 잔잔했고 햇볕은 따가울 정도로 좋았다. 한쪽에 삼각대에 설치된 망원경이 있었는데 그 망원경을 통해 보면 폴란드와 오슬로까지도 보일 것 같았다.

방 한가운데에는 거대한 물방울 모양의 투명한 플라스틱 조형물이 있었다. 나는 안드레아 핑크와 다니면서 여러 번 본 적이 있지만 그런 물체를 처음 보는 라반과 쌍둥이는 눈이 휘둥그레졌다. 이 괴물방울은 미국 대사관에는 꼭 하나씩 구비된 것으로 전 세계 실험실 연구원들 사이에서 날로 이해와 공감을 얻고 있다. 용도는 보안용이고 전자기를 반사하는 코팅이 된 플렉시글라스로 만들어져 있으며 음향 전도를 99.9퍼센트 낮추는 단 위에 설치한다. 즉, 비밀이 보장되는 상태에서 대화를 나누려는 사람들이 사용한다.

여자가 문을 열자 우리 모두 들어가 앉았다. 물방울 내부에는 베그너* 의자와 회의 탁자, 컴퓨터 세 대, 그리고 거의 소음을 내지 않는 냉난방장치가 있었다.

이번에는 토르킬 하인도 쌍둥이더러 밖에 나가 바람 좀 쐬고 오라는 말을 하지 않았다. 그러는 게 도움이 될 거라는 생각을 버렸거나 아이들이 골프장을 더럽히는 게 싫어서였을 것이다. 어쩌면 이제 여자와 아이들을 보호하는 차원을 떠난 상황이기 때문일 수도 있었다.

"바움가르텐을 만나서 마지막 두 모임에 대해 들었어요." 내가 말했다. "그들이 예측한 건 세계의 몰락이었어요. 기록은 남기지 않

* 한스 베그너. 덴마크의 유명한 가구 디자이너.

왔고요."

그는 아무 말이 없었다.

"금 투기를 했대요. 언제부터 시작됐는지 확실히는 모르겠지만 아마 위원회가 해체되기 몇 년 전부터겠죠. 하인 씨가 위원회를 더 이상 통제하지 못하게 됐을 때죠. 당신이 정부를 따돌리자 위원회가 당신에게서 떨어져 나간 거죠. 자, 하인 씨, 이 정도 알아왔으면 우리 가족은 이제 덴마크에 남아도 되는 거죠? 전 다시 연구소로 돌아가고 아이들은 좋은 학교에 자리를 얻고 파사트는 보상해주셔야 하고요. 아무 일도 없었다는 듯 다시 일상이 시작되는 거죠. 단 두 가지만 제외하고요. 신변 보호가 필요해요. 집 앞에 차 세워놓고 경호해주는 사람이 한 명 있어야 해요. 처음 몇 달간은 아이들도 학교에 태워다줘야 하고요. 오스카 같은 사람이면 될 것 같아요. 하인 씨, 누가 그 사람들을 죽인 거죠? 설마 당신이 그런 건 아니겠죠?"

하인은 흥분해서 자리를 박차고 일어나려고 했다. 여자가 어깨로 그를 누르며 제지했다. 그녀의 업무가 뭔지 확실해지는 순간이었다. 그의 무릎 위에 앉아 그가 하는 말을 속기하는 게 아니라 그가 흥분해서 자제력을 잃으려 할 때 한 김 빼주고 뚜껑을 눌러주는 역할이었다.

뚜껑이 성공적으로 닫혔다. 그는 심호흡을 했다.

"우리 집에선 제가 가계부를 쓰거든요." 내가 말했다. "가계부를 쓰다 보면 불필요한 지출을 가려내는 눈이 생겨요. 예를 들면 당신이 여기서 누리는 이 모든 것들을 어떻게 다 사들였을까, 뭐 그런 생각이 많이 드네요. 전용 제트기와 헬리콥터를 가진 크론홀름 왕국의 군주가 되는 데 돈이 얼마나 많이 들었을까요?"

그녀는 그의 팔을 꽉 잡았다. 그는 초인적인 자제력을 발휘했지만 입 주변이 허옇게 변해갔다.

"물론 이 모든 과정은 다 적어서 변호사에게 맡겨뒀어요. 물론 언론에 전달할 거고요. 만약 우리에게 무슨 일이 생긴다면 말이에요. 하랄과 저를 밀어버리려고 했던 남자 있죠, 그 남자 당신네 사람인가요? 그 사람도 통제가 불가능해졌나요? 민주주의 절차는 느려빠진 데가 있죠. 하지만 그 절차를 피해가려고 하면 위험해질 수 있어요. 우리가 인도에서 겪은 일을 생각해봐요. 당신도 그런가요, 하인씨? 갑자기 모든 게 걷잡을 수 없어졌나요?"

나는 자리에서 일어섰다. 화가 나서 어쩔 줄 모르면서도 그는 왠지 모르게 자신 있는 모습이었고 나는 그것이 꺼림칙했다. 마치 믿을 구석이 있다는 듯한 태도였다.

라반이 헛기침을 했다.

"마지막으로 한 가지 더요. 혹시 이 섬, 이 환상적인 섬 크론홀름을 위한 음악을 제게 맡길 생각이 없으신가요? 좀 수준 있는 걸로 말이죠. 합창곡 같은 거? 아니면 개장 기념식에 쓰게 좀 더 웅장한 걸로? 제 머릿속에 지금 여러 가지 영감이 떠오르는데요. 예를 들면 골프채로 공을 칠 때 나는 소리, 소라 껍데기 속에서 울리는 파도 소리, 갈매기 우는 소리 같은 거 말입니다."

이런 상황에서도 계약을 운운하다니 라반도 정말 보통은 넘는다. 하지만 나는 별로 놀라지 않았다. 라반이 그러는 걸 많이 봐왔기 때문이다. 코펜하겐 대학교에서 음악상을 받고 나서 만찬 자리에서조차 집에 쌓여 있는 곡들을 팔아넘기려고 시도한 사람이니까.

하인은 말없이 정면을 응시했다.

"다음 간부회의 때 건의해보죠."

"싸게 해드릴게요."

토르킬 하인은 마지못해 고개를 끄덕였다. 라반과 쌍둥이는 그제야 자리에서 일어섰다.

38

우리는 다시 코펜하겐으로 가기 위해 초록색 배에 올랐다. 라반과 나는 나란히 앉았다.

"하인, 바움가르텐, 키르스텐 클라우센." 그가 말했다. "다들 일흔이 넘었잖아. 마가레테 스플리드도 그렇고 코르넬리우스도."

"안드레아 핑크도 말했지만 민주주의의 가장 큰 위험은 권력을 잡은 사람들이 끝까지 권력을 놓지 않으려고 하는 데 있어."

나는 부두를 가리켰다. 라반과 쌍둥이는 내 손이 가리키는 곳을 쳐다봤지만 처음에는 이상한 점을 눈치채지 못했다. 그러나 그들도 곧 그 풍경에 어울리지 않는 수상한 자동차들을 발견했다.

처음에는 아무도 없었지만 배가 부두에 가까워지자 남자 여자 할 것 없이 여기저기서 사람이 튀어나왔다. 그중 몇몇은 송곳으로 찔러도 피 한 방울 안 날 것 같은 사복형사 특유의 분위기를 풍겼다. 그들은 말없이 우리를 에워쌌고 현금 수송 차량처럼 생긴 차가 우리를 향해 후진해왔다. 뒷문이 열렸다.

그때 한 남자가 바로 내 뒤로 와서 섰다. 다른 사람들은 익명의 공무원 같은 느낌이 강한 반면 그에게서는 거친 힘이 느껴졌다. 그리고 온통 회색이었다. 위아래 모두 회색 옷을 입고 있었다. 그 순간 나는 지금 우리가 서로 다른 두 세력과 마주했다는 것을 깨달았다. 하나는 공권력이고 다른 하나는 알 수 없었다.

"변호사를 불러주세요." 내가 말했다.

그러자 그가 발길질로 나를 뻥 찼다.

그는 내 엉덩이를 걷어차 나를 차 안으로 날렸고 나는 차 바닥에 얼굴부터 고꾸라졌다. 하지만 전혀 아픔이 느껴지지 않았다. 앞이 또렷이 보였지만 신경이 마비돼서 감각이 전혀 없었다.

이어 라반이 내 옆으로 날아들었다. 라반은 바닥에 등을 부딪쳐 움직이지도 못하고 차 지붕만 쳐다보았다.

나는 그 사이 겨우 네 발로 일어나 고개를 돌렸다.

회색 옷의 남자가 양손으로 하랄과 티트의 뒷덜미를 잡고 공중으로 들어 올렸다. 아이들의 발이 땅에서 30센티미터나 떨어져 대롱거렸다.

하랄은 70킬로그램, 티트는 55킬로그램 정도 나간다. 그런데 그 남자는 그렇게 장신이 아닌데도 그들을 번쩍 들어 올렸다. 그리고 흥미롭다는 듯 눈을 번뜩였다.

하랄이 발로 그 남자를 차자 그는 하랄의 머리를 차 문에 갖다 부딪쳤다. 그의 시선은 하랄의 얼굴에 고정돼 있었다. 마치 뭔가를 찾는 것 같은 표정이었다. 나는 그게 뭔지 곧 깨달았다. 그는 두려움을 찾고 있었다. 꿀벌이 꿀을 찾듯이.

그가 한눈을 판 사이 티트는 그의 손을 물었다. 엄지와 검지 사이를 야무지게 물었다.

그는 그녀와 자신의 손을 차례로 내려다보았다. 그녀의 이빨이 살갗 속으로 파고들자 손에서 피가 솟았다. 줄줄 흐르는 것이 아니라 그녀의 얼굴로 튀었다.

그는 전혀 고통스러워 보이지 않았다. 생생한 호기심이 담긴 눈으로 티트를 쳐다볼 뿐이었다. 그는 하랄을 내던져버리고 그 손으로 티트의 목을 감쌌다. 그가 티트를 죽일 것만 같았다. 그런데도 나는 꼼짝도 할 수 없었다.

그때 그의 신발이 눈에 들어왔다. 사슴 가죽으로 만든 회색 모카신. 바로 그 굴착기 운전수였다. 남자 네 명이 그에게 달려들었다. 그는 딱히 반항하지 않는데도 그들은 그를 말리느라 애를 먹었다. 그의 관심은 티트에게만 집중돼 있었다.

그 순간 나는 그가 마가레테 스플리드를 죽인 범인이라는 것을 알았다.

그들은 티트와 하랄을 차에 싣더니 문을 닫았다. 차가 출발했다. 나는 여전히 다리를 움직일 수 없었지만 간신히 휴대용 티슈를 꺼내 티트에게 건넸다. 티트는 천천히 그리고 꼼꼼하게 입 주변의 피를 닦았다.

차는 에빅헤 로의 우리 집에 도착했다. 그들은 다른 세 사람을 일으키고 나를 안아 집으로 들어갔다. 그리고 집을 뒤지기 시작했다. 창문 앞에는 플라스틱 가리개가 붙고 여기저기 스탠드가 세워졌다. 수색 작업은 밖에서부터 시작해 안으로 들어가는 식이었다. 마지막에는 책상과 서재를 뒤집었고 모든 서류가 파쇄기 속으로 들어갔다. 그리고 집 안 구석구석이 분해됐다. 전등 스위치가 벽에서 떨어져 나오고 주방 후드는 분해된 채 바닥에 나뒹굴고 소파는 칼로 난자당한 상태에서 다시 작은 조각으로 잘렸다. 그 작업은 거의 외과 수술 수준으로 이뤄져 실오라기 하나 날리지 않았다.

그들은 가스레인지를 분해하면서 원하던 것을 발견했다. 송풍기 커버 뒤에서 보고서와 명단이 적힌 종이를 찾아낸 것이다.

둥근 식탁에는 오스카가 앉아 있고 그 뒤에 하인의 비서가 서 있었다. 아마 헬리콥터를 타고 온 것 같았다. 그녀는 우리에게 알루미늄 트렁크를 하나씩 나눠 주었다. 기내용 트렁크보다 약간 작은 크기였다. 나는 회색 옷을 입은 남자가 있는지 두리번거렸지만 그는 보이지 않았다.

"15분이에요. 중요한 것만 챙기세요."

"오스카." 내가 말했다. "모든 문서의 복사본이 내 변호사에게 있어요. 내일 조간신문 1면을 장식하고 싶어요?"

그는 나를 측은하게 쳐다보았다.

"우리가 하루 24시간 내내 감시했습니다. 변호사에게 간 적 없잖아요. 그리고 변호사 고용할 형편도 아닌 걸로 아는데요. 변호사에게 크리스마스카드 한 장 보내려고 해도 5,000크로네가 듭니다."

"인터넷으로 보냈거든요."

그는 내 컴퓨터에 손을 얹었다.

"여기 이거요? 인도에서 오기 전부터 다 확인했습니다."

"이제 우린 어떻게 되는 거죠?"

그는 내 말에 대답하지 않고 돌아섰다. 나는 방으로 들어가 여자 두 명이 지켜보는 가운데 짐을 쌌다. 휴대전화와 컴퓨터 서버는 가지고 갈 수 없다고 했고 쇠지레도 뺏으려고 했다.

"이건 행운을 불러오는 부적이에요."

그러자 쇠지레는 겨우 허락했다.

내 방에 따라 들어온 여자들 중 한 명만 공무원이었다. 이 사실로 이 집단의 구성을 유추해보건대 우리는 여전히 두 그룹의 사람들에 둘러싸여 있었고 두 그룹 사이가 썩 좋아 보이지는 않았다.

그들은 우리를 차로 데려갔다. 차 문이 열린 순간 귀에 익은 목소리가 들렸다.

"어머나, 수잔!"

도르테아였다. 양옆의 여자 둘은 움찔하며 동작을 멈췄다.

"크리스마스 지나자마자 또 나가는 거야? 선물 고마웠어. 이번엔 어디로 가는 거야?"

그녀는 눈을 가늘게 뜨며 고개를 갸웃했다. 선물 같은 건 한 적이 없다. 내게 무슨 말을 하려는 것 같았다.

나와 팔짱을 끼고 있던 여자가 팔을 잡은 손에 힘을 주었다.

"연휴니까 잠깐 여행 좀 다녀오려고요."

"어머나, 좋겠네! 이렇게 친구들이랑 같이 가니까 더 재미있겠다! 잘 다녀와!"

그녀는 팔을 벌리고 나를 껴안았다. 그녀가 내 뒷목에 손을 대는가 싶더니 납작하고 차가운 것이 셔츠 속으로 미끄러져 들어가 척추와 엉덩이를 거쳐 팬티 속으로 쏙 들어갔다. 그다음은 전선이었다. 물어볼 것도 없이 휴대전화와 충전 케이블이었다.

"도착하면 엽서 보내!"

그녀는 티트와 하랄에게 손키스를 날린 뒤 에빅헤 로를 따라 내려갔다.

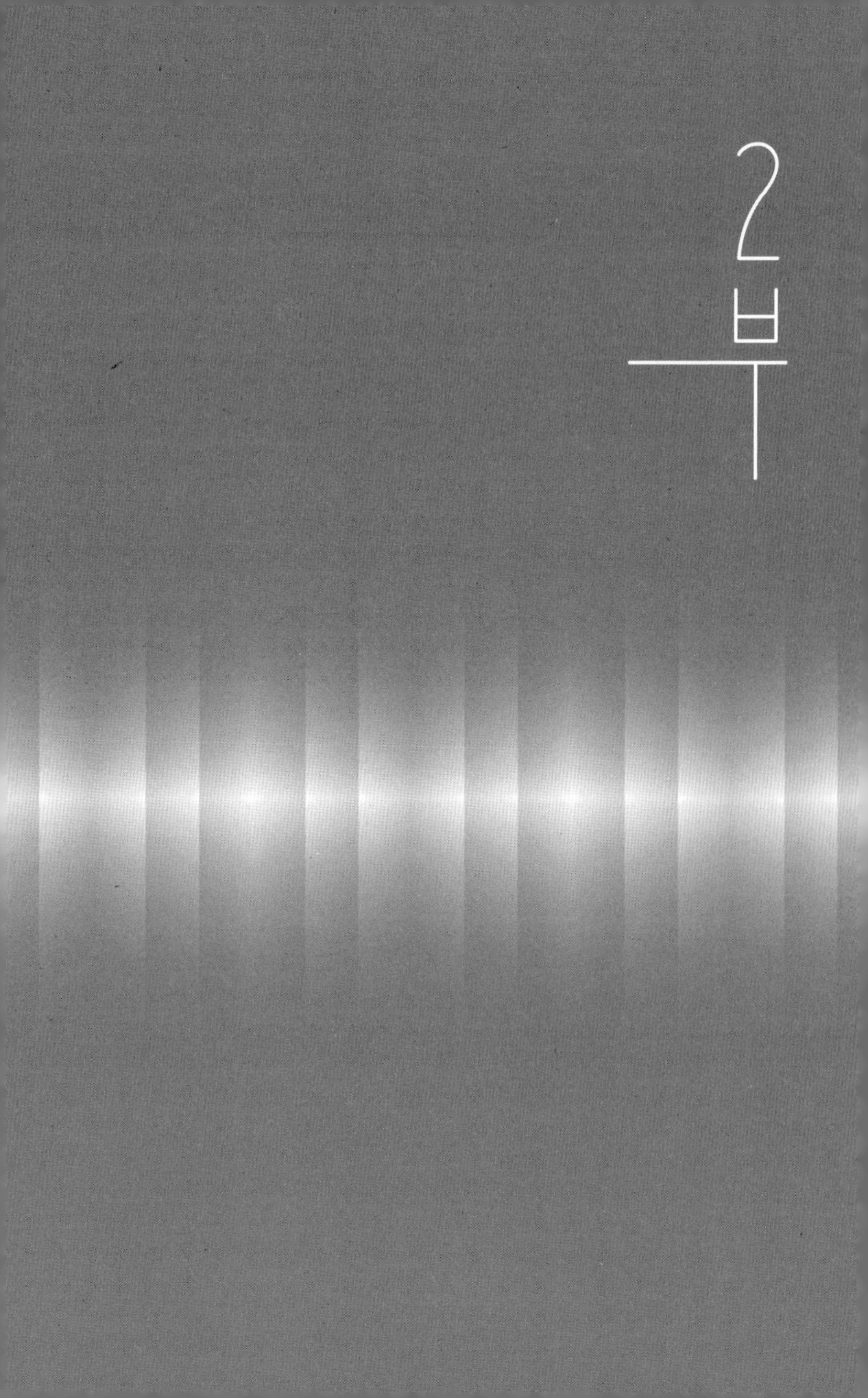
2부

01

차는 한 시간 반 동안 고속도로를 달리다가 국도로 빠져나갔다. 국도로 다시 30분쯤 가니 자갈로 포장된 길이 나왔다. 검문소 같은 곳에서 잠시 대화가 오갔고 다시 자갈길로 30분을 달렸다. 갑자기 타이어 자국이 깊게 팬 길이 나타났다. 차가 멈추고 뒷문이 열렸다.

달빛 아래 검은 나무집이 서 있고 그 옆에 작은 헛간이 보였다. 만에 지은 집이었다. 바로 앞에 물이 있고 물 쪽으로 판자 다리가 나 있었다. 건너편에는 무너진 성터가 보였고 성터 옆으로는 바다가 활짝 펼쳐졌다.

운전석 옆자리에 타고 온 남자가 열쇠로 문을 열었다. 집 안에는 싸한 냉기가 감돌았다. 방 네 개에 거실, 주방, 화장실이 있었다. 수도꼭지를 틀어보니 물이 나오지 않았다. 수도관이 얼어버린 듯했다. 운전했던 남자가 온풍기를 가져와 플라스틱 관을 녹였다. 나는 벽난로에 불을 붙였다.

"여기가 어디죠?"

대답은 돌아오지 않았다.

라반과 아이들은 오리털 이불과 시트를 찾아냈다. 운전했던 남자가 창밖 오솔길을 가리키며 말했다.

"저쪽으로 1킬로미터쯤 가면 집이 하나 나올 겁니다. 거기서 식료품과 필요한 물건을 받고 필요한 걸 주문하십시오."

그는 그 말만 남기고 차에 올랐고 차는 칠흑 같은 어둠 속으로 사라졌다. 우리만 덩그러니 낯선 곳에 남았다.

우리는 방을 하나씩 골라 잠자리에 들었고 죽은 듯 깊은 잠을 잤다. 다음 날 아침 일어나 보니 온 세상이 하얀 눈에 덮여 있었다.

그 집에서 넉 달을 살았다.

첫째 날 아침 우리는 오솔길을 걸어 식료품을 받으러 갔다. 1킬로미터를 가니 좌우로 건물이 두 개씩 딸린 농장이 나왔다. 농장 옆으로는 큰 온실 여러 개가 군을 이루고 있었다. 어떤 곳에는 색유리가 끼워져 있었고 어떤 곳에는 식물의 생장 촉진을 위한 것으로 보이는 조명이 환하게 켜져 있었다. 가장 가까이 보이는 온실에는 아열대 식물이 자라고 있었는데 키 작은 레몬 나무에 핀 꽃이 바깥의 하얀 눈과 묘한 대비를 이루었다. 잘 익은 오렌지가 주렁주렁 달린 나무도 있었다. 다른 온실에는 작달막한 바나나 나무가 조명 아래서 있었고 원통형의 초록색 바나나 송이가 매달려 있었다.

한 남자가 우리를 향해 걸어왔다. 오스카였다. 외과의들이 수술할 때 입는 초록색 가운 차림이었고 머리카락에서 미생물이 떨어지는 것을 방지하기 위해서인지 초록색 두건을 쓰고 목에는 수술용 마스크를 두르고 있었다. 그는 우리를 부엌으로 데려가 냉장고, 우유 상자, 주문 용지가 있는 곳을 알려주었다.

물건을 받은 후 나가다 보니 옆방에 실험실이 있었다. 식물생리학 실험실이었다. 온통 흰색 타일이 깔렸고 현미경, 샬레, 조직배양기, 수천, 수만 개는 돼 보이는 시험관들, 화학용품이 즐비했다. 창문 너머로 보이는 다른 방에는 배수구가 달린 낮은 철제 탁자 위에 열대, 아열대 식물이 가득했다. 타일 바닥 위로 습기가 뚝뚝 떨어졌다.

다음 날에는 몸에 통증이 거의 느껴지지 않았다. 나는 코트, 모자, 벙어리장갑으로 무장하고 정확히 서쪽이라고 생각되는 곳으로 죽 걸어가보았다. 한 시간 반 정도 걸었는데도 숲과 길 말고는 아무것도 나타나지 않았다. 막 포기하고 돌아가려는 순간 철조망 울타리가 보였다. 울타리까지 100미터쯤 남은 곳에서 사냥꾼 차림의 남자가 튀어나와 무슨 일이냐고 물었다. 그리고 친절하지만 단호한 말투로 야생동물들을 혼란시킬 수 있으니 정해진 길을 벗어나지 말라고 했다.

다음 날에는 남쪽으로 가보았다. 한 시간 정도 걸으니 울타리가 나타났고 1분도 안 돼서 그 사냥꾼의 쌍둥이 동생처럼 생긴 남자가 튀어나왔다.

이틀 뒤에는 북쪽으로 갔다. 식물 실험실과 온실을 돌아 발이 푹푹 빠지는 눈길을 걷다 보니 차가 다니지 않는 아스팔트 길이 나왔다. 그런 아스팔트 길 두 개를 지나 45분쯤 걸으니 철조망 울타리가 나타났다. 그리고 아니나 다를까 경비원이 튀어나왔다.

그다음 주에 식료품을 받으러 갔을 때였다. 오스카가 소리도 없이 문간에 와 서 있었다.

"수잔, 경계를 돌아보고 다닌다면서요?"

나는 아무 대꾸 없이 배낭에 물건을 집어넣었다.

"당신 가족은 지금 우리 보호하에 손님 자격으로 와 있는 겁니다. 본인들의 안전을 위해서요. 밝혀져야 할 일이 밝혀지면 다시 집으로 돌아갈 수 있습니다."

그는 집 안으로 들어와 바로 내 등 뒤에서 말했다.

"만약 허튼짓하면 매트리스와 이동식 화장실만 있는 컨테이너에서 살게 할 수도 있어요. 80제곱미터 이내에서만 움직일 수 있게 고압 전기 울타리가 쳐진 곳에서 말입니다."

나는 넘쳐나는 시간을 죽이려고 빵 만들기에 돌입했다. 이스트를 주문해서 효모 반죽을 만들고 '어떻게 하면 물을 넣고 주무른 탄력 있는 단백질 사슬과 단백질을 분해하는 유산의 낮은 pH수치의 균형을 맞출 수 있는가?'라는 21세기의 풀리지 않은 수수께끼 풀기에 전념했다.

하랄은 책을 주문하려고 했지만 책은 안 된다고 했다. 그러다 다락에서 50센티미터 정도 높이로 쌓여 있는 50년 된《리더스 다이제스트》를 발견했다.

티트는 어느 날 농장에 돌아다니는 말을 발견했다. 비료 때문인지 말을 키우고 있었다. 티트는 점박이 수말과 황토색 암말, 안장을 빌렸다. 그리고 매일 두세 시간씩 말을 타러 나갔다.

라반은 다 허물어져가는 헛간에서 철사 줄과 나무 상자로 악기를 만들기 시작했다. 다들 자신의 일을 찾아서 상황에 적응하는 것이 놀라울 따름이었다.

날이 추워졌다. 겨울 추위에 풍경도 꽁꽁 얼어붙었다. 먼저 만이 얼었고 곧 바다도 얼었다. 어느 날 밤 나는 모두 잠들기를 기다렸다가 버터 토스트를 만들어 먹고 작별 편지를 쓴 다음 플라스틱 물병을 챙겨 얼음 밭으로 나갔다. 한 시간 정도 걸으니 꽝꽝 얼어붙은 바다가 나타났다. 거기서 300미터를 더 가니 얼지 않은 바다가 나왔다. 나는 얼음 가장자리를 따라 북쪽으로 걸었다. 농장을 지나 계속 걸어갔는데 한 시간 반쯤 지나자 남자 두 명이 얼음 위에서 보초를 서고 있었다.

말을 해봐야 입만 아플 것 같아 그대로 돌아섰다. 그리고 두 시간 뒤에는 내 침대에서 잠이 들었다. 다음 날 아침 내가 밤에 나갔다 온 얘기를 하자 라반과 쌍둥이는 이해가 안 된다는 표정을 지었다.

날은 점점 더 추워졌다. 어느 날 아침 일어나 보니 가루눈이 10센티미터나 쌓여 있었다. 중력도 저항도 없는 안개 같은 눈이었다. 농장에 가는 길에도 눈이 와서 내내 오리털 속을 걷는 기분이었다.

농장에 도착하니 오스카가 보이지 않았다. 창문으로 실험실을 들여다봐도 없었다. 건물 뒤로 돌아가 온실을 따라 걷고 있는데 갑자기 50센티미터 앞에 그가 나타났다. 온실 유리 건너편에 등을 돌리고 앉아 있었다. 그는 내가 온 것을 알아채지 못했다.

그가 앉아 있는 곳은 초록색 복숭아가 매달린 복숭아나무 앞이었는데 가지 하나가 열매의 무게에 못 이겨 아래로 휘어 있었다. 그곳에 정체를 알 수 없는 검고 붉은 덩어리가 있었다. 크기와 모양이 딱 미식축구공만 했다. 그 덩어리 밑으로 오스카의 무릎 사이에 끼워진 하얀 벌집이 보였다. 그 위로 수천, 수만 마리의 벌들이 천천히 기어오르고 있었다. 검은색과 빨간색 줄무늬가 있는 몸집이 작은 벌이었다. 아마 열대 지방에서 온 것인지 한 번도 본 적이 없는 종이었다. 온실에는 조명이 켜져 있고 유리 벽은 습기로 얇게 코팅이 돼 있었다. 인공적으로 여름의 조건을 만들어놓고 벌을 키우는 것 같았다. 집에서 나올 때 우리가 사는 나무집 외벽에 달린 온도계를 보니 영하 14도였다.

오스카의 왼손에는 망사가 씌워진 상자가 들려 있었다. 2, 3세제곱센티미터가 될까 말까 한 작은 상자였다. 그는 오른손을 천천히 벌집 속에 집어넣었다. 그리고 벌떼가 팔꿈치까지 뒤덮자 천천히 손을 뺐다. 엄지와 검지 사이에 다른 벌의 두 배도 넘는 덩치의 벌이 쥐어져 있었다. 여왕벌이었다. 그는 여왕벌을 상자에 넣고 그 상자를 입 속에 넣은 다음 얼굴을 벌떼 가까이 가져갔다. 벌떼는 하나의 유기체처럼 촉수를 뻗는 듯하더니 일제히 그의 얼굴을 향해 날아들었다. 벌들은 그의 이마에서부터 눈, 코, 입, 턱을 뒤덮고 턱 밑으로 길게 검붉은 수염처럼 늘어졌다.

그는 전혀 동요하지 않고 차분히 앉아 있었다. 내가 선 곳에서도 윙윙거리는 벌떼 소리가 들렸다. 이중 유리로 막혔는데도 터빈이 돌아가는 소리처럼 시끄러웠고 벌떼의 위력이 고스란히 전해졌다.

그는 그렇게 3분쯤 꼼짝도 하지 않고 앉아서 치열한 삶의 체험과 고통스러운 죽음의 경계에서 얼굴에 붙은 벌떼와 교감을 나누었다.

그는 천천히 오른손을 들어 입에 붙은 벌들을 쓸어내고 눈이 보이지 않는 상태에서 입 속의 상자를 빼내 여왕벌을 꺼낸 다음 도로 벌집 속에 집어넣었다.

벌떼는 자석에 이끌리듯 벌집으로 향했다. 처음에는 몇 마리만 움직이다가 여러 마리가, 곧 전체가 벌집 속으로 날아들었다. 마지막 몇 마리가 잠시 공중에서 헤맸지만 그는 여전히 꼼짝 않고 기다렸다. 그리고 한 마리도 빠짐없이 들어가자 조심스럽게 벌집 뚜껑을 닫았다.

그는 꿈꾸는 듯한 표정으로 의자에서 일어섰다. 그리고 황홀경의 세계에서 다시 현실 세계로 돌아왔다. 순간 나와 시선이 부딪쳤다. 우리는 그렇게 단열 유리를 사이에 두고 50센티미터 떨어진 곳에서 서로를 바라보았다.

02

나는 빵이 잘 구워지면 그에게도 하나 가져다주었다. 그냥 그러고 싶었다. 내가 도착했을 때 그는 실험실에서 칼을 갈고 있었다. 칼날은 오목하게 휘었고 숫돌은 길쭉한 도자재로 된 것인데 연마하지 않은 상아처럼 광택이 없었다. 나는 면포에 싸간 빵을 책상에 내려놓았다.

잠시 옆에 서서 그가 하는 양을 지켜보았다. 능숙한 솜씨였다. 생각 없이 마구잡이로 가는 게 아니었다. 빠른 동작이었고 거추장스러운 움직임이 전혀 없었다. 그는 가끔 칼이 잘 갈아졌는지 보려고 엄지손가락에 칼날을 쓱 문질러보곤 했다. 그리고 마지막으로 엄지손톱 오른쪽 끝에 칼날을 대고 조심스럽게 눌렀다. 손톱 끝이 한 조각 잘려나갔다. 단면이 면도날보다도 날카로웠다.

"접목 칼이에요." 그가 말했다. "얼마나 깨끗하게 잘리느냐가 관건이죠."

그다음 주부터는 체계적인 접목이 시작됐다. 그는 실험실에서 혹은 온실 작업대에서 야자수처럼 비늘이나 솜털이 난 열대 식물을 접목했다. 언제나 고온에 습도가 거의 백 퍼센트에 가까운 환경에서였다. 우리는 어쩌다 한번씩 주문한 물건에 대한 대화만 나눌 뿐 다른 얘기는 하지 않았다.

물건은 주문한 대로 다 받을 수 있었다. 두 달이 지나자 하랄이 주문한 책도 별도의 설명 없이 배달됐다.

3월 1일 갑자기 날이 풀리더니 열흘간 가짜 봄이 찾아왔다. 태양빛이 뜨거워지더니 사흘 뒤에는 그늘에 쌓인 사구만 빼고 눈이 다 녹았다. 닷새 뒤에는 바다에 얼음이 사라졌고 일주일 뒤에는 만의 얼음이 깨졌다.

어느 날 아침 나는 허벅지가 잠기는 곳까지 들어가 자맥질을 하다가 우리 집 앞에 있는 판자 다리로 헤엄쳐 갔다. 다리 위에 앉아 몸을 문지른 뒤 나체로 일광욕을 하는데 피부가 햇볕을 쏙쏙 빨아들이는 것이 느껴졌다.

다음 날 아침에는 오스카가 수영하는 것을 보았다.

농장에 가는 길이었는데 그날은 다른 날보다 일찍 집을 나섰다. 정해진 범위 내에서 내가 환경을 탐구하는 방식이었다. 농장은 만에서 내려가는 길에 있어서 걸어가다 보니 그쪽이 잘 보였다.

그는 육지에서 약 100미터 정도 떨어진 바다에 있었다. 그곳의 수온은 아마 0도쯤 될 것이었다. 처음에는 물개인 줄 알았다.

그는 접영을 하고 있었다. 오십 대 후반쯤이라고 생각했는데 수영하는 모습이 매우 역동적이고 매끄러웠다.

나는 그의 우아한 몸놀림에 감탄하며 그 자리에 한참을 서 있었다. 차가운 물에서 그렇게 오래 버틸 수 있다니 신기하기만 했다. 그가 뭍에 다다르자 나는 몸을 돌려 발길을 재촉했다.

그가 들어왔을 때 나는 식료품을 들고 부엌에 서 있었다. 그는 내게 사진 한 장을 내밀었다. 흑백사진이었다. 약 20미터 높이 상공에 떠 있는 소형 비행기 안에서 찍은 것 같았다. 비행기 그림자가 땅에 뚜렷하게 보였다. 건물 끝부분도 살짝 보였다. 비행기 그림자 옆에는 세 사람, 남자 두 명과 여자 한 명이 서 있었다. 그들은 위를 쳐다보는 중이었고 여자는 놀라서 경계하는 표정이었다. 남자 한 명은 흰 중산모를 썼고 셋 중 나이가 가장 많아 보였다. 다른 남자는 회색 양복에 회색 조끼 차림이었는데 그를 보자 온몸에 소름이 쫙 끼쳤다. 발길질로 나를 차 안에 처넣은 그 남자였다. 사진 속의 그는 지금보다 훨씬 젊었다. 막 청년기에 접어든 모습이었다.

오스카는 아무 말도 하지 않고 기다렸다.

나는 그에게 사진을 돌려주었다.

"물리학자시죠? 여기 사람들 발밑에 있는 게 뭔지 알겠어요?"

나는 고개를 저었다.

"이 사람들은요?"

나는 다시 고개를 저었다.

"어디서 찍은 거죠?" 내가 물었다.

그는 낡아빠진 다이어리 속에 사진을 집어넣었다.

"칼라하리 사막."

"언제요?"

"1977년."

그는 그 말만 남기고 돌아섰다.

몇 주간 책에만 몰두하던 하랄이 어느 날 저녁 식사를 마친 후 책 한 무더기를 가져와 식탁에 놓았다.

잡지 여러 권을 철해놓은 것이었다. 《국군 뉴스》, 《전략 연구 저널》, 《군사 연구 매거진》, 《해외 뉴스》 같은 제목이 눈에 띄었다.

"마가레테 스플리드의 논문 모음이에요. 다 해서 스무 개예요. '인위적 폭력man-made violence', 즉 사람들이 서로에게 행하는 폭력이라는 개념을 세웠더라고요. 20세기에만 1억 내지 1억 5000만 명의 사람들이 같은 인간에게 죽임을 당했어요. 아마 그중 5000만은 제2차 세계대전 때, 1500만 명은 제1차 세계대전 때, 1000만 내지 1500만 명은 스탈린 폭정하에서 죽었을 거예요. 역사상 그런 일은 한 번도 없었대요. 그런 엄청난 피해는 대규모 감염이나 자연재해가 있을 때에나 가능하다는 거죠. 이 논문들은 모두 그 원인을 밝혀보려는 시도예요. 역사에 기록된 공식적 피해자 수는 전쟁에서 쓰러진 군인들의 수예요. 그녀의 주장에 따르면 이건 실제 사망자의 4분의 1에 해당하는 거예요. 나머지 4분의 3은 배고픔, 추위, 전쟁에 따른 감염병 속에서 죽어간 노인, 병자, 여자와 아이들이라는 거죠. 그녀는 '국민 안전'과 '국민 건강'이라는 개념을 도입했어요. '퍼블릭 시큐리티'를 의미하는 거죠. 1880년에서 1950년 사이에 국민 건강이 극적으로 개선됐는데, 위생을 개선하고 병의 원인을 파악해서 몇몇 감염병을 퇴치했기 때문이었어요. 이렇게 원인 파악에 초점을 맞춘다면 '인위적 폭력'도 개선되지 않겠느냐 하는 게 그녀의 주장이에요. 그녀의 말대로 폭력은 이성이 닿지 않는 곳에서 시작되니까요. 폭력은 인간의 분노에서 시작돼요. 크게 보면 모든 논문이 그 문제를 다루고 있어요. 그리고 항상 똑같은 질문으로 끝나요. 분노의 원인은 무엇인가? 그녀가 알고 싶어 한 건 바로 그거였어요."

"그래서 원인이 뭔데?" 티트가 물었다.

하랄은 머리를 흔들었다.

"아직 3분의 1도 다 못 읽었어."

"하랄." 내가 말했다. "혹시 1977년에 칼라하리 사막에서 무슨 중요한 일이 일어났는지 아니? 사진으로 찍어 남길 만한 중요한 사건이 뭐가 있었을까? 뭔가 폭발물과 관련됐을 것 같은데?"

그는 기억 속을 뒤지는 듯했지만 곧 머리를 흔들었다.

"그런데 왜 폭발물과 관련이 있다고 생각하는 건데요, 엄마?"

"사진을 한 장 봤는데, 사진 속에 케이블을 묻어놓은 게 보였거든."

일주일 뒤에는 학습 주가 시작됐다. 먼저 오스카가 분갈이하는 모습을 지켜보았다. 그런 다음 그가 내게 숫돌과 그 휘어진 칼 하나를 건넸다.

나는 그가 분갈이하는 방에서 매일 한 시간씩 일을 도왔다. 내가 접목 칼을 제대로 가는 데는 꼬박 일주일이 걸렸다. 칼날을 20도로 눕혀서 가는 부엌칼과도 다르고 경사를 급하게 하는 조각도와도 달랐다.

그다음 주에는 대목 선택하는 법을 배웠다. 그때는 덴마크산 과실수를 손볼 때였다. 그는 내게 땅속에 박힌 나무토막과 다름없던 나무를 다시 보게 해주었다. 스승으로서 그는 차분하고 참을성이 많았다. 나는 그가 하라는 대로 나무들의 구별 번호와 성질을 외웠다. 예를 들어 개량 품종인 MM 106에서는 평균보다 70퍼센트나 큰 사과가 열리지만 토양이 좋아야 한다. M 7은 매우 저항력이 강한 묘목으로 꽃사과나무가 여기에 해당된다. M 26은 뿌리를 얕게 뻗어서 격자 버팀대 재배에 적당하지만 대신 매우 건강하게 잘 자라는 특성이 있다. M 9은 나무가 작고 오래 살지 못하지만 대신 열매를 빨리 맺는다.

처음 본 날부터 느꼈지만 그는 식물을 정말 조심스럽게 다뤘다.

그는 나무 기둥과 가지에 비스듬하게 자른 자국 두 개를 보여주었다. 그리고 산화를 방지하기 위해 곧바로 둘을 꽉 누르고 탄성 있는 테이프로 동여맨 다음 접목용 왁스를 발라 공기를 차단했다. 거의 외과 수술을 방불케 하는 정교한 손놀림이었다. 내가 접붙인 나무에서 처음 눈이 나왔을 때는 자식을 낳은 것처럼 감동적이었다.

어느 날 집에 돌아와 손을 씻고 있는데 하랄이 책을 읽다가 고개를 번쩍 들었다.

"엄마, 전에 얘기했던 칼라하리 사막 찾았어요. 마가레테 스플리드의 논문에 나와요. 1977년 8월에 소련 위성에 사진이 찍혔는데, 그 사진으로 인해 남아프리카 공화국의 핵무기 보유 사실이 폭로됐어요."

나는 손 씻기를 계속했다. 빳빳한 핸드브러시에 손톱 밑에 자란 연약한 상피가 뜯겨져 나왔다.

"위성사진 말고 다른 사진은 없니? 더 가까운 곳에서 찍은 사진 말이야. 비행기에서 찍은 것 같은?"

하랄은 고개를 저었다.

나는 핸드브러시를 가만히 내려놨다. 손톱 밑 여기저기서 피가 비쳤지만 지저분한 것은 없어졌다.

나는 식탁 앞에 앉았다. 라반도 들어와 합석했다.

"안드레아와 마가레테 스플리드는 1972년에 모임을 하나 만들었어." 내가 말했다. "준비 기간만 10년이 걸렸어. 왜 그랬는지는 나도 몰라. 그들은 싱크탱크가 한창 유행일 때 그 모임을 제안했고 의회의 후원을 받았어. 공식적인 이름은 미래위원회. 공식적이긴 했지만 비밀 모임이었지. 미래의 비전을 제시하는 게 그들의 임무였어. 태평하기만 하던 복지 국가에서도 미래에 어떤 일이 일어날지 걱정스러웠던 거지. 위원회는 처음에 주요 분야의 전문가들 여섯 명으로 시작했어. 그러다 해를 거듭하면서 열두 명으로 불어났지. 6개월마다 한 번씩 보고서가 제출됐지만 그걸 아는 사람은 아무도 없었어. 안드레아와 마가레테 스플리드는 2년이 지나자 미래위원회가 황금 알을 낳는 거위라는 걸 알았어. 어쩌면 우연이었을 수도 있고 집단 지능을 구성하는 방식을 알았던 안드레아가 유도한 것일 수도 있고. 아니면 둘 다일 수도 있고. 어쨌든 두 사람은 요약 보고서를 작성했어. 거기 보면 미래위원회의 예측이 역사상 유래를 찾아볼 수 없을 정도로 정확하다는 걸 알 수 있어. 그 보고서가 누구에게 제출됐는지는 모르겠어. 어쨌든 국정원과 기무사에 정보가 들어갔고 그쪽에서 그 모임을 통제하려고 했지만 실패했어. 하지만 위원회를 잃고 싶진 않았겠지. 그래서 하인을 중심으로 한 관리 그룹이 만들어졌어. 그렇게 결성된 후 이 조직은 40년간 의회로부터 벗어나려고 끊임없이 노력을 해. 덴마크 역사에 처음 있는 일은 아니지. 한편 위원회는 나름의 독자성을 유지했어. 다들 자기 분야의 전문가들이라 자부심이 있었겠지. 그리고 미래를 보는 자신들의 능력이 위험하리란 걸 예감했을 거야. 하인은 위원회의 전체 구성원을 알았던 적이 없어. 사망이나 다른 이유로 인한 구성원 교체에 대해서도 보고를 받지 못했고. 위원회는 언젠가부터 돈을 벌고 싶다는 생각을 했어. 그것도 아주 많이. 뭐 거기까진 좋았어. 이제부터가 수수께끼야. 위원회는 세계가 총체적 붕괴를 앞두고 있다고 진단하고 위원회를 해체하기로 했어. 그리고 하인에게는 마지막 두 모임의 보고서를 제출하지 않았어. 하인은 물론 못마땅했겠지. 그래서 나를 투입하기로 한 거야. 나를 안 건 안드레아를 통해서였고. 그렇게 해서 우리가 덴마크로 소환된 거야. 그런데 뭔가 잘못되기 시작했어. 마가레테 스플리드, 코르넬리우스, 아마 켈센도 의문의 살인마에게 죽임을 당했고 이건 하인의 짓이라고는 생각되지 않는단 말이지. 나와 하랄을 죽이려고 한 시도도 마찬가지야. 그렇다면 뭔가 다른 요소가 끼어들었단 말이 돼. 우리를 여기 데려온 사람들은 경찰이 아니야. 항구에서 본 회색 옷 입은 그 연쇄 살인범도. 그들은 다른 종류의 인간들이야. 그 회색 옷 입은 남자는 오스카가 보여준 사진 속에도 있었어. 그 칼라하리 사막에서 찍은 사진."

티트가 나를 빤히 쳐다보았다.

"엄마, 위원회가 돈을 벌기 시작하면서 재능을 사용하는 것과 남용하는 것에 대한 회의를 품게 된 거예요?"

03

3월 중순이 되자 오스카는 내게 약간 복잡한 접목법을 가르쳐주었다. 황옥, 빨간 아스트라한 등 민감한 고급 개량 품종에 적당한 합접이었다.

"오스카, 여긴 대체 뭐 하는 곳이죠?"

"식물생리학 실험 단지요."

"그런데 이렇게 커요? 100제곱킬로미터에 대부분은 노는 땅이잖아요."

"품종 개량을 하려면 최소한으로 필요한 면적이 있어요. 타화 수분을 피해야 하니까요."

"어쨌든 여긴 남쪽이겠네요. 북쪽은 이런 걸 만들기엔 너무 인구밀도가 높으니까요."

그는 아무 대꾸도 하지 않았다.

"이거 다 누구 소관이죠?"

역시 아무 대답이 없었다.

다음 날 아침 여느 때와 같이 미니밴으로 우편물이 도착했다. 오스카는 없고 나 혼자 실험실에 있을 때였다. 우리가 주문한 식료품과 하랄의 책도 그 차로 왔다. 편지를 문 안쪽에 달린 바구니에 넣고 우체부는 떠났다.

오스카는 어디에도 보이지 않았다. 나는 우편물을 대충 훑어보았다. 대부분은 카탈로그인 것 같았고 '식물생리학 실험 단지' 앞으로 돼 있었다. 우편번호는 프레스퇴 4720이었다. 마지막 한 장은 수신인이 오스카 라르센으로 돼 있고 발신인은 '국방부 특수부대'였다.

밤에도 땅이 얼지 않는 날들이 이어졌다. 오스카는 이제 눈접을 해보자고 했다. 특별히 가치 있는 품종의 눈을 이미 열매를 맺은 나무에 바로 접붙이는 방법이다.

그는 내 옆에 서서 오른손으로 초록색 눈을 들고 왼손으로 정확하고 유연하게 칼집을 넣었다.

"오스카, 왜 애인이 없어요?"

내 질문에 그는 아무 말 없이 칼을 내려놓더니 어디론가 가버렸다.

4월 초에는 시금치 파종을 도왔다.

나는 일을 시작한 지 한 시간쯤 지났을 때 화장실에 다녀오겠다고 하고 일어섰다. 밭에서 실험실까지는 400미터 정도 떨어져 있었다. 건물에서 보니 그가 허리를 숙이고 있는 모습이 보였다. 실험실 맨 앞쪽에 방이 하나 있는데 아직 한 번도 열린 적이 없었다. 나는 그 문을 열어보았다. 이중문이었다. 안쪽 문에는 항공기의 기밀실처럼 10센티미터 두께의 고무패킹이 대어져 있었다.

그 방은 창문이 없어서 어두웠다. 방으로 들어서니 자동으로 켜지는 암실용 빨간 조명이 켜졌다. 벽에는 책장이 여러 개 늘어서 있었다. 다른 문이 하나 더 있어서 열어보았더니 그 문에도 두꺼운 고무패킹이 대어져 있었다. 책장에는 잼 병처럼 생긴 작은 유리병 수백 개가 빼곡히 들어차 있었다.

유리병은 모두 4분의 3 정도 곡식으로 채워져 있었고 이름표가 붙어 있었다. '보리. 토종. 스칸디나비아 유전자은행 Nr. 3071. 보리. 토종. 스칸디나비아 유전자은행 Nr. 12440. 호밀. 토종……'

바닥에는 가로세로 1미터, 1.5미터짜리 나무 상자가 놓여 있었다. 뚜껑을 열었더니 얇은 나무 칸막이로 나뉘어 각 칸마다 작은 유리병이 들어 있었다. 유리병은 천 개는 될 것 같았고 각각 포장용 톱밥으로 꼼꼼히 싸여 있었다.

"토종이 뭐니?"

하랄은 도통 책에서 눈을 떼지 않았다. 질문에 대답할 때도 고개를 들지 않았다.

"가장 좋은 품종만 골라내는 기존의 방식으로 선별한 품종이에요. 개량종보다는 생산량이 적지만 대신 튼튼해요. 엄마처럼."

"아는 거 많아서 좋겠다. 그런 애가 여자애들 만나는 건 자신 없어서 그렇게 책만 파고드는 거니?"

아니나 다를까, 시간은 약간 걸렸지만 결국 하랄은 고개를 들었다. 그리고 못 말린다는 표정으로 나를 쳐다봤다.

다음 날 나는 본격적으로 시금치를 심었다. 물리학 실험실에서 일할 때의 리듬을 되찾아 한 줄 한 줄 심어나갔다. 한순간도 놓치지 않고 공간을 가득 채우는 박동, 내면의 메트로놈을 다시 느꼈다.

그러다 현실로 돌아와보니 네 시간이 훌쩍 지나 있었다.

실험실로 돌아오니 오스카는 핀셋 같은 것을 들고 현미경 앞에 앉아 있었다. 그는 고개도 들지 않았다. 나는 그 옆에 가서 섰다.

"수잔, 여기 봐요. 싹에서 표피조직만 떼어내서 사용하는 거예요. 병을 옮기는 미생물들은 더 깊이 들어앉아 있거든요."

"그 칼라하리 사막 사진 말이에요." 내가 말했다. "남아프리카 공화국의 핵실험 '테스트 사이트'•인가요?"

"정식 명칭은 '배스트랩 핵무기장Vastrap Weapon Range'이에요."

그는 여전히 고개를 숙인 채였다.

나무집으로 돌아와보니 헛간에서 음악 소리가 났다. 나는 헛간으로 들어갔다. 라반이 고개를 들고 나를 쓱 올려다보았다.

"그 사람이랑 뭔가 있는 거지? 다 알아!"

라반은 정말 화가 나면 표정이 아니라 얼굴색이 변한다.

"오스카는 그냥 늙다리 정원사야." 내가 말했다. "나이가 한 여든은 됐겠던데."

"아니, 남자로서 한창때지. 둘이 함께 있는 거 봤을 때 난 진즉 알아봤어. 그리고 지금도 그런 짓 하다 온 거 아냐!"

• 시험장.

질투란 재미있는 화학적 화합물이다. 방금 전까지만 해도 대인배의 풍모를 지녔던 사람이 그중 0.25밀리그램만 흡입해도 비천한 소인배로 전락하고 만다.

"그것도 내가 빤히 보고 있는데! 그리고 아이들이 보는 앞에서!"

"라반, 정신 차려!"

그랬더니 그의 손이 날아왔다.

라반은 피아노 연주자의 가느다란 손이 아니라 크고 두꺼운 손을 가졌다.

그리고 평생을 피아노 앞에서만 보낸 것도 아니다. 그의 어머니 말로는 어릴 때 싸움을 좋아해서 저보다 큰 상대를 골라 싸움을 걸곤 했다고 한다. 쌍둥이가 어렸을 때 정원에 놀이용 밧줄을 매달아줬는데 아이들은 금세 커버려서 가지고 놀지 않았지만 라반은 틈만 나면 원숭이처럼 그 밧줄에 매달려 있곤 했다.

그가 나를 때린 것은 이번이 처음이었다. 운동의 방향으로 함께 움직였음에도 예상치 못한 강한 가격에 나는 그만 바닥에 나가떨어지고 말았다.

하지만 어느 정도는 힘 조절이 돼서 반원을 그리며 굴렀다.

그는 제 성질을 못 이겨 악기랍시고 만들어놓은 나무 상자 위에 올라가 섰다.

"너희 둘이 붙어먹는 거 다 안다고!"

"그래!" 내가 외쳤다. "사과나무 아래 건초더미에서 제대로 뒹굴다 왔다, 왜? 유일하게 방해가 됐던 건 저기 저것뿐이었다고."

나는 바닥에 누운 채 그의 등 뒤를 가리켰다. 그러자 그는 내 손가락이 가리키는 쪽을 돌아보았다. 세계 인구의 99.9퍼센트가 했을 반응이다.

그 순간을 틈타 나는 그가 밟고 올라선 나무 상자를 발로 밀어버렸다.

높이가 30센티미터 정도 되는 상자였으므로 낙하가 시작된 순간 그의 무게중심은 지상에서 1.5미터 정도 떴다. 그는 뒤로 넘어져 시멘트 바닥에 뻗었고 약 1나노초 후 그의 머리도 바닥에 떨어졌다.

그는 잠시 의식을 잃었다. 아마 몇 초 정도였을 테지만 내가 일어나 벽에 걸린 쇠스랑을 들고 날카로운 끝부분으로 그의 목을 겨눌 시간은 충분했다.

우리의 시선이 마주쳤다. 나는 그의 목을 누른 쇠스랑에 약간 힘을 주었다. 그 순간 그의 눈 속에 어떤 깨달음이 스쳤다. 일반적인 덴마크 가정에서는 극히 드물게 나타나는데, 그건 바로 '꼭 상대가 죽으란 법은 없다. 내가 죽을 수도 있다. 그것도 지금 당장'이라는 깨달음이었다.

그리고 다음 순간 티트와 하랄이 들어왔다.

우리는 집으로 들어가 식탁에 둘러앉았다. 왼쪽 얼굴 반쪽이 부어올랐고 눈이 반쯤 감겨 떠지지 않았다. 티트는 라반의 뒤통수에 난 상처를 씻고 면포로 묶어주었다. 그는 마치 죽어가는 아랍 족장 같았다.

그의 손이 덜덜 떨렸다. 나도 마찬가지였다.

"우리 사이에 폭력은 없었어." 라반이 말했다. "내 실수야. 다시는 이런 일 없을 거야."

"꼭 신체적 폭력만 폭력인 건 아니에요." 티트가 말했다. "다른 종류의 폭력도 있어요. 엄마 아빠 사이에 존재하던 긴장감은 유치원 때부터 죽 느꼈어요. 그래서 거실에 들어갈 때면 꼭 분위기가 어떤지 확인하는 버릇이 생겼어요. 하랄과 그 얘기를 자주 했기 때문에 지금도 거실에 들어갈 때마다 기억나요. 아이들은 작은 짐승과 같아요. 귀를 쫑긋 세우고 모든 게 안전한지 확인해요. 어른들은 직접적으로 뺨을 때리거나 치고받는 것만 싸움이라고 생각하지만 그런 위화감이야말로 관계에 독이 되는 거예요. 엄마 아빠는 그 긴장을 한 번도 푼 적이 없어요."

숙연해진 우리는 미동도 없이 앉아 있었다. 티트의 말이 다 옳았기 때문이다.

"엄마가 너희를 임신했을 때 아빠 머릿속에 든 생각은 단 하나였어." 라반이 말했다. "소망이라면 소망이고 꿈이라면 꿈인데, 너희에게 뭘 가르쳐주겠다 그런 것도 아니고 음악과 관련된 것도 아니었어. 그냥 너희가 외롭지 않았으면 좋겠다, 내가 어릴 때 그랬던 것처럼 외로워하지 않았으면 좋겠다, 그거 하나였어."

라반에게는 남자 형제가 둘, 여자 형제가 하나 있다. 유복한 가정에서 태어났고 이해심 많은 부모님 밑에서 금지옥엽으로 자랐다. 그런 그가 외로움을 느꼈다니 상상조차 못한 일이었다.

"아이의 마음속에 뭔가가 있는데 쉽게 찾아낼 수 없는 경우도 있어. 아이가 원하는 걸 아이는 말로 표현할 수가 없고 어른들은 아무리 자상하다고 해도 알아채기가 힘들지. 하지만 알아채지 못하면 꺼낼 수 없고 꺼내지 못하면 풀어낼 수가 없지."

나는 그때 처음으로 그의 내면에 웅크리고 있는 소년을 봤다. 엄청난 외로움에 시달리는 소년을.

"네 엄마를 만나고 나선 괜찮았어. 하지만 그 대가를 치러야 했지. 다른 사람이 진정한 의미에서 나를 봐준다는 것, 한 여자가 내 존재를 알아챘다는 게 사람을 미치게 하더라고. 계속해서 날 봐줬으면 좋겠고 날 완전히 이해했으면 좋겠고. 이제까지 내 옆에 없었던 시간들을 다 보상해야 한다는 생각이 드는 거야. 그리고 또 한 가지. 일단 마음을 열고 나면 잃어버릴까 봐 엄청나게 두려워져."

나는 자리에서 일어섰다. 그리고 싱크대 앞으로 가 그들에게 등을 돌리고 섰다.

"아버지가 떠났을 때 난 세상이 무너진 것 같았어." 내가 말했다. "그때까지는 둥근 공 안에 살고 있다고 느꼈거든. 그런데 아버지가 사라지자 세상의 모양이 달라졌어. 그때부터는 일직선 위에 사는 것 같았어. 머리 위에 보호막도 없고 언제 밖으로 떨어질지 모르고. 우리 어머니도 마찬가지였어. 아버지가 계실 때에도 다른 남자가 있었고 아버지가 떠나신 뒤에도 계속 남자들을 만났지만 아버지의 부재를 극복하진 못하더라고. 어머니와 난 방향을 잃고 떠돌았어. 살 집이 있고 극장에 일자리가 있고 계속 춤을 추었지만 그날 이후 어머니의 삶은 방황 그 자체였어. 당시 어머니는 서른 살이었어. 젊은 나이에 자기 안으로 파고들어 끊임없는 방랑을 했지. 그래서 난 너희를 가졌을 때 머릿속에 떠오른 게 단 하나였어. 내가 식사를 준비하고 식구들이 식탁에 둘러앉아 식사하는 모습. 지금 생각해보니 그 배경에는 계획이 하나 있었어. 너희들이 독립할 때까지는 라반과 함께 살아야겠다는 계획."

나는 뜨거운 물로 잔을 헹군 뒤 찻잎을 넣고 뜨거운 물을 부었다. 그리고 뒤돌아 그들과 마주 보았다.

"라반과 나, 우린 최선을 다했어. 하지만 많이 부족했던 것 같다."

우리는 말없이 식사를 했다. 갑자기 하랄이 접시를 밀어놓더니 말했다.

"제가 얘기한 거요, 어릴 때 했던 얘기들, 엄마 아빠 때문에 그런 거 아니에요."

하랄은 수년간 거짓말을 입에 달고 살았다. 학교에서도 집에서도 친구들에게도 거짓말을 했다. 아이와 진지하게 대화를 해보고 학교에도 찾아가보고 아동 상담도 받아보았지만 소용없었다.

그러다 우리가 두 손 두 발 다 든 사건이 있었다. 어느 날 하랄의 친구 부모들에게서 연달아 전화가 왔다. 하랄이 우리 가족이 먼 외계에서 왔고 그때 타고 온 우주선이 샤를로텐룬 궁전에 숨겨져 있다고 했다는 것이다.

나는 마지막 전화를 받고 수화기를 내려놓았다. 라반과 나는 서로의 얼굴만 쳐다보았다. 적절한 말로 그 상황을 표현한 사람은 라반이었다.

"남자아이들은 가끔 말을 지어내기는 해. 있지도 않은 개를 있다고 하고 공기총을 선물 받았다고도 하고 여자아이에게 키스를 받았다고 하고. 하지만 온 가족을 외계인으로 몰다니! 이건 급이 달라도 너무 다른데. 아무나 할 수 있는 게 아니라니까."

하랄은 어느 날 갑자기 거짓말을 그만두었다. 왜 그랬는지 설명도 없었고 지금까지도 그 이유를 모른다.

"그때 엄마 아빠가 뭘 어떻게 했든 부족했던 건 맞아요. 전 세상을 좀 더 넓게 살고 싶었어요. 강제로라도 넓어지게 하려고 했어요. 알모에다에 가서야 깨달았어요. 거기서 페달만 밟으면 되는 거였는데, 국경을 넘어 빠져나갈 수도 있었는데. 결국 그만뒀어요. 뭔가 내 안에서 날 붙잡는 것 같았어요. 그때 알겠더라고요. 마음속으로 바라는 건 문제가 안 되지만 실제로 하는 건 문제가 될 수 있다는 걸."

그날 밤은 잠이 오지 않았다. 나는 쌍둥이가 어렸을 때를 떠올렸다. 아이들과 그들의 유년 시절에 대해 생각해보고 싶었다.

아이들은 내 방에서 잘 때도 있고 라반과 함께 잘 때도 있었다. 그러다 아홉 살인가 열 살인가 됐을 때 갑자기 자기 방에서 따로 자기 시작했다. 잠자리가 완전히 바뀌는 데 몇 주 걸리지도 않았다. 그때까지는 아이들이 아침에 깨는 모습을 수도 없이 봤다.

여덟 살이 되기 전에는 웃으면서 눈을 떴다. 잠이 깨고 잠시 동안은 여기가 어딘가 하는 표정으로 멍하니 있다가 침대를 알아보고 서로를 알아보고 어른들을 알아봤다. 그리고 배시시 웃었다. 마치 이 세상이 있어서 다행이라는 듯, 세상의 존재가 큰 위안이 된다는 듯.

여덟 살이 되자 잠에서 깨는 표정이 달라졌다. 마치 어른이 되려면 치러야 할 대가가 있다는 것을 예감하기라도 한 듯, 다른 차원의 자아가 그들의 눈을 통해 내다본다는 생각이 들 정도로 몇 달 사이에 아침 표정이 달라졌다.

나는 라반에 대해 생각했다. 그는 아마 재벌 아들처럼 잠에서 깼으리라 생각했는데 그게 아니었을 수도 있겠다는 생각이 들었다. 마치 식탁에서 한 말이 과거의 시간 속에 다른 의미를 던지기라도 한 듯, 마치 현재가 과거를 바꾸기라도 한 듯이 말이다.

04

눈을 떠보니 새벽 5시였다. 한쪽 눈만 떠지고 다른 눈은 콕콕 쑤셨다. 나는 일어나 밖으로 나왔다. 라반이 테라스에 웅크리고 앉아 나지막한 소리로 노래를 흥얼거리고 있었다. 75센티미터 앞에는 작은 토끼 두 마리가 앉아 그의 노래에 귀를 기울이고 있었다. 나는 숨을 죽이고 그대로 서 있었다. 라반은 손을 뻗어 가만히 토끼를 만졌다. 토끼는 등을 쓰다듬는데도 꼼짝 않고 가만히 있었다. 그러다 토끼 한 마리가 나를 발견하는가 싶더니 두 마리 모두 부리나케 도망쳐버렸다.

라반은 고개를 들어 나를 봤다. 그리고 내 눈을 보더니 얼굴을 찡그렸다.

"짐승들은 인간 속의 짐승에게 반응해. 우리 안의 공격성과 두려움을 알아보는 거지. 인간의 의식 상태는 노래를 부르거나 악기를 연주할 때 변해. 아시시의 성 프란치스코•가 발견한 게 바로 그거

• 가톨릭 프란치스코회의 창실자로 새들에게 실교를 했다고 전해짐.

아니었을까?"

"맞아." 내가 말했다. "하멜른의 피리 부는 사나이도."

태양은 아직 수평선 위로 떠오르지도 않은 채 구름 언저리를 어두운 보랏빛으로 물들이고 있었다.

"티트가 말 타고 나갔다가 내 추측을 확인시켜줬어." 내가 말했다. "정사각형이고 가로세로 각각 10킬로미터야. 그 철조망에 센서 같은 게 달려 있는 모양이야. 어느 쪽에서 다가가든 금세 경비원이 튀어나오더라고. 우린 프리미엄 안전가옥에 있는 거야."

라반은 아무 대꾸도 하지 않았다.

"농장은 곡식 유전자은행이야. 과수원에는 사과나무 수백 종이 심어져 있어. 오스카는 열대 식물, 아열대 식물을 접목시켜 실험을 하고. 덴마크에서는 듣도 보도 못한 꿀벌종을 가지고서 말이야. 그리고 오스카는 군인이야. 여긴 대체 뭐 하는 곳일까?"

가까이 다가왔던 토끼들은 내 목소리가 높아지자 다시 달아나버렸다.

"지금 조사 중이라잖아. 수잔, 여긴 안전해. 그리고 우리가 필요로 하는 것도 다 있고. 티트에겐 말이 있고 하랄에겐 책이 있고. 별 탈 없이 잘 지내고 있잖아. 다 잘될 거야."

이윽고 태양이 수평선 위로 떠올랐다.

"난 열네 살부터 열여덟 살 때까지 갇혀 지냈어." 내가 말했다. "홀름강엔에서 나올 때 다짐했어. 다시는 내게 이런 일이 일어나지 않게 하자. 만약 그렇게 된다면 가만히 있지 말자. 난 갇혀 살고 싶지 않아."

그는 아무 말이 없었다.

"그거 알아, 라반? 우리가 사는 세상에는 항상 배경음악이 흐르고 있어. 여기뿐 아니라 덴마크 전체에. 어딜 가든 그 노랫소리가 들려. 우린 잘 살고 있다, 걱정 마라, 우리가 필요로 하는 건 다 있다, 우린 죽을 때까지 돌봐줄 사람이 있고 이 복은 끝없이 계속될 테니 두 다리 쭉 뻗고 삶을 즐기기만 하면 된다고 유혹하는 노래야. 세이렌의 노래지. 잠깐 열린 시간의 구멍 속에 잠시 살다 가는 인생인데 이 노래는 그걸 잊으라고 해. 우리 마음속 깊은 곳에 있는 배고픔을 잊게 한다고. 하지만 나한텐 안 통해. 무슨 말인지 알겠어? 난 끝없이 배고프다고."

"수잔, 당신이 맛보지 않은 게 있어? 당신을 배부르게 할 수 있는 건 없어."

그날 아침 나는 티트가 말을 타고 나가는 걸 보고 뒤따라갔다. 티트는 작은 호숫가에 있었다. 여기저기 수면 위로 떠오르는 진흙 기둥을 보니 호수 밑에서 물줄기가 솟는 모양이었다.

우리는 천천히 걸어 집으로 다시 돌아왔다. 암말은 마치 개처럼 얌전히 우리 뒤를 따랐다. 티트는 짐승에 대해 말할 때 마치 사람인 듯이 얘기했다. 첫 생리를 한 것도 말을 탈 때였다. 티트가 열세 살 때였다. 그때 우리는 야메르 만에 여름 별장을 샀는데 할부금을 내지 못해서 경매로 넘어갔다. 하지만 그해 여름 우리는 대출이 승인되길 기다리며 그곳에서 꿈같은 휴가를 보냈다. 별장 바로 옆에 농장이 있었는데 티트는 매일같이 검은 수말을 다고 나갔다. 코끼리처럼 덩치가 큰 말이었다. 생리가 시작되자 티트는 얼른 내게 달려왔고 자랑스러운 표정으로 말의 목을 토닥거리며 말했다.

"얘는 알고 있었어요. 나가기 전부터 얘가 알았다니까요."

짐승들은 티트의 믿음에 보답하려는 듯 사람처럼 행동하곤 했다. 그 암말도 마치 가족의 일원인 양 점잖게 우리를 따라왔다.

"엄마, 나는 엄마가 잠잘 때 해주는 옛날이야기 안 들으려고 했잖아요?"

나는 계속 걸음을 옮겼지만 이미 자동 주행모드로 옮아가 있었다. 이 집안에 존재하는 또 하나의 수수께끼, 가슴 아픈 테마와 마주할 때가 온 것이다.

나는 잠잘 시간이 되면 아이들에게 옛날이야기를 해주었다.

아이들을 유치원과 학교 앞까지 데려다준 것처럼 커가는 과정을 최대한 함께하고 싶었다. 적어도 성장의 관문에 이르러 아이가 혼자 걸어 들어가야 할 때까지는 그 길에 동행하려고 했다. 그래서 깜깜한 잠의 세계로 가는 길이 무섭지 않게 아이들에게 이야기를 들려주었다.

나는 어렸을 때 잠자는 시간이 무서웠다. 자려고 깜깜한 방 안에 누으면 두려움이 밀려왔다. 형체도 없고 손에 잡히지도 않지만 두려움은 방 안 곳곳에 존재했다. 나는 이 두려움에 떠밀려 움직였다. 몸은 침대에 가만히 누워 있었지만 머릿속은 열심히 움직였다. 그러면 주위가 점점 어두워지고, 더 어두워지고 어느 순간 잠 속으로 빠져들었다.

그 두려움이 사라진 건 주기율표를 봤을 때였다. 기본 원소들이 배열된 그 표를 봤고 길게 말할 필요도 없이 보자마자 이해했다. 그건 내게 높은 차원의 질서를 보여주는 일종의 보증수표였다.

내가 아이들에게 주고 싶었던 것도 그런 것이었다. 나는 먼저 동화책을 한 권 읽어주고 불을 끈 다음 마지막으로 이야기를 들려주었다.

그 이야기는 항상 물리에 관한 것이었다. 자이언스의 보이지 않는 빛으로 가득 찬 상자, 패러데이의 직관적 천재성, 1919년 11월 영국 왕립 천문학회의 벌링턴 하우스에서 아인슈타인이 일반 상대성이론을 증명할 때 전 세계가 줄을 섰던 일 등등.

나는 아이들이 잠의 세계로 건너갈 수 있도록 질서와 규칙으로 만들어진 다리를 놓아주고 싶었다. 확실하게 믿을 수 있는 단 하나, 그 도식을 알려주고 싶었다. 잠이 두 팔을 벌리고 기다리는 곳까지 희미한 빛을 따라 어른의 손을 잡고 갈 수 있다는 것을 알려주고 싶었다.

내 시도는 실패했다.

정확히 말하면 하랄에게만 성공했다. 내가 이야기를 하는 동안 하랄의 시선은 내 얼굴에 고정돼 있었고 숨을 죽이고 집중하는 게 느껴졌다. 내 옆에 얌전히 누운 아이의 몸은 서서히 이완되었고 내가 이야기를 마치고 몇 초 지나면 어김없이 스르르 눈꺼풀이 감겼다.

티트는 달랐다. 이야기를 거부하지는 않았지만 내가 일어나서 불을 끄고 이제 이야기가 시작되겠다 싶으면 제 침대로 기어들어 가버렸다.

나는 몇 번이나 그 이유를 물었지만 티트에게 대답을 들을 수는 없었다. 티트는 나와 하랄을 어둠 속에 남겨두고 아무 말도 없이 돌아섰다. 그리고 저 자신 속으로 파고들어 잠이 들었다.

나는 그 이유를 알 수 없었다. 네 살밖에 안 된 어린아이가 그렇게 손을 뿌리치고 컴컴한 어둠 속으로 혼자 들어가다니. 그걸 보는 내 마음은 편치 않았다.

나중에 큰 다음에 그때 일을 물은 적이 몇 번 있었지만 대답은 들을 수 없었다.

티트가 걸음을 멈췄다. 말도 멈춰 섰고 숲도 숨을 죽였다.

"그 이야기를 해줄 때 엄마는 우리에게 방을 만들어주려고 한 것 같았어요. 전 그걸 느낌으로 알았어요. 아주 환한 방을, 완벽한 방을 만들어주려고 하는구나. 엄마가 말했잖아요, 물리학은 항상 완벽한 공간을 만들어내려 한다고. 빛이 완전히 차단된 공간, 완벽한 진공상태의 공간, 무중력의 공간, 무균상태의 공간. 엄마 아빠는 우리에게 그런 공간을 만들어주려고 했어요. 엄마가 옛날이야기를 해줄 때 전 그걸 가장 분명하게 느꼈어요. 그리고 엄마는 그렇게 해줬고요. 거의 그렇게 했다고 해야겠죠. 그런데 전 그 방에 들어가기가 싫었어요. 만약 그 방에 들어가면 다시 나오는 게 너무 힘들 것 같았어요. 문제는 바로 그거예요. 정말 아픔이 없는 그런 공간을 만들 수 있다면 그건…… 위험하잖아요. 왜냐면 그냥 거기 있고 싶어질 테니까."

나는 그 말을 들으며 몸이 휘청거리는 느낌이었다. 발밑의 땅이 꺼지는 것 같았다.

"엄마, 내 생각에 엄마는 물리 숙제를 고치듯 세상을 수정하려고 했어요."

우리는 다시 집으로 발걸음을 옮겼다.

나는 접시에 음식을 덜었다. 하랄이 식기를 내려놓고 말했다.

"1960년 미국과 소련이 가지고 있던 핵무기의 폭발력을 합하면 전 세계 인구 일인당 3,000티엔티에 해당해요."

나는 눈을 감았다. 그리고 하랄이 제발 그만하기를 속으로 빌었다. 하지만 말은 계속 이어졌다.

"마가레테 스플리드는 한 논문에서 대통령의 측근들이 핵무기 기습 공격 허가를 얻어내려고 대통령을 어떻게 압박했는지 자세히 기술했어요. 허가가 나지 않자 그들은 대통령과 정부의 뜻을 어기고 자체적으로 소련을 상대로 전쟁을 도발했어요. 강대국들이 제2차 세계대전 이후 개입한 모든 전쟁을 연구한 논문도 있는데, 대표적인 사례가 한국전쟁이에요. 수백만의 사상자가 났고 북한은 완전히 초토화됐어요. 거의 핵전쟁 직전까지 갔지만 결국은 바뀐 게 없이 끝났죠. 냉전의 의사 결정 과정에 대한 연구를 요약한 것도 있는데, 핵무기 보유고는 미국이든 소련이든 군사 전략적 혹은 외교적 이유로 확장된 적이 단 한 번도 없어요. 모두 무기 회사, 공격 성향이 강한 군인이나 행정부의 관료에 의해서 우격다짐으로 관철된 거죠. 그리고 덴마크도 꾸준히 그 관계 속에 엮였어요. 우유부단하긴 하지만 나토의 확실한 조력자로서 말이죠."

나는 문득 그가 나와 라반을 탓하고 있다는 사실을 깨달았다.

"엄마 아빠는 그때 아직 태어나지도 않았어." 내가 말했다. "그리고 음식 다 식는다."

하랄은 말없이 음식을 먹기 시작했고 나는 그를 빤히 쳐다보았다. 입맛은 이미 떨어졌다.

그는 다시 식기를 내려놓았다.

"마가레테 스플리드는 연구 결과, 분노가 집단적으로 아주 천천히 형성된다는 결론에 이르렀어요. 분노의 큰 항아리가 있어서 거기에 분노가 가득 차 넘치게 되면 전쟁이 일어난다는 거죠. 독을 품은 이 항아리는 모든 개인의 분노로 채워져요. 우리 모두의 분노예요. 게다가 측정도 가능해요. 자로 재거나 무게를 다는 역학적인 측정은 불가능하지만 그 항아리가 차오르고 있다는 걸 예감한 사람들이 있었어요. 그런 사람들이 항아리가 넘치는 걸 알고 예고한다면, 그리고 그 예언이 맞아떨어진다면 사람들은 외부에 있는 적이 아니라 자신 내면의 분노로 시선을 돌리게 될 거다, 그럼 사회는 점점 변할 거라는 게 마가레테 스플리드의 주장이에요."

모두 말이 없었다. 이윽고 티트가 침묵을 깨고 말했다. 무척 다정한 말투였다.

"좋네. 정말 좋은 생각이야. 하지만 그건 너무 순진한 생각이야, 하랄. 우리 식구를 보면 알잖아!"

라반은 뭔가 알겠다는 듯한 표정으로 허공을 응시했다.

"미래위원회와 마가레테 스플리드." 라반이 말했다. "그 사람들이 하려고 한 게 바로 그거야. 처음부터 그걸 노렸던 거야. 전쟁과 폭력에 대한 예언을 해서 그게 적중하면 사람들이 그 속에 감춰진 근본적인 메커니즘에 눈을 돌리게 될 거라고 생각한 거지."

그는 의자에서 일어나 식탁 주변을 서성거리기 시작했다. 우리는 그의 움직임을 눈으로 좇았다. 영감이 떠오를 때면 으레 하는 행동이었다. 그의 시선은 먼 곳을 향해 있었다.

"한편으로는 인간적이고 좋지. 그런데 이 프로젝트는 잘될 수가 없었어. 비밀 유지도 문제지만 권력을 가진 사람의 마음이 문제거든. 아무리 좋은 뜻에서 기획한 거라 해도 말이야. 말하자면 그들은 자신들이 일으킨 기적으로 세상을 속여 넘기려고 한 거야."

그는 멀뚱히 서서 우리를 쳐다보았다. 순간 나는 그를 이해할 수 있었다. 그가 왜 마가레테 스플리드와 안드레아를 이해하는지도 알 것 같았다. 따지고 보면 그가 평생에 걸쳐 한 일도 그들과 다르지 않았다. 음악이라는 기적으로 세상을 속여 넘기려고 한 것이다.

"그것만으로는 안 되지." 그가 느릿느릿 말했다. "좋은 의도라고 해서 다 용인되는 건 아니야. 동기라는 것도 있잖아. 그리고 그 동기가…… 도덕적이지 않다면, 그런 동기로 세상이든 정치가든 누군가를 강제하려고 하는 거라면 그건 절대 잘될 수가 없지."

그는 나를 쳐다보았고 나는 그의 시선을 외면했다.

05

다음 날 아침 지나가면서 보니 오스카가 또 수영을 하고 있었다.

바다 쪽에서 만으로 이동한 얇은 수평대류 안개층이 잔잔한 수면에 새털구름처럼 떠 있었다. 남자의 몸은 접영의 사인곡선을 그리는 순간에만 잠시 수면 위로 떠올랐다.

내가 해변에 널브러진 오스카의 옷가지 옆을 지나는 순간 그의 머릿속에서 혈관 하나가 터졌다.

어깨 근육과 팔 윗부분이 안개층 위로 잠시 솟아올랐다가 사라졌다. 나는 다음 동작을 기다렸다. 그러나 그의 몸은 다시 솟아오르지 않았다. 나는 물가로 갔다. 안개층은 여전히 옆으로 이동하고 있었다. 그때 수증기가 흩어지면서 구멍 하나가 생겼다. 수면 위로 그의 몸이 떠올랐다. 그러나 납작 엎드린 것이 아니라 몸이 옆으로 돌아가 있었다. 내가 지켜보는 가운데 몸은 물 위로 떠올랐다가 다시 가라앉았다.

나는 서둘러 옷을 벗었다. 아무 생각도 하지 않았고 만에서 눈을 떼지 않은 채 수온과 조난자와의 거리만을 쟀다. 나는 쌍둥이를 데리고 수영장과 해변에서 수천 시간을 보냈다. 이 훈련을 마치고 나면 수상 안전을 생각할 때 머릿속으로만 계산하지 않는다. 아이들을 어디까지 가게 놔둬야 하는지, 내가 재빨리 헤엄쳐서 다다를 수 있는 거리가 어디까지인지 자신의 신체적 능력을 수면에 투영시켜 직접적으로, 근육을 통해, 느낌으로 계산을 한다.

물에 뛰어들 때 나는 이 구조 계획이 내 한계를 넘어서리라는 것을 알았다. 모자라도 한참 모자랐다. 그러나 가만히 있을 수는 없었다.

생명의 위협을 느끼는 상황에서 사람은 압축된 몇 초의 시간 동안 놀랄 만큼 많은 생각을 한다. 그 짧은 순간에도 내 머릿속에서는 쌍둥이가 이제 내 도움 없이도 살 수 있을 만큼 컸다는 것, 그 밖에 필요한 것은 라반이 잘 알아서 하리라는 것을 확인하고 있었다. 물에 뛰어든 순간 피부에 감각이 없어졌고 추위가 뼛속까지 스며들었다. 나는 내게 주어진 시간이 단 몇 분뿐이라는 것을 직감했다.

그는 약 100미터쯤 떨어진 곳에 있었다. 나는 2분 내에 그곳에 도달할 것이다. 중간쯤 갔을 때 그의 몸이 물속으로 가라앉았고 다시 떠오르지 않았다.

나는 초점이 될 만한 것을 찾아 맞은편 만까지 축을 그려놓고 속으로 숫자를 세었다. 그 지점에 도착했다고 생각되는 순간 잠수했다.

물은 맑디맑은 청록색이었다. 한 달 후에는 짠물을 갈색으로 변화시킬 부패 과정이 일어날 테지만 그러기엔 아직 수온이 너무 낮았다.

밑으로 내려가는데 한 무리의 공기 방울이 보였다. 조난자가 밸어낸 마지막 숨이리라. 이 마지막 숨 뒤에는 거친 호흡이 뒤따른다. 몇 초 뒤 허파를 물로 채우고 구강과 인후에 달걀흰자 거품 같은 거품덩이를 일으키는 거친 호흡이.

홀름강엔에 있을 때 나는 물에 빠진 사람을 구하러 들어간 적이 두 번 있었다. 둘 중 한 명만 살았다.

나는 5, 6미터 깊이에서 그를 찾아냈다. 그의 팔을 잡고 발밑에 디딜 만한 것을 찾는데 처음에는 해초와 진흙 속에 발이 푹푹 빠졌다. 그러다 겨우 납작한 돌을 찾았다.

나는 돌을 밟고 위로 솟구쳤다. 우리는 천천히 위로 올라가 수면을 뚫었다.

그는 눈을 뜨고 있었다. 보이기는 하는데 몸이 마비된 것 같았다. 나는 무게를 줄이기 위해 그의 몸을 뒤집어 내 가슴 위에 얹었다. 그렇게 우리는 입과 코만 물 밖에 나온 상태로 둥둥 떠 있었다.

그 상태에서 나는 뭍으로 헤엄치기 시작했다.

나는 내가 해내지 못할 것을 알았다. 딱 봐도 무리였다. 물이 너무 차가웠고 추위가 근육에 너무 깊이 스며들었다. 곧 신경 신호 전달이 중지될 것이다. 내 몸은 이미 부분적으로 말을 듣지 않았다.

몽롱한 피로감이 밀려왔다. 모든 걸 포기하고 그냥 잠들고 싶다는 그 부드러운 압박이 느껴졌다.

그러다 문득 잠드는 것에 대한 두려움이 살아났다. 30년 만에 어둠에 대한 공포가 되살아난 것이다. 그 공포의 힘으로 나는 50미터를 갈 수 있었다.

그러나 아직 가야 할 50미터가 더 남아 있었다. 그리고 사람은

2.5미터 깊이의 물에서도 충분히 익사할 수 있다. 6미터는 사치다. 그럼에도 불구하고 나는 설명하기 힘든 역설적인 만족감을 느꼈다. 내가 오래전부터 다짐했던 대로 극도의 저항 속에서 죽게 됐기 때문이었다.

그때 뒤에서 팔 두 개가 나를 껴안았다. 라반이었다. 옷을 벗을 겨를도 없이 물속에 뛰어들었는지 긴 바지와 스웨터 차림이었다. 이런 바보 같은 짓을 하다니! 그러나 나는 의식의 빛이 꺼져가는 순간에도 그걸로 잔소리를 하지는 말아야겠다고 다짐했다.

06

오스카는 2주간 의식 불명이었다. 죽었는지 살았는지도 알 수 없었다.

농장도 문을 닫았다. 하지만 생필품 배달은 계속 이어졌다. 이틀에 한 번씩 파란색 작업복을 입은 남자가 와서 난방시설과 온실을 관리했다. 오스카에게 시금치 밭에 풀을 뽑기로 약속했다고 말했더니 그는 고개를 절레절레 흔들면서도 못 하게 하지는 않았다.

2주 후 구급차가 왔고 오스카가 휠체어에 탄 채 내렸다. 그러나 얼마 안 있어 보행 보조기에 의지해 걸을 수 있게 됐다. 밭고랑 사이로도 갈 수 있게 바퀴가 큰 것이었다.

다시 일상이 시작됐다.

곡식과 사과나무와 접목한 묘목들은 말수 적은 남자들이 돌봤다. '안녕하세요'도 '수고하셨어요'도 모르는 무뚝뚝한 이들이었다. 제초 작업은 계속 내가 맡아서 했고 오스카는 캠핑의자에 앉아 일하는 모습을 지켜봤다. 그가 입을 열기까지는 일주일이 걸렸다.

"머리에 혈관이 터졌대. 덴마크에서는 1년에 스무 명 정도에게 발생하고 생존율은 10퍼센트 미만이래."

그 말 몇 마디를 하는 데도 무척 힘이 드는 것 같았다. 다음 말이 이어진 것은 다시 며칠이 지난 후였다.

"수잔 아니었으면 물에 빠져 죽었을 거야."

효과는 오스카처럼 말수 없는 남자에게도 작용하긴 했다. 어느 날 풀 뽑기를 마친 나는 바다에서 불어오는 차가운 바람을 맞으며 서 있었다. 나는 예전부터 초봄의 맑은 공기를 사랑했다. 햇볕의 온기는 아직 생소했고 어루만지는 듯한 느낌으로 몸에 와 안겼다. 아직 수증기와 아지랑이가 피는 때가 아니라 공기도 청명했다.

"오스카, 왜 옆에 여자가 없어요?"

"난 군인이야."

"군인들도 결혼은 하잖아요."

그는 말없이 고개를 돌렸다.

그다음 주에는 딸기를 심었다. 먼저 땅에 구멍을 파고 손수레에 부식토와 퇴비를 싣고 와 부식토 세 덩이와 퇴비 세 덩이를 넣고 물을 준 다음 모종을 넣고 흙을 잘 다독거렸다. 모종마다 플라스틱 팻말이 붙었는데 대부분은 들어본 적이 없는 종이었다.

오스카가 내 옆에 와 앉았다.

"병원에서 카메라 달린 관을 넣더라고. 목으로 해서 뇌에 집어넣었어. 모니터로 다 볼 수 있었어."

큰 벌이 살 곳을 찾아 헤매고 있었다. 만에서는 송어가 뛰어올랐고 오색딱따구리가 솜털이 난 새 새끼를 부리에 물고 날아갔다. 어미가 그 뒤를 따랐다. 자연은 아름답고 잔인한 모습으로 펼쳐졌다.

"보여줄 게 있어, 수잔."

나는 그를 따라 건물로 갔다. 접목실과 실험실을 지나 전에 몰래 한번 들어갔던 방에 이르렀다. 그가 문을 열자 암실용 전등이 켜졌다.

"북유럽 유전자은행 전체의 이중 샘플을 보관하는 곳이 있어. 지하 보관소인데 1980년 소련의 아프가니스탄 침공 직후에 만들어졌지."

바닥에는 전에 본 대로 나무 상자가 놓여 있었다. 그는 상자 뚜껑을 열고 유리병 하나를 꺼내 내게 건넸다.

"쌀인 것 같은데요."

"쌀이야."

그는 내게 다른 유리병을 건넸다. 이번에도 쌀이었다. 하지만 쌀알의 모양이 길쭉한 게 달랐다. 이름표에 'Short Stem Nimrog, Singapore Genetic Bank'라고 적혀 있었다.

그는 구체적으로 표현할 수 없는 뭔가를 말하려는 것 같았지만 나는 무슨 말인지 도통 이해할 수 없었다.

"2년간 기무사령부에 근무한 적이 있어. 1977년 8월 7일 일요일에 당직을 서고 있는데 펜타곤에서 전화가 왔어. 소련이 칼라하리 사막 위에서 찍은 사진과 함께. 'Cosmo 932 low-orbit close-look'이라는 제목의 위성사진이었어. 사진에는 핵실험을 위해 파놓은 구멍, 장비 차량, 건물이 보였어. 다음 날인 월요일에 러시아 국영통신사 타스에 그 기사가 났어. 우리가 하루 전에 받은 건 건설 회사 시큐리컴 때문이었어. 우리가 그 회사를 안다는 걸 CIA도 알았던 거야. 지미 카터는 사진이 찍힌 다음 날 브레즈네프에게 그 사진을 받았고 남아프리카 공화국의 프리토리아에 있는 주재무관에게 명령해서 그 지대를 비행기로 정찰하도록 했어. 사진은 30미터 상공에서 찍힌 거라 사람들 얼굴을 알아볼 수 있을 정도야. 마침 비행기가 지나갈 때 남아프리카 공화국 정부의 무기 제조업체인 암스코르사, 무장 병력, 건설 회사 대표들의 시찰이 있었어. 사진은 내가 당직일 때 도착했어. 세 사람 모두 아는 얼굴이었어. 모자 쓴 사람은 백작이라고 불리던 사람이고 회색 옷을 빼입은 남자는 야손 알테르야."

그는 전에 한번 보여준 사진을 나무 상자에 내려놓았다. 나는 애써 사진을 외면했다.

오스카의 손가락이 저절로 꿈틀거렸다. 그는 긴장하면 손을 쫙 펴고 손가락을 가만히 쳐다보곤 했다. 붉은 암실 조명 때문에 마치 손에 피가 묻은 것처럼 보였다.

"원래는 홀멘스 카날 42로 상자를 옮겼어."

"거기 뭐가 있는데요?"

"국방부 최고사령부. 그런데 이제는 항구로 옮기더라고. 거기서 내린 다음 다시 배에 실어서 크론홀름으로 가져가."

07

오후에는 라반이 콘서트를 열었다.

막 공연을 시작하려고 할 때 오스카가 도착했다. 내가 라반을 쳐다보자 라반도 나를 쳐다봤다. 지난번 일로 미안한 마음이 들었던 걸까? 아니면 외딴 곳에 살다 보니 감시자에게까지 인간의 정을 느끼게 된 걸까? 아니면 그냥 라반이 청중 욕심이 많아서였을 수도 있다.

그는 용케도 맥주 상자에 철사 줄을 맸고 바람을 모으는 용도로 깔때기도 달았다. 바람이 불면 고무줄에 맨 가느다란 황동 커튼봉 한 조각이 움직여 현을 문지르도록 만들었다. 일종의 아이올리아 하프*를 만든 것이다. 그 소리는 마치 쓰레기통에 갇혀 신음하는 영혼이 울부짖는 소리 같았다. 오르락내리락하는 이 음에 맞춰 그는 다양한 높이로 물을 채운 생수병들을 긴 나무젓가락으로 두드려대거나 직접 만든 수제 바이올린을 켰다. 바이올린의 공명통은 껍질

* 바람이 불면 소리가 울리는 목제 공명 악기.

벗긴 토마토가 들었던 2.5리터짜리 깡통이었고 활은 대나무 지지대에 나일론테이프 1미터를 붙여 만든 것이었다.

설명하기는 힘들지만 그런 기묘한 조합이 그런대로 달콤한 음악을 만들어냈다.

모두 식탁에 둘러앉았고 나는 콜리플라워 수프를 끓여 냈다. 라반이 무슨 할 말이 있는 듯 숟가락을 내려놓았다. 나는 웬지 불안해졌다. 그는 쌍둥이를 향해 말했다.

"너희가 태어나고 얼마 안 돼서 코펜하겐 음대에 교수 채용 공고가 났어. 해외로 발돋움할 좋은 기회다 싶었지. 경제적 안정도 보장되고. 우린 음대 학장과 교수 두 명을 집에 초대했어. 그 세 사람은 채용 심사 위원회에서 다수를 차지하는 인원이었어. 엄마가 음식을 내온 다음 우린 효과를 발휘했어. 효과는 그때그때 일어나기도 하지만 의도적으로 발휘할 수도 있거든. 우린 경찰 신문도 해보고 안드레아랑 프로젝트도 많이 해봐서 그 방식을 알고 있었어. 어떻게 진행될지 빤히 보였다는 말이야. 먼저 상대가 나를 신뢰하게 만들어야 해. 이해받고 있다는 느낌, 한편이라는 느낌이 들게 해주면 거의 자동적으로 마음을 열거든. 그다음에는 일종의 끌림을 느끼지. 이제 도망을 못 가. 그러면 낚인 거야. 이 과정을 소화하는 데에는 고도의 기술이 필요해. 왜냐면 제때 효과를 중지하고 상대에게 마음을 돌려줘야 하거든. 그렇게 하지 않으면 그건 착취고 유혹이야. 그날 저녁 우린 선을 넘었어. 그렇게 내게 마음을 여는 사람을 내 이익을 위해 이용해 먹으면 도덕성에 오점을 남기게 되고 미래에 빚을 지게 돼. 난 그 교수 자리를 얻었고 해외 진출 기회를 얻었어."

나는 자리에서 일어나 그들에게 등을 돌렸다.

"네 엄마랑 난 10년 동안 그러고 다녔어. 한두 번이 아니었고 보통은 원하는 대로 됐어. 그렇게 돈도 불려보려고 했지만 운이 다했는지 그건 안 되더라고. 내 생각에 우리가 지금 곤경에 빠진 건 그때 일 때문에 벌 받는 게 아닌가 싶다."

나는 그들을 향해 홱 돌아섰다.

"질질 짜긴! 그래, 난 돈 때문에 했어. 편안하게 잘살고 싶어서. 후회 같은 건 안 해. 강사 자리를 얻을 때는 효과를 쓰지 않았어. 하지만 자문위원 자리 굳힐 때는 썼지. 그렇지만 일은 적극적으로 열심히 했다고. 내 입장을 듣고 싶다면 난 'no regrets'야."

긴 침묵이 흘렀다. 오스카는 먼 곳을 쳐다보듯 정면만 응시했다. 마치 크리스마스의 상황이 재현되는 느낌이었다. 노숙자들은 이상한 집에 초대받지 않도록 조심해야 할 일이다.

"그럼 벌은요?"

티트의 질문이었다.

"없어. 난 그냥 평범하게 살고 싶었어. 그렇게 살았고."

우리는 말없이 수프를 먹었다. 수프를 먹은 후 오스카가 사진을 꺼냈다.

그는 사진 속의 세 사람을 가리켰다.

"그린란드에서 만난 적이 있습니다. 덴마크 국방부가 이 사람들과 두 번 일을 같이 했죠. 한 번은 그린란드 앞바다에 핵무기를 실은 미국 비행기가 추락했을 때 언론에 새나가지 않게 막기 위해서였고 두 번째는 냉전의 신경전이 극에 달했을 때 덴마크 의무 후송 헬기에 착오로 총격이 가해졌을 때였어요. 그때 시큐리컴이 투입돼서 헬기를 인양하고 시신을 조작해서 총격의 흔적을 지웠죠. 1978년에 남아프리카 공화국에서 포스터의 후임으로 보타 총리가 당선됩니다. 자신의 정책을 관철시키기 위해서 조력자들을 고용했는데 그중에 시큐리컴도 포함돼 있었습니다. 전 다시 사진 때문에 불려 갔는데 이번에는 유엔이었습니다. 경제제재를 강화하기 위한 논거가 필요했거든요. 나중에 또 볼 일이 있었는데 그때는 소련 KGB의 '암살·위조 부서wet affairs'에서 일하고 있었습니다. 그리고 나중에 한참 뒤에 또 만났는데, 국제위원회와 함께 체르노빌의 식물 방사능을 측정하기 위해 카자흐스탄에 갔을 때였어요. 우린 그때 카자흐스탄 알마티에 있었는데 통신 두절로 고립된 상태였어요. 알고 보니 야세르 아라파트가 그 도시에 와 있었더라고요. 핵무기를 보유한 첫 번째 이슬람 국가를 관리하는 차원이었겠죠. 우린 의회 앞에서 아라파트의 연설을 들었습니다. 아라파트 뒤에 수행원들이 섰는데 그중 백작이 보였어요. 야손 알테르도 있었고요."

그는 다시 손을 펴서 손가락을 쳐다보았다.

그가 일어섰다. 나는 문까지 배웅한다며 뒤따라 나갔다. 라반과 쌍둥이에게서 떨어져 있고 싶었기 때문이다.

밖은 무척 추웠고 밤하늘에는 구름이 잔뜩 끼어 있었다. 오스카는 이제 보조 보행기도 필요 없을 정도로 회복돼 목발을 짚고 걸었다.

그가 외투 없이 나온 내게 자신의 왁스 재킷을 걸쳐주었다. 우리는 그대로 잠시 서 있었다.

"수잔, 한번 안아봐도 될까?"

그런 말을 예상하지 못했다고 하면 거짓말이겠지만 그래도 지킬 건 지켜야 한다는 게 내 생각이었다.

한번쯤 연민이나 동정 때문에 남자와 잠자리에 들어보지 않은 여자는 없으리라. 나도 없다고는 말 못 한다. 어쩌면 한 번 이상이었는지도 모른다. 그리고 그러지 말란 법도 없지 않은가? 여성의 성은 거룩하고 가난한 자에게 나눠줄 만큼 넘치는 것이기도 하니까.

그리고 이 경우는 동정과 연민 때문만은 아니었다. 나는 차가운 물속에서 솟아오르던 그의 몸짓을 기억했고 식물을 만질 때의 여성스러운 섬세함, 벌떼에 뒤덮인 그의 눈두덩을 기억했다.

그래도 나는 내 대답이 부정적이리라는 것을 알았다. 그건 그도 마찬가지였다.

나는 그의 옆구리에 팔을 두르고 대문까지 함께 걸어갔다. 우리 사이에는 기묘한 상호 관계가 존재했다. 그는 사형 집행인, 우리는 희생자인 것 같았지만 어떻게 보면 반대이기도 했다.

집으로 돌아오자 라반과 쌍둥이는 각자의 방으로 들어가고 없었다. 이미 잠들었는지 규칙적인 숨소리가 들렸다. 나는 라반의 방으로 갔다. 그는 깊은 잠에 빠져 있었다. 쌔근쌔근 숨소리를 내며 자는 모습이 어찌 보면 걱정 없는 어린아이 같기도 했다.

불현듯 걷잡을 수 없는 분노가 치밀었다. 욕구를 해소하고 싶다는 생각에 몸이 달았다. 알약이든 수술이든 좋으니 뭔가 이 욕구를 해결해주기만 한다면 좋겠다는 생각이 들었다. 어쩌면 그런 게 있을지도 모른다. 나는 옷을 훌훌 벗어버리고 이불을 걷어 젖힌 뒤 라반의 몸 위로 엎드렸다. 라반은 여전히 잠에 취해 있었다. 그는 항상 아주 먼 여행에서 돌아오는 듯 천천히 깨어났다. 그가 깨어나는 것보다 발기가 더 빨랐다. 나는 몸을 일으켜 라반 위에 앉았다. 그리고 몸을 움직였다. 그러나 현기증을 일으키는 막연한 분노가 어느 정도 구체화될 때까지 아주 짧게 몇 초간만 머물렀다. 그리고 그의 몸에서 내려와 옷가지를 챙겼다.

"그냥 계속 자. 잠깐 당신을 이용한 것뿐이야."

그는 어안이 벙벙해서 나를 쳐다보았고 나는 그의 방을 나왔다.

08

다음 날 밭에 있는데 오스카가 의자를 내 옆에 펼쳐놓고 앉았다.

"난 정원사야."

나는 그를 쳐다보지 않았다. 아직 어제 일이 공기 중에 떠 있었다.

"2009년에 헌터 군단[*]에 끼어서 아프가니스탄에 갔었어. 여름에서 가을까지 아프가니스탄 헬만드 주에 머물면서 게레슈크 지역과 슈라키안 지역 사이의 '그린벨트'에서 아편 재배지를 조사했어. 조사팀은 정원사 두 명과 생물학자 한 명이었는데 다른 병사들의 엄호를 받으면서 들판에서 작업을 했어. 그러던 어느 날 탈레반이 공격해왔어. 50구경 기관총을 장착한 트럭을 타고 왔더라고. 우린 몇 명은 사살하고 나머지는 강가에 있는 가옥으로 몰아넣었어. B1[**]의 도움을 받았는데 전투 중에 격추됐어. 난 밤에 그 집에 잠입해 칼로 여덟 명을 사살했어. 두건을 벗겼는데 그중 두 명은 여자였어."

• 덴마크 왕립 육군 특수부대.

•• B1 랜서. 미 공군의 초음속 전략 폭격기.

꿀벌이 윙윙거리고 풀은 초록빛으로 빛났다. 그는 자신의 손을 내려다보았다.

"여자에게 다가가려고 하면 그 죽은 여자들 얼굴이 떠올라."

나는 일하던 손을 멈추었다. 여전히 딸기 모종이었다. 딸기 중에는 여자 이름을 딴 것도 많다. 여배우 겸 발명가였던 헤디 라마르, 여왕 루이제, 여배우 자자 가보르.

"그 전쟁은 잘못된 전쟁이었어. 우리가 나올 때 그곳의 상황은 들어갈 때보다 훨씬 나빴어. 카불의 중앙정부는 지역을 전혀 통제하지 못했어. 탈레반은 너무 강했고 아편 거래는 증가했고 갈등은 더 심화됐어. 덴마크 군인들은 헛되이 죽어갔지만 그 누구도 책임지지 않았어."

나는 아무 대꾸도 하지 않았다. 내가 전생에 무슨 죄를 지었기에 모두들 나만 보면 전쟁 얘기를 못 해 안달일까?

"민간인 사상자만 7,000명, 추방당한 사람은 10만 명이야. 탈레반 1만 5,000명, 군경 8,000명, 나토군 1,000여 명이 죽었는데 모두 헛된 죽음인 거야."

"그만 들을래요." 내가 말했다. "울고 싶으면 다른 데 가서 울어요."

나는 일어나 건물 쪽으로 걸어갔다. 그가 뒤에서 불렀지만 나는 돌아보지 않았다. 그는 다리를 절룩거리며 쫓아왔다.

나는 손을 씻었다.

"수잔, 사람을 죽이는 건 생각보다 훨씬 힘들어. 짐승만 해도 덩치가 큰 짐승들은 쉽게 죽이지 못한다고. 사냥꾼들은 인정하기 싫어하겠지만 이른바 '벅 피버'라는 것도 있잖아. 들짐승을 겨눴는데 갑자기 지금 내가 다른 생명체의 생명을 앗으려 하고 있구나 하는 걸 몸이 깨닫는 거야. 그 순간부터 몸이 말을 안 듣고 덜덜 떨리는 거야. 몸에게 자기의지가 생겨버린 거지. 시간이 지나면 더 심해져. 사람의 경우엔 그 정도가 훨씬 더 심하지. 전투에 나갈 때는 적을 같은 인간으로 보지 않아. 그 상태에서는 괜찮아. 하지만 전투 상황이 아니고 부대원들과 함께 있지 않으면 아주 힘들어진다고. 그래서 훌륭한 살인청부업자가 그렇게 드문 거야."

"오스카, 저 아직 아침도 안 먹었거든요. 입맛 떨어져요."

"이건 꼭 들어야 해."

그는 어제 내가 배웅할 때처럼 솔직하게 말했다.

"가끔은 아주 가끔은, 아주 드물지만 그걸 즐기는 사람도 있어. 그런 사람 중 하나가 야손 알테르야. 내가 그 사람에 대해 알아봤거든. 덴마크 출신, 평범한 유년기, 지극히 평범한 부모 밑에서 자랐어. 하지만 일찍부터 살생에 맛을 들였지. 처음엔 닭과 오리, 나중엔 큰 짐승을 죽였어. 이건 80년대 초반 KGB 신문 기록에 나온 얘기야. 화학물질, 자백유도제까지 사용된 신문이었어. 성인이 된 후 UDT에 지원했는데 훈련은 통과했지만 어쩌다 그랬는지 칼로 어느 떠돌이의 목을 그었어. 증거는 전혀 없었지만 수사 선상에 올라서 결국 쫓겨났어. 그 뒤 몇 년간 안 보이다가 남아프리카 공화국에 다시 나타난 거야. 보타 총리 밑에서 암스코르 무기 회사 일을 할 때였지. 백작과 알게 된 것도 아마 그때였을 거야. 수잔, 보통 살인과 관계된 것은 다 야만적이야. 사이코 짓이라고. 영화에서나 멋있어 보이지, 실제로는 아주 원시적이고 비천한 지점에서 시작돼. 그런데 알테르는 달라. 지적이고 학구열이 높아. 그린란드에서 수술하는 걸 직접 봤거든. 마지막엔 자기가 직접 했어. 눈썰미가 있어서 한 번 봤는데 금방 따라 하더라고. 의사도 됐을 사람이야. 외국어도 여러 개 구사하고 사진도 찍을 줄 알고. 사진 기록을 만들어야 했는데 그 사람이 다 했어. 컴퓨터도 잘 다루고."

그는 무의식적으로 다시 자신의 손을 내려다보다가 그 손으로 짧은 머리를 쓸어 올렸다. 그리고 혈관이 터진 뒤통수를 만졌다.

"수잔, 난 남자를 무서워한 적은 없었어. 여자는 몰라도 남자가 두렵진 않았어. 그런데 그 남자는 무서워."

"그 남자랑 같이 일하잖아요." 내가 말했다. "코펜하겐 항구에서 봤어요. 티트를 죽이려고 했다고요. 그전엔 하랄과 내가 목표였고요. 그 사람도 지금 일어나고 있는 이 일의 일부예요."

오스카는 내 시선을 외면했다.

09

그날 저녁 식사를 마친 뒤 나는 라반과 쌍둥이 앞에 도르테아가 준 휴대전화를 내놓았다.

"우리가 여기로 실려 올 때 도르테아가 감시하는 사람들 몰래 넣어준 거야. 충전기도 있어. 은행에 전화해봤는데 우리 이름으로 된 신용카드가 일주일 전에 다 정지됐대."

세 사람은 놀란 토끼 눈으로 나를 쳐다봤다. 자신의 신용카드에 문제가 생겼다고 하면 누구나 그런 표정을 짓는다. 현대 사회에서는 신용카드와 신용카드 주인의 가장 깊은 내면의 삶 사이에 직접적이고 생물학적인 피드백이 존재한다.

"누가 정지시켰는데요?" 하랄이 물었다.

"은행 직원 말로는 우리가 그랬대. 우리 네 사람이 각자 자기 비밀번호와 고객번호를 대고 정지 신청을 했대."

나는 내 신용카드 두 장과 보안카드를 식탁에 내려놓았다.

"현재 우리의 보안 상태가 이런 수준이야. 난 카드를 항상 수중에 지니고 다녀. 그런데도 누군가가 내 정보에 접근한 거야. 아니면 다른 경로로 수중에 넣었거나. 그리고 또 하나. 사흘 전에 우리들 통장이 거래 정지된 후 취소됐어."

세 사람은 내 말이 믿기지 않는다는 표정이었다. 덴마크라는 공적 공간에 대한 신뢰가 너무 컸던 것이다.

"덴마크에서 살려면 은행 계좌가 있어야 해. 계좌가 없다는 건 생존이 위협받는다는 뜻이야. 예게르스보르 가에 있는 부동산에도 전화해봤거든. 혹시 에빅헤 로에 매물 나온 거 있냐고 했더니 있대. 바로 우리 집이었어. 우리가 직접 일주일 전에 매물로 내놨대."

"도대체 우리한테 무슨 일이 일어나고 있는 거야?"

나는 라반을 향해 또박또박 말했다.

"누군가 지금 우리를 대본에서 지우려 하고 있어."

나는 느지막이 한 번 더 농장으로 올라갔다. 어두워진 후에 농장에 간 적은 한 번도 없었다. 그리고 오스카가 정확히 어디 사는지조차 몰랐다.

건물 뒤로 돌아가보니 작은 창에 불이 켜져 있었다. 나는 조용히 다가가서 안을 들여다보았다. 좁은 공간에 최소한의 가구만 있어서 거의 감방처럼 보이는 방에 그가 앉아 있었다. 그는 사각팬티와 러닝셔츠 차림으로 침대에 앉아 성경을 읽고 있었고 침대 옆 탁자에는 십자가가 놓여 있었다. 열린 문을 통해 비좁은 주방과 욕실이 내다보였다.

나는 다시 건물 앞으로 가서 정문을 통해 안으로 들어갔다. 실험실과 부엌을 지나 방으로 걸어가는데 갑자기 누군가가 뒤에서 나를 확 덮쳤다.

보통 솜씨가 아니었다. 나는 온몸을 붙들린 채 꼼짝달싹 못 하는 신세가 됐다. 심지어 발도 가로막아서 옴쭉할 수가 없었다. 그러다 휴우 하는 한숨 소리가 나더니 내 몸을 옥죄던 팔이 스르르 풀렸다. 오스카가 뒤로 한 발짝 물러섰다. 바로 앞사람의 얼굴도 분간할 수 없는 어둠 속에서 후각과 촉각만으로 나를 알아본 것이다. 그의 손에는 칼이 들려 있었다. 칼은 눈 깜짝할 새에 어디론가 사라졌지만 접목 칼이 아니라는 것은 바로 알 수 있었다. 약 25센티미터 길이에 음험한 느낌을 주는 양날검이었다.

그의 방으로 들어갔다. 그는 침대에, 나는 그 방에 단 하나뿐인 의자에 앉았다.

"우리 가족의 계좌가 소멸되고 신용카드가 취소됐어요. 누군가 우리 집을 매물로 내놨고요. 우리가 다시 돌아오지 못할 거라고 생각하는 사람이 있나 봐요. 아까 그 얘기 마저 들어야겠어요."

그는 마치 한 대 얻어맞은 듯한 표정이었다.

"섬에서 뭔가가 일어나고 있어."

나는 잠시 그가 두뇌에 무슨 손상을 입은 게 아닌가 하는 의심을 했다.

"수잔, 덴마크는 열대 지방에 있는 섬을 샀어. 여기서 관리하는 표본들도 모두 거기로 보내질 거야. 시큐리컴은 그걸 운반하는 일을 맡았고."

"그게 우리와 무슨 상관이죠?"

그는 고개를 저었다. 그 자신도 모른다는 뜻이었다.

"이 일은 내가 해본 것 중 가장 보안망이 철저한 프로젝트야. 일의 규모에 비해 관계된 사람도 극소수고."

"그래서 티트에게 접근했고 여기서 우릴 감시하는 건가요?"

그는 고개를 끄덕였다.

"하인은 되도록 적은 인원을 고용하려고 했거든."

나는 탁자 위의 십자가를 집었다.

"어릴 때 신앙을 계속 유지한 건가요, 오스카?"

그는 고집스러운 표정으로 나를 응시했다. 그의 방은 남성적 엄격함으로 가득했다. 이 방과 내 옆의 이 남자에게 필요한 것이 있다면 그건 '여자의 손길the female touch'이었다.

나는 자리에서 일어섰다.

"오스카, 여자들이 용서하지 못하는 건 없어요. 살인까지도요. 그 열대 섬에 가면 분명 아름다운 남국 여인을 만날 거예요. 중요한 건 자신을 용서하는 일이에요."

"거긴 무인도야."

남자의 우울보다 자기 파괴적인 것은 없다.

"그건 핑계예요, 오스카. 그냥 여자가 두려운 거잖아요. 거기가 무인도라면 그리로 가는 비행기 안에서 스튜어디스라도 만날 거 아니에요?"

내가 나가면서 말했다.

"크론홀름의 아틀라스 군 수송기야. 스튜어디스는 타지 않는다고."

"잘 자요, 오스카."

10

나는 잠자리에 누워 잠을 청했지만 도저히 잠이 오지 않았다. 그때 밖에서 무슨 소리가 났다. 아니, 소리가 난 게 아니라 공기 중에 뭔가 변화가 생겼다. 내 방문이 스르르 열렸다. 밤하늘에는 구름만 잔뜩 끼어서 칠흑같이 어두웠다. 하지만 널찍한 수면이 있는 곳에는 항상 빛이 있게 마련이다. 얼굴은 알아볼 수 없었지만 몸뚱이는 오스카였다.

나는 얼른 옷을 껴입고 거실로 나갔다. 잠시 후 라반과 쌍둥이도 나왔다.

"전화가 왔는데 모레 밤에 사람이 와서 데려간답니다. 그리고 한 시간 뒤 새로운 사람들이 올 거래요. 여섯 명이 와서 여섯 시간 동안 청소를 한답니다."

"여섯 명이나 되는 사람이 여섯 시간 동안 여기서 뭘 치운다는 거예요?" 내가 말했다. "깔끔한 가족이 깔끔하게 썼는데."

"흔적을 다 지우는 겁니다. 지문까지도. 나중에 수색 장비를 동원해도 아무것도 나오지 않을 정도로 깨끗하게, 사람이 살았던 모든 흔적을 없앤다는 뜻이에요."

그는 시선을 돌리더니 탁자 위에 열쇠를 하나 놓았다. 그리고 내게 시선을 주지 않은 채 말했다.

"주차장 건물에 있는 소형 트럭 열쇠입니다. 여기서 동쪽으로 계속 가다 보면 울타리가 나올 겁니다. 울타리에 자물쇠로 잠긴 문이 하나 있어요."

그는 두 번째 열쇠를 내놓았다.

"문에서 300미터 떨어진 곳에 차를 세우고 기다려요. 오늘 밤 1시 15분, 즉 지금부터 한 시간 후에 잠시 정전이 될 겁니다. 정전이 된 10분간은 모든 카메라와 센서가 작동하지 않아요. 그로부터 주어진 시간은 48시간입니다."

나는 열쇠를 주머니에 넣었다.

"아이들은 여기 남아야 합니다."

그 말을 들은 쌍둥이는 코브라가 튀어 오르듯 벌떡 일어섰다. 나는 온몸이 마비되는 느낌이었다. 내게 있어서 아이들과 떨어진다는 것은 신체적으로 불가능한 일이었다.

라반은 탁자 위에 손바닥을 쫙 펼쳤다.

"네 엄마랑 내가 잘 빠져나가면 하루 반 뒤에 데리러 올게. 만약 그때까지 돌아오지 못할 경우엔……"

그는 오스카와 의미심장한 시선을 교환했다.

"다시 정전이 있는 날이 올 거야. 걸어서 가든 버스를 타든 해서 스트란 가에 있는 외무부 건물로 가. 그리고 아빠 이름을 대고 팔크 한센을 찾아. 외무부 장관이야. 나랑 아는 사이니까 그 사람에게 다 얘기하면 돼."

쌍둥이는 믿을 수 없다는 표정이었다. 라반이 방금 한 말은 명령이 아니었다. 명령이면 어길 수라도 있지만 이건 변경 불가능한 상황을 확인시켜준 것뿐이었다.

나는 마가레테 스플리드의 쪽지를 펼쳐 하랄에게 주었다.

"거기 마지막 이름 좀 봐봐." 내가 말했다. "게이서. 덴마크어 검색 결과에는 없더라고. 네가 읽은 논문에서 그 이름 본 적 있니?"

우리는 아무 말도 들을 수 없었지만 그가 부지런히 기억력을 작동시키고 있다는 걸 느낄 수 있었다.

"H. 로완 게이서. 포드 재단의 대표였고 아이젠하워가 만든 특별위원회를 이끈 인물이에요. 게이서는 1957년에 쓴 보고서에서 미국이 핵 관련 방위비를 당시의 일곱 배 내지 열 배 늘리고 민간인을 위해 400억 달러에 달하는 핵 방공호 시설을 지어야 한다고 주장했어요. 그 사람들은 대피 시설만 잘 갖춰지면 미국 국민들이 핵전쟁에서 살아남을 수 있다고 확신했어요."

나는 간단하게 가방을 챙겨 다시 거실로 나왔다.

오스카가 일어섰다. 나는 문까지 그를 배웅했다. 문 앞 어둠 속에서 우리는 서로 마주 보고 섰다.

"오스카, 그 식물 연구 말이에요. 쌀이랑 다른 곡식들 재배하고 운반하는 데 정해진 수치가 있을 거 아니에요? 몇 명을 먹이기 위한 거죠?"

"4,000명."

그는 그 말만 남기고 돌아섰다.

3부

01

소형 트럭은 타이어 자국을 따라 천천히 동쪽으로 갔다. 나는 도르테아에게 전화를 걸었다. 그녀는 울고 있었다.

"한 시간 전에 잉에만이 죽었어. 난 옆에 앉아서 계속 손만 잡고 있어. 아직 의사도 안 불렀어. 이 사람, 의자에 똑바로 앉아서 눈을 크게 뜨고 있었어. 천사를 보겠다고 말이야."

"그래서 봤나요?"

"가만히 웃더라고. 지금도 웃고 있어. 너무나 예뻐."

나는 그녀의 말투에서 그를 얼마나 사랑하는지 느낄 수 있었다. 그건 예전에도 그랬다. 그의 이름을 발음할 때면 마치 목이 메인다는 듯이 말하곤 했다.

"자기들 집이 매물로 나왔어. 목요일에 어떤 신사가 오더니 자기들이 증인 보호 프로그램으로 1년 정도 돌아오지 못한다면서 그때까지 절대 연락하지 말라고 하더라고."

"지금 거기서 나가고 있어요. 코펜하겐으로 가는 중인데 이틀간 묵을 방이 필요해요."

"자기들 나간 날부터 별채에 준비해뒀어."

도르테아와 잉에만에게는 '그만, 여기까지'라는 경계가 없다. 항상 나를 불안하게 한 것도 그것이었다. 그들 부부는 아이들이 뭔가를 넘어뜨리고 유리창을 깨고 물건을 잃어버려도 아이들을 탓하는 법이 없었다. 그리고 지금 60년간 함께 살아온 남편이 죽고 그 시체가 아직 식지 않은 상황인데도 우리에 대한 그녀의 배려는 그대로였다. 잠시 흔들리는 것도 없었다.

"저희는 지금 쫓기는 신세예요."

"전쟁 끝 무렵에 난 다 큰 처녀였는데 우리 집은 수배자들 하숙집이나 다름없었어. 공작원들, 공산당원들, 유태인들이 끊임없이 드나들었지."

더 이상의 말은 필요 없었다.

우리는 문이 있는 곳에 이르러 5분간 기다렸다가 1시 17분에 열쇠로 문을 열었다. 그리고 문을 통과한 뒤 다시 열쇠로 문을 잠갔다.

코펜하겐으로 가는 동안 우리는 거의 말이 없었다. 운전석에 앉은 라반이 라디오를 켜자 뉴스가 흘러나왔다. 크리스티안스보르 성 앞에 17만 5,000명이 모여 집회를 한다고 했다. 외스터브로와 뇌레브로 등 시내도 시끄러운 모양이었다. 1993년 5월 18일 이후로 가장 심각한 상황이었다. 부상자가 150명이고 자동차 수백 대가 불탔다는 것이다. 라반은 마른침을 꼴깍 삼켰다.

"코펜하겐 대학에서 음악상을 수상하고 나서 음대로 날 찾아온 사람이 있었어. 국방부에서 나온 사람이었는데 내 휴대전화 번호를 달라고 하더라고. 그리고 전화번호가 바뀌면 바로 알려줘야 한다면서 군 차원 혹은 민간 차원의 폭력 사태가 일어날 경우 내게 연락하기 위해서라고 했어."

"그래서 전화번호를 가르쳐줬어?"

"모르겠어. 기억이 안 나."

"내 번호나 아이들 번호도 물어봤어?"

라반은 고개를 저었다.

"그래서 무슨 생각이 들었어?"

그는 아무 대답도 하지 않았다.

"그런 말을 들으면 누구나 똑같은 생각을 하지 않아? 당신도 그런 생각을 했겠지. 이 사람들이 뭔가 계획하고 있구나. 전쟁 혹은 그런 엇 같은 상황이 닥치면 엘리트들만 모아서 안전한 곳으로 데려가려고 하는구나."

코펜하겐이 가까워지자 신호도 자주 걸리고 교통량도 많아졌다. 라반은 혼잡한 시내와 경찰을 피하기 위해 박스베르 쪽으로 차를 몰았다. 박스베르 순환도로 옆길에는 작은 주택들이 죽 늘어서 있었다. 어둠에 잠긴 건물 앞 정원에 트램펄린과 장난감이 보였다.

"이렇게 사람이 죽어나가는데……" 라반이 느릿한 말투로 말했다. "거기 뽑힌 사람들 사이에 있는 게 좋을 것 같지도 않아."

차는 박스베르 호수를 지났다.

"그 사람들한테 다시 연락한 적 없어." 그가 말했다. "아마 나도 당신과 똑같은 생각을 했을 거야. 그리고 그런 생각을 하는 게 기분 좋은 일도 아니고. 그래서 연락 안 했어."

"키르스텐 클라우센에게 가보자." 내가 말했다. "그 사람은 유명 인사니까 함께 언론에 알리자고 설득해보자."

내가 본 죽은 사람들은 모두 그 모습이 달랐다.

친척 할머니는 프레데릭스베르 병원에서 고령으로 돌아가셨는데 아름다운 바다 조난자 같았다. 라반의 어머니는 평생 남들 뒤치다꺼리만 하다가 그제야 겨우 문을 닫고 편안히 쉬는 사람의 표정이었다. 홀름강엔에 있을 때 본, 저수지에서 익사한 여자아이는 엄마를 애타게 불렀지만 아무 대답도 듣지 못한 아이, 그 쓸쓸한 모습 그대로였다.

잉에만은 정말 천사를 본 것 같은 표정이었다. 입술이 약간 오므라든 게 마치 '이봐, 이거 중요한 얘기야. 앉아서 들으라고, 앉아서!'라고 말하려는 듯이 보였다.

우리는 30분 정도 아무 말 없이 앉아 있었다. 나는 가끔 그에게 가서 이마를 쓰다듬어주었다. 라반은 갑자기 일어나 나가더니 5분 후 바이올린을 들고 돌아왔다. 그리고 짧은 곡을 연주하기 시작했다. 바이올린은 그가 잘 연주하는 악기가 아니었지만 나름대로 듣기 좋았다.

이 30분 동안 잉에만의 존재감은 한층 옅어졌다. 부패가 일찍 시작되어 나타난 화학 작용 때문이었을 수도 있고 아니면 그냥 착각이었을 수도 있다.

도르테아가 쟁반을 들고 들어왔다.

"그 남자가 자기들 집 내놓으러 오기 전날 내가 운전면허증을 갱신했거든."

그녀는 빵과 버터가 담긴 접시를 나눠 주고 차를 따라 주었다.

"그 사람 나갈 때 내가 차를 타고 뒤쫓아 갔지. 근데 뒤도 한번 안 돌아보더라고. 여든다섯 살 난 할망구에게 미행을 당할 거라고는 생각 못 했겠지."

그녀는 꿀을 탁자에 내려놓았다.

"알고 보니 독실한 신자에 동물을 사랑하는 사람이었어. 박스베르 교회에 가서 개밥을 주더라고. 도베르만이었어. 생고기를 가져가서 주는데 개가 손도 안 댔어. 1964년 코펜하겐의 밤 행사 때 경찰이 경찰견 시연을 한 적이 있었어. 이슬란드 브뤼게에 있는 경찰 학교였지. 경찰들이 도베르만핀셔에게 생고기를 줬는데 먹으라고 할 때까지는 절대 안 먹더라고. 이 개도 똑같았어. 개는 그 남자를 멀뚱히 쳐다보기만 했어. 남자는 계속 먹으라고 하다가 결국 포기하고 그냥 갔어. 내가 부지런히 쫓아갔는데도 빨리 못 걸어서, 차 세워놓은 데 가보니까 이미 가버리고 없더라고."

02

도르테아네 별채에는 방이 두 개 있어서 라반과 나는 각자 한 개씩 썼다.

다음 날 아침 나는 5시에 일어났다. 라반은 죽은 듯 자고 있어서 도저히 깨울 수가 없었다.

앞뜰로 나가보니 아직 동이 트지 않아 어두웠다. 밤새 서리가 내린 모양이었다. 나는 울타리 바로 앞까지 가서 우리 집을 살펴보았다.

너도밤나무 가지에서 막 움이 트고 있었다. 봄이 되면 늘 드는 생각이지만 나무들도 단순하지만 지능을 가진 것 같다. 마지막 추위가 가실 때까지 기다렸다가 움을 틔우니 말이다.

15분 후 나는 차에 시동을 걸었고 6시경 박스베르 교회에 도착했다. 금쪽같은 시간이 거의 지난 시각이었다.

교회와 작은 녹지 주위로 울타리가 쳐져 있었다. 상당히 어색한 풍경이었다. 내가 원래부터 알던 건물이어서가 아니라 교회가 개인 용도로 사용된다는 것이 낯설어서였다. 문은 전문 납땜 기술을 사용한 스테인리스스틸 재질로, 정교한 금속 공예 작품이었다. 우체통도 마찬가지였다. 키르스텐 클라우센이 직접 만든 것 같았다.

나는 문 바로 뒤에 악어처럼 무표정한 얼굴로 서 있는 도베르만을 발견하고 움찔했다.

인터폰 위쪽으로 카메라 렌즈가 보였다. 나는 손에 몸무게를 실어 힘껏 초인종을 눌렀다.

몇 분이나 지났을까?

"지금 몇 시인 줄 알아요?"

양자물리학에서 흔히 하는 말 중에 실재는 항상 스스로 완성되고 완전해진다는 말이 있다. 나는 그녀의 목소리에서 그 말이 맞는다는 것을 확인했다. 문과 우체통에서 찾을 수 없었던 녹은 모두 그녀의 목에 쌓여 있었다.

나는 마가레테 스플리드의 쪽지를 카메라 앞에 들이댔다.

2분도 지나지 않아서 교회 문이 열리고 그녀가 나타났다. 잠옷 차림에 머리는 밴더그래프 발전기*에 손을 댄 것처럼 사방으로 솟아 있었다.

그녀가 개를 불렀다. 개는 그녀에게 바로 달려갔지만 나를 몇 번이나 돌아보았다. 주인의 명령에만 복종한다는 말이 맞았다. 아마 나를 물어뜯으라는 명령을 고대한 게 분명했다. 울타리 문이 열렸다.

사람들이 잠에서 깨자마자 찾는 물건은 참으로 다양하다. 어떤 사람은 틀니를, 어떤 사람은 칫솔을, 어떤 사람은 운더베르크**를

* 마찰 전기를 이용해 전하를 모으는 장치.

** 작은 병으로 판매하는 독일산 약술.

찾는다. 이 여자에게는 그게 아바나 시가인 모양이었다. 그녀는 입에 문 시가 너머로 나를 빤히 쳐다보았다.

마치 내가 무슨 합금으로 이뤄졌는지 알아내겠다는 듯.

이윽고 그녀가 옆으로 비켜섰고 나는 교회 안으로 들어갔다.

긴 교회 건물 벽을 따라 이삿짐 상자들이 죽 늘어서 있었다. 몇몇 가구와 언뜻 봐도 만 개는 될 것 같은 DVD 모음, 가로세로 3미터, 2미터짜리 평면 모니터, 콘서트홀에 어울릴 법한 엄청난 스피커를 제외하고는 모두 싸놓은 것 같았다. 스크린과 스피커 시설은 뒷벽의 대부분을 차지했다.

참나무 문 아래로는 밖에서부터 좁은 수로가 연결돼 있었다. 수로는 교회 내부로 2미터쯤 이어지다가 비대칭의 큰 수조로 연결됐다. 파란색 타일로 덮였고 밑에서 조명이 올라왔다. 미동도 없는 수면은 건물 안의 물이 원래 그렇듯 거의 존재하지 않는 듯한 비현실적인 느낌을 자아냈다. 물 위로 플랫폼이 튀어나와 있고 그 위에는 부엌이 꾸며져 있었다. 아침에 거기 앉아서 개와 빵을 나눠 먹는 모양이었다.

나눠 먹을 생각이 있다면 말이다. 그녀는 100킬로그램을 훌쩍 넘는 거구였다. 잠옷 밑으로 보이는 발목이 그리스 사원의 기둥처럼 튼실했다.

"오는 길에 혹시 도베르만 한 마리 못 봤어요? 블리다라는 암컷인데 평소에 그렇게 싸돌아다니지 않거든. 걱정되네."

그녀가 교회를 완전히 망가뜨리진 못해서 교회 내부는 어전히 지상의 것이 아닌 듯 아름다웠다. 거의 텅 비다시피 해서 전보다 더 아름다워 보이는 것 같기도 했다. 이곳이 교회였다는 걸 알려주는 단서는 오르간뿐이었다. 벽도 일종의 수로 배관으로 보이는 푸른색 알루미늄을 빼면 휑했다.

"난 항상 웃손의 건축물을 소유하고 싶었어요. 이제야 겨우 살 수 있게 됐는데 그 사람이 죽어버렸네. 당신 혹시 그 수잔 뭐라고 하는 사람 아니에요? 안드레아 핑크 밑에서 일하던 아가씨 같은데 지금은 뭐 해요?"

그녀도 하랄처럼 기억력이 좋은 듯했다. 그녀가 나를 본 것은 15년 전 명예 저택에서 단 한 번, 그것도 가까이에서가 아니었다.

"대학에서 강의해요."

"왜?"

"먹고살려고요."

"하긴 학계는 월급이 짜지. 심지어 금속학도 그랬으니까."

그녀는 마치 가벼운 종이라도 된다는 듯 수로 배관을 확 잡아뗐다. 지금 보니 방아쇠도 있고 망원경, 총구도 있었다.

"사람들은 기술이 응용과학이고 물리가 선행 학문이라고 생각하지만 완전히 반대야. 물리는 우리 기술인들이 내준 문제를 해결하기 위해 만들어진 거야. 기술은 일상과 훨씬 가까이 있거든. 그런데 그 명단은 누구한테 받은 거지?"

"죽기 전에 마가레테 스플리드에게서요."

"그 여자가 왜 당신한테 그걸 줬지?"

"클라우센 씨에게 경고하기 위해서가 아닐까요? 코르넬리우스가 죽었어요. 확실하진 않지만 아마 켈센도 죽었을 거예요."

그녀는 자신의 무기를 쓰다듬었다.

"5킬로미터 반경 내에만 들어오면 1분에 바늘 모양 총탄 1,200개를 발사하지. 20센티미터 간격으로 날아가는 총탄 바늘 하나만으로도 성인 남자의 몸통을 뚫고 나갈 수 있는 위력이야. 난 이 물건을 설계하고 만들었을 뿐 아니라 움직이는 물체 30 내지 35개를 850미터 거리에서 30초 만에 맞힐 수 있다고."

"30초나 시간이 있지 않을걸요. 850미터 앞에 나타나지도 않을 거고요."

그녀는 내 말을 듣지 않았다.

"실용금속학은 구리 장신구에서부터 시작됐어. 합금, 납땜을 하다가 보석을 박아 넣게 됐지. 좀 더 복잡한 형태의 용접과 거푸집 주조는 그리스의 작은 동상들과 중국 청조의 제의 용기에서 시작되지. 도자기는 어디서 생겨났는지 알아? 풍년을 기원하는 여신 동상을 굽다가 만들어진 거야. 유리는 진주를 수정과 동석으로 장식하다가 생겨난 거고. 미네랄과 유기화합물 대부분은 색소를 찾던 화가들이 발견했지. 수잔, 우린 예술가야. 그런데 사회는 그걸 아직도 몰라준다고."

그녀는 하마처럼 우아하게 방향을 틀었다. 100킬로나 되는 몸뚱이를 완벽하게 통제하는 움직임이었다. 총구는 우연하게도 내 아랫도리를 조준하고 있었다.

그녀가 씩 웃었다. 그 미소에 열리지 않을 문은 없을 것 같았다. 정신병동의 문까지도.

"우리 위원회도 박봉이었어. 나중에 끝날 때쯤 계산해보니 연봉이 35만 크로네더라고. 이건 B급 변호사가 큰 자문기관 연례회의 단 한 건에서 받는 돈에 불과하다고. 그러니 우리가 말년에 돈 좀 벌어보겠다고 한 게 무슨 대수냐 말이야. 우린 보어와 그 아들들이 한 것보다 천 배는 더 국위 선양을 할 수 있었어. 그리고 이 나라에 금싸라기 비를 내리게 할 수도 있었다고! 호크의 발견, 그린란드 해저에 매장돼 있던 몰리브데넘과 우란, 유전 발견, 모두 우리가 예언한 거야. 그런데 우린 묵살당했어. 그 난쟁이똥자루 같은 하인은 맨날 사회는 너희를 받아들일 준비가 안 됐다, 너무 엄청난 예측이라 귀신에 씌었다고 할 것이다, 그러면 정부의 이미지에 해가 된다, 너희 앞길에도 방해가 될 거라면서 우릴 억눌렀어. 하인과 그 패거리들은 우리가 내놓은 정보를 걸렀고 그 검열망을 빠져나가는 건 극히 일부였어. 40년 넘게 그러다 보니 우리도 더 이상 못 참겠다 싶은 때가 왔지. 그런데 의회에서 칸타타를 의뢰받았다는 그 남자와 예쁜 아이들은 누구지?"

"제 남편 라반과 우리 아이들이에요. 저희가 국가 기록원에서 그 서류함을 찾아냈어요."

"그래서 읽어본 소감은?"

"충분히 칭송받을 만해요."

그녀는 만족스러운 듯 입맛을 다셨다.

"소련의 붕괴, 닉슨의 '개입 중지Emergency Suspension', 베트남전쟁, 걸프전쟁, 이라크전쟁, 모두 우리가 예언한 거야. 우린 나토에 백전백승 전략을 짜줄 수도 있었어. 소련 쪽 움직임이 수상하다는 것도 우린 몇 년 전에 이미 눈치챘고. 하지만 모두 묵살당했지. 마가레테도 마찬가지였어. 더러운 공산주의자에 평화주의자에 간디 추종자에 비폭력주의자. 그 여자에겐 전쟁에서 스파이를 제거하는 것도 살인이었지. 덴마크 저항 운동가들이 그 여자를 뭐라고 불렀는지 알아? 지옥에서 온 천사라고 불렀어. 레이건의 자문이었던 펄과 체니도 인간성에 반하는 행동을 했기 때문에 처벌받아야 한다고 생각하는 여자였어. 입만 열면 그 '집단적 윤리'인지 뭔지에 대해 나불거렸지. 수잔은 그런 걸 믿나?"

그녀는 내게 한 발짝 다가왔다. 총구가 내 배를 쿡 찔렀다. 나는 쇠지레를 잡은 손에 힘을 주었다. 하지만 사소한 동작 하나가 도베르만에게는 도발이었고 그건 곧 자살을 뜻했다.

"물리학에는 윤리의 개념이 없어요. 하지만 전 두 아이의 엄마로서 아이들이 살아남기를 원해요. 그런데 상황이 좋지 않아요. 누군가 우릴 죽이려 했고 하인은 넉 달 동안이나 외딴곳에 우릴 가둬놓았어요. 하인과 함께 일하는 보안 회사가 있어요. 법의 테두리 밖에서 일하는 사람들이에요. 저희는 어제 도망 나왔어요. 문명의 붕괴를 예언하셨다던데 날짜도 정해져 있나요?"

그녀는 총을 제자리에 걸더니 시가를 꺼내 개에게 내밀었다. 개는 시가 끄트머리를 야무지게 잘라냈다. 마치 옛날에 쓰던 빵 자르는 기계 같았다. 그녀는 시가에 불을 붙였다. 수류탄 탄피로 만든 탁상용 라이터였다.

그녀는 시가를 몇 번 빨더니 두툼한 손을 내 어깨에 턱 얹었다. 거친 남자들의 세계에서 두 여자가 친구가 됐다는 듯이. 그녀는 나를 수조로 데려갔다.

"저 수영장 모양을 봐. 오일러의 한붓그리기를 그대로 옮겨 놓은 것 같지 않아? 그 유명한 쾨니히스베르크의 다리 그래프 말이야. 내가 가장 갖고 싶었던 건 바로 수영장이었어. 난 봉에의 탄광촌에서 자랐어. 어머니는 내가 네 살 때 자살했지. 열다섯에 집을 나와서 스무 살 때 미국으로 건너갔어. 거기서 성공하려고 죽어라고 노력했어. 그건 내가 어머니에 대한 기억을, 고향을, 모국어를, 내 출신을, 덴마크를 떨쳐버리려고 했다는 뜻이야. 내가 그걸 어떻게 해냈는지 알아? 붙잡지 않는 거야. 그래서 난 떨쳐버리는 데는 도가 텄어."

"돈만 빼고요?" 내가 말했다. "현금은 꽉 쥐고 있잖아요."

그녀는 말을 멈추고 생각에 잠겼다. 여러 가지 가능성을 재는 듯했다. 총을 가져올 것인가, 개에게 특식을 대접할 것인가, 아니면 물속에 처박아 익사시킬 것인가?

이윽고 그녀는 호탕하게 웃기 시작했다.

"맞아, 맞아! 난 5외레짜리 동전도 뒤집어 보곤 했지. 어려서부터 그랬어."

그녀는 DVD 진열장이 있는 뒷벽을 가리켰다.

"난 영화를 참 좋아하는데, 영화감독 드레이어를 보면 아주 웃기잖아. 21년간 고작 영화 세 편을 찍었어. 그리고 달가스 대로에 방 세 칸짜리 아파트 하나 달랑 남겼지. 서랍 속에 시나리오가 그득했는데 말이야! 덴마크는 그 정도로 스케일이 작아. 난 지난 40년간 있었던 대규모 무기 제조 프로젝트에 빠진 적이 없어. 냉전에 이기기 위해서 오랫동안 노력했다고. 그러니 이제 좀 편하게 살아도 되지 않겠어?"

"저희와 함께 방송에 나가주세요. 미래위원회와 하인, 예언에 대해 증언해주세요."

그녀는 나를 은근한 눈빛으로 바라보았다.

"수잔, 당신 매력적이야."

"전 개털 알레르기가 있어요."

그녀는 실망한 표정이었지만 괜찮다는 듯 고개를 끄덕였다. 개털 알레르기 하나로 모든 게 깨끗이 결정 났다. 인간관계 구축에 매우 적극적이지만 그녀 인생의 원래 동반자는 개들이었던 것이다. 그렇다면 가벼운 애정관계는 피하는 게 상책이리라.

우리는 문가에 서 있었다. 그녀가 뒤돌아서서 볼륨감 있는 곡선을 그리며 이어지는 천장을 가리켰다. 마치 다른 차원에서 빛이 흘러들어오는 것만 같았다. 그 하얀 천장에 색을 입힌 커다란 쇳조각 모빌이 매달려 있었다. 적어도 가로세로 각각 3미터는 될 것 같았다.

"F-117A 나이트호크[•]의 부품으로 만든 거야. 미국의 공학자 윌리엄 페리가 카터 행정부에 있을 때 같이 작업했지. 내가 기체 외피를 개발했어. 레이더로 보면 박새 크기로밖에 안 보여. 우린 인명 손실을 10배나 줄였어. 걸프전 때 말이야. 천 분의 일, 즉 이라크인 천 명이 죽어나갈 때 미국 병사는 한 명 죽는 거지. 핵무기 개발에 참여하면 회의가 들 수밖에 없어. 오펜하이머[••]가 그랬고 실라르드[•••], 보

• 세계 최초로 실전에 투입된 스텔스 폭격기.

•• 줄리어스 로버트 오펜하이머. 미국의 이론물리학자.

••• 레오 실라르드. 헝가리 태생의 미국 물리학자.

어도 마찬가지였지. 양심의 가책을 받는 거야. 히로시마에 원자폭탄을 떨어뜨린 티베츠*의 인터뷰를 읽었는데 '사적인 감정은 전혀 없었다It was completely impersonal.'고 하더군. 그 말을 믿어?"

나는 내가 마주했던 수많은 사람들, 그들에게 나타난 효과를 떠올려보았다. 그리고 그녀를 우리 편으로 끌어들일 수 없다는 것을 알았다.

"사람 사이의 일에는 사심이 있을 수밖에 없어요."

그녀는 나를 놓아주려 하지 않았다. 나이가 일흔이 넘었고 백만장자에 못 하는 게 없고 모르는 게 없고 많은 것을 이룬 사람이 지독한 외로움에 시달리고 있었다.

"수잔, 너무 어린 나이에 세상을 헤쳐나가야 했던 사람의 문제가 뭔지 알아? 아무도 믿지 못한다는 거야. 위원회 사람들은 내게 일종의 가족 같은 존재였어. 심지어 남자들까지도. 자주 만나진 않았지만 반년마다 한 번씩 있었던 주말 모임이 내게는 가장 열심히 살았던 시간이었어."

그녀는 다시 내 어깨에 손을 얹었다. 이번에는 인생 선배 같은 품새도 아니었고 위협적이거나 도발적이지도 않았다. 그녀는 절망하고 있었다.

"난 물론 마가레테에게 빠져 있었어. 나뿐 아니라 우리 모두 그랬지. 그 오랜 시간 동안 말이야. 수잔, 누구를 짝사랑해본 적 있어?"

"짝사랑은 누구에게나 있죠."

* 폴 티베츠. 제2차 세계대전 당시 미국 공군 조종사.

"하지만 40년 동안이나? 40년 동안 계속되는 짝사랑에 대해 어떻게 생각해?"

"뭐 1년 정도는 슬퍼할 시간이 필요하겠죠. 하지만 나머지 39년은 헛세월 보낸 거라고 생각해요."

순간 그녀의 눈에 광기가 내비쳤다. 그러나 다음 순간 기차 화통을 삶아 먹은 듯 커다란 웃음이 터져 나왔다.

"방송, 언론 따위엔 관심 없어. 정치가를 믿은 적도 없고. 자신은 스스로 지켜야 해. 마가레테가 죽은 뒤 난 집에만 있었어. 장보기도 슈퍼마켓에서 아는 배달원에게 배달시키고. 집 주변에는 빙 둘러서 카메라가 설치돼 있어. 적외선 카메라 말이야. 2주 후엔 여길 떠날 거야. 그전에 마가레테를 죽인 놈들이 왔으면 좋겠어. 암, 올 테면 오라지."

나는 계단을 내려갔다.

"수잔, 당신도 양반은 못 돼. 난 처음 봤을 때 알아봤어. 개로 치면 아무리 훈련을 시켜도 본성이 사라지지 않는 테리어나 불테리어 같은 작고 위험한 종이지. 비좁은 여우 굴에 비집고 들어가 죽은 여우를 물고 뒷걸음질 쳐서 나오는 독한 것들. 그놈들 먼저 찾게 되면 와서 날 데려가라고."

03

아직도 7시. 여전히 이른 시간이다. 콩엔스뉘토우는 거의 그늘에 가려 있었다. 경찰과 시위대 사이에 충돌이 있었는지 인도에는 통제 울타리가 쳐 있고 1층 상가들은 유리창이 깨져 비닐로 막아놓은 곳이 많았다. 광장의 나무둥치에는 자동차 두 대가 부서지고 불탄 채 널브러져 있었다. 기수 동상은 사라졌고 왕립 극장 앞의 욀렌슐레게르와 홀베르 동상은 베니어판으로 막혀 있었다.

그러나 내가 열고 들어간 문의 황동 손잡이는 반짝반짝 윤이 났다. 건물 1층부터 4층까지는 파비우스의 디자인 회사 소유였다. 맨 위에 두 사람의 이름이 적혀 있었다. 어머니는 파비우스의 성을 따랐다. 마그누스.

그가 문을 열어주었다.

보고만 있어도 가슴이 아플 정도로 아름다운 남자와 마주하는 일은 일생에 한 번 있을까 말까 한 경험이다. 그런데 그 아픔이 은유적 표현이 아니라 정말 말 그대로 몸으로 느껴지는 아픔이라면 어느 정도인지 상상이 될 것이다.

파비우스가 바로 그런 남자다. 그의 아름다움은 화려하지 않다. 어둠과 신비를 담은 내향적 아름다움이다. 그를 보면 어느 여자라도 강한 끌림을 느낄 것이다. 만지고 싶고 보듬어주고 싶고 그를 위해 뭐라도 하고 싶고 그의 고고하고 복잡한 영혼을 이해한다는 걸 알려주고 싶어질 것이다.

"파비우스." 내가 말했다. "당신이 동성애자라니, 세상의 모든 여성을 대표해서 정말 안타깝다는 말을 전하고 싶네요."

그는 겸손한 미소를 지었다.

"누가 와서 말해줬는데 1년간 어디 가 있을 거라고 하던데요?"

"여기 이렇게 왔잖아요."

"어머니는 지금 편두통이 심한데?"

어머니의 편두통은 더비 모자를 쓴 귀부인들이 앓는 고상한 병이 아니다. 시도 때도 없이 찾아와 생명을 위협하는 저주 같은 존재다. 피부는 시체처럼 변하고 눈은 충혈되고 삶의 에너지를 모조리 빼앗긴 어머니는 침실로 들어가 커튼을 치고 드러눕는다. 그리고 사흘 낮 사흘 밤을 아무것도 먹지 않는다.

그렇게 사흘이 지나면 어머니는 비틀거리며 밖으로 나왔다. 다시 살아나긴 했지만 저승에라도 다녀온 사람처럼 퀭한 모습이었다.

나는 어머니가 아플 때 한 번도 방해한 적이 없다. 하지만 지금은 그런 걸 따질 때가 아니었다. 파비우스도 그걸 알아차린 듯 옆으로 비켜주었다.

지난 20년간 나는 어머니의 침실에 들어간 적이 없었다. 모든 사람에게는 절대 넘어가서는 안 되는 자신만의 경계가 있다. 아마 도르테아는 예외일 테지만. 어머니의 경우는 침실 문턱이 그 선이다.

나는 문도 두드리지 않은 채 그 선을 넘었다.

방은 어두웠고 신선한 사과, 향수, 분 냄새가 났다. 나는 창가로 가서 가구에 걸려 넘어지지 않을 정도로만 빛이 들어오도록 블라인드를 열었다.

방 한가운데 침대가 떡하니 자리 잡고 있었다. 사자 발 위에 침상이 얹어진 모양의 골동품으로 막 해변으로 올라가려다 멈춰버린 큰 파도 같았다. 전체적으로 흰색이고 테두리에는 금색 띠가 둘러져 있고 위에는 오리털 이불과 베개가 분홍색 물거품처럼 덮여 있었다.

그 속 어딘가에 어머니가 누워 있었다. 어둠 속에서 보이는 것이라고는 나를 노려보는 증오에 찬 눈빛뿐이었다.

"엄마, 아버지가 왜 떠나신 거죠?"

누구나 자신을 지탱해주는 자신만의 스토리가 있듯 어느 가족에게나 눈물 없이는 들을 수 없는 사연이 있다. 아버지에 대해서는, 항상 그릇이 큰 분이라 덴마크 같은 좁은 곳에서는 뜻을 펼치지 못했는데, 역마살이 끼어 큰 세상으로 나가셨다는 말을 들으며 자랐다.

나는 그게 거짓말이란 걸 일찌감치 알았다.

"아버지가 떠나신 날이 지금도 기억나요. 아버지는 자진해서 떠나신 게 아니었어요."

파비우스가 상서로운 기운이 들듯 방 안으로 스며들어왔다. 어머니가 손짓을 하자 그는 침대 옆 탁자에서 플라스틱 흡입관이 달린 갈색 약병을 집어 건네주었다. 어머니는 약을 빨아 마시더니 나를 쳐다보았다.

"수잔, 이거 모르핀이야. 이거밖에 듣는 게 없어."

그녀가 힘들게 목소리를 쥐어짜내 말했다. 원래도 아픈 상태였지만 내가 오고 나서 더 심해진 것 같았다.

"수잔, 난 정치는 전혀 몰라."

나는 아무 대꾸도 없이 매몰차게 다음 말을 기다렸다.

"네 아빠는 할아버지에게 로드바드에 있는 탄약 공장을 물려받아서 도자재로 새 총알을 만들었어. 그런데 덴마크에서는 예나 지금이나 무기 생산에 반대하는 목소리가 높잖니? 그래서 유엔의 경제제재를 받고 있는 나라에 무기를 수출한 모양인데 그게 발각됐단다."

"남아프리카 공화국요?"

내 말이 듣기 싫은 건지 말하는 게 고통스러워서인지 그녀는 내 말을 듣지 못한 것 같았다.

"경찰이 뒤쫓고 있다는 정보를 입수했고 다음 날 체포된다는 걸 알고 도망친 거야. 그 일은 그렇게 마무리됐지만 우린 전 재산을 압류당했어. 집, 적금, 공장, 루데르스달에 있던 별장, 다른 별장들도 전부 다. 땡전 한 푼 남은 게 없었어."

어머니는 그날 이후 관청이라면 치를 떨었다. 나는 침대 끄트머리에 앉았다. 어머니는 화낼 기력도 없는 듯 아무 소리도 하지 않았다.

"칼라하리 사막 사진에서 아버지를 봤어요. 엄마와 연락하지 않았어요? 정말 아무 소식도 없었어요?"

그녀가 다시 손짓을 했다. 나는 그녀에게 모르핀 액을 건네주고 탁자 위 레이스 손수건으로 입가를 살짝 닦아주었다. 그녀가 힘겹게 몸을 일으켰다. 나는 그녀가 일어나 앉는 것을 도왔고 파비우스는 그녀의 등 뒤에 베개를 끼워주었다. 그녀는 내게 탁자 서랍을 가리켰다. 서랍을 열자 맨 위에 편지 봉투가 보였다.

"열어봐라!"

봉투 속에는 같은 남자의 사진 두 장이 들어 있었다.

아버지였다. 내 기억 속의 아버지보다 훨씬 나이 든 모습이었다. 사진 하나는 다른 것보다 더 늙은 모습이었다. 둘 다 챙이 넓은 중산모를 쓰고 있었다.

나는 사진을 뒤집어보았다. 한 곳에 검은 잉크로 '사랑하는 라나와 수잔에게'라고 쓰여 있었다.

봉투에는 우표가 붙어 있지 않았다.

"첫 번째 건 떠난 뒤 10년 만에, 나중 건 그로부터 다시 10년 후에 온 거야. 그 뒤론 아무 소식도 못 들었다."

"어떻게 배달된 거예요?"

"누가 가져다줬어. 두 번 다 같은 사람이었는데 덴마크인이었고 이름을 말하진 않았어."

"어떻게 생긴 사람이었는데요?"

그녀는 잠시 머뭇거렸다.

"육체적이었어."

어떤 사람들은 외모를 먼저 보고 어떤 사람들은 지능을 중시한다. 400미터 밖에서도 그 사람의 통장에 얼마가 들었는지 알아맞히는 사람도 있다. 어머니는 사람의 몸을 먼저 본다. 그것도 아주 세밀하게.

"육체적이라니 어떻게요?"

그녀는 허공에 대고 뭔가 그리는 손짓을 했다. 언어 너머에 숨겨진 현실을 표현하려는 무용가의 몸짓이었다.

"무섭게."

어머니가 두려움을 입 밖에 내는 일은 극히 드물다. 청중의 박수 소리가 작아질 때만 빼고.

"하지만 옷은 최고급이었어."

파비우스는 내 옆에 앉았는데 어머니를 걱정하는 그의 애잔한 마음이 내게도 그대로 전해지는 것 같았다. 두 사람 사이에 물리적인 다리가 놓인 듯 그 사랑이 손에 잡힐 듯했다.

그때까지는 그가 어머니 같은 여자를 찾았고 내 어머니에게서 그런 여자를 찾았다고 생각했는데 그게 아니었다. 완전히 반대였다. 나이 차이가 많이 나는데도 불구하고 그는 아버지가 딸을 사랑하듯 어머니를 사랑했다.

"처음에 아버지와 어떻게 만나게 됐어요?"

"내 공연을 보러 왔었어. 그리고 건초더미만 한 꽃다발을 보내왔는데 그 속에 만나고 싶다는 쪽지가 들어 있었어. 난 거절했지. 그런데 연달아 일곱 번을 찾아와서 맨 앞줄에 앉더라. 그리고 매번 공연이 끝나고 나면 꽃다발이 기다리고 있었어. 그렇게 세 번 받고 나서는 극장에 얘기해서 꽃다발을 받지 말라고 했어. 그랬더니 집에 부모님을 만나러 간 거야. 네 아버지는 약간 사이코적인 매력이 있었거든. 난 그때 부모님 댁에서 살았는데 어느 날 집에 가보니 저녁 식탁에 함께 앉아 있더라고. 몇 주 뒤에 처음으로 데이트를 했지."

그녀는 자신의 이야기 속으로 빠져드는 듯 먼 곳을 응시했다.

"왜 아버지를 받아들였어요?"

어머니는 다시 현실로 돌아와 내 눈을 응시했다. 자식인 내게는 중요한 질문이었다.

그 대답 또한 중요했다. 내가 어떻게 해서 만들어지고 세상에 태어났는지, 부모가 왜 서로를 받아들였는지 알고 싶었다.

"힘 때문이었지. 여자들은 남자의 건장함을 좋아하잖니?"

"사랑했나요?"

그녀는 파비우스를 쳐다보았다. 그는 가만히 고개를 끄덕이더니 길고 좁은 잔에 든 사과 브랜디를 건넸다. 그리고 그녀가 술을 마시는 동안 그녀의 목을 받쳐주었다.

"함께 사냥을 간 적이 있었어. 네 아빠는 중국 사슴을 수입했거든. 엄니가 난 사슴은 그게 유일하지. 위험하기도 하고. 우린 이른 아침 동틀 무렵 은신처에 앉아 있었어. 몸을 딱 붙이고서. 우리 주변에서는 자연이 깨어나고 있었고. 그때 그런 생각이 들었어. 세상이 이렇지만 않았어도 이게 사랑일 것 같은데, 사랑하게 될 것 같은데……"

나는 이상한 안도감을 느꼈다. 내 출생의 배경에 적어도 사랑 비슷한 것이 있었다는 중요한 사실을 확인했기 때문이었다.

"엄마, 국방부에서 무슨 지시 같은 거 받은 적 없어요? 만약의 경우…… 재난 상황이 닥쳤을 때 어떻게 행동해야 한다느니 그런 거요."

조용한 가운데 그녀의 무거운 호흡이 느껴졌다. 그녀는 눈을 감더니 못 들은 척 넘어가려 했다. 하지만 우리는 이미 너무 깊은 곳까지 들어와 있었다.

"수잔, 그건 기밀이야. 전화번호 두 개가 있는데 나랑 발레단장만 받았어. 발레 안무가도 못 받았어. 절대 누설하면 안 된다고 했는데. 왜 그런 걸 묻니? 그런 말은 또 어디서 들었어?"

어둠이 눈에 익자 방 안의 물건들이 또렷하게 보이기 시작했다. 천장에는 베네치아 샹들리에가 매달렸는데 입으로 불어 만든 유리를 사용한 골동품이었다. 마치 레이스처럼 공중에 떠 있는 모습이 환상적이었다. 가구는 많지 않았지만 모두 최고급 골동품이었고 마치 아무렇게나 놔둔 듯 자연스럽게 배치돼 있었다. 마치 억만장자가 우연히 돈을 흘리고 갔는데 제대로 된 곳에 흘렸다고나 할까?

"공연장에 정부 사람이 찾아왔었어. 10년도 더 된 일이야. 머리가 있는 사람이었지. 그 사람이 말하길 세상에서 발레가 완전히 사라진다고 해도 나만 있으면 부르농빌 레퍼토리를 복원해낼 거라고 하더라. 새로운 무용수들과 함께 다른 곳에서 말이야. 수잔, 그건 사실이야. 내 자랑을 하려는 건 아니지만 그 말은 맞아!"

"다른 곳 어디요?"

"그건 말 안 했어. 하지만 만약의 경우 보호할 가치가 있는 사람들을 위해 조치를 하는 건 이해되지 않니?"

나는 침대에서 일어섰다.

"전화했었다, 네 아빠 말이야. 그 첫 번째 사진이 오고 나서 전화가 왔었어. 남아프리카 공화국에 있었더라고. 그때는 휴대전화가 흔한 시대가 아니었어. 전화 교환수에게 전화가 와서 남아프리카 공화국에서 전화가 왔다는 거야. 그리고 몇 년 후에 다시 전화가 왔어. 매번 너를 찾았어. 그 뒤로는 내가 전화 수신을 거부했어. 네 아빠는 너랑 얘기하고 싶어 했지만 내 생각에 그건 너에게 좋지 않았어. 우린 계속 살아가야 했고 새로운 삶에 적응해야 했어. 극장에서 쫓겨날 위험도 있었고. 사람들은 세기의 재판이 열렸을 거라고 수군거렸어. 국제적 범죄, 무기, 그것 말고도 다른 게 더 있었어."

그렇다. 잘 생각해보면 어머니에게 중요한 건 아버지나 나나 다른 애인들이 아니었다. 오직 춤, 그녀에게 중요한 것은 춤뿐이었다. 나는 그런 어머니에게 인간의 정을 느꼈다. 평생 하나만을 위해 사는 사람에게는 대쪽 같은 순수함이 있다. 더구나 그 하나가 그 사람 자체일 때는.

"목소리는 어땠어요? 절망한 것 같았나요?"

"그 사람이? 힘이 펄펄 나던 걸. 절망할 사람이 아니지. 세상에 네 아빠를 절망시킬 게 뭐가 있겠니? 남에게 지고는 못 사는 사람이야. 날 점령한 걸 봐라. 너와 날 정복한 걸 봐. 그 사람은 인생을 정복해야 할 대상으로 알고 살았던 사람이야. 뭐든 맘에 드는 건 득달같이 달려들어서 정복하고야 말았지."

그녀의 목소리에서는 고집스러운 자존심이 내비쳤다. 그녀 나름대로는 아버지에게 유린당했다고 느꼈기 때문에 가해자가 적어도 어둠의 제왕 정도는 돼야 아픔이 덜어지는 것 같았다.

어머니는 다시 베개 위에 쓰러지듯 누워버렸고 파비우스는 나를 문 앞까지 배웅했다. 우리는 현관에서 걸음을 멈추었다. 그와 나 사이의 감정을 표현할 말이 있을까? 우리를 연결해주는 것은 저 커다란 침대 속에 파묻힌 인간에 대한 사랑이었고 그 느낌은 말로 형용할 수 없을 정도로 음울한 데가 있었다.

"수잔이 마가레테 스플리드를 발견했어요?"

나는 고개를 끄덕였다.

"그 여자와 아버지가 사귀었대요. 어머니와 만나기 전에……"

내가 계단을 내려가자 그는 조용히 문을 닫았다.

계단을 거의 내려왔을 때 정문 앞에 검은 그림자가 어른거리는 것이 보였다. 나는 쇠지레를 꽉 쥐고 정문을 나섰다. 라반이 자전거에 기대서서 나를 기다리고 있었다.

우리는 함께 자동차까지 걸어가서 자전거를 차에 실었다.

나는 운전석에 앉아 막 시동을 걸려다가 멈칫했다. 고터 가와 만나는 모퉁이 가게가 털린 모양이었다. 유리창이 다 깨졌고 쇼윈도의 물건들도 사라지고 없었다. 내가 어머니 집에 들어간 사이 일어난 일이었다.

나는 시동을 건 다음 왼쪽으로 차를 돌려 브레드 가로 들어섰다. 난장판이 된 가게 앞을 지나고 싶지 않았다. 내게는 마가신 뒤노르•와 왕립 극장에서 뉘하운을 지나 브레드 가를 따라가는 산책로가 곧 고상한 옛 코펜하겐을 의미한다. 그런데 지금 이곳은 쇼윈도들이 깨졌고 창문 앞에 나무판자가 박혔고 공기 중에 약하게 연기 냄새가 떠 있는 혼란의 장소였다.

• 덴마크 최대 규모의 백화점.

"입자물리학과에 전화해봤어." 내가 말했다. "덴마크에 대피령이 내리면 토르비외른 할크가 대피 순위 1순위래."

04

우리가 인도에 가 있는 동안 입자물리학센터 공사는 마무리가 된 것 같았다.

겉으로 보이는 부분은 작은 녹지가 딸리고 건물을 빙 둘러 담이 쳐진 5층짜리 건물이다. 이 건물을 짓느라 펠레드 공원 부지 중 1만 제곱미터를 썼다. 우리가 서 있는 이곳, 약트 로와 세리슬레브 로가 만나는 곳은 원래 수도원 정원이 있던 땅이다. 우리는 겸허한 마음으로 계단에 잠시 서 있었다. 이 건물을 짓는 데 든 돈은 400억 크로네에 육박한다. 100억은 덴마크 정부에서, 나머지 300억은 유럽연합과 나사에서 지원했다.

그 돈이 땅 위에 보이는 건물에 투자된 건 아니지만 건물도 볼만했다. 계단은 화강암으로 쌓아올리고 로비에는 헤링본 문양의 마룻바닥을 깔았다. 푹신한 소파도 있고 경비원들의 유니폼마저 멋졌다. 공식적인 느낌을 살리면서도 공격적이지 않은 게 패션쇼에 나가도 될 수준이었다.

그런데 그 유니폼을 입은 남자들이 우리를 막아섰다.

"전화하고 왔거든요." 내가 말했다. "일정이 있어서 온 거예요. 저도 코펜하겐 대학교 강사예요."

그들은 몸싸움도 마다하지 않았다. 라반은 화가 나서 제정신이 아니었다.

경비원들 뒤로 한 여자가 나타났다.

"엘리자베트." 내가 외쳤다. "이거 어떻게 된 거야?"

그녀는 우리를 구석으로 데려가 조용히 말했다.

"수잔, 연락은 받았는데 들여보낼 수가 없어. 우리 지금 무척 바쁘거든. 토르비외른이 안부 전하래. 내가 듣기론 학교를 그만뒀다고 하던데 아쉽네. 기회 되면 또 봐."

그녀의 흰색 블라우스에 '엘리자베트 할크. 교수'라는 이름표가 붙어 있었다.

"아, 이제 할크 부인이야?" 내가 말했다. "게다가 교수? 일이 잘 풀렸구나, 엘리자베트."

그녀의 얼굴이 빨개졌다.

"토르비외른과 얘기 좀 해야겠어." 내가 말했다.

"안 돼. 그 사람 할 일 많아. 그리고 넌 이제 여기 드나들 권한도 없고. 이제 그만 돌아가줬으면 좋겠어."

나는 그녀에게 몸을 굽혀 내 손을 그녀의 손등에 얹었다. 그리고 그녀의 팔을 잡아 손목을 앞으로 꺾었다.

그녀는 얼굴에 핏기가 싹 가시고 놀라서 눈이 휘둥그레졌다. 대학은 정신이 지배하는 세계라 육체적인 경험과는 거리가 멀다. 그것이 쾌락이든 고통이든.

나는 오른손으로 그녀의 팔을 누른 채 왼손을 그녀의 어깨에 얹고 엘리베이터 쪽으로 걸어갔다. 라반은 어정쩡하게 우리 뒤를 따라왔다.

"엘리자베트." 내가 말했다. "여자들 중엔 네가 승진하려고 언제라도 다리 벌릴 준비가 돼 있다고 생각하는 사람이 많아. 하지만 난 아냐! 뭐 조금 도움이 되긴 했겠지. 하지만 넌 언젠가는 그 자리에 올랐을 거야."

그녀의 눈에는 눈물이 그렁그렁했다. 우리는 엘리베이터에 도착했다. 경비원들이 의심스러운 표정으로 우리를 쳐다보았다. 나는 우리들의 손이 보이지 않도록 뒤를 돌아보았다.

"아무 내색도 하지 마. 허튼짓하면 손목을 꺾어버릴 테니까. 자, 이제 밑으로 내려가게 버튼 좀 눌러줄래?"

엘리베이터는 지하로 미끄러져 내려갔다. 문이 열리고 고급 호텔의 로비처럼 꾸며진 공간이 나타났다. 화강암이 더 많이 눈에 띄고 검은색 가죽 소파와 안락의자도 보였다. 벽에는 미술 작품이 걸려 있었다. 그곳을 지나가니 모니터로 도배되다시피 한 타원형 방이 나왔다. 모니터 앞에 20~30명의 사람들이 앉아 있고 대형 모니터 앞으로 몇 사람이 모였는데 그 중심에 토르비외른 할크가 서 있었다.

이 2미터 장신의 빨강머리 남자가 모든 일의 근원이었다. 그는 세른에서 대형 입자가속기 실험을 통해 발견한 '할크 로테이션'으로 노벨상을 받았다. 보어나 안드레아 핑크 못지않은 옹골찬 성과였다. 그리고 그 덕분에 코펜하겐은 지금 열린 문으로 보이는 장치를 실현시킬 재원을 끌어올 수 있었다.

콘크리트 터널 속에 에나멜 코팅을 한 지름 1.5미터짜리 금속관이 보였다. 지하 15미터 깊이에서 완벽한 원형을 그리며 펠레드 공원 땅 밑에서 시작해 스바네뷜렌, 내 헬레루프, 외 외스터브로, 뇌레브로, 발뷔, 항구, 아마게르브로, 홀멘으로 갔다가 다시 항구와 시티를 지나 장장 40킬로미터를 여행한 뒤에야 우리가 선 이곳으로 되돌아온다. 세계에서 가장 큰 입자가속기가 된 이유이기도 하다.

이 40킬로미터의 여정에서 입자는 거의 빛의 속도 수준으로 가속돼 1초당 8억 번의 충돌이 일어나고 매년 18페타비트의 데이터를 만들어낸다. 내가 함께 설계한 필터 시스템이 없다면 DVD 200만 개를 채우는 양이다. 필터 시스템은 초당 8억 번의 충돌 중 가장 중요한 400개만 추려낸다.

나는 엘리자베트를 밀어냈다. 그녀는 안락의자에 털썩 주저앉았다. 나는 앞으로 걸어가 토르비외른 할크의 어깨를 두드렸다.

그는 달갑지 않은 기색을 감추느라 애를 썼다. 그 달갑지 않은 기색 뒤에는 두려움이 숨겨져 있었다. 아내를 알아보고는 그의 두려움은 증폭되었다.

"교수님, 축하드릴 일이 많네요." 내가 말했다. "결혼도 하셨다면서요? 이쪽은 제 전남편 라반이에요."

두 남자는 어색한 표정으로 악수를 했다.

장치의 3분의 2가량은 이미 해체된 상태였고 파란색 오버올을 입은 남자들이 달라붙어 나머지 일을 하고 있었다.

우리는 방을 가로질러 토르비외른의 사무실, 혹은 사무실들 중 하나로 들어갔다.

마치 정원으로 나온 것 같았다. 눈이 닿는 곳마다 녹색식물이 보였고 비스듬한 각도로 설치된 거울이 끌어 모은 펠레드 공원의 햇빛이 채광구로 쏟아져 들어와 마치 야외에 있는 듯한 기분이 들었다.

벽 한 면은 미닫이 칠판이 있었는데 열기구에 매달린 배 모양의 장치가 그려져 있었다. 기구에는 비행기 날개처럼 생긴 것이 세로로 길게 달려 있었다.

"차기 특허작인가요, 교수님?"

그는 자랑하고 싶어 안달이 난 표정이었다. 특히 내 앞이라 그런지 목에 더 힘이 들어갔다.

"이 돛은 아메리카스 컵•을 수상한 챌린지호를 따라 한 거야. 바람이 5도일 때 작동해. 돛 밑에는 기구를 달았어. 가스는 가벼운 걸 사용했고 기구의 부피를 줄이거나 늘리는 데 쓸 에너지는 태양광 패널에서 조달해. 그 밑에는 탄소섬유로 만든 작은 선실을 달았어. 바닥은 길게 만들었고. 이건 정말 기발한 하이브리드야, 수잔. 날씨가 불안정할 때는 물 위에서 25노트로 달리고 바람이 좋을 때는 하늘을 날아가는 거야. 운송 분야에 혁명을 가져올 발명품이라고! 오늘이 공식적인 시험 비행일이야."

덴마크는 미치광이 발명가의 전통이 길다. 외르스테드, 팽창 밸브를 만든 마스 클라우센, 크뢰이에르의 공, 금속판으로 개수대를 찍어낸 토르센, 안타부스••를 발견한 에릭 야콥센. 토르비외른 할크

• 1851년부터 열리기 시작한 국제 요트 경주 대회.

•• 알코올 중독 치료에 사용하는 약.

도 그 부류 중 하나였다.

그는 잠시 자아도취에 빠져 상황을 잊은 듯했다. 그의 아내가 그를 현실로 불러들였다.

"토르비외른, 저 여자 돌았어요. 내 팔을 부러뜨리려고 했다고요! 폭력적이니까 어서 경찰 불러요!"

그는 입술을 깨물었다.

"수잔, 사직서를 제출했던데? 정말 아쉽지만 이해는……"

"그거 위조된 거예요. 누군가 절 대학에서 쫓아내려는 거예요."

그는 다시 입술을 깨물었다.

"왜 기계를 해체하는 거죠?" 내가 물었다.

"해체가 아니라 막 개조하는 중이야."

"개조가 아니라 해체해서 이동시키는 것 같은데요. 지금 뭔가 큰 일이 벌어지고 있잖아요. 정부에서 일종의 대피령을 내린 거죠? 사회구조가 무너질 거라는 진단하에 엘리트들을 안전한 곳으로 대피시키는 거 아닌가요? 얘기 좀 해주세요."

조금 전 그의 아내가 그랬듯 그의 얼굴에서도 핏기가 싹 가셨다. 나에 대한 두려움보다 더 큰 두려움이 있는 것 같았다.

"수잔, 난 아무것도 말 못 해. 그 일에 손대지 않는 게 좋을 거야."

나는 자리에서 일어섰다.

"아무래도 기자들을 불러야겠네요."

"수잔, 하고 싶은 대로 해. 뭐라고 협박하든 난 할 말 없어."

그의 상황은 철벽을 등지고 서 있는 형국이었다. 사실 나도 기자들이 관심 가질 만한 것을 손에 쥐고 있지 않았다. 더 이상 얘기해봐야 시간 낭비였다. 나는 라반에게 나가자는 뜻으로 고갯짓을 했다. 그것을 본 엘리자베트가 일어서 외쳤다.

"토르비외른, 내가 경찰 부를게요."

"입 닥쳐, 엘리자베트!"

그녀는 다시 털썩 주저앉았고 우리는 방을 나왔다. 등 뒤에서 그녀의 흥분한 목소리가 들렸다.

"왜 저 악마 같은 여자에게 쩔쩔매는 거예요?"

라반과 나는 엘리베이터에 탔다. 문이 닫히자 라반이 말했다.

"저 사람이 왜 당신을 무서워하는지 난 알아."

나는 아무 대꾸도 하지 않았다.

"그 사람 손 봤어. 다리 저는 것도. 고아원의 그 강간범이 저 사람이지? 당신이 나사를 박은 사람."

우리는 이상하다는 표정을 짓는 경비원들을 지나쳐 계단을 내려갔다.

"그 사람이 대학생이었을 때 생활비를 벌려고 홀름강엔 소년원에서 일을 했어. 내게 원소주기율표를 보여준 사람이야. 물리학에 대해 처음으로 알려준 사람이고. 내겐 숭배의 대상이었어. 어둠뿐인 곳에서 내게 친구가 되어준 유일한 어른이었고. 그 사람이 어둠의 일부로 변할 때까지는. 그래도 내겐 여전히 고마운 사람이야."

우리는 걸음을 멈췄다. 라반은 나를 이해하고 싶다는 듯 내 얼굴을 빤히 쳐다보았다.

시도해봐야 소용없었다. 인간 사이의 사랑과 정을 이해하는 것은 원래부터 불가능하니까. 그리고 그 감정이 학대와 얼마나 가까운

지도.

나는 그에게 눈짓으로 신호를 보냈다. 그도 내 시선이 머무는 곳으로 고개를 돌렸다. 건물 앞에 차들이 서 있었다. 승합차 한 대와 트럭 두 대. 승합차에 시큐리컴이라고 적혀 있었다.

라반의 표정이 갑자기 굳어졌다. 나는 라반이 쳐다보는 곳으로 시선을 돌렸다. 가로등 아래 자전거 두 대가 세워져 있고 그 옆에 티트와 하랄이 서 있었다.

05

우리는 펠레드 공원으로 들어가 가장 안전해 보이는 곳에 자리를 잡고 앉았다.

"저희가 오스카를 설득했어요." 티트가 말했다. "밤새 설득해서 오늘 아침에야 겨우 넘어왔어요. 오다가 뇌레브로의 과일 가게에서 레몬과 망고를 사서 홀멘스 카날에 있는 국방부 최고사령부로 갔어요. 그리고 식물생리학 실험 단지에서 온 연구원이라고 말하고 책임자를 만나고 싶다고 했어요. 그랬더니 바로 사람이 나오더라고요. 그 여자는 오스카를 알아봤어요. 우리는 아주 특별한 과일이 있는데 마지막 수송 때 실수로 누락됐다, 이 과일들은 혁명적인 발견이다, 특히 이 레몬은 엄청나게 중요한 건데 실온에 오래 두면 안 되기 때문에 바로 가져가서 냉장 보관해야 한다고 했어요. 우린 그 여자를 가운데 놓고 양쪽에 서 있었어요. 고민하는 것 같긴 했지만 결국은 넘어오더라고요. 오스카는 내내 아무 말도 하지 않았어요. 주도권이 우리에게 있었다는 뜻이죠."

라반과 나는 서로의 시선을 피했다. 도주하는 와중에 옆길로 새질 않나, 국방부를 속여 넘기질 않나.

"우린 그 아줌마에게 주소를 받고 명함도 달라고 해서 받아냈어요. 10분 거리더라고요. 로센외른 거리. 나이스nice한 곳이죠. 동상도 있고. 오스카는 차마 같이 못 들어가겠다고 하더라고요. 우린 경비원 한 명과 함께 들어갔어요. 안내데스크에 여직원 네 명이 서 있었어요. 우리가 네 사람을 가운데 놓고 양쪽에 서서 과일을 보여주고 아까 그 아줌마의 명함을 흔들었더니 여자 한 명이 우릴 위로 데려다줬어요.

사람들은 아이들을 바깥세상으로부터 보호하려고 하지만 어쩌면 아이 내면의 어두운 힘으로부터 지키는 게 더 중요한 일인지도 모르겠다. 티트와 하랄이 자신들에게 타인의 마음을 여는 힘이 있다는 것을 알게 된 건 한참 전일 것이다. 그리고 처음으로 그 재능을 남용하기까지는 또 한참이 걸렸으리라.

"사무실은 맨 꼭대기에 있었어요. 전망이 끝내주더라고요. 이제 우릴 막는 건 아무것도 없었어요. 사무실 앞에도 비서가 앉아 있었는데 우리가 들어가는 걸 보고도 그냥 가만히 있더라고요. 문을 열어보니 거기 하인이 앉아 있었어요."

"우릴 못 알아보더라고요." 하랄이 말했다. "어른들은 한 시간 반만 지나도 아이들의 얼굴을 기억하지 못하거든요. 우린 국방부에서 심부름을 왔다고 말하고 다시 그 아줌마가 준 명함을 흔들었어요. 그리고 티트가 그 할아버지 책상에 앉아서 치마를 올렸어요."

나는 멀리 놀이터 쪽으로 시선을 던졌다. 햇볕을 받으며 유모차를 밀고 가는 엄마들이 보였다. 유모차 안에는 통통하고 귀여운 아기들이 앉아 있었다. 저 엄마들은 어떤 미래가 그들을 기다리는지 모를 것이다. 몇 년 지나면 딸들은 나이 든 남자의 책상에 앉아 치마를 올리고 아들들은 나가서 사고를 치다 징역형 80년을 받아온다는 것을.

"책상 위에는 손녀들의 사진이 있었어요. 전 이렇게 멋진 할아버지를 둬서 이 아이들은 참 좋겠다고 말했어요. 그리고 간질 발작이 일어난 척을 했죠. 비틀거리는 척하며 일부러 비서실 쪽으로 나갔어요. 하인이 바로 뒤따라 나왔어요. 그리고 혀를 물지 못하게 하려고 제 입 속에 손수건을 집어넣었어요. 그 모든 게 하랄에게 둘러볼 시간을 주려고 연기한 거였어요."

"전 일단 책상부터 뒤졌어요." 하랄이 말을 이었다. "거긴 별게 없었고 벽에 걸린 액자를 들쳐 보니 금고가 있긴 했는데 역시나 잠겨 있었어요. 캐비닛도 모두 잠겨 있었고요. 남은 시간은 잘해야 2, 3분 정도였어요. 그냥 포기하려고 하는데 문이 하나 보였어요. 열어보니 열리더라고요. 그리고 거기엔……"

그는 그 순간의 감정에 사로잡힌 듯 잠시 말을 잇지 못했다.

"거기엔 섬이 있었어요. 모형으로요. 건축가들이 만든 집 모형 같은 거 말이에요. 그런데 그건 섬 모형이었고 엄청나게 컸어요. 수영장 반만큼이나 컸어요. 그 방은 작은 강당 같은 곳이었거든요. 섬은 물속에 잠긴 부분과 물 위로 나온 부분이 다 보였어요. 큰 화산과 산호초가 있는 섬이에요. 거기에 비행장 하나, 항구 두 개, 주택, 군대 병사처럼 생긴 집들이 엄청나게 많아요. 집들은 두 군데에 모여 있고 집 앞에는 커다란 풀장과 채소밭이 있어요. 정말 정교하게 만들었더라고요. 모형 앞에는 '스프레이 아일랜드'라는 제목이 붙어 있었어요. 거기까지만 보고 얼른 사무실로 돌아갔어요. 티트의 발작이 끝난 것 같았거든요. 하인은 우리에게, 아니 우리라기보다는 티트에게 심부름값으로 500크로네를 줬어요. 전 전화 좀 써도 되겠냐고 물어보고 국방부 아줌마에게 전화를 걸어서 잘 전달했다고 말했어요. 하인이 그 아줌마와 통화해서 우리가 가짜라는 걸 알아낼 때까지 시간을 좀 늦추려고요. 그러고 나서 무사히 빠져나왔어요."

나는 공원을 둘러보다가 막 잎이 돋기 시작한 너도밤나무를 발견했다. 조그마한 이파리의 색깔이 어찌나 선명한지 물질로 된 것이 아니라 빛으로 이루어진 것 같았다.

"밖으로 나와 보니 아직 10시도 안 된 시간이라 우린 인터넷 카페에 가서 스프레이 아일랜드를 구글에 쳐봤어요."

하랄은 눈을 감고 기억을 불러냈다. 그리고 컴퓨터 화면에서 본 것을 글자 그대로 옮겼다.

"그 섬의 이름은 '나 홀로 세계 여행'을 한 항해자 조슈아 슬로컴에게서 나왔어요. 직접 제작한 요트 이름이 스프레이였거든요. 그는 호른 곶•을 돌아 나오다가 폭풍우에 휩쓸려 그 섬에 표류했는데 어느 지도에도 표시되지 않은 섬이라는 걸 알아냈어요. 해도에 실수가 있거나 주요 뱃길이 섬의 동쪽에서 돌아나갔기 때문에 발견되지 못한 거죠. 2012년까지는 바이카운트 군도의 일부였다가 덴마크에 팔렸어요. 유네스코의 세계 최대 자연보호 프로젝트의 일환이

• 남아메리카 대륙 최남단에 위치한 곶.

었죠. 태평양의 여러 군도를 대상으로 한 프로젝트인데 갈라파고스 군도처럼 통행을 제한하고 보호해서 국제적 자연보호지구로 만든다는 거죠. 거기까지 알아보고 난 다음 카페에 가서 하인이 준 돈으로 오스카와 함께 아침 식사를 했어요."

"오스카는 그 시스템에 속한 사람이야." 내가 말했다.

"그래도 우리가 도망치는 걸 도와줬잖아요."

"그건 너희들이 낸 효과 때문이거나 잠시 센티멘털해진 거겠지. 그 사람은 하인에게 월급을 받는 사람이라고."

티트가 내 쪽으로 고개를 홱 돌렸다.

"오스카는 저력이 있는 사람이에요."

나는 다른 곳으로 시선을 돌렸다. 요 몇 달 사이 나타난 변화인데 내가 낳은 딸의 눈길을 오래 감당할 수가 없다.

"30분 뒤에 오스카와 만나기로 했어요." 하랄이 말했다. "기상학연구소 지하에 있는 영화관에 데려가준다고 약속했거든요."

06

기상학 연구소 정문은 잠겨 있었다. 우리가 건물에 다가가자 오스카가 지팡이에 의지한 채 그늘에서 나왔다. 얼굴색은 창백하고 주름은 더욱 깊어 보였다. 그는 정문 옆에 달린 작은 문을 열었다. 거리를 걸을 때 나는 내 모습이 어떤지 보고 싶지 않아서 애써 유리창을 외면했다.

창고 입구에서 한 남자가 기다리고 있었다. 그는 짧은 인사도 건네지 않고 오스카에게만 손을 내밀어 악수했다. 악수하는 품새를 보니 그도 군인이었다. 보아하니 트라우마 때문에 전역한 부류였다. 자신의 과대망상과 조용히 지내려고 한직을 찾아 그립 숲으로 들어온 것 같았다. 그는 우리의 시선을 피했고 계속해서 나타나는 문을 열어주며 영화 상영관으로 안내했다. 영화 상영관은 영사막과 영사기, 의자가 50개 정도 있는 방이었다. 모든 게 준비돼 있었다. 우리가 자리에 앉자 그가 버튼을 눌렀고 곧 영화가 시작됐다.

톤도 없고 편집도 덜 된 영상이었다. 영화는 아무런 서두 없이 바로 시작됐다. 먹구름이 잔뜩 낀 하늘 아래 멀리 해안이 펼쳐졌다.

보트에서 찍은 것인데, 보트는 납빛 바다 한가운데서 5층 건물 높이만 한 파도에 맞서 고전하는 중이었다. 영어 자막에 따르면 아르헨티나 해안 남위 40도 위치였다. 그 영상만 봐서는 그곳에서의 삶이 평탄할 것 같지 않았다.

갑자기 화면이 바뀌었다. 태평양의 파란 하늘과 바다가 나타났다. 하얀 물거품을 일으키는 파도 위로 하얀 갈매기가 날고 화산과 산호초를 거느린 보랏빛 풍요의 땅이 바다 한가운데 떠올랐다. 그리고 느닷없이 소리가 나오기 시작했다. 세상의 모든 여자들이 자신의 침대 맡에서 자장가로 듣고 싶을 저음의 부드러운 목소리였다.

그 목소리는 스프레이 아일랜드를 소개하기 시작했다. 면적은 가로세로 각각 50킬로미터이고 그중 4분의 1은 지리학적으로 독보적 가치를 지닌 화산이 차지하고 있으며 섬 전체가 자연보호구역으로 지정돼 있다고 했다. 목소리가 뚝 끊겼다. 소리 없는 영상이 미끄러지듯 이어졌다. 섬의 컴퓨터 시뮬레이션이었다. 아마 생물학자들이 떠나고 난 뒤의 풍경인 듯 방파제, 활주로, 관제탑, 드문드문 서 있는 건물 몇 채만 보였다. 바다 위에 범선 한 척이 보였다. 카메라가 줌으로 범선을 잡았다. 아니, 범선이 아니라 할크의 칠판에 그려져 있던 수륙양용선이었다. 맨 위에 돛이, 그 밑에 기구, 그 밑에 길쭉한 배 모양의 몸통이 달려 있었다.

그래픽 화면이 사라지고 섬 위로 착륙하는 비행기가 보였다. 마치 바다 속에서 화산이 떠오르는 듯하더니 보랏빛이 초록색으로 바뀌고 산호초 속의 파란 물빛이 보였다. 곧이어 백사장, 야자수, 부두, 크레인이 지나가고 화면 위로 화산기둥이 솟아오르는 듯한 영상이 이어졌다. 그 영상은 헬리콥터에서 찍은 것이었다. 화산 옆에 헬리콥터 그림자가 선명했다. 이슬인지 빗방울인지 열대우림 식물에 맺힌 물방울이 빛났다. 아침이었고 해는 낮게 떠 있었다. 강한 태양빛이 비스듬하게 내리쬐며 땅에 긴 그림자를 드리웠다.

소리가 다시 나왔다. 나는 불현듯 그 목소리가 누구의 목소리인지 깨달았다. 외무부 장관 팔크 한센! 그는 덴마크가 10억 크로네의 상징적 값을 치르고 이 섬을 샀다고 말했다. 화면은 섬에 사는 동식물의 모습을 보여주었다. 고양이만 한 도마뱀, 농구공만 한 개구리, 산비탈 전체를 양탄자처럼 덮고 있는 난초꽃밭, 다리 하나가 15센티미터는 될 것 같은 형광색 거미의 몸에는 고릴라처럼 털이 숭숭 나 있었다.

다시 그래픽 시뮬레이션이 이어졌다. 설명은 없고 'The Atlas Registration'이라는 제목만 자막으로 나왔다. 섬 전체에 격자망이 덮인 그림이었다. 정사각형의 변 하나의 길이는 100미터였다.

나는 손을 번쩍 들었다. 화면이 멈추었다.

"아틀라스 레지스트레이션이 뭐죠?"

그 군인은 앞으로 나가더니 격자망을 가리켰다.

"이것이 UTM 좌표계입니다. 특정 지역의 생물 개체 수를 특별히 철저하게 조사해야 할 때 UTM 좌표계를 덮습니다. 이 가로 격자와 세로 격자가 위도와 경도를 대신하게 되고 개체 수 측정은 이 격자망 안에서 이뤄집니다. 덴마크에서는 1971년 처음으로 사용됐는데 그때는 새를 셌습니다. 이번이 세 번째인데, 작년에 시작됐고 2019년에 끝납니다."

그는 내 눈을 똑바로 쳐다보며 말했다.

"스프레이 아일랜드의 개체 수 측정은 역사상 가장 철저한 생물학적 조사가 될 겁니다."

헬리콥터가 활주로 반대 방향으로 역비행하고 청색 유니폼 차림의 남자들이 트럭에서 짐을 부리고 부두에는 작은 컨테이너선이, 해변에는 외무부 장관이 서 있었다. 커트. 그는 바로 카메라를 향해 말했다. 처음에는 소리가 들리지 않다가 그의 목소리가 들렸다. 그는 태평양의 특별한 서식지를 보전해야 할 중요성을 강조했다.

화면이 뚝 끊기더니 영화가 끝났다. 그 군인은 불을 켠 후 우리가 보이지 않는 듯 오스카에게만 말했다.

"유네스코는 내년에 자연보호구역에 대한 총괄적 기록물로 홍보를 할 계획입니다. 이게 덴마크가 제출할 영상물인데 기상학 연구소 홍보부에서 아직 완성하지 못했습니다."

"한 번 더 볼 수 있을까요?" 내가 물었다.

처음에는 한 덩어리로 보이던 것이 두 번째 볼 때에는 따로따로 분리되어 보였다. 이 영화는 멀리 떨어진 시점의 여러 영상물을 조합해 만든 것이었다. 화산기둥에 비친 그림자가 처음에는 헬리콥터 그림자였는데 다음에는 모터 두 개짜리 비행기로 변했고 태양의 위치도 이리저리 급격히 바뀌었다. 헬리콥터가 활주로 위를 날아가는 장면에서도 처음에는 건물이 보이다가 그다음에는 보이지 않았다.

"화면 좀 멈춰주세요."

나는 영사막 앞으로 갔다.

"이제 앞으로 천천히 돌려보세요."

카메라는 활주로 상공으로 미끄러지며 방파제를 따라 천천히 항구 쪽으로 날아갔다. 방파제가 끝나는 등대 입구 쪽에 여섯 명의 사람이 서 있었다. 플라이낚시를 할 때 입는 주머니가 많이 달린 조끼 차림의 여자가 삼각대 위에 카메라를 얹었다. 카메라를 맡은 책임자인 것 같았다. 그 옆에 서 있는 남자는 막 마이크를 설치하는 중이었다. 그리고 그들 앞에 팔크 한센이 재킷 없이 흰 셔츠만 입은 차림으로 서 있었다.

다른 세 사람, 여자 한 명과 남자 두 명은 카메라를 피하기 위해 헬리콥터에 등을 돌렸다.

외무부 장관이 말하기 시작했다. 다재다능한 사람은 참으로 매력적인 데가 있다. 존경받는 노련한 정치가인 그는 약간 콧소리가 섞인 완벽한 영어를 구사했고 능란한 제스처로 자신감을 표출했다.

"덴마크에서 이곳 스프레이 아일랜드까지는 무척 먼 길입니다. 그리고 이 아름다운 섬의 생태계는 위기에 처해 있습니다. 그러나 자연을 살리고자 하는 덴마크인의 손길은 시공을 초월합니다."

"그림 한 장씩 돌려주세요." 내가 말했다.

카메라는 섬을 한 바퀴 빙 돌았다. 그때 바다도 함께 앵글에 잡혔는데 한쪽 구석에 서둘러 자리를 뜨는 세 사람의 모습이 보였다.

여자는 옆모습만 보이는데 모카브라운 색 피부가 탱탱해 보였다.

그 장면은 완성본에서는 편집돼 잘려나갈 것이다. 대부분의 사람들은 그냥 원주민 여자가 잘못 찍힌 거라 생각하겠지만 그녀를 알아보는 사람도 있을 테니까.

"그 여자예요!" 티트가 외쳤다. "크론홀름에서 본 하인의 비서요!"

"약간 뒤로 돌려주세요."

화면이 뒤로 움직였다.

"거기서 멈추세요. 그리고 확대해주세요."

화면이 확대되면서 흐려졌다. 하지만 여자 옆의 남자들이 누구인지는 알아볼 수 있었다.

한 명은 푸른색 여름 정장에 푸른색 조끼를 입고 넥타이를 매고 있었다. 하인이었다.

다른 한 명은 현명하게도 열대의 태양을 가려줄 밝은 색 모자를 쓰고 있었다. 물론 현명함과 더위 사이에 아무 상관이 없다는 게 문제이지만 말이다. 자세히 보니 그는 헬리콥터 안의 카메라를 발견하고 등을 돌리며 다른 두 사람을 자신 쪽으로 끌어당긴 장본인이었다. 그는 다른 두 사람에게 자신처럼 얼굴을 돌리라고 말하고 있었다. 그리고 그들은 그가 시키는 대로 했다. 마치 그가 줄을 잡은 사람이고 그들이 꼭두각시 인형인 듯. 천하의 하인조차도 그 순간만큼은 그의 말에 따르고 있었다.

이제 다른 그림은 볼 필요도 없었다. 클로즈업 사진도 친자 확인도 필요 없었다. 모자를 쓴 남자는 바로 나의 아버지였다.

07

우리는 그 군인의 안내를 받으며 앞뜰로 나갔다. 정문 뒤에 서서 밖을 내다보던 오스카가 움찔하며 물러섰다.

"차 옆에 다른 차가 멈췄어요. 남자 둘이 내려서 차를 살펴보고 있어요."

오스카가 신호를 보내자 군인은 왔던 길을 되짚어 돌아갔다. 우리도 그의 뒤를 따랐다. 가다가 뒤돌아보니 오스카는 문을 지나 우리 차 쪽으로 성큼성큼 걸어가고 있었다. 위협적이고 공격적인 태세였다.

우리는 군인을 따라 건물 안으로 들어갔다. 이사를 가는지 사무실은 텅 비었고 복도에 사무용 가구들이 나와 있었다. 그는 국립 미술 박물관으로 통하는 문을 열었다. 나가면 바로 쉘브 가가 나오고 택시 정류장이 있었다.

대기 중인 택시는 딱 한 대뿐이었다. 분수와 적분 표시가 그려져 있고 '수학 택시'라고 적혀 있었다. 나는 선뜻 타기가 망설여졌다.

"공부 택시라고 실직 중인 대학 강사들이 너무 많아서 작년부터 생겼습니다. 요금은 일반 택시와 똑같지만 일반인이 알아듣기 쉽게 강의를 해줍니다."

나는 군인과 라반을 번갈아가며 쳐다보았다.

"실직한 작곡가들이 노래를 불러주는 마차 같은 것도 있나요?"

그는 대답하지 않았다. 나는 차 문을 열었다. 우리 가족이 모두 타자 택시는 방향을 바꿔 쉴브 광장으로 달리기 시작했다.

기사는 커다란 선글라스 뒤에 실직한 대학 강사의 정체를 숨긴 채 아무 말이 없었다. 그리고 다행히도 강의를 할 생각도 없어 보였다.

택시는 에빅헤 로로 꺾어들었다. 도르테아의 집 앞에 운구차와 검정 차 두 대가 서 있었다. 잉에만의 마지막 가는 길을 볼 수 있을 것 같았다.

나는 택시비를 내려고 현금을 찾았다. 문득 신용카드가 없다는 사실이 엄청난 상실감으로 다가왔다.

순간 도르테아가 보였다. 잉에만의 선장실 발코니에 나와 서 있었다. 그런데 우리를 보고도 마치 보이지 않는다는 듯 눈의 초점이 먼 곳에 있었다. 우리를 전혀 알아보지 못하는 것 같았다. 그녀가 손가락으로 발코니 난간을 두 번 두드렸다. 나는 다시 택시에 탔다.

"도르테아 아주머니 집에 누가 와 있어."

그때 하랄이 미터기 옆 화면을 가리켰다. 우리 네 사람의 인상착의를 설명하는 수배 방송이 막 떴다. 극적인 느낌이 전혀 없는 건조한 말투였고 마지막에는 신고 전화번호가 나왔다.

"100미터만 더 가주세요. 저 차들 옆으로 천천히 가주시겠어요?"

택시는 천천히 움직이기 시작했다. 운구차에는 열쇠가 꽂혀 있었다.

나는 택시에서 내려 운구차 문을 열었다.

그리고 내 인생 최대의 실수를 저질렀다.

사실 내 육감은 이게 아니라고 외치고 있었다. 아이들은 항상 눈에 보이는 곳에 두고 손을 꼭 잡고 다녀야 한다는 것을 잘 알았지만 이성이 나를 가로막았다. 라반과 내가 가야 할 위험천만한 길에 아이들을 대동하는 것은 너무 무모한 짓이었다.

나는 티트와 하랄에게 마지막 남은 천 크로네 지폐를 쥐여주었다.

"엄마 아빠가 연락할 때까지 계속 가."

우리는 운구차에 올라탔다. 택시는 이미 떠난 뒤였다.

08

“마지막 희망은 키르스텐 클라우센이야. 우리가 함께 가면 설득할 수 있을지도 몰라.”

라반은 그저 고개만 끄덕였다.

우리는 교회 뒤에 차를 세웠다.

교회 묘지는 창 모양의 쇠창살 울타리로 둘러싸여 있었다. 우리는 울타리를 따라 걸으며 들어갈 만한 구멍을 찾았다. 저 앞에 도베르만 한 마리가 쇠창살 사이로 주둥이를 쑥 내밀고 있었다.

우리는 그곳으로 가까이 갔다. 도베르만은 생기 없는 눈빛으로 멍하니 우리를 쳐다보았다.

“으악, 이게 뭐야!” 라반이 소스라치게 놀랐다.

개의 머리가 쇠창살에 꿰어져 있었다. 쇠창살은 턱을 뚫고 들어가 귀 뒤로 솟아나와 있었다. 창살 끝이 1센티미터쯤 삐죽 솟아 개는 마치 작은 왕관을 쓴 것 같았다.

우리는 곧 문을 발견했지만 잠겨 있었다. 라반이 가죽점퍼를 벗어 쇠창살 위에 걸쳤고 우리는 그 위로 넘어갔다.

묘지의 나무들도 초록빛을 띠고 있었다. 교회와 묘지 사이에는 임시 철망 울타리가 세워졌고 그 울타리 뒤에서 바로 수영장이 시작됐다. 탄광촌에서 자란 키르스텐 클라우센이 꿈꿨다는 그 수영장이었다.

우리는 수영장 가장자리에 서 있었다. 물이 녹물 색이었다. 나는 흐린 수면 위로 허리를 굽혀 물속을 들여다보았다. 수영장 바닥에 다른 도베르만 한 마리가 머리가 잘린 채 죽어 있었다. 몸뚱이에서 거의 떨어져 나온 머리가 몇 가닥 세포조직에 간당간당 매달려 있었다.

"여기서 그냥 돌아서는 방법도 있어." 내가 말했다.

그는 고개를 저었다.

우리는 각각 다른 문으로 들어가기로 했다. 문은 잠기지 않았고 개미 한 마리 보이지 않았다. 우리는 예배당 한가운데서 다시 만났다.

오늘 새벽에 왔을 때와 달라진 것은 거의 없었다. 이삿짐 상자들도 벽에 걸린 바주카포도 그대로였다. 다만 물의 색깔이 달랐고 수면이 못 알아챌 정도로 천천히 흔들리고 있었다.

라반이 잘 들어보라는 듯 손을 들어 보였다. 나도 귀를 기울였지만 멀리 박스베르 광장에서 들리는 자동차 소음 말고는 아무 소리도 들리지 않았다.

"물 떨어지는 소리가 나."

우리는 수조 가장자리를 따라 걸어가보았다. 그러자 내 귀에도 물 떨어지는 소리가 들렸다. 그리고 천천히 원을 그리며 퍼져나가는 물방울이 보였다. 우리는 위를 올려다보았다.

키르스텐 클라우센이 천장 모빌 아래에 매달려 있었다. 그녀의 목과 팔다리는 모빌에 연결된 금속 줄로 여러 번 묶여 있었고 눈과 입은 벌어져 있었다. 양팔을 벌리고 있어 우주에서 날아온 100킬로그램의 저승사자처럼 보였다.

우리는 다시 운구차에 탔다. 이번에는 라반이 운전대를 잡았다.

"수잔, 난 아직 정치가들을 믿어. 지금 일어나고 있는 사건들은 분명 어떤 착오일 거야. 윗선에서는 모르는 사고가 난 걸 거라고. 팔크 한센과 얘기를 해봐야겠어. 내가 막 유명해지기 시작했을 때 문화부 장관이었거든."

그가 시동을 걸었다. 왠지 끝을 향해 달려가는 기분이었다. 뭔가 얘기할 게 있다면 지금 해야 할 것 같았다.

"라반, 우리 관계에서 가장 견디기 힘들었던 게 뭐야?"

그는 생각할 시간을 필요로 하지 않았다. 마치 지난 20년간 누가 물어보기만을 기다렸다는 듯, 마음에 안고 있던 짐을 내려놓듯 답변이 튀어나왔다.

"바람피운 거. 그게 우리 관계에서 가장 힘들었어."

그는 륑뷔 호와 박스베르 호 사이에서 차를 돌렸다. 시내로 나가려면 잘못된 방향이었다. 하지만 우리 둘 다 잠시 숨을 돌리는 게 낫다는 걸 알았다.

"1년에 한 명꼴이었어. 내가 세어봤어. 여자가 밖에서 다른 남자를 만나고 들어오면 그 남자의 모든 에너지를 가지고 들어와. 냄새,

정자, 울림. 난 매번 당신에게서 그 남자의 울림을 들었어. 1년간이나. 그 남자와 헤어진 다음에도. 그러다 그 울림이 사라지고 나면 이제 좀 나아지겠지 하고 희망을 품었어. 하지만 몇 주, 길어야 몇 달 지나고 나면 새로운 남자가 나타났어."

그의 말투에서는 비난도 앞으로 나아질 거란 희망도 느껴지지 않았다.

"처음엔 나도 똑같이 하면 된다고 생각했어. 그래서 바람도 피워 보려고 했어. 그런데 안 되더라고. 수잔, 난 그런 유형의 사람이 아니야. 당신에게 받은 상처를 다른 여자에게서 치유할 수가 없었어."

차는 뤙뷔 외곽으로 달리고 있었다.

나는 그의 팔에 가만히 손을 댔다. 잘잘못을 따질 일은 아니었다. 나도 어쩔 수 없는 일이었다. 살아가는 데 있어서 우리는 우리가 생각하는 것만큼 큰 결정권을 가지고 있지 않다.

"미안해." 내가 말했다.

그는 내 사과를 받아들였다. 우리 사이에 효과가 작용하고 있었고 그 효과로 인해 상대의 아픔이 여과 없이 전해졌다. 그 순간 나는 그의 아픔이 얼마나 컸는지 이해했을 뿐 아니라 그 아픔을 그대로 느꼈다.

"그럼 당신은? 수잔, 당신은 나랑 살면서 뭐가 가장 힘들었어?"

"당신을 둘러싼 관심. 유명세. 당신이 그런 것 없이는 못 사는 사람이라는 사실."

더 자세히 말할 것도 없었다. 내가 무슨 얘기를 하는지 그도 잘 알았다. 그는 바람을 피우지는 않았지만 그의 그랜드피아노 주변에는 당장이라도 불륜 관계에 뛰어들 여자 일곱 명 정도가 항시 대기 중이었다. 공연장, 음대 강당, 텔레비전 방송국, 파티 장소, 언제 어디를 가든 그에게 몰려드는 사람들에게 짓밟혀 밀려나는 데에는 1분이 채 걸리지 않았다.

그에게는 그런 허영심 외에도 낭비벽이 있었다. 굴리지도 못할 자동차, 돈 한 푼 없는데도 척척 예약해버리는 여행 상품, 호른베크와 야메르 만에 산 여름 별장, 룽스테드 항에 매여 있는 보트. 부둣가에 떠서 흔들리는 것만 봐도 둘 다 뱃멀미를 하는데 보트가 왜 필요하냔 말이다. 강제집행, 대출금, 돌려막기.

"자기중심적인 위대한 수컷 우두머리들 대부분은 여자를 잘 만난 행운아들이었어." 내가 말했다. "남자 뒤에서 내조하는 걸 본분으로 알고 사는 여자들이 있었지. 당신은 그런 행운이 없었어. 당신은 나 같은 여자를 만났고 그것도 모자라 모욕까지 당했어."

우리는 시내 방향으로 가는 고속도로로 들어섰다.

"그래도……" 그가 천천히 말했다. "후회는 없어. 단 하루도 후회하지 않아."

나는 내 귀를 의심했다.

"당신은…… 신선해, 수잔. 그래 맞아, 신선해."

"나이가 마흔넷이야."

"그런 건 상관없어. 당신이 아침에 일어나는 모습이 그랬어. 전날 아무리 힘들어도, 우리가 싸운 다음 날도, 밤중에 여섯 번이나 깨서 아이들에게 젖을 먹여야 했던 날도, 하랄이 영아산통으로 계속 울었을 때도. 아침에 일어나서 눈을 뜨면 모든 걸 떨쳐버렸지. 그건 정말 최고였어, 수잔. 정말로."

순간 한 줄기 빛이 스치는 것 같았고 나는 그가 무슨 말을 하는지 이해할 것 같았다. 그것은 솔직함이 가진 가능성 중 하나였다. 누군가 거울이 되어 우리의 참모습을 비춰주는 것.

그러다 희미한 기억 한 조각이 의식의 수면 위로 올라왔다. 그 가장자리를 뚫고 올라온 기억은 폭풍처럼 나를 덮쳤다. 나는 어설픈 손짓을 했고 라반은 바로 뭔가 잘못됐다는 걸 눈치챘다. 그는 비상정지선으로 들어가 차를 세웠다.

"그 운전수." 내가 말했다. "수학 택시에 타고 있던 운전수 야손이었어. 회색 옷 입은 남자."

라반은 머리를 세차게 흔들었다. 내 말이 틀렸다는 뜻이 아니라 그 사실을 거부하는 몸짓이었다.

휴대전화가 울렸다. 나는 전화를 받았다.

"수잔?"

나는 목이 메어 아무 말도 할 수 없었다.

"수잔, 아이들은 내가 데리고 있다."

"야손……."

"수잔, 얘기를 좀 하고 싶은데."

"거기 어디야?"

"잠깐. 이 예쁜 아가씨하고 볼일 좀 보고 나서."

그는 잠시 말이 없었다. 마치 그가 바로 내 앞에 있는 것처럼 느껴졌다. 그는 전화기를 통해 내 두려움을 즐기고 있었다.

침묵 속에서 무슨 소리가 들렸다. 많이 들어본 익숙한 소리였다.

마치 먼 데서 부는 바람 소리 같은데 무슨 소리인지 잘 떠오르지 않았다.

그리고 전화가 끊겼다.

라반과 나는 잠시 그렇게 앉아 있었다. 마치 누군가 나를 게임에서 빼버린 듯한 느낌이었다. 뭔가 다른 것이 그 자리를 대신하려 하고 있었다.

"출발해." 내가 말했다.

09

라반은 100미터쯤 가서 스트란 가에 차를 세웠다. 외무부 건물로 들어가는 회전문 앞에 차들이 여러 대 있었다. 문으로 들어가니 로비가 줄을 선 사람들로 붐볐다. 검문을 통과해야 했다.

내 인생에도 이렇게 줄을 설 일이 많았다. 어딘가에 지원을 해야 할 때도 있었고 입장하기 위해 줄을 선 적도 있었다. 그런데 나는 매번 잘못된 줄에 서곤 했다. 심지어 3주 전에 미리 신청을 해야 입장이 가능한 곳도 있었다. 내 인생 자체가 제대로 된 줄에 가서 서려는 노력의 연속이 아니었나 싶다. 내게는 그것처럼 어려운 일이 없었다. 그리고 그럴 때마다 피로감이 엄습했다. 하지만 지금은 비상사태다.

사람들이 양쪽으로 흩어졌다. 외무부 장관이 밖으로 나왔다.

언젠가 안드레아 핑크는 이렇게 말했다. 정치가들 중엔 세 부류가 있는데 첫 번째는 다른 물건을 갖다 줘도 똑같이 팔아먹을 사람, 두 번째는 다른 사람보다 권력욕이 강한 사람, 세 번째는 진정한 정치가.

팔크 한센은 진정한 정치가였다. 그가 원하기만 하면 총리가 될 수도 있었다. 이는 잘 알려진 사실이었다. 단지 그가 저개발국 원조, 군비 축소, 국제 협력 등 외교 분야에 관심이 많아서 거절한 것뿐이었다.

그를 처음 봤을 때 나는 이십 대 초반이었다. 그가 학교 강당에 와서 강연을 했는데, 제일 먼저 눈에 띈 것은 그의 자연스러움이었다. 그는 마치 기숙사에서 대화하듯 우리에게 직접적으로 말을 걸었다. 그리고 카리스마가 대단해서 강당에 있던 여학생들 모두 기숙사 자기 방에, 가능하다면 침대맡에 그를 초대하고 싶다고 생각했을 것이다.

나는 정치가가 자신의 의견을 얘기하면서 다른 정치가들을 매도하지 않는 것을 처음 보았다. 그는 공격하기 위해서 말을 하는 게 아니라 직접적이고 친밀하게 자신의 생각을 전달했다.

그는 지금도 다르지 않았다. 라반을 알아본 그는 바로 미소를 지었다. 나는 한 발짝 앞으로 나섰다.

"저희가 미래위원회 보고서를 찾으려고 기록원 부속실에 들어갔어요. 지금 목숨이 위태로운 상태예요. 하인의 조직은 통제가 안 되고, 우리 아이들은 납치됐어요."

순간 주변의 공기가 싹 바뀌었다. 팔크 한센을 따르는 사람들은 단순한 정치적 측근이 아니었다. 안내데스크 여직원들을 포함해 그를 둘러싼 열 명의 사람들 중 만약의 경우 그를 위해 총알받이가 되기를 망설일 사람은 없었다. 그들은 우리를 돌발적으로 등장한 잠재적 문제로 인식하는 듯했다.

나는 팔크 한센과 마주 보았다. 그는 전혀 놀란 기색이 아니었다. 미래위원회가 뭔지 알고 있었고 내 말도 충분히 알아들은 것 같았다.

그는 라반과 내게 양쪽으로 팔짱을 꼈다. 우리는 그의 관심을 오롯이 느낄 수 있었다. 나머지 사람들은 아무래도 좋았다. 세상에 우리 셋만 존재하는 것 같았다.

그는 우리를 밖으로 이끌었다.

"조용한 데서 얘기하는 게 좋겠네요."

비서실 두 개와 작은 회의실이 딸린 집무실은 입항 수로 쪽으로 나 있었고 사람들이 생각하는 것만큼 크지는 않았다.

우리는 그가 가리키는 의자에 앉았다. 작은 탁자 위에 조그마한 난로가 있고 그 위에 일본식 찻주전자가 올려져 있었다. 그는 얇디얇은 찻잔에 차를 따라 주었다. 쥐면 깨질 듯 하늘하늘한 느낌이 마치 산들바람 같았다. 목구멍으로 차가 넘어갈 상황은 아니었지만 정성이니 받지 않을 수도 없었다.

"미래위원회는 세계의 붕괴를 예언했어요." 내가 말했다. "하지만 구체적인 부분에 대해선 함구했죠. 그걸 알아내기 위해 하인이 저희를 덴마크로 불러들였어요. 저희는 신문 경험이 좀 있거든요. 그런데 일이 꼬이기 시작했어요. 누군가 위원회 사람들을 차례로 죽이기 시작한 거예요. 어쩌면 우리 가족도 그 살인마의 손에 당할지 몰라요. 하인은 우리를 셸란 섬 남쪽에 있는 국립 실험 단지에 가뒀어요. 저희는 어젯밤에 겨우 빠져나왔고 아이들은 오늘 뒤따라왔어요. 그리고 몇 시간 지나지 않아서 납치됐어요. 지금 즉시 아이들을 실종자 수배 명단에 올려주세요. 그리고 하인을 신문해야 해요. 하인은 국제적 보안 회사 시큐리컴과 손을 잡았는데 그 회사는 국제 범죄와 연결돼 있어요. 거기 직원 한 명이 우리 아이들을 납치했어요. 사이코 같은 놈이에요."

그는 사람의 말에 귀를 기울일 줄 알았다. 라반, 쌍둥이, 안드레아 핑크만이 할 수 있는 방식으로 내 말을 경청했고 그 뜻을 다 알아듣고 충분히 헤아렸다.

"만약의 경우를 위한 계획이 진행 중이에요." 내가 말했다. "군 차원이든 민간 차원이든 재난 사태가 일어날 경우 덴마크인 4,000명을 대피시키는 계획이에요. 스프레이 아일랜드, 장관님도 아시죠? 방금 장관님이 나오신 홍보 영상을 보고 왔어요. 정치, 학문, 경제, 예술 분야의 엘리트들 중 일부라도 살려보자는 취지에서 나온 프로젝트죠. 서구권의 다른 국가들도 섬을 사들였어요. 어쩌면 국제적 공조 사업인지도 모르죠. 4,000명의 인력 수송, 섬 개간 사업, 에너지 공급, 안전을 위한 대규모 프로젝트를 준비 중이었고 막 가동되기 시작했어요. 누군가 그 재난이 코앞에 닥쳤다고 생각한 거죠. 크리스마스 전날 기록원에서 마주쳤을 때 그것 때문에 모두 모인 거였나요?"

그는 우리 앞에 차를 내려놓고 우리와 마주 앉았다. 그는 덴마크 민주주의에 대해 다시 생각하게 해준 사람이다. 데즈먼드 투투*, 고르바초프, 코피 아난, 넬슨 만델라처럼 한 가지 일에 평생을 바치는 사람이다. 충분히 윗선에서 힘을 쓴다면 공정성과 상식을 회복시

* 성공회 대주교로 남아프리카 공화국의 정신적 지도자.

킬 수 있을지도 모른다. 그러면 아이들도 곧 내 품으로 돌아오고 우리의 삶도 복구될 것이다. 에빅헤 로의 우리 집으로, 직장으로 다시 돌아갈 수 있는 것이다.

"없습니다. 그런 계획은 생각할 수도 없습니다. 그런 말이 있다고 해도 덴마크에서는 불가능합니다. 수잔, 덴마크가 커다란 배라고 생각해보세요. 쌍둥이와 함께 배에 타고 있다고 생각해봐요.《타임 매거진》에 나온 사진 봤습니다. 아이들이 정말 귀엽더군요. 자, 배가 가라앉고 있다고 칩시다. 그런데 구명보트에 자리가 부족해서 가족 모두 탈 수가 없어요. 그럼 어떻게 하시겠습니까?"

나는 아무 대답도 하지 않았다. 그는 자리에서 일어나 창가로 가서 항구를 내다보았다.

"머릿속으로 한번 상상을 해봅시다. 그런 배가 있다고 칩시다. 두 사람 모두에게 아이들을 구할 기회가 있어요. 라반은 덴마크에서 가장 유명한 작곡가잖아요. 만약 그런 명단이 있다면 분명 그 명단에 올랐겠죠. 그럼 수잔과 아이들은요? 안 된다고 할 겁니까? 안 된다고 말할 권리가 있습니까?"

그는 더 이상 우리를 쳐다보지 않았다. 나는 그리스 조각 같은 그의 옆모습을 보고 물었다.

"만약 그런 명단이 있다면 우리가 추가될 수 있나요?"

"약속드리겠습니다."

우리 셋 다 말이 없었다. 이윽고 그가 우리를 향해 돌아섰다.

"중대한 사회 문제에 있어서 국가는 장님과 귀머거리를 다스리는 것과 같습니다. 글을 읽을 줄 아는 사람은 벽에 적힌 문구를 이미 읽었겠죠."

그는 문 쪽으로 걸어갔다.

모든 게 판가름 난 상황에서도 나는 그의 정치적 공정성과 권위에 기대고 싶은 심정이었다.

"사람을 보내겠습니다. 생각하시는 동안 잘 보살펴드릴 겁니다."

"아이들은요?"

"지금은 시험 비행에 참석해야 해서 가봐야 합니다. 그건 다녀와서……"

그가 나가고 문이 닫혔다. 라반은 흥분해서 그 뒤에 대고 뭐라고 소리를 지르려고 했다. 나는 손짓으로 그를 제지했다.

그리고 가방에서 쇠지레와 휴대용 티슈를 꺼냈다. 책상 서랍은 모두 잠금장치로 잠겨 있었다. 나는 휴지를 쇠와 나무 틈새에 대고 쇠지레를 이용해 잠금장치를 구멍에서 들어 올렸다. 맨 위 칸에는 열쇠, 사인펜, 클립, USB, 문이 닫히지 않도록 고정할 때 쓰는 노란색 플라스틱 쐐기 두 개가 들어 있었다. 그다음 칸에는 편지지, 편지 봉투, 봉인할 때 쓰는 왁스와 인장, 세 번째 칸에는 서류철이 있었는데 그 속에 명단이 들어 있었다. 한 장에 100명의 이름이 적힌 종이가 50쪽 정도 됐다. 나는 그 명단과 플라스틱 쐐기 두 개를 가방에 챙겨 넣었다.

그리고 쇠지레와 휴지를 이용해 다시 서랍을 잠갔다.

장관이 남자 네 명을 데리고 나타났다. 그중 두 명은 문 밖에서 대기했다. 그들은 평범한 인간이 아니었다. 상어였다. 뭍으로 올라와 맞춤 양복을 입고 똑바로 서서 걸으며 정중하게 말하는 법을 배운 상어들이었다. 그들은 절제된 동작으로 움직였고 우리가 문으로 나가도록 옆으로 비켜섰다.

나는 밖으로 나가는 길에 팔크 한센 앞에 멈춰 섰다.

"시험 비행은 구 라디오 방송국에서 하나요?"

그는 아무 대꾸도 하지 않았다. 대답할 필요도 없었다. 효과가 가동 중이었고 나는 그의 눈빛에서 이미 긍정의 대답을 읽어낸 뒤였다.

"언젠가 보답할 일이 있으면 좋겠네요. 곧 있지 않을까요?"

내 말에 정치 경력 40년에 온갖 평지풍파를 다 겪은 그가 살짝 흔들리는 모습을 보였다.

우리는 밖으로 나왔다. 상어들은 우리 주변을 헤엄치며 돌아다녔다. 라반은 잔뜩 긴장했지만 단호한 표정이었다. 그도 이제 비상사태에 돌입한 것 같았다. 우리는 더 이상 인간이 아니라 제 새끼들을 위험에서 구해내도록 프로그래밍된 생물학적 기계였다.

우리는 회전문 앞에 이르렀다. 남자 네 명 중 하나가 먼저 나가려고 했다. 나는 그의 어깨를 툭 쳤다.

"레이디 퍼스트."

그는 멈칫했다. 상어들의 내면에도 어머니가 존재했다. 몸은 이미 다 커버렸지만 내면의 어머니는 그들을 멈추게 했다.

나는 회전문 안으로 들어갔다. 라반도 내 뒤에 바짝 붙어 따라 들어왔다. 바깥공기가 우리를 맞는 순간 나는 뒤로 돌아 허리를 굽혔다. 그리고 쇠지레로 플라스틱 쐐기를 회전문 밑에 쑤셔 넣었다.

회전문은 더 이상 움직이지 않았다. 나는 오른쪽으로 한 걸음 가서 밖으로 열리는 휠체어용 문 밑에도 노란색 쐐기를 끼워 넣었다.

우리는 차가 있는 곳으로 달려갔다. 그리고 운전대를 잡은 라반이 구급차 운전수처럼 최고 속도로 도로를 질주하기 시작했다.

그는 곧장 라디오 방송국 앞마당으로 차를 몰았다. 자동차가 많이 주차돼 있었고 경찰이 득시글거렸다.

헤드폰을 쓴 남자 둘이 손님을 맞이했다. 제복 차림 한 명과 양복 차림 한 명, 양복 입은 남자가 상관이었다.

제복 입은 남자가 내게 다가섰다. 그를 알아본 순간 나는 발밑의 땅이 기우뚱거리는 것만 같았다. 내가 헛것을 보나? 스바네묄렌 군부대에서 만난 아름다운 청년이었다.

"그 뒤로 잠을 이룰 수 없었습니다." 그가 말했다. "그 입맞춤을 받은 날 밤새도록 매트리스 위에 10센티미터 정도 떠 있는 기분이었습니다."

가벼운 입맞춤을 가벼이 여기지 말지어다. 팁처럼 남발하는 사람도 있다지만 로맨티시스트들에게는 한 번의 입맞춤이 로미오와 줄리엣의 서곡을 울리게 하나니.

경찰관 두 명이 우리를 향해 다가왔다. 상황이 걷잡을 수 없게 변하고 있었다. 그러다 순간적으로 상황이 급변했다. 조용하지만 확실하게 변했다. 토르비외른 할크가 가까운 곳에 서 있었던 것이다.

그는 전성기의 보어보다 훨씬 유명했다. 보어 때는 지금처럼 미디어의 집중적 관심이 없었기 때문이다. 물론 그때 그런 게 있었다 해도 보어는 관심 두지 않았을 테지만 말이다. 토르비외른 할크는 정보화 시대에 탄생한 양자물리학의 첫 번째 '셀레브리티'였다.

나는 그의 팔을 꽉 잡았다. 그가 떨쳐버리려고 했지만 나는 그를 놓치지 않았다. 우리는 앞으로 걷기 시작했다. 인파가 갈라지고 문이 열리고 어느새 안으로 들어가는 데 성공했다.

우리는 엘리베이터에 탔다. 그제야 나는 얼음 왕자가 따라왔다는 것을 알았다. 엘리베이터는 위로 올라가 멈췄다. 문이 스르르 열렸다. 바로 1미터 앞에 토르킬 하인이 서 있었다.

그는 혼자가 아니었다. 뒤에 사람들을 거느렸는데 외무부에서처럼 서너 명이 아니라 열댓 명은 되는 것 같았다.

그는 전혀 놀란 표정이 아니었다.

"수잔, 그냥 넘어가는 법이 없군."

"누가 우릴 그곳에 가두라고 지시한 거죠?"

"내가."

그의 목소리는 예나 지금이나 울림이 좋았다. 따뜻한 느낌, 풍부한 성량의 생동감 있는 목소리였다.

하인이 옆으로 비켜섰다. 그 뒤에 아버지가 서 있었다.

아버지가 크림색 모자를 벗자 붉은 기가 많은 금발이 나타났다. 흰머리라고는 찾아볼 수 없었다. 나이도 일흔 근처일 텐데 잘해야 쉰으로밖에 보이지 않았다.

아버지가 팔을 벌렸고 나는 나도 모르게 그 품에 달려들었다. 나이가 마흔네 살이어도 모든 딸들이 가장 그리워하는 곳, 아버지의 품에.

그는 포옹을 풀고 내 어깨를 잡은 채 내 얼굴을 들여다보았다.

"수잔! 수잔!"

아버지가 천천히 내 이름을 불렀다. 지난 35년의 세월에 다리를 놓으려는 듯이. 내 이름과 그의 기억 속 아홉 살짜리 여자아이를 그 앞에 서 있는 중년의 여자와 연결시키려는 듯이.

권위란 참으로 기이한 현상이다. 주변에 있던 사람들은 모두 숨을 죽이고 우리를 바라보았다. 40~50명 정도 되는 사람들이 있었고 그들은 모두 중대한 프로젝트의 일부였다. 그리고 그 프로젝트가 막 가동되기 시작한 시점이었는데도 그 공간 전체에 침묵이 감돌았다.

그 침묵을 뚫고 얼음 왕자가 말했다.

"따님에게 청혼하고 싶습니다."

모든 시선이 그에게 집중되었다. 셰익스피어 시대에나 쓰던 표현인지, 아버지가 젊었을 때도 그런 말투를 쓰지는 않은 것 같았다.

아버지가 손을 까딱하자 남자 두 명이 재빨리 얼음 왕자 뒤에 가서 섰다. 그들은 그의 신장 언저리에서 손을 놀렸고 얼음 왕자는 얼굴이 백짓장처럼 하얘지더니 앞으로 푹 고꾸라졌다. 남자들이 양쪽에서 그를 붙잡고 밖으로 끌어냈다.

아버지는 내 어깨에 손을 얹으며 문 쪽으로 걸음을 옮겼다. 사람들이 우리 뒤를 따랐다. 밖에는 방송국 촬영팀이 대기 중이었다. 우리는 바닥에 고정시켜놓은 전선가닥들을 넘어 원래 콘서트홀이었던 곳의 발코니로 나갔다. 콘서트홀은 창고로 변해 있었다. 상자들이 곳곳에 쌓여 있었다.

우리는 옥상으로 통하는 계단을 올라갔다. 하인, 토르비외른 할크, 라반이 뒤따라왔다.

옥상에서 외무부 장관이 기다리고 있었다. 그는 나와 라반을 무표정하게 쳐다보았다.

가까이서 보니 기구가 아니라 무슨 설치 예술 작품 같았다. 부력체만 해도 최소 100세제곱미터는 될 것 같았다. 부력체와 돛은 경금속 틀에 끼워져 있었다. 돛은 높이가 30미터 정도 돼 보이는데 은박지처럼 반짝이면서도 투명한 재질의 플라스틱으로 만들어져 있었다. 얇은 태양광패널 수백 장이 눈에 잘 띄지 않는 철사 줄에 엮인 형태였다.

그 밑에는 별로 튼튼해 보이지 않는 선실이 경금속으로 된 삼각틀에 끼워져 있었다. 선실 밑에는 알루미늄으로 된 긴 용골이 붙어 있어 전체적으로 날씬한 경주용 보트를 연상시켰다. 단, 위에 풍선이 달렸고 그 위에 비행기 날개가 붙은 게 달랐다.

옥상에는 우리를 제외하고는 기술요원 몇 명뿐이었다. 아버지는 작은 통로를 건너가 선실 문을 열었다.

"수잔, 하늘 위에서 내려다보는 코펜하겐이 어떤지 한번 볼까?"

순간 아버지와 하인 사이에 백만 볼트는 될 법한 스파크가 일었다. 하인은 무슨 말을 하려다가 금세 입을 다물었다. 기술요원이 낙하산으로 보이는 작은 꾸러미를 나눠 주었다. 아버지는 고개를 저었다.

"됐네, 오늘은 운명이 우리 편인 것 같아. 수잔, 운명이 있다고 생각하니?"

"만약 있다면 우리가 스스로 만들어내는 거죠. 자연법칙처럼 말이에요."

하인은 작은 계단을 올라 선실로 들어갔다. 외무부 장관이 그 뒤를 따랐다. 그리고 할크가 뒤따라 들어가려 했다.

"잠깐." 아버지가 그를 제지했다.

할크는 아버지를 빤히 쳐다보았다. 잘못 들었다고 생각하는 듯했다.

"당신이 뭔데?"

아버지가 다시 손가락을 까딱하자 두 남자가 할크에게 달라붙어 그를 끌고 퇴장했다.

나는 아버지를 지나쳐 계단을 올랐다. 아버지는 뒤를 돌아보며 말했다.

"이제 기자들 올라오라고 하지."

10

아버지가 계기판을 만지는 순간 옛 기억이 떠올랐다. 흐릿한 파편이 아니라 통째로 선명하게 떠올랐다. 아버지가 운전대 앞에 앉아 있는 모습, 계기판을 쓰다듬는 손길, 가죽 시트 냄새, 아버지와 나 사이에 존재하던 친밀감, 내게 물리학적 세계를 설명해주며 즐거워하던 아버지의 얼굴. 내가 쌍둥이에게 세상을 설명해주고 싶었던 것도 아마 그 기억 때문이었으리라. 겨울에 아버지가 집에 돌아올 때 나던 차 문소리, 아버지에게 달려가 안길 때 나던 모직 코트 냄새, 내 얼굴에 와닿던 차가운 눈, 그리고 그가 건넨 모자에서 느껴지던 곰 모피의 녹아내릴 듯한 따스함.

선실 안의 전기설비는 제트기와 비슷했다. 계기판도 책상처럼 길고 널찍했다. 아버지는 그 위에 손을 올려놓고 리듬감 있게 두드렸다.

"할크는 몰랐지만 난 처음부터 이 기구 제작에 참여했단다. 세부적인 것 몇 가지는 내가 만들기도 했어. 기구 자체가 팽창용기인 기구는 이제까지 없었단다. 부피를 줄이거나 늘림으로써 고도를 조절하는 거지."

아버지가 레버 하나를 잡아당겼다. 기구가 약간 떠올랐고 밧줄이 가볍게 떨렸다.

그리고 다음 순간 하늘이 번쩍였다. 옥상 위에서 태양 50개가 폭발하는 듯했다. 기자와 카메라 기사 백여 명이 서 있었고 쉼 없이 플래시가 터졌다. 아버지와 하인은 그들을 무시한 반면 외무부 장관은 문가로 나가 손을 흔들었다.

밧줄 고정 장치가 열렸고 선실 밑에서 가느다란 쇠줄이 풀려나갔다. 기구는 공중으로 떠올랐고 옥상에서 박수갈채가 쏟아졌다가 이내 멀어져갔다.

선실 창문 여러 개가 미끄러지듯 열렸고 앞문 전체가 기구 위로 올려졌다. 마치 하늘에 붕 떠 있는 기분이었다.

나는 그때까지 기구를 타본 적이 없었다. 가장 인상적인 것은 하늘 위의 고요함이었다. 지상에서는 소음이 끊이지 않는다. 차 소리, 새가 지저귀는 소리, 사람 소리, 기계 돌아가는 소리. 그런데 이곳에서는 바람이 풍선에 스칠 때 나는 작은 속삭임과 돛이 펄럭거리면서 내는 가벼운 소음 말고는 아무 소리도 나지 않았다.

소리가 없으니 일종의 환상이 나타났다. 우리가 떠오르는지 코펜하겐이 발밑으로 떨어지는지 헷갈렸다.

아버지가 버튼 하나를 누르자 머리 위에서 닻감개가 밧줄을 감아 올렸다. 기구는 하얀 파도가 부서지는 푸른 외레순 해협 위로 방향을 돌렸다.

아버지가 내 손을 꼭 잡았다. 어릴 적 아버지에게 느껴지던 온기가 떠올랐다.

남자들 중에 이성적으로 전혀 흔들림이 없으면서 신체 접촉을 할 수 있는 사람은 많지 않다. 신체가 보내는 신호가 맑은 정신을 흐리기 때문이다. 어떤 면에서 몸과 생각은 적대적 관계에 있다고 할 수 있다. 그러나 아버지는 달랐다. 아버지에게는 몸의 움직임과 진지함이 항상 연관돼 있었다.

"수잔, 경고의 목소리는 네가 태어나기 전 60년대부터 이미 존재했단다. 지금은 기억하는 사람조차 없지만 60년대 중반 유럽의 생물학자들은 일찍이 환경 오염을 경고했어. 그 뒤로 상황이 급격히 나빠졌지. 이제 세기말 시나리오가 진행되고 있고 생태계는 무너지기 시작했다. 지각 있는 언론인, 정치가, 연구자 중에 그걸 모르는 사람은 없어. 하지만 말을 하진 못하지. 말을 해도 먹히질 않거든. 왜냐면 팔리질 않으니까. 그럼 당선이 안 되는 거고. 결국 우리 자신이 문제의 한 부분이 된 거야. 이제 더 이상 적은 없어. 책임을 떠넘길 수 있는 대상이 없는 거야. 이젠 우리 중 엘리트들만이라도 안전하게 보호하는 일만 남았어. 수잔 너와 아이들도 그중 일부란다. 네 남편은 썩 내키진 않는다만 아이들 아버지이니 데려가기로 했다. 물론 네 엄마도 같이 갈 거야. 그리고 네 엄마 남……"

그는 잠시 망설였다. 그의 시스템에 약간의 틈이 생겼음을 말해주는 망설임이었다. 그것은 효과가 이미 가동하기 시작했음을 뜻했다. 벌어진 틈에서 새어나온 것은 그가 긴 인생을 살면서 아직 해결하지 못한 문제, 어머니에 대한 사랑이었다. 그를 이루는 한 부분이 이제는 바꿀 수 없게 된 과거의 한 시점에 걸려 빠져나오지 못하고 있었다.

"그 섬엔 모든 게 다 있단다, 수잔. 만약 핵전쟁이 일어나면 북반구만 빙하기가 되고 남반구는 무사할 거야. 석유가 바닥나면 신재생에너지를 쓰면 돼. 수소에너지 제조 기술도 있고. '스마트 그리드'* 도 있고. 가정경제학적으로 필요한 것도 모두 갖췄어. 바닷물은 20미터까지 치솟고 발에 물 안 묻히고 돌아다닐 수 있는 땅이 800제곱킬로미터나 돼. 종자, 가축, 기술, 정보, 다시 문명을 일으킬 모든 게 준비돼 있어. 수잔, 이건 노아의 방주도 아니고 여호와의 증인들이 말하는 우주선도 아니란다. 이건 이동 가능한 지상 낙원이야."

그는 내가 무슨 생각을 하는지 알아차렸다. 어릴 때부터 그랬다. 우리는 쉽게 서로의 생각을 알아차리곤 했다. 그래서 누군가 한 사람이 얘기하는 것을 듣다가 다른 사람이 자지러지게 웃어버리는 일이 많았다. 둘이 똑같은 생각을 하고 있었던 것이다.

"모든 게 한순간에 무너져버린다면 민주주의도 예외는 아니지. 민주주의는 어차피 종잇장처럼 얇은 층에 불과하니까. 전 세계 인구의 95퍼센트는 아직도 행동지침을 줘야 움직이는 사람들이다. 정치기관은 순식간에 무너질 거야. 군과 국제적 기업으로 책임이 넘어가겠지. 여기 있는 이들처럼 일찍이 어떤 상황이 올지 예측한 정치인들도 있었어. 위원회가 없었어도 우린 충분히 알아냈을 거다. 위원회는 그 사실을 확인시켜주는 역할을 했을 뿐이야. 어쨌든

* 기존의 전력망에 정보 기술을 접목해 공급자와 소비자가 양방향으로 정보를 교환하는 시스템.

정치가들과 경제계를 설득해서 구조 계획을 현실화하는 역할을 하긴 했지. 하지만 계획은 그전부터 존재했단다. 의지와 능력이 되는 사람들에게 권력이 이양되어야 한다는 계획."

"아버지도 그 능력자들 중 하나인가요?"

"민주주의 붕괴 이후 권력 관리는 완전히 새로운 영역의 임무란다. 어려운 일이지. 야만적 무정부주의 속에서 그나마 남은 것들마저 잃지 않으려면 군사, 전략, 행정 차원의 경험을 고루 갖춘 사람이 필요해. 헌터 군단과 UDT 출신 150명도 스프레이 아일랜드에 동행한단다. 내가 데리고 있던 사람들과 군함 한 대, 전투기 두 대, 작은 잠수함 한 대도 가져갈 거고."

우리는 외레순 해협 위에 떠 있었다. 나는 육지를 떠나 하늘로 날아오르는 철새들의 기분이 어떨지 알 것 같았다. 불안 그리고 확 트인 바다를 본 순간 밀려드는 환희.

그는 계기판에서 손을 뗐다. 미세한 코스 변경을 알아서 하는 일종의 자동 주행 기능이 있는 것 같았다.

"수잔, 네가 위원회 사람들과 마지막으로 얘기를 했다면서? 네게 그 특별한 재능이 있다고 하인에게 들었다. 그 사람들이 네게는 입을 열었다는 거지? 그래, 뭐라고 하더냐? 최종 붕괴 시점이 언제인지 말하더냐?"

높은 곳에서 코펜하겐을 내려다본 적은 많았다. 비행기에서, 탑에서, 사스 호텔 레스토랑에서, 티볼리의 대관람차에서, 우리 연구소와 파눔 건물 맨 꼭대기 층에서. 그런데 여기서 내려다본 코펜하겐은 완전히 달랐다. 도시는 작은 위험에도 바스러질 듯 약해 보였다.

아마도 선체가 천천히 움직이기 때문일 것이다. 아니면 선실이 시원찮아서, 아니면 기구의 예민한 구조 때문이리라. 순간적으로 저 밑에 사는 150만 명의 사람들과 나 사이에 아무런 장벽도 없는 듯 느껴졌다.

"날짜에 대한 언급은 없었어요."

"어쨌든 오래 걸리지는 않을 거다. 넌 아이들과 집으로 돌아가서 학교도 다니고 직장도 다니고 있어. 몇 달 새에 대피시킬 테니까."

"위원회 사람들은 왜 죽은 거죠?"

"다 늙은 사람들이었어."

나는 몸의 긴장을 풀고 효과 속으로 가라앉는다고 상상했다. 그렇게 하면 정말 나락으로 떨어지는 기분이 들었다. 그리고 그 결과는 매번 놀라웠다. 늘 겪는 내게도 놀랄 만한 것들이 많았다. 솔직함이란 한번 경험했다고 해서 완전히 적응할 수 있는 게 아니기 때문이다. 솔직함은 하나의 과정이고 안전의 끈을 놓는 일이다.

"게다가 욕심을 부렸지. 돈을 벌려고 재능을 팔아먹다니 그건 안 될 소리다. 미래를 보는 능력이 있다는 건 그 어느 정치 기밀을 들여다보는 것보다 민감한 문제야. 토르킬 하인이 40년 넘게 그들을 조종했지만 그렇게 큰 권력을 가지고 있으면서 남용하지 않고 산다는 게 쉬운 일은 아니란다. 그것이 그들이 멸망한 이유야."

"왜 제가 그 사람들을 다 만나볼 때까지 기다리지 않은 거죠?"

아버지는 토르킬 하인의 어깨에 손을 올렸다. 그들은 마치 형제처럼 다정해 보였다.

"의견이 맞지 않는 부분이 있었어. 토르킬은 살려두려고 했었다."

실험실에서만 익숙했던 일이 여기서도 일어났다. 세상에 태어난 가설이 도식적이고 정신적인 존재에서 점점 형체를 갖춰가는 마법의 순간. 바로 그 일이 지금 일어나고 있었다. 민주주의의 해체는 그저 예측에 불과한 게 아니었다. 하인과 팔크 한센이 뒷전으로 물러났다. 이 선실에서 실질적 권위자는 아버지였다.

"누가 죽였죠?"

아버지의 얼굴에 고통스러운 표정이 스쳤다. 다른 아픈 과거에서 소환된 고통이었다.

"내 일을 도와주는 사람들이 있단다, 수잔. 그중에서도 야손은 나와 아주 가까워. 거의 맹목적으로 신뢰한다고 할 수 있지. 네 엄마와 너에게 편지를 전달해준 사람도 야손이었다."

"시체들을 봤어요. 살인을 즐기는 사람의 짓이었어요."

그의 얼굴이 다시 씰룩거렸다.

"난 규정에 따르려고 했단다. 도살장에서처럼 말이야. 그런 거 본 적 있니? 엄청나단다. 가느다란 관 같은 걸 소의 척수에 집어넣어. 불필요한 경련을 없애기 위해서지. 부드럽게 조용히 죽이는 거야. 나도 그렇게 하려고 했어. 야손은 내게 아들이나 다름없단다. 네 동생인 듯이 키웠어."

"그런 인간이요?" 내가 말했다.

"그래, 그런 인간이! 거의 정신병자지. 내가 그렇게 덮어주려고 애를 썼는데! 정신 병원에 가봤어야 했나 봐. 모든 게 이렇게 엉망이 된 것도 다 그놈 탓이야. 그놈은 이제 도려내는 수밖에 없어."

"그 자가 우리 아이들을 납치했어요. 알고 계셨어요?"

그는 놀라지 않았다. 험한 세상을 살면서 놀라는 법을 잊어버린 것이리라. 그는 말문이 콱 막힌 듯했다.

"어디에 있는데?"

"저도 몰라요. 전화가 와서 얘기 좀 하자고 하더라고요."

"그놈이 어디 숨었는지 15분이면 찾아낼 수 있다."

나는 그게 거짓말이라는 걸 알았다.

"찾아내서 처리해야지."

"아버지가 직접 해주실 건가요?"

"난 안 돼. 내겐 자식 같은 아이다."

나머지 두 남자는 우리 옆에 바짝 붙어 서 있었다.

"개를 한 마리 키웠었죠." 장관이 불쑥 말했다. "비글이었는데 비글은 식욕 조절이 안 되는 종입니다. 말리지 않으면 기절해서 쓰러질 때까지 계속 먹어요. 정말 하루 24시간 내내 먹기만 합니다. 그러고도 식탁에 와서 더 달라고 합니다. 그 귀여운 갈색 눈동자로 불쌍한 척하면 또 안 줄 수가 없습니다. 그러다 50킬로그램이 넘어가자 심장이 고장 나더군요. 우린 개를 동물 병원에 데려갈 수밖에 없었습니다. 주사를 놓을 때 개 눈을 봤는데 자신에게 무슨 일이 일어나는지 다 알고 있었어요."

나는 현기증을 느꼈다. 솔직함과 광기를 나누는 벽은 매우 얇다. 그 벽이 지금 무너지려 하고 있었다. 그들 중 아직 아무도 눈치채지 못한 상태였다.

"난 내 친딸의 손을 뿌리친 사람입니다!"

성경 속의 이 말은 하인의 입에서 나왔다. 그의 눈동자가 빛났다. 중요한 고백을 할 때 사람의 뇌에서는 엔도르핀이 생성된다.

"내 딸이 미래학 연구소 조직에 대해 알게 됐죠. 민주주의에 위배되는 조직이라는 걸 말이에요. 마지막에는 비공식 재판에 넘기겠다고 협박을 해야 했습니다. 징역을 살게 하겠다고 말이에요. 자기가 낳은 딸을 감옥에 처넣겠다고 하다니 상상이 됩니까?"

아버지는 그들을 향해 돌아섰다.

"그거 알죠? 함께 잔 여자들 이름을 아무리 기억하려고 해봐도 다 기억이 안 나는 거. 난 어떤지 알아요? 내가 죽인 사람들을 떠올리려고 해봐도 생각이 안 납니다. 너무 많아서요. 그런데 막 잠이 들려고 하면 그 사람들 얼굴이 줄줄이 떠올라요. 낮잠 몇 분이라도 자려면 양떼 세듯이 그 사람들을 다 세야 합니다."

그들의 시스템 중 이제는 무력해져버린 작은 부분이 뭔가 잘못됐다는 걸 깨닫기 시작했다. 그러나 너무 늦어버렸다. 모든 인간에게는 솔직하고 싶은 본능이 있다. 이 효과는 그 본능에 살짝 힘을 실어주는 것뿐이다.

"정치 스캔들이 숱하게 일어났지만 내가 관여하지 않은 게 없습니다." 장관이 말했다. "장장 40년간 말이에요! 법정에서 거짓말을 밥 먹듯이 했죠! 아랫사람들에게 총대 매게 하고. 오랜 정치 동지들을 배신하고."

1943년 4월 유기화학의 역사에 길이 남을 사건 하나가 일어났다. 화학자 알베르트 호프만이 어머니의 편두통에 버금가는 무서운 두통을 없앨 약을 찾다가 맥각균에서 얻은 리세르그산의 스물다섯 번째 반합성유도체를 격리시켜 그중 25밀리그램을 먹고 세계 최초로 LSD 환각을 경험한 것이다. 지금 내 앞에 서 있는 남자들은 그보다 더한 상황에 처해 있었다. 호프만은 자신에게 무슨 일이 일어나는지 자각하고 있었지만 이들의 자각은 집을 나간 꼴이었다.

하인의 차례가 돌아왔다.

"정말 무서운 사람들이군. 아주 살 떨립니다. 하지만 내가 양심을 거스르고 저지른 일에 비하면 새 발의 피예요. 난 헌법을 무시하면서 조직을 만들었고 위원회에서 내놓은 생존에 관련된 정보들을 의회와 국민에게 함구했어요. 그들이 받아들이지 못하기 때문이기도 했지만 내 권력을 공고히 하기 위해서였습니다."

그는 눈물을 흘리고 있었다.

"난 어릴 때부터 그랬어요. 모두 육 남매였는데, 아버지가 해군 장교였는데도 불구하고 온 가족이 내 앞에서 꼼짝 못 했죠."

그는 더 말할 기회가 없었다. 장관이 그를 밀치며 나섰다.

"토르킬, 미안한데 내 말 한번 들어봐요. 난 누나 둘에게 매춘을 시킬 뻔했어요. 누나들이 열다섯, 열아홉이었고 내가 열한 살 때 말이에요. 우리 옆집에 남자가 하나 살았는데……"

그는 더 말을 잇지 못했다. 아버지가 양손으로 그들의 머리채를 잡고 그대로 바닥에 처박은 것이다. 전혀 힘들이지 않은 몸짓이었다. 손쉽게 그들을 제압한 아버지는 무릎을 꿇고 그들을 내려다보며 말했다. 목소리는 단 한 톤도 높아지지 않았다.

"여기서 누가 가장 죄를 많이 지었는지 한번 따져볼까? 내가 매일같이 어떤 지옥에 드나들었는지……"

그런 와중에도 토르킬 하인은 할 말이 있었다.

"법은 내 편이야, 스벤. 내 뒤에는 조직이 있고. 착륙할 때 경찰 병력 백 명 정도는 대기시킬 수 있다고. 당신은 새로 지은 트뢰뢰드 교도소에 들어가서 평생 안 나오고……"

장관이 아버지의 손아귀에서 빠져나오는 데 성공했다.

"난 정부를 대표한다고. 민주주의가 살아 있는 한……"

아버지가 그의 다리를 걸자 팔크 한센이 쓰러지면서 아버지를 붙잡았고 두 사람은 바닥에 세게 부딪치며 나뒹굴었다.

나는 그들 몰래 슬금슬금 계기판 앞으로 이동했다. 크론홀름이 비스듬하게 내려다보였다. 북쪽에는 풍력 단지가 있어서 프로펠러 돌아가는 소리가 났다.

나는 야손이 전화를 하다가 아무 말 없었을 때 그 배경에서 나던 소리를 기억해냈다. 그건 바로 거대한 프로펠러가 돌아가는 소리였다. 그는 쌍둥이를 데리고 이 아래 어딘가에 숨어 있는 게 분명했다.

나는 고도를 조절하는 승강키를 찾아내 앞쪽으로 눌렀다. 팽창용기에서 약하게 바람 빠지는 소리가 나더니 기구가 밑으로 내려가기 시작했다. 처음에는 천천히 떨어지다가 점점 속도가 빨라졌다. 비행장이 보였다.

그새 아버지는 다시 일어나 있었다.

"아버지, 저랑 하랄은 왜 죽이려고 했던 거죠?"

우리는 활주로 옆 울타리 위에 떠 있었다. 나는 격납고 옆 정사각형 모양의 4층 건물 위로 방향을 틀었다.

"얘야, 너희를 알아보지 못한 거란다. 그리고 야손이……"

나는 승강키를 끝까지 쭉 밀었다. 머리 위에서 휘잉 하는 소리가 났다. 나는 계기판을 밟고 올라가 열려 있는 앞문 틀 사이로 발부터 뺀 뒤 틀을 잡고 밑으로 내려갔다. 내려가다 보니 선실을 둘러싸고 있는 발판 용도의 가장자리에 발이 닿았다.

세 남자는 내가 하는 행동을 눈으로 좇았다. 자신들이 어디에 있는지 이제야 자각한 모양이었다.

"수간이었어." 아버지가 외쳤다. "그 효과 때문이라고."

나는 선실 천장을 가리켰다. 그들은 모두 위를 올려다보았다. 직사각형 모양의 작은 플라스틱이 붙어 있었다.

"원리는 간단하더라고요." 내가 말했다. "작은 디지털카메라, 마이크, 초소형 리튬배터리 두 개, 안테나가 들어 있고 수신 범위는 몇 킬로미터 안 돼요. 하인이 보낸 사람들이 우리 집에 붙여놨던 거예요. 제가 약간 손봐서 제 스마트폰에 연동시켰어요. 제 스마트폰은 라반이 가지고 있고요. 비행하는 동안 여기서 일어난 일은 옥상에 있는 기자들과 인터넷에 실시간으로 중계됐어요. 라반이 그 명단도 가지고 있어요. 4,000명의 대피자 명단요. 20분 후면 세 분 모두 텔레비전에서 스타가 돼 있을 걸요!"

효과에서 헤어나는 과정은 슬로모션처럼 언제나 느긋하게 진행된다. 무슨 일이 있었는지 완전히 납득하는 데는 몇 분 내지 몇 시간이 걸린다.

가장 먼저 정신을 차린 사람은 아버지였다. 아버지는 내가 있는 쪽으로 다가와 계기판에 몸을 기댔다. 나는 그의 손이 가는 방향을 유심히 살폈다.

"수잔, 내가 떠났을 때, 아니 떠나야 했을 때 했던 말 기억하니? 세상을 살려면 짖는 소리만큼……"

"……이빨도 날카로워야 한다."

"빌어먹을! 또 한 번 해냈구나, 수잔. 이걸 만회하긴 힘들 거다."

나는 아래를 내려다보았다. 지붕까지 2미터 정도 떨어져 있었다. 나는 승강키를 뒤로 밀었다. 아무 소리도 나지 않았지만 우리 머리 위에서는 풍선이 점점 부풀어 올랐다. 선실이 떠오르기 시작하자 나는 얼른 뛰어내렸다. 약간 경사진 지붕 위로 굴렀다. 그리고 바닥에 몸을 붙인 채 가만히 누워 있었다. 기구가 수직으로 떠올랐다. 나는 그대로 누워 있었다. 돛이 바람에 휩쓸렸다. 기구는 북북서 방향으로 정처 없이 떠가는 듯 보였다.

나는 일어나서 잠시 코펜하겐을 건너다보았다.

그리고 문을 찾아 어둠 속으로 내려갔다.

11

계단이 끝나자 철문이 나타났다. 철문 뒤에서 음악 소리가 들렸다. 에디트 피아프였다. 계속 다른 노래가 나오다 끊기기를 반복했다. 결국 〈후회하지 않아요〉를 듣기로 한 모양이었다. 나는 철문을 열었다.

핸드볼 경기를 해도 될 만큼 큰 공간이었다. 그러나 모양이 정사각형이었고 지붕창이 뚫려 있었다. 지붕창을 통해 멀리 사라져가는 기구의 모습이 보였다.

강당에는 상자 수천 개가 쌓여 있었고 겹겹이 쌓인 방수포 천막, 아직 스티로폼 포장을 다 벗기지 않은 소형 준설기, 정원 트랙터, 펌프도 보였다. 맨 구석에는 목재와 건설자재가 천장에 닿을 듯 쟁여져 있었다.

강당 한가운데 라탄 의자를 놓고 야손 알테르가 앉아 있었다. 왼쪽에는 낮은 유리 탁자가 있고 그 위에 텔레비전이, 텔레비전 옆에는 탄창이 휘어진 납작한 권총이 놓여 있었다.

나는 그를 향해 걸어갔다. 그가 텔레비전을 내 쪽으로 돌렸다. 구

라디오 방송국 옥상에서 양복 입은 남자가 인터뷰를 하는 화면이었다. 화면 오른쪽 위에 따로 작은 화면으로, 외레순 해협 위에 떠 있는 기구를 보여주었다.

"아이들은 어디 있지, 야손?"

그는 텔레비전을 껐다.

"수잔, '바칼'이 뭔지 알아? 아마 모르겠지. 남아프리카 공화국에 사는 큰 고양이야. 유럽에서는 그런 동물이 있다는 걸 모를뿐더러 부르는 말조차 없지. 거기 사람들은 네 아버지를 바칼이라고 불렀어. 왠지 알아? 바칼은 눈에 잘 띄지 않거든. 그냥 거기 산다는 것만 알지. 사바나의 붉은 절벽에서 공중으로 3.5미터를 뛰어내리며 날고 있는 비둘기를 낚아채지. 깃털, 몸통, 흔적은 있는데 눈으로 직접 본 사람은 없어. 그런데 그런 사람에게 카메라 앞에서 죄를 고백하게 하다니!"

그는 고개를 절레절레 흔들었다.

"내게 사형 선고를 내리더군, 텔레비전 중계로 말이야."

"착륙장에 경찰 병력이 대기하고 있을 거야."

"이해를 못 하는군. 조직은 건재해. 감옥에서도 충분히 조직을 이끌어갈 수 있다고. 네 아버지는 감방에 앉아서 나라를 다스릴 거야. 제국이지. 그런데 여긴 너와 나 단둘뿐이군. 나를 위해 스트립쇼를 해줬으면 좋겠는데."

진심에서 나온 말이었다.

"재능을 잘 팔아먹어서 감방에서 안방으로 무사 귀환했더군. 자, 이제 내게 조금만 친절하게 굴면 목숨을 구할 수 있어. 네 목숨을 구해봐. 물론 아이들의 목숨도."

그는 내 얼굴을 찬찬히 뜯어보았다. 공포심을 찾고 있었다.

"아이들은 어디 있지, 야손?"

그는 의자에서 일어나 한 컨테이너로 다가갔다. 덜컹 소리와 함께 문이 열렸다. 그 안에는 여름 별장 옆에 증축하는 공간과 훈제용 난로의 중간쯤 되는 물건이 들어 있었다. 그가 난로 문을 열자 내부 등이 저절로 켜졌다. 철제로 된 경사진 플랫폼이 반질반질한 노란색 돌로 둘러싸여 있었다. 그리고 그 플랫폼 위에 하랄이 앉아 있었다. 공포에 질린 눈에 초점이 없었다.

"화장용 난로야. 새 제품이지. 섬으로 두 개 들어가야 한다더군. 거기서도 삶은 영원하지 않으니까."

벽에는 가스 불이 들어오는 작은 구멍이 수없이 뚫려 있었다.

그는 다른 컨테이너로 갔다. 난로 문을 여니 티트가 벽에 기대고 앉아 있었다. 일단 살아 있는 건 확실했다.

"수잔, 처음 봤을 때부터 벗은 모습을 보고 싶었어."

"아이들이 있으니 문은 닫아."

그는 잠시 고민하더니 컨테이너 문을 닫았다.

"난 독립적이고 성숙한 여자들이 매력 있더라고. 음악도 골랐어. 에디트 피아프. 내겐 재니스 조플린이나 빌리 홀리데이와 동급이지. 실제로 알았더라면 참 좋았을 텐데. 그럼 그 여자들의 인생이 달라졌을 거야."

"짧아졌겠지."

그는 큰소리로 웃었다.

"물론 그럴 수도 있겠지. 하지만 강력하고 진한 삶이었겠지."

그는 바지 단추를 풀었다. 발기한 음경이 출렁거리는 것이 뚜렷하게 보였다.

"시작해. 난 이미 준비됐어."

이제까지 살면서 누군가와 마주 보고 있는데 효과가 발휘되지 않은 적이 몇 번 있었다. 항상 거리가 너무 멀어서였다.

나는 카디건 단추를 풀고 치마를 벗은 다음 내 마음속으로 걸어 들어갔다. 살아남으려는 의지로 똘똘 뭉친 내가 있는 곳으로.

그가 에디트 피아프를 틀었다. 나는 서툰 몸짓으로 움직이기 시작했다. 머릿속에는 어떻게 하면 그에게 가까이 다가갈 수 있을까 하는 생각뿐이었다.

그러다 순간적으로 깨달음이 왔다. 그가 연쇄 살인범이라는 것이 확실함에도 불구하고. 여자의 몸이 얼마나 유혹적일 수 있는지, 얼마나 큰 힘이 그 안에 숨겨져 있는지.

그는 거의 폭발 직전이었다. 나는 브래지어를 벗었다.

"이리 와." 그가 말했다. "이리 와서 내 위에 앉아."

나는 그의 눈을 쳐다봤다. 그리고 아이들, 양심에 대한 부끄러움, 죽음에 직면한 상황에도 불구하고 유혹을 느꼈다. 우리가 행하는 일의 대부분은 항상 50퍼센트다. 흐릿하고 미지근하고 식었다. 지금 이 순간 그와 나 사이의 접촉은 순수한 백 퍼센트였다.

나는 팬티를 벗었다. 내가 몸에 걸친 것은 손가방뿐이었다.

"어떻게 되든 결국은 우릴 죽일 거잖아."

내가 말하는 소리가 들렸다. 그가 대답하는 것도 대답하는 자신의 소리를 듣는 것이었다. 효과가 발휘되고 있었다.

"수잔, 아프지 않을 거야. 그냥 병원에서 주사 맞는 것처럼 따끔할……"

그는 갑자기 머리를 흔들었다.

"내가 왜 이런 말을 하고 있지?"

그는 다시 정신을 차리기 위해 텔레비전에 자신의 얼굴을 비쳐보았다. 그가 일어섰다. 발기는 많이 약해져 있었다.

"하인이 말하는 걸 들었는데……"

그가 웃었다. 발기는 다시 새 생명을 얻었다.

"뭐야, 부두교 같은 건가? 이거 참 재미있군. 더 흥분되는데?"

"맞아." 내가 말했다. "그리고 거기에 최면 춤도 포함되지."

나는 빙글빙글 돌기 시작했다. 물리학자들 중 회전에 도취되지 않은 사람이 없었다. 벨리댄스, 이슬람의 수피댄스, 클래식 발레의 피루엣, 자이로스코프에 의한 안정화 효과 등등.

그러나 지금 내 눈앞에 떠오른 것은 마가레테 스플리드의 원반던지기 동작이었다. 내가 가방을 계속 껴안고 있던 것도 그 안에 내 쇠지레가 고이 잠자고 있었기 때문이다.

이제 나는 그에게 많이 가까워졌다. 나는 가방 손잡이를 다른 손으로 옮긴 다음 마지막 회전을 하면서 무릎을 꿇었다. 그리고 가방으로 그를 가격했다.

소리는 거의 나지 않았다. 가방의 가죽 때문일 수도 있고 그의 관자놀이를 덮은 풍성한 흑회색 머리 때문일 수도 있었다.

가방에 가려 잠시 아무것도 보이지 않았지만 나는 그의 두개골이 파손됐다는 것을 알 수 있었다.

그의 눈은 감겨 있었다. 그가 눈을 뜨고 나를 쳐다봤다. 그건 감사의 눈빛이었다. 그 순간 나는 타인에 대한 증오와 자신에 대한 증오 사이에 얼마나 깊은 연관이 있는지 깨달았다.

그는 의자에서 일어나 유리 탁자에 있던 납작한 권총을 집었다.

사실 그는 쓰러졌어야 했다. 몸의 상태로 봐서는 쓰러졌어야 옳았다. 그의 눈을 보면 알 수 있었다. 그러나 행동의 동기가 자신 밖에 있는 사람은 그 동기가 고상한 것이든 비루한 것이든 항상 한 판 정도는 더 뛸 수 있는 법.

나는 가방에서 쇠지레를 꺼냈다. 그리고 그 앞으로 한 걸음 다가섰다.

그러다 문득 동작을 멈추었다. 그의 가슴 한쪽이 휑하니 비어 있었다. 뚫린 구멍을 통해 고동치는 허파가 보였다. 횡격막과 복벽의 연결 부위도 보였다.

그리고 갑자기 강한 바람이 부는 듯한 소리가 났다. 그는 그 자세 그대로 옆으로 3미터를 날아갔다.

그는 바닥에 내동댕이쳐졌고 고개를 숙여 가슴을 내려다보았다. 하얀 셔츠에 15밀리미터 길이의 피투성이 동맥이 묻어 있었다.

그는 옷에 흘린 파스타 면이라도 된다는 듯 왼손 엄지와 검지로 그것을 집어냈다. 그리고 나무가 쓰러지듯 앞으로 푹 고꾸라졌다.

왼쪽에서 오스카가 들어왔다. 전동 휠체어를 타고 있었다. 얼굴이 투명할 정도로 창백한 게 휠체어 등받이가 훤히 비칠 것만 같았다. 무릎 위에는 총이 놓여 있었다.

나는 컨테이너 문을 열었다. 그리고 쌍둥이들이 무사하다는 것을 확인하기 위해 그들의 몸을 더듬으며 알 수 없는 말로 중얼거리는 소리를 들었다. 이상하리만치 무표정한 얼굴로 앉아 있던 아이들은 천천히 땅을 딛고 일어섰다.

나는 옷을 입고 오스카에게 다가갔다. 기상학 연구소에서 본 군인이 골프카트를 가지고 밖에 와 있었다. 그가 휠체어용 경사면을 내리자 휠체어가 차에 올랐고 우리도 차에 탔다.

차는 울타리에 난 문으로 나가 해안도로를 달렸다. 어디에도 사람의 그림자는 보이지 않았다. 모두 떠나고 섬만 남은 것 같았다. 나는 오스카의 총을 자세히 살펴봤다. 총신이 푸르스름한 게 키르스텐 클라우센의 집 벽에 걸려 있던 바로 그 총이었다.

초록색 보트가 우리를 기다리고 있었다.

해협을 지날 때 내가 차마 건네지 못한 질문에 티트가 답을 던졌다.

"그 사람이 덮치려고 했는데 내가 여행 중에 독한 임질에 걸렸다고 말했어요. 인도 나갈랜드에서요. '집어넣고 싶으면 넣어봐라, 응급실 열대 의학과에 도착하기도 전에 감염될 테니까.' 그랬더니 결국 포기하더라고요."

나는 그녀의 시선을 외면했다.

"엄마, 의식 혁명이라는 게 이런 걸 두고 하는 말이겠죠? 부모 세대는 전동 드라이버와 테라스용 나사를 썼지만 다음 세대는 머리를 쓰잖아요."

"그래, 그 말인 것 같다."

유리부스 안의 아가씨는 텔레비전을 보고 있었다. 낯빛이 창백했고 나를 보자 더욱 창백해졌다. 텔레비전에서는 총리가 그물처럼 그를 에워싼 카메라와 마이크 앞에서 담화를 하고 있었다.

나는 쌍둥이와 함께 집까지 걸어갔다. 차를 타고 가면 숨이 막힐 것 같았다. 지프는 우리 뒤에서 천천히 따라왔다. 스트란 가에는 지나가는 차 한 대 없고 도시 전체가 얼어붙은 것 같았다. 사람들은 모두 간이식당과 카페의 텔레비전 앞에 모여 웅성거리고 있었다. 나는 스카프를 머리에 뒤집어썼다. 나를 보는 사람도 알아보는 사람도 없었다.

에빅헤 로에 이르자 우리는 초인종을 누르지 않고 도르테아의 집으로 들어갔다. 그녀는 소파에 앉아 텔레비전을 보고 있었다. 우리는 그대로 서 있었다.

"속보가 바람처럼 퍼지고 있어." 그녀가 말했다. "유럽의 다른 나라들과 아시아의 몇몇 나라도 똑같이 했다나 봐. 태평양에 섬을 사서 소수 정예만 살아남을 수 있도록 모든 걸 갖춰놨대. 내각은 내일 사퇴한다나 봐. 이미 50년 전에 계획이 세워져 있었대. 정당 불문하고 알 사람은 다 알았던 거지. 정치적 신념보다 선택받은 사람들 틈에 끼는 게 더 중요했던 거야. 몇몇 경제계 리더와 연구자들, 문화계 인사들, 관리들도 알고 있었대. 몇몇 사람들은 이미 모가지가 떨어졌고 자살한 사람도 둘이나 돼."

나는 울타리에 난 구멍을 통해 우리 집으로 갔다. 겉으로 보기엔 그대로였지만 그 내면은 돌이킬 수 없는 트라우마를 안고 있었다.

집 안으로 들어가니 거실 한가운데 오스카가 휠체어에 앉아 있었다.

"외무부에서 대피자 명단을 빼냈는데 거기 당신 이름도 있었어요. 보안팀을 이끌도록 돼 있던데요. 국방부에서 하인을 감시하라는 임무를 받았던 거죠?"

"국방부는 처음부터 하인을 믿지 않았어."

그가 작은 레버를 조작하자 휠체어가 현관 쪽으로 움직였다.

"우린 언제 데려가나요?"

"데려가야 할 일이 있다면."

누가 갖다놨는지 둥근 식탁 위에 《타임 매거진》 표지 복사본이 놓여 있었다. 누렇게 색이 바래서 사진은 알아보기조차 힘들었다.

"수잔, 이 일에서 당신 가족은 사실상 그렇게 중요하지 않았어. 개인이나 가족 같은 건 아무것도 아니지. 하지만 그래서 더 이득이 될 수도 있어. 이 소용돌이에 휩쓸리게 될 사람들은 대중이 아니라 뛰어난 사람들이거든."

나는 그에게 다가갔다.

"우리 때문에 다 망쳤네요."

그가 그렇게 노숙자 같아 보였던 데는 다 이유가 있었다. 그게 그의 진짜 모습 중 일부였던 것이다.

나는 그의 뺨을 쓰다듬었다. 마치 말라서 갈라진 흙바닥을 만지는 것 같았다.

나는 눈을 감았다. 그리고 내가 눈을 떴을 때 그도 휠체어도 사라지고 없었다.

나는 식탁에 앉았다. 티트와 하랄이 피자가 든 상자를 내려놓고 식탁을 차렸다.

우리는 아무 맛도 나지 않는 피자를 먹었다. 10분 후 집 앞에 구급차가 도착했고 남자 두 명이 라반을 부축해서 들어왔다. 라반은 목발을 짚었고 얼굴에는 스무 바늘 정도 꿰맨 자국이 있었다.

"하인 부하들이 막는 통에 이렇게 됐어." 그가 말했다. "그래도 끝까지 해냈지."

라반에게도 피자와 콜라가 배당됐지만 씹거나 마실 수가 없었다. 상처가 입 안쪽까지 깊게 난 모양이었다. 나는 물을 가져왔다.

"오스카가 왔었어." 내가 말했다. "우리 무사할 수도 있을 것 같아."

나는 일어나서 차 열쇠를 챙겼다. 아무도 내게 어디 가냐고 묻지 않았다.

도로는 여전히 휑했다. 샤를로텐룬에서 발뷔까지 가는 동안 내가 본 차는 열 대 남짓이었다.

나는 구 칼스버그 로에 차를 세우고 조금 걷기로 했다. 정문에 경비원이 없는 것은 20년 만에 처음이었다. 건물을 따라 이어지는 길에는 국가 비상사태의 분위기가 무겁게 드리워져 있었다. 실제로 그런지도 몰랐다.

나는 작은 문을 열고 들어가 진입로를 따라 걸었다. 그리고 계단을 올라가 현관문을 열고 홀로 들어갔다.

한쪽 구석에 텔레비전이 켜져 있었다. 프랑스의 한 장관이 나와 인터뷰를 하고 있었다.

내가 문가에 서자 안드레아가 리모컨을 들었다. 텔레비전 화면이 까맣게 변했다. 내가 오는 소리를 들었거나 감지한 모양이었다. 나는 그녀의 침대로 다가갔다.

이제 백야의 계절이 오려는지 시간이 늦었는데도 빛이 주위의 사물에 들러붙어 떨어질 줄 몰랐다.

"다 기부하신 줄 알았는데……" 내가 말했다. "남쪽 섬으로 가져가려고 싸놓으셨나 보네요. 명단에 교수님 이름도 있던데요."

그녀는 내게 손을 내밀었다. 나는 그 손을 잡았다.

"실험 장비야, 수잔. 나머지는 다 기부했어. 우린 훌륭한 실험실을 만들었을 거야. 너랑 나랑 둘이서 말이야. 입자가속기까지 가져갈 생각이었어. 50메가와트 수력으로 가동되는 소형 발전소를 구상하고 있었거든."

"오래전부터 생각해오신 거 아닌가요?"

"마가레테와 내가 함께 생각한 거야. 다른 사람들보다 훨씬 일찍 생각했지. 50년대 말이었어. 우린 보어도 함께하길 바랐는데 보어는 그런 식의 대안에 찬성하지 않았어."

나는 침대 끄트머리에 앉았다. 무척 피곤했다.

그녀의 손은 얼음장처럼 차가웠다. 나는 이불을 걷고 그녀 옆에 누웠다. 그리고 그녀의 앙상한 몸을 껴안고 내 몸의 온기를 조금이라도 나눠주려고 했다.

"수잔, 우린 거기서 함께 살 수도 있었어. 우리 식구들, 라반, 쌍둥이와 함께 말이야. 거기서 위대한 물리학적 성과를 거뒀을 텐데."

가벼운 떨림이 그녀의 몸을 훑고 지나갔다. 막상 무자비한 죽음의 존재가 가까워지면 누구라도 죽기 싫은 법이니까. 아무리 그녀라도 말이다. 나는 그녀의 등을 쓰다듬었지만 뼛속까지 한기가 스며든 듯 그녀의 몸은 전혀 따뜻해지지 않았다.

"마가레테 스플리드를 신문하는 건 그냥 핑계였죠?" 내가 말했다. "우릴 거기 데려가려고, 스프레이 아일랜드에, 안전한 곳으로 데려가려고 인도에서 불러들인 거였죠."

그녀는 아무 대답도 하지 않았다. 대답할 필요도 없었다.

나는 잠시 그대로 누워 있었다. 감사의 마음과 경멸과 분노를 품은 채.

손등에 뭔가 따뜻한 것이 떨어졌다. 마치 촛농이 녹아내린 것 같았다. 그건 내 눈물이었다.

나는 침대에서 일어났다.

"지난 몇 달간 알아낸 게 있어요." 내가 말했다. "그동안 한 번도 생각하지 못했던 거예요. 사람의 마음속 가장 깊은 곳에, 그리고 이 효과의 가장 깊은 곳에 존재하는 게 뭔지 아세요?"

그녀는 대답하지 않았다.

"타인이에요. 사람의 마음속 가장 깊은 곳에 사는 건 바로 타인이에요."

나는 마지막으로 한 번 더 그녀를 쳐다보았다. 밖에서 들어오는 희미한 빛 속에서 그녀의 모습을 최대한 많이 눈에 담으려 노력했다.

그리고 돌아서 그 방을 나왔다.

작은 철조망 문을 열고 밖으로 나가자 그림자 하나가 불쑥 튀어

나왔다. 나의 얼음 왕자였다.

친어머니라도 목소리를 듣지 않으면 알아보지 못할 것 같은 모습이었다. 제복도 여기저기 심하게 찢겨 있었다.

그는 내 앞에 우뚝 서서 나를 쳐다보았다. 얼굴 표정이 말하지 못하는 것은 눈으로 쏟아질 듯 넘실거렸다.

“라르스.” 내가 말했다. “난 마흔네 살이야. 아이 둘에게 젖을 먹여서 가슴이 물 묻은 커피필터처럼 늘어졌다고. 머리엔 흰머리가 셀 수 없이 많고. 넌 막 사회생활을 시작했지만 난 이제 연금 타 먹을 때가 됐다고.”

“셰익스피어 소네트 104번에 보면 나와요. ‘아름다운 친구여, 그대는 내게 있어 절대 늙지 않는 사람……’”

그때 차 한 대가 달려왔다. 운구차 운전석에 라반이 타고 있었다. 차가 멈췄다. 먼저 목발이 나오고 그다음에 다리가 나왔다.

그는 힘겹게 목발을 짚고 섰다.

“수잔, 내가 작곡한 거 한번 들어봐. 우리 둘에 관한 거야. 일종의 세레나데지. 첫 소절은 ‘저기 밤하늘에 빛나는 별들은 당신의 눈동자, 소원을 들어주는 우물’이야.”

그는 노래를 부르기 시작했다. 내가 걸음을 옮기자 두 사람 다 나를 따라왔다. 오른쪽에는 라반이 노래를 부르며, 왼쪽에는 얼음 왕자가. 나는 두 사람의 부상이 싸움을 막아주기를 빌었다.

여기저기서 사람들이 창밖으로 고개를 내밀고 우리를 쳐다보았다. 아마도 효과 때문이었으리라.

옮긴이의 말

문체가 강한 작가를 만나면 번역가는 조심스러워진다.

페터 회의 작품은 처음이었는데, 간결하고 서늘하고 '시크'했다.

그리고 줄바꿈이 특이했다. 마치 리듬을 타듯 도약하는 짧은 스텝이 이어지다가 날아오르듯 긴 문단이 나왔다.

처음에는 어떤 매력이 있는지 잘 몰랐다. 매력이 빵 터지는 부분에 이르자 내 입꼬리는 '승천'했다.

책을 다 읽었다. 번역이란 게 책을 공들여 읽는 한 가지 방법이기도 하니까. 영국 로맨틱 코미디를 봤을 때처럼 흐뭇한 기분이 들었다. 이 낯선 스릴러가 결국은 로맨틱 코미디였단 말인가?

본문 중 사랑이나 정이 학대와 얼마나 가까운가에 대해 말하는 부분이 있다. 주인공 가족은 사적 이익을 위해 자신들의 특별한 재능을 남용한 것에 대해 끊임없이 문제를 제기한다. 그러나 파렴치한 사기가 판치는 세상에 익숙해진 사람들에게는 귀여운 범죄로밖에 보이지 않는다. 우리 사회에서는 훈계할 때나 등장하는 윤리 의식이란 것이 그들에게는 살아 있는 이슈인 것 같아 괴리감마저 느껴졌다.

과연 사람이 사람에게 폭력을 행사해도 되는 걸까? 그럴 권한이 있는 걸까? 사랑할 때 사람들은 고통을 함께 느낀다. 사랑하는 사람의 시스템은 고도로 예민해져 있기 때문에 작은 거부의 몸짓 하나만으로도 고통스러워한다. 사랑하고 있기 때문에 학대가 쉽게 일어난다고 할 수도 있겠다.

윤리적 사고라는 건 어쩌면 예민해지는 일이기도 하다. 표피적인 것들을 걷어내고 잠시 존재를 들여다보는 일 말이다. 그러나 이 예민함은 돈 없는 네 부모를 원망하라는 말을 서슴지 않고 그런 말을 듣고도 억울함을 삼켜야 하는 사회에 사는 우리에겐 왠지 어울리지 않는 것 같기도 하다. 불의에 적당히 둔감하지 않으면 복장 터져 못 살 테니까. 혹은 그렇기 때문에 더욱 시사점이 클 수도 있다.

이 책은 구성의 허점을 메우고 줄거리를 끌고 나가느라 허덕이는 스릴러가 아니다. 기본기가 탄탄하고 자연스러운 매력이 넘칠 뿐 아니라 여러모로 화두를 던져주는 책이다. 양심, 세기말적 상상, 폭력, 여성성, 가족, 사랑.

그리고 춤을 추던 사람이어서인지 감각과 움직임이 유난히 돋보인다. 활자 매체인 책을 이만큼 다차원적으로 만들어낼 수 있는 작가가 과연 몇이나 될까?

독일어로 번역하면 어느 언어라도 길어지긴 하지만 원본보다 약 70쪽 정도 길었다. 원본은 훨씬 더 간결하단 뜻이다. 페터 회의 소설을 읽기 위해서라도 덴마크어를 배워보고 싶어졌다. 멀티 탤런트란 얼마나 매력적인가!

초판 1쇄 펴낸날 2017년 4월 20일

지은이 페터 회
옮긴이 김진아
펴낸이 양숙진

펴낸곳 (주)현대문학
등록번호 제1-452호
주소 06532 서울시 서초구 신반포로 321(잠원동, 미래엔)
전화 02-2017-0280
팩스 02-516-5433
홈페이지 www.hdmh.co.kr

ISBN 978-89-7275-815-0 03850

* 책값은 뒤표지에 있습니다.